U0466945

法医秦明推荐

FENGYU LIAOCHENG

风雨蓼城

尤磊◎著

时代出版传媒股份有限公司
安徽文艺出版社

图书在版编目（CIP）数据

风雨蓼城 / 尤磊著. -- 合肥：安徽文艺出版社，2025.1. -- ISBN 978-7-5396-8167-2

Ⅰ. I247.5

中国国家版本馆CIP数据核字第20240XH709号

出 版 人：姚 巍
责任编辑：张星航　　　　　　　　装帧设计：张诚鑫

出版发行：安徽文艺出版社　　www.awpub.com
地　　址：合肥市翡翠路1118号　邮政编码：230071
营 销 部：(0551)63533889
印　　制：合肥创新印务有限公司　(0551)64456946

开本：880×1230　1/32　印张：11.75　字数：275千字
版次：2025年1月第1版
印次：2025年1月第1次印刷
定价：58.00元

（如发现印装质量问题，影响阅读，请与出版社联系调换）
版权所有，侵权必究

目　　录

引子 / 001

闹洪灾沙家人离散 / 003

杀日寇尤家忙避祸 / 008

巧机缘善心得善果 / 016

惹祸端白秀去蓼城 / 020

为求生母女苦离别 / 026

土匪血洗豫东城（一）/ 031

土匪血洗豫东城（二）/ 035

土匪血洗豫东城（三）/ 039

王督军托孤 / 043

蓼城赵家 / 047

虎穴 / 052

傻少爷 / 056

拼命 / 060

脱离苦海 / 065

落户蓼城 / 070

刘家老九 / 075

山东菜馆 / 081

白玉梅 / 085

独眼龙恋上白玉梅 / 089

重回豫东城 / 093

寻女蓼城 / 097

一波三折 / 101

母女重逢 / 107

神秘的客人 / 111

无妄之灾 / 116

魏校长 / 122

周管家上门骗宝 / 127

撤诉 / 137

大宝失踪 / 142

土匪上门 / 145

盘道 / 149

智斗 / 154

不速之客 / 158

何方神圣 / 161

刘老九擒敌 / 165

尤老大勇闯天堂寨 / 169

命悬一线 / 175

如履薄冰 / 182

一山不容二虎 / 186

人间炼狱 / 196

迷雾重重 / 201

火烧十字街 / 210

神秘的取信人 / 218

白玉海被俘 / 223

内奸 / 231

伐谋 / 240

波谲云诡 / 246

同心御敌 / 253

勇探观音阁 / 260

调虎离山 / 264

排兵布阵 / 272

鬼子攻城 / 281

烽火四起 / 285

匪祸 / 290

枪决"大长脸" / 296

土匪进赵府 / 302

匪临城下 / 308

暗杀 / 313

叶集镇沦陷 / 317

鏖战富金山 / 321

秘密战斗 / 325

宝刀嗜血 / 330

魏政委被俘 / 335

志士殉国 / 340

花园口决堤 / 344

歼敌 / 348

活捉凤九 / 352

狭路相逢 / 356

生死一线 / 361

铁血山河 / 365

引 子

大别山：因风景大别于天下而得名，横跨鄂、豫、皖三省，是长江与淮河的分水岭。大别山西望武汉，东守南京，独特的地理位置使得其对当时的民国首都南京和中心城市武汉具有重要的军事价值。大别山区是我国著名的革命老区之一，土地革命战争时期全国第二大革命根据地——鄂豫皖革命根据地的中心区域。

史河：古名"决水"，在安徽西部，流域跨豫、皖两省。发源于安徽省金寨县西南，大别山之北麓，豫、皖两省交界的伏牛岭（三省垴和棋盘石山系）。其上源有沙沟、银山沟及八道河汇入，至梨花尖始称史河，流经安徽省叶集、河南省固始等地，至三河尖入淮河。安徽省境内长110公里，流域面积6889平方公里，其中安徽省境内2685平方公里。

蓼城：是河南省固始县和安徽省霍邱县的统称。在夏、商为蓼国地，在西周为蓼、蒋、黄、潘等国地。春秋中期，楚灭此地诸国，建期思县，固始彼时为期思县之潘乡，又名寝丘邑。

叶集：为古蓼国地，春秋时鲁文公五年（前622），楚灭蓼，置楚蓼邑。后增置鸡父邑，叶集附近为鸡父邑治。叶集区自建制以来，就是商家云集之地，商品集散之都，鼎盛时期，湖北、江西、河南、山陕（山西、陕西）、河北、安徽在此设立商务会馆；曾诞生过与鲁迅先生一起创办"未名社"的

"未名四杰"李霁野、韦素园、韦丛芜、台静农,一代将军、开国重臣陶勇等。

闹洪灾沙家人离散

民国二十一年（1932），六月中旬，豫东县梨花镇，镇子上挨家挨户房前屋后肆意生长的梨树，往年三月便会梨花吐蕊，今年却迟迟未开，连镇子中央那棵百年树龄的黄梨树都没有一个花骨朵。

镇子上年岁最大的赵秀才抽着旱烟袋自言自语道："不中，不中，怕是有啥预兆咧。"旁人问他啥预兆，赵秀才把至今仍留在脑后的辫子一甩，在鞋底磕了磕烟枪说："咱们镇往年四月间梨花漫山遍野地开，这几年小日本鬼子祸害我们惹来天怒人怨，如今咱们这里的梨树连一个花骨朵都瞅不见，日子眼瞅着是过不下去了。"

今年梨树没开花，家住村东头高坡上的沙文氏倒是没放在心上，只要天没塌下来，日子就还得往下过。当家的男人沙老大在镇子西边渡口摆渡加打鱼，维持家里日常生计不成问题，只是婆婆常年卧病在床，吃药的开销大得吓死人，家里是一个多余的大子都省不下来的，原想着给大丫头送进学堂读点书都不行。

为着大丫头秀念不念书，沙文氏没少和当家的生气，沙老大说一个女娃娃念什么书，读了书也是赔钱货。沙老大认为女儿都是人家人，心心念念想要个儿子。沙文氏生下秀以后，身子一直亏着，沙老大一直埋怨她怀不上，生不出儿子。沙文氏犯愁如今天灾人祸日子不好过，家里再添张口的话，真怕养不活,再说了即便是再怀一胎,也不一定就能生个儿子,万一又是女儿可咋办。沙老大说自己整天渡人过河,做善事,老天爷一定给他个儿子。

一上午时间,沙文氏踆着小脚,把家里里外外清理得干干净净。眼瞅着就快到响午了,沙文氏去厨房和面,烙了一锅水烙馍,又用苦荞麦煮了一锅汤水,夏天里喝这个就着馍馍吃,再好不过了。沙文氏把汤水用陶罐盛满了,再把半锅馍放进竹筐里,又在馍上抹了点自己做的闷酱豆子,用个手巾把竹筐上面盖住,转身从厨房出来就冲着喊了一嗓子:"秀,秀,快回来,给你伯送饭去!"

不大工夫,穿着打着补丁的花汗衫、黑长裤,赤着双脚的秀从大门口跑进来,小脸蛋上还带着汗珠子:"俺大,你看我掐了朵梨花。"说话间,把手伸到沙文氏眼皮下。沙文氏一瞅,还真是朵白梨花,心想,不都说今年没开梨花吗?秀手里这朵花从哪里掐来的?正想多问一句,里屋间婆婆咳了起来,也没心思问了,就交代秀赶紧去渡口送饭,自己回厨房端着荞麦汤和馍进了婆婆屋。

秀在镇子上长了七年了,自打记事就知道每年梨花开得漫山遍野,美死个人,秋天一到,家家户户都在房前屋后收梨,遇到荒年没粮食吃就吃梨,靠着这些梨树,这些年都没饿死过人。可今年从开春到现在,都没见着梨花开,自己和小伙伴们到处野,没承想今天在自己家后院梨树上发现了一个花骨朵,不料自己手一碰,那小小的白色花苞就掉了。秀心想,有了这一朵,就会有其他的花了,看来很快就会都开花,到秋天又有梨吃了。

秀心里想着,把梨花花苞顺手插在头发上,两脚生风,一袋烟的工夫，就来到渡口。秀老远就看到自己伯正在河中间捞鱼，于是放下竹筐和陶罐，扯着嗓子喊："俺伯，快过来吃晌饭啦！"

沙老大发现今天运气不错，上午摆了两回渡船，赚了点零角子，快晌午了，去河中心撒了一网，鱼虾不少，还有一个老大不小的王八，沙老大寻思回去炖了给自己娘补补身子。

船靠了岸，大杨树下的树荫里，沙老大就着荞麦汤干掉了三块馍。秀坐在一边，干啃着半块馍。

沙老大一抬眼，看到秀耳朵边头发丝里插朵白花，顿时气不打一处来，伸过手就把花苞给捏了下来扔在地上，嘴里骂着："你个炮打的，你奶你伯你大都好好的，你戴个白花做什么？咒我们死吗？"

秀一口馍吓得卡在嗓子眼里，差点噎死，也不敢回嘴，从地上起来撒腿就往回跑，沙老大连声喊："站住！给老子滚回来！"

"伯，我不敢了，你别打我！"秀怯生生地挪回来，她是真的害怕沙老大。

"丫头，把捞的鱼虾带回家交给你大，再晒一会儿怕就要臭了。"沙老大跳上船，让秀在跳板上站着接网兜。

两人换手间，那只王八也不知道从网兜哪里钻了出来，扑通一声掉进了河里，重获自由。沙老大气得眼睛喷血，指着秀就骂："接网兜你都接不住，要你这赔钱货干什么？你就给我在这里跪着，不许回家，啥时太阳落山，啥时你再滚回家。"

秀吓傻了，她也老实，就只得跪在跳板上，一会儿工夫，全身的汗竟然蒸发都晒干了。她看着伯在对岸接了三个人上船往岸这边撑过来了，秀感到一阵阵的头晕眼花，就想着等伯把船撑过来，自己就开口求饶。正在这时，她耳边听得远方像是炸雷轰鸣，又像是万马奔腾，抬眼一看，一排巨浪遮天蔽日地以排山倒海之势压了过来，河中间的小船像被飓风扫落的树叶一般被滔天巨浪冲得上下颠覆，船上三个人大声呼喊着什么，秀也听不见，只能看到伯冲着自己慌乱地摆了几下手臂，旋即就连人带船消失在恶浪里。

像猛兽出笼一般的浪头紧接着就到了岸边，秀都来不及站起身来，就被卷进了水里，连呛了几口水。秀虽然自小熟识水性，但到底是年纪小，又饿了一中午，晒了一下午，很快就体力不支，划不动水了。冥冥中，秀看到伯推着一块木板冲自己游了过来，秀感觉自己被什么撞了一下，她似乎听到伯的吼叫："抓紧木板……"

沙文氏伺候完婆婆午饭躺下，自己也饿得前胸贴后背了，随后对付着吃了两张馍，喝了一点剩的荞麦汤，歇了一会儿，回厨房把那口大米缸辗转挪到院子里，给缸晒晒底。看看缸底的口粮已经快见底了，沙文氏一阵犯愁，心里想着晚上能再做点啥给家里人吃，实在不行就去地里薅点萝卜缨子拌拌，再煮点荞面皮汤对付一晚，也许当家的今天能打到鱼虾，那么明天就去卖了换点米回来。

想到这，沙文氏纳闷秀去送饭都这久了，怎么还没回来呢。听人说县城里的国民党军都跑了，小日本鬼子又要来了，别是遇到什么麻烦了，沙文氏心里一阵发慌。忽然，只觉得脚下颤动，接着隐约听到闷雷似的嗡嗡声由远及近，震得耳膜发麻，便慌忙开了大门，站在门口高坡往镇子西边一瞧，沙文氏吓傻了，她眼瞅着青石板路的尽头，那浑浊的洪水就像长蛇一样嗖嗖地涌了过来。

镇上的人像炸窝了一样四处躲水,可洪水来势凶猛。看着大水不停地上涨,大人孩子的哭喊声响成一片。好多人躲在梨树上,听到呼叫声想下水救人,可水实在太大了,只听见水中和树上的哭喊声一阵比一阵惨……大人抱着孩子爬上了房顶,很快房子呼隆一声塌到水里了;好多人爬到了树上,水又把树淹了。

沙文氏吓得两腿发抖,魂飞魄散,饶是自己家在坡上,这会儿子再回屋里救婆婆已经来不及了,就算是进屋里把婆婆架出来,两人也跑不掉了,都是个死。危急关头,沙文氏三魂回了两魂,七魄归了五魄,手脚并用滚回院子里,顺手抓过一个包袱,爬坐进了那口大米缸……

杀日寇尤家忙避祸

千里之外的关外，哈市醒龙镇，尤家老太正在自家院子搭的凉棚里带着二儿媳妇准备晚上的饭菜。今天是夏至，尤家虽然从山东老家闯关东来到关外落户已经快二十年了，却仍然保留着山东人的饮食习惯，夏至当天吃凉面条，俗称过水面，尤家祖籍的山东微山湖地区把这天的面条称为"入伏面"。

尤老太正在和面，想着两个儿子都跟着当家的男人在地里忙活着，天一黑就会回来，一定饿得鬼哭狼嚎，今天过节，三儿子在镇子上药材行当学徒，晚上也会回来吃面，一家子难得聚齐，干脆再把地窖里的腊狍子腿给炖了，一大家子人都解解馋。尤老太正准备喊大媳妇去地窖里取菜，就看见二儿子火急火燎地从大门外冲了进来："慌什么？让狼撵了？你爹和你大哥呢？"尤家老二上气不接下气地喘着："娘，我哥一锄头把个小日本鬼子给钉死了！"此话一出，院子里的人全都吓傻了！再一看老二身后，灰头土脸的几个人回来了。

事情得往从前说起，尤家大儿子尤锡同在镇子上开了一家山东菜馆，开店的钱是大媳妇家的陪嫁。大媳妇名叫秦玉芬，秦家祖上是跟随老罕王打天下的亲随，后来做过总队，朝代更迭等到清末民初之时，秦家家道中落。民国十五年（1926），秦玉芬十五岁，日子过不下去了，她跟母亲来到醒龙镇投亲，半路上遇到两个流窜的胡子劫道，幸好被下地干活的尤家人撞上，尤家人赶跑了胡子，救下了秦玉芬母女俩。不料想秦母受到惊吓,加之身患顽疾一病不起,在尤家养了没几日便一命呜呼。咽气前秦母已经说不出话来,费尽气力拉住女儿的手,眼睛死死望着尤家人。

尤家当家人尤老头明白秦母的意思,宽慰她说:"您就放心地去吧,玉芬要是愿意,就给我当儿媳,嫁给我家大小子,要是不愿意就给我当闺女,权当我又多了个女儿,我们不会亏待她!"听完尤老头的话,秦母落了两滴泪,无限留恋地闭上眼撒手人寰。

办完秦母的丧事,秦玉芬的去留也就提上了日程,尤家二老找她谈话,问她如何打算。秦玉芬说自己一个孤女,无依无靠,既然尤家爹爹在自己母亲面前说过话,母亲也有交代,那么自己全凭尤家爹爹做主。那段时间玉芬细细观察过尤家大儿子,见他知书达理,又对自己有救命之恩,加之尤家上下一团和气,嫁给尤家老大真是不二选择。就这样,替亡母守孝一年后,秦玉芬嫁给了尤家老大。

洞房之夜,秦玉芬拿出贴身包裹交给丈夫,尤老大打开包裹一看,内有金元宝两锭,银元宝三锭,外加一把小神锋匕首,匕首上镶嵌有红蓝宝石各一颗,上面还有尤老大不认识的文字。秦玉芬告诉他这是满文,这把匕首是秦家祖上传下来的,据说是老罕王打天下之时赏赐给亲随的,异常珍贵。玉芬说完自己家世,又将包裹扎好交给尤老大,说自己嫁到尤家,这些就是尤家的东西了,她思量着要不要拿着这点黄白之物做点营生,总好过一家人都靠在地里刨食过日子。

尤老大深以为然,点点头说:"媳妇你的想法甚好,我家以前在山东是做饭馆生意的,后来日德开战,日本兵打到山东地界,又加上连年旱灾,实在活不下去了,父母就带着我们闯了关东，历经九死一生好不容易在醒龙镇扎下了根。如今你既然想着做点营生，不如我们开家山东菜馆，这样一来补贴家用，也好有进项。"

患难之中结下情意的小夫妻俩结婚之后恩恩爱爱，相敬如宾，尤家一家人看在眼里，喜在心头。小夫妻俩把打算开个菜馆的想法一说，家里面也都同意，只是尤老头犯愁没有开店的本钱，小夫妻俩拿出一锭金元宝，说这就是本钱。大家都傻了眼，谁也不曾想到落难此地差点命丧胡子手里的孤女竟能拿出金元宝。

就这样，秦玉芬拿出一锭足金五两的金元宝换了八百枚现大洋，在镇子上开了家店面中等规模的山东菜馆。彼时闯关东的多半是山东人氏，从清中期到民国初年统共有两三代人，大都还保留着家乡的饮食习惯，所以吃过尤家山东菜，对味道纯正、价钱公道的尤家山东菜馆赞不绝口。尤老大有祖传的手艺，煎炸烹烧样样拿得起，他爹尤老头身体硬朗，每天上午还能帮厨，秦玉芬识文断字，能打会算，就负责站柜台收钱，再雇上几个伙计忙里忙外，店里的生意也是一天好过一天。靠着尤家菜馆的进项和田地里的收获，尤家的日子日渐富裕，成了醒龙镇上数一数二的富户。又过了两年，老大媳妇添了个大胖小子，尤家老头说这孩子是汝字辈，就叫汝群吧，小名叫根生。

这样的好日子一直到"九一八"，打从鬼子侵占东三省以后，东北人民的日子就不好过了，山东菜馆的生意也大受影响，尤老大和秦玉芬夫妻俩咬着牙苦苦支撑。

时间回到夏至这天中午，尤家老太太早早地吩咐老大夫妻俩今天要回家来吃饭，尤老大夫妻俩就把菜馆交给伙计看着。

尤家当家的尤老头带着两个儿子在地里忙着，晌午时分，尤老太派大儿媳妇玉芬去地里送晌饭，男人们在田边树荫下乘着凉吃饭。大儿媳妇人实诚又勤快，让公爹和丈夫以及二叔歇一会儿，自己去高粱地里除草。大太阳底下，大儿媳妇在高粱地里越走越远，忽地听到前面高粱叶子棵下面有吭哧吭哧的喘气声，东北庄户女人胆子大，就用锄头挑开高粱秆子，定睛一看，是个男人在拉屎，拉完了正在擦屁股。玉芬饶是胆大，看到这一幕也是臊得脸上一烫，转身要往回走。不料这男人提起裤子抬头看到大儿媳妇，嘴里喊着咿咿呀呀听不懂的话，往前一扑就伸手去拽女人的裤子。大儿媳妇吓得直叫："救命啊，爹，老大救命啊！"

最先起过来的就是老大，这时眼见媳妇已经被这个穿着黄狗皮的男人压在身下了，老大恶向胆边生，怒从心头起，弯腰抓起媳妇掉在地上的锄头，站起身，锄头在手中一转，锄口朝下，对准男人的后脑勺就砸下去了，砸得那叫一个准，顿时脑浆迸裂，红白一片。

后面赶上来的尤老头和二小子吓得目瞪口呆，老大一脚把男人从媳妇身上踢开，扶起媳妇，缓了口气。这时大家猛然发现，老大一锄头砸死的这个人竟然是个穿着黄军装的日本军官。老大又在高粱地尽头发现了一匹枣红马，很明显，这是个日本人。1931年"九一八"事变之后，日本人就占据了东三省，老百姓遇到日本人都恨不得躲着走，谁承想今天会在高粱地里撞见。大家推断这个日本军官是骑着马经过尤家高粱地进来方便的，没料想遇到秦玉芬见色起意，谁想被天不怕地不怕的尤家老大一锄头就送回了老家。

大儿媳妇吓得魂不附体，带着哭腔："他爹，咋整啊？"

尤老大唾了口唾沫："去他娘的，我挖个坑，就地把这王八蛋给埋了，天不知地不知，老子也是为民除害！"

事到如今，也没有想到别的办法，大家七手八脚挖了一个深坑，尤老大把日本人身上的军装军靴给扒了，只留了个裹裆布，就踹进坑里埋了。尤老大还从鬼子随身的包里搜出一个金属牌牌，上面刻着"許す城"几个字样，他揣到兜里。另外还有一匹马、一把手枪、两个手榴弹、一个水壶、六块银圆，也让尤老大全都裹在送饭的筐里留了下来。

当天晚上，一家人也没心思吃面条了，商量来商量去，就是一个字"逃"，打死了一个日本军官，剥光了人家衣裳，还带回来马、手枪、手榴弹，只怕迟早会败露。

三小子在镇上药铺当学徒有年头了，跟着掌柜的后面学，认得几个日本字，他告诉大哥，那个金属牌牌上面的意思是允许出城，应该是出城的令牌。事不宜迟，老大要走，就得趁天一亮就出城，万一等到城里驻扎的日本部队发现有人失踪，肯定会大肆查找，如果真的搜上门来，一家子就都别想活了。可是如果全家一夜之间全部消失，更会引起怀疑，所以最后商量的结果就是老大带着媳妇和孩子远远逃走，回山东老家，走得越远越好。眼下别无他法，尤老大只得偷偷关了菜馆，连夜遣散了伙计们。

尤老大让三弟把从鬼子身上搜的东西藏好了，并连夜将那匹枣红马剪了鬃毛，下了马鞍和蹄铁，扔进灶洞里，再用红水染了马腿，混在自己家牲口栏里养着。

一家人都是彻夜未眠，天麻麻亮，尤老大和玉芬带着儿子和家人洒泪告别，五岁的儿子根生还以为是去走亲戚，高兴得很。

老大一家装得像是走亲戚的一家三口，有惊无险地出了城，迎面就是一队日本兵，行色匆匆，看起来就像是进城找人似的。

"他爹，我们往哪走呢？咱们还是回山东老家吧，那里还有老房子，听爹说过的。"媳妇的话不无道理。可是去哪里，尤老大心里自有打算，这一走，不知道何年何月才能回来，只能拉着媳妇和孩子跪在地上冲着家的方向磕了三个头。

回山东，这话说起来简单，真要是走起来，可是风餐露宿，还要过海，九死一生，儿子还小，受不了折腾。再说了，万一日本鬼子也赶去老家抓自己呢？算了，还是走陆路，就去中原腹地河南吧，以前都听说中原大地是富庶之地，和棒打狍子瓢舀鱼的东北差不多，有力气就能活下去，先去闯闯，真要是混不下去了，再回山东也不迟。打定了主意，尤老大携儿带妻，踏上了逃亡之路。

到一家三口死里逃生，吃尽了苦头，花光了盘缠，终于来到河南境内，已经是三个月以后的事了。来到中原大地，才发现到处都是灾民，细打听才知道，原来是三个月前黄河改道，河南受灾了。

尤老大一家三口跋山涉水来到豫东，没想到却遇到洪灾，没有地方落脚，身上的钱也花光了，只能露宿街头。饥寒交迫的，孩子也发起了高烧，尤老大身上一个铜板都没有了，眼瞅着孩子就要撑不下去了，药店没有收钱不会救人，孩子他娘慌了神，只顾抱着娃，快哭晕了，埋怨当家的不应该来此地，应该回山东老家的。尤老大想到一家三口可能就要命丧此处，心里别提多难受了。

棚子的一角，坐在米缸逃过一劫流落至此的沙文氏听到了动静,凑过来探了探孩子烧得通红的小脸,想着自己丈夫和闺女此刻也不知在何处,从当初逃命时随身带着的包袱口袋里掏出了早前挖来充饥的婆婆丁。她抓了一把婆婆丁递给玉芬说:"赶紧把这了水给孩子灌下去,兴许还有的救。"

没办法,死马当活马医吧。棚子里不缺破碗烂盆,有人拿来一个破瓦罐,尤老大在棚子外挖个泥坑灶,找了点净水,煮了一锅婆婆丁水,等水变温,给孩子灌了下去。

这孩子也是命大,一夜之后,烧退了,也知道喊饿了。尤家夫妻俩对沙文氏是千恩万谢,一番交谈,听沙文氏说了来龙去脉,自是唏嘘不已。

穷人家都快饿死绝了,有钱人家还在想着法子吃。城里人王督军家里老母就快过八十大寿了,王督军准备大办寿席,提前开出菜单给老母过目,没承想老太太点名说就想吃一道山东名菜——卤味活凤凰。王督军的父亲死得早,老太太一手把他拉扯大,王督军甚是孝顺,为了讨母亲欢心,找遍了豫东也没有厨子会做,就在府前贴出告示,谁要是会做山东菜,就去府里试试,不光管饭,还有赏钱。

本地的人都饿得差不多了,稍微有力气的也都逃命去了,哪还有人来揭榜?尤老大看到了告示,心头暗喜,原来那个"卤味活凤凰"是他爹的拿手菜,尤老大自小就跟着自己的爹和娘学会了一手鲁菜好厨艺,也听爹和娘说过那个卤味活凤凰其实就是用十几味中药材制成汤汁,喂给芦花大公鸡喝,等过了三七二十一天,就可以把这芦花鸡给炖了,之前在醒龙镇开菜馆时,自己也做过几次这个菜,反响还可以。眼下既然走投无路,身无分文,不如试试,好歹能给一家找个容身之所,还能填饱肚子,不至于饿死街头,这就硬着头皮揭了榜。

尤老大一家和沙文氏挥泪作别，尤老大把从厨房讨来的几块锅巴送给了沙文氏，沙文氏谢过，把装着婆婆丁的口袋送给了尤家媳妇，自己继续上路顺着洪水冲下的方向寻找丈夫和女儿的下落。她哪里知道，丈夫沙老大早已命丧黄泉，而此时，沙文氏发现自己竟然有喜了，一算时间，应该已一月有余。

巧机缘善心得善果

洪水来时，沙老大拼死把秀和木板捆在一起，保全了秀的一条小命，自己却命丧洪水中。洪水过处，人畜不留，秀眼睁睁看着沙老大被一个浪头卷走了，自己也被洪水裹挟着冲到了下游豫东浅滩，总算是捡了条命。她被过路的一群难民给救了，也不知道家在何处，只好跟随大家一起逃命，就这样到了临时搭建的难民棚里，秀也已经不知道害怕了，唯一的念头就是活下去，找到娘。

政府组织大户人家初一、十五象征性地施了几次粥就再没下文，难民棚里每天都有人死，死了的人就会被人用草席卷了拉出去火化掉，骨灰都埋在土坑里，说是怕大水之后瘟疫传染。人们都说国民党军打不过鬼子，老天爷都发怒了，以至于黄河改道洪水泛滥，虽说暂时阻挡了日本人的进军，可是洪水却淹死这么多老百姓，日子真是没法活了。

秀不懂国家大事，只是觉得饿，饿到都想把地上的土挖了吃。饿得实在受不了，秀就跟着一群孩子上街乞讨，身上衣服都是烂的，一群孩子遇到人就伸手要吃的，可是难民棚周边到处都是灾民，又能去哪里讨到吃的？秀和孩子们走散了，一个人漫无目的流浪到街心。秀闻到炸油香的味道，停下脚步，在一个卖炸油香的铺子前观望，店主看到秀，不耐烦地挥挥手："滚滚滚，小鬼孩子滚远点，想都别想！"正在这时，秀看到一个帮佣打扮的女人拉着个孩子来到铺子前买油香，她尾随着这一大一小后面走进一个犄角旮旯,女人四下观望,看没人注意,从筐里飞快拿出一块油香,用手撕成两半,正要递给孩子,秀从侧面飞快地冲上去,一把抢过半块油香,狼吞虎咽吞下肚。女人又惊又气,追上前抓住秀的衣领,对着秀的后脑勺就是一巴掌:"哪里来的?胆子不小,活抢啊!"

这一巴掌下去,秀感到天在旋地在转,抬头看到女人胳膊弯上挎着的包袱,那上面的两朵梨花是娘沙文氏亲手绣的,娘说绣朵大花是娘,绣朵小花是女儿,错不了!秀伸手指了指包袱,用尽全身力气撕心裂肺般地喊了一声娘,随后眼前一黑,倒在地上。

再醒来时,秀发现自己躺在一个稻草堆里。玉芬见秀醒了,连忙上前,喂了秀一碗米汤,小声问:"孩子你醒了?"一碗米汤下了肚,秀觉得自己身上有了活气,嗓子眼里挤出一句:"我找我娘!"玉芬把包袱摊在手上问:"你看,这是你娘的东西不?"

秀点点头,声音依旧小得像猫:"婶,我娘在哪?"玉芬眼圈一红:"孩子你别怕,我遇到过你娘,你娘好好的,她说要去找你,不知道这会儿去了哪里。她还救了我儿子一命,这包袱就是你娘临走时给我的。你且先安心跟着我吧,把身子养好,我们会帮你找到你娘的,要是等不到你娘的消息,我们就把你送回老家,看能不能找到你娘,你看可好?"

秀听了这话,慢慢止住了泪,玉芬接着问道:"你是叫秀吧?"秀点点头,"那你爹呢?"听闻此言,秀再次泪流满面:"大水来了,我伯为了救我,淹死了。"听到秀这样说,玉芬也只能陪着掉了几滴泪。

原来,尤老大一家三口揭了榜,帮着王督军家后厨做了老太太想吃的山东菜以后，老太太吃了赞不绝口，一问尤老大，知道老家也是山东的，一时高兴就破例让一家人都留了下来。尤老大在帮厨，媳妇就帮着采买点吃食材料什么的，也能让孩子跟着沾点油水，混个饱，一家人总算是饿不着了，也有了安身之所。

这天玉芬是带着儿子出来采买油香的，她看到秀指着沙文氏给她的包袱喊娘，当时心里就咯噔一下，想到沙文氏和她说的逃难出来九死一生为了找男人和女儿的事，怀疑眼前这个抢自己油香的女娃就是沙文氏的女儿。就这样，她把秀背回了王家大院。尤老大听媳妇说完了前因后果，也只说这是两个做娘的分别救了对方的孩子，这就是好人有好报，善心得善果，当下和媳妇商量好，暂时收留下秀，把秀安顿在了厨房后院的窝棚里，跟着玉芬住，对府里说是自己的侄女，跟着家人逃难走散了，所以先跟着自己。

府里的王管家也是好人，答应留下秀，让秀每天跟在玉芬后面，在厨房帮工，忙活完了，就在后院带着尤老大儿子玩，那孩子就是秀的娘当时救下的，如今也恢复了元气，都说孩子有口吃的就能长，现在长得虎头虎脑的，俩孩子处得像亲姐弟一般。秀小小年纪，离开娘，也没了主心骨，想着先把命保住，跟着玉芬，每天吃着用人的饭菜，一心想着等养好身子就去找娘。

抛开秀跟着尤老大一家在王督军家帮厨得以活命不说，单说沙文氏在豫东遍寻不着当家的和女儿，又听说家里边大水已经退去，随即动身一路乞讨回到了梨花镇，想着也许当家的带着女儿躲过大洪水，早就已经回到家也说不准呢。

一路乞讨，一路艰辛，沙文氏撑着一口气，历经半个月才绕道回到洪水过后的家，只可惜当家男人和女儿并没有回来，而在洪灾中被活活淹死在床上的婆婆的尸身都已经腐烂，惨不忍睹，沙文氏含着泪把婆婆的尸骸火化了，把骨灰用一个坛子装殓了葬在自家院墙后的梨树林里。沙文氏在婆婆坟前长跪不起，心里默念："娘，我对不起您，我没能救您，您在天之灵原谅我吧，保佑我找到孩子他爹和秀。"

整个镇子人口少了一半以上，有很多人家都绝户了，当初在洪灾中逃难离散的乡亲们，能回来的都陆陆续续回来了，有几个硬拼着回来的也只剩一口气，走路直打摆，回到家躺在自己床上就睡过去了，也算是落叶归根了。

大水过后，瘟疫横行，又夺去了一些老弱病残的命。其实但凡有口吃的就能活下去，没有吃的，身体扛不住，沙文氏靠着自家地窖里泡水发霉的地瓜干，撑着活了下来。

惹祸端白秀去蓼城

这天一大早，尤老大和媳妇去街上采买去了，留下秀照顾根生。前两天，尤老大见秀身子恢复得不错，就和秀说，过了这两天，等家里拜寿的最后一拨实在亲戚都走完了，就跟老太太请个假，带着秀回去梨花镇找她娘。秀听了格外欢喜，一心就想着回老家。

等到尤老大夫妻俩出门了，秀就带着根生玩，俩孩子也正是淘气的年纪，在这督军府里吃了几天饱饭，就似乎忘了一切烦恼。俩孩子一前一后追逐打闹着，不知不觉就从后院穿过小门来到了中院。

正在奔跑嬉闹间，根生一个没留神，迎面一头撞上一位中年胖妇人，妇人手里正捧着一个大花瓶，猝不及防被根生撞了个满怀，手上的花瓶啪地掉在地上，摔成了一堆瓷片。

妇人怒气冲天，柳眉倒竖，对着吓傻眼的根生抡起胳膊就是一个大嘴巴，这一巴掌把根生扇得哇哇哭了起来。原来，这位妇人是王督军的表妹，王老夫人的娘家侄女，嫁到离豫东百十里地的三省交界重镇——蓼城的一户姓赵的财主家当了正室，前几天专程来豫东给老夫人贺寿的，待了这么些天，寿宴也吃罢了，今天准备回蓼城了，那只琉璃花瓶是王老夫人刚才送给她的，是个外国的高级货，就这么被根生一撞给摔碎了。

赵太太找来管家，问这俩横冲直撞在院子里惹事的小崽子是从哪来的。王管家一看孩子们闯了祸，赶紧通知下人去街上找尤老大夫妇回来。

秀此刻吓得小脸惨白，不敢言语。赵太太看了一眼秀，当即愣了一下，旋即像是发现了什么似的，又弯下身子，伸出一只手捏住秀的下巴，把秀的脸抬起来，端详着秀的面孔。王管家在一旁介绍说这是厨房帮工家的孩子，赵太太捏了捏秀的肩膀问："几岁了？"秀低头不语。"我问你话，你就得回答，听到了吗？"赵太太提高了声音说。"七岁。"秀小声地应道。

"哦，那就是属羊的。几月生的？"赵太太心中暗喜，继续追问。"正月十六，我娘说我是元宵节第二天早上生的。"秀怯生生地答，不知道赵太太问自己生日是什么意思。

"太好了！"问完秀的生辰和属相，赵太太喜不自胜脱口叫道，"真是踏破铁鞋无觅处，得来全不费功夫。"眼珠一转，当即计上心来。

不一会儿，得到信的尤老大夫妇心急火燎地从外面赶了回来，王管家派去通知的人已经说了，俩孩子在院子里玩，根生把赵太太手里捧的琉璃花瓶给撞到地上摔碎了，现在被赵太太带着的人看着不放。夫妇俩是见过赵太太的，知道她是老夫人的娘家亲戚，得罪不起，只是不知道打碎的是什么样的花瓶，价值几何，心里揣度着接下来见到了该怎么说话，不觉脚下生风来到了中院。

来到院子里，二人抬头见赵太太端坐在院子长廊的椅子上，根生小小的身子蜷缩着蹲在一旁，脸上的泪珠还没干。见到尤老大夫妻俩，站在一边守着根生的秀想张嘴喊，又不敢出声，俩孩子可怜巴巴地望着尤老大夫妻俩。

"赵太太，您大人不计小人过，别跟孩子一般见识，这花瓶，我们赔，我们赚了工钱给您再买一个，您看行不？"尤老

021

大上前一步，赔着笑脸小心翼翼地说。

赵太太听了这话，眉毛一挑，抬起染着红蔻丹指甲盖的手指对着院子中央青石板上的花瓶残片一指，皮笑肉不笑地说："赔我？好啊！这琉璃花瓶呢，是外国货，值五千大洋，我也不要多，一分钱不加，你看你们是赔我现钱啊还是银票呢？"

尤老大夫妻俩傻了眼，即便两个人敲碎骨头卖光骨髓，也赚不到五千大洋。

见尤老大不说话，赵太太站起身来，脸上挤出一丝笑："这样吧，我看上你们家闺女了，让她给我做个干女儿吧，我呢，把她带走，带去我家，让她跟着我享福，你们意下如何啊？"

听闻此言，秀顿时如同被霜打的茄子一般，满脸哀求可怜巴巴地看着尤老大夫妻。

尤老大和媳妇赶紧给赵太太弯腰作揖："太太，您可怜可怜我们吧，这孩子不能带走！"

赵太太冷笑一声："你儿子摔碎了我的花瓶，我不计较，还要带你女儿去跟我享福，你不但不感激我，还做出这样的可怜相给我看，我说你咋这么不知好歹，有你这样当娘的吗？"

赵太太收起笑脸："实在不想给，也行，那你们就赔我五千大洋，或者……把你儿子手指头剁五根下来赔我，一根就算一千大洋，刚好一只手，如何啊？"

说完这话，赵太太一挥手，就有两个用人上来准备动手来抓瘫坐在地上的根生。

就在这当口，王督军的母亲——赵老太太从屋里被用人搀扶着出来了，早有人把发生的一切来龙去脉禀报给了她。老太太是富家出身，穿金戴银一辈子，觉得摔碎一个洋毛子送的花瓶不算多大的事，又听说侄女要借着赔花瓶的事要剁山东帮厨儿子的手指头，老太太礼佛心善，赶紧出来制止。

老太太用拐棍顿了顿地："你也是当娘的人，你怎么能动不动就要剁孩子的手指头？再说了，这花瓶是我送你的，碎了就碎了，我都不心疼，你在这又要剁手，又要人家闺女，你这是干什么呢？"

见惊动了老太太，赵太太笑着说："姑妈哟，哪有的事？我就是有一百个胆子，也不敢在您老人家寿诞之时剁人家手指头啊，我就是一时气愤，那么好的花瓶一下子就碎了，那是您赏我的啊，我能不生气吗？再说了，我生气也不是光为了花瓶，您是知道您那个侄孙的，从小就喜欢花啊草啊的，上次打碎了一个花瓶，为了这事三天不吃饭，您赏我的这花瓶我准备送给他的，结果就成这样了，我能不生气吗？"

"那你预备怎么办呢？这花瓶碎了就碎了，你就算把人家孩子打死，也换不回来的。我房里还有一块上好的羊脂玉，有助于睡眠，一会儿我再拿给你，你带回去给我那侄孙子楚安枕用吧。"老太太念了句"阿弥陀佛"，一挥手，"就这么着吧！"

眼看着计谋要落空，赵太太赶紧上前，附在老太太耳边嘀咕了起来，老太太听着，脸上慢慢浮现了一丝笑意。

空气都凝固了，众人不知道赵太太又在唱哪出戏，就听见老太太说话了："尤家两口子，我这侄女是看上你家这丫头了，想收她做个贴身丫头，带去蓼城，你们可愿意？"

"那不行啊，太太，您误会了，这丫头不是我们家的，我们做不了主，这孩子的娘还在满世界找她，我明天就准备跟老夫人请假，带着这孩子回老家找她娘呢。"尤老大话音刚落，赵太太也顾不得许多，破口大骂："我说，我一大早的跟你们在这里说这么多话，要不是看在你们烧得一手好菜给我姑妈过寿，哄得我姑妈开心的分上，我早把你们撵出去了，你们还真把自己当成这个家里的管事的了？现在是老太太在跟你们说话，你们好大的胆子，敢和我们老太太讨价还价？我再说一句，我看上这丫头了，是给你们脸了，这是你们八辈子修不来的福气，今天这丫头你们是给也得给，不给也得给！"

"太太，你别剁根生的手，我跟你走！"秀见此情况，也明白尤老大夫妇是留不住自己的，而且自己如果不跟着走，根生的手就保不住了。

话说到这个份上，已经是无可挽回了，尤老大还想争辩，媳妇拽了拽他的胳膊，尤老大明白媳妇的意思，这是胳膊拧不过大腿。

"秀，你跟着赵太太先去她家，我会去找你娘，跟你娘说你去了哪，我再带着你娘去找你，行不？"看着秀奋不顾身地护着根生，尤老大心里也是一阵酸楚。

"是嘞，这不就行了？我是看这孩子可人疼，带这孩子跟着我去享福，给我做个贴身的丫头，你们担心个什么劲呢？她又不是你们家的孩子，你们养着和我养着，又有什么区别呢？跟着你们受苦不如跟着我享福去，别人家想把孩子送我那，我还看不上呢！"赵太太见大局已定，恢复了笑脸。

"你要了人家女儿，必须得让人家亲娘知道，也要人家娘知道能去哪看女儿，不能为难人家。"老太太见秀自己答应了，心里掂量着这小丫头不简单，叮嘱了赵太太几句，又招了招手把秀唤到跟前，"丫头，你别怕，跟着去，你娘那边，回头让老尤家给捎个信，蓼城也离得不远，你们母女总有见面之日的。"

说完这话,老太太又命人取了二十块大洋交给尤老大:"你改天去趟梨花镇,找到这丫头的亲娘,把这钱给她。"尤老大只得谢过老太太。

"行了,一会儿就跟我坐马车走,你那一身衣裳也别穿了,我给你找新的,然后把你那脏脸脏手洗洗干净,再上马车。"说着话,赵太太招手,旁边上来一位老妈子,抓住了秀的手腕,就往前院带。

秀被拖着走,边走边回头看着尤老大夫妇,尤老大觉得对不住孩子,不敢正视秀的眼睛,玉芬也跟着掉了眼泪,下意识地搂住根生。根生伸着手,嘴里喊着:"秀姐,别走!"

为求生母女苦离别

各位看官看到这里不禁要问,这位赵太太究竟为何看上了秀?又为何想尽计谋软硬兼施死活要把秀抢了带回蓼城?暂且按下赵太太带着秀回蓼城此话不提,且说到尤老大没能保住秀,眼睁睁看着赵太太把秀带走,心里别提多难受了。

玉芬在一旁好一番开解:"他爹,这事怨不得我们,我们本身就是寄人篱下,又有什么法子呢?且不说咱们胳膊拧不过大腿,就说如今这兵荒马乱,秀跟着赵太太去了她家,必然不会饿死,只会比回到她老家强上百倍。你想啊,她爹已经死在洪灾里,她娘也不知在哪,如今这大灾之年,她一个妇道人家孤身往家回,在半道上能不能挺过去活下来都难说,就算秀她娘命大回到老家了,咱们把秀也送回去了,她们孤儿寡母的又靠什么活下去?如今老太太既然给了钱,你就想个法子去一趟梨花镇找找人,把这钱给秀她娘送去,再把蓼城赵财主家的地址和她娘说清楚,也算咱们给她一个交代。"

尤老大细细一琢磨,媳妇说的话不是没有道理,秀去了赵家,肯定不会饿死,只是不知道赵太太这么心急火燎强行要秀究竟是为什么,但朗朗乾坤,总不至于要害人性命吧?眼下既然这样了,就按照媳妇说的办,带着钱去找秀她娘。

转天,尤老大向王管家告了假,带着老太太给的二十块大洋,揣了点干粮,出发去梨花镇找秀她娘报信去了,留下玉芬带着根生还在督军府等着。尤老大这一走就是半个月时间,一路打听着，总算是到了梨花镇，镇子上一片劫后余生的场景，尤老大打听到坡上沙家，等到了门口一看，竟然是铁将军把门，再向周围一打听，街坊邻居说沙文氏改嫁了，嫁到了二十里铺的白家当了填房太太。

原来，大水退了以后闹瘟疫，地里庄稼也全毁了，沙文氏实在是无以为计，眼瞅着就活不下去了。街坊邻居有保媒拉纤的，就给沙文氏说道说道，劝她再往前走一步，说二十里铺的药铺掌柜白玉海去年死了原配，好歹也是掌柜的，家里不能没有当家大奶奶主事，正筹谋着续个弦，开出的条件也不高，白玉海说自己不是初婚了，对方是不是寡妇、有没有孩子都不要紧，自己只求女方是个知冷知热能过日子的良家女人就行。

保媒的自然是有耳报神，这就寻思着给沙文氏拉纤，让她改嫁白家。白家那边也听说了沙家的遭遇，对沙文氏的为人也多少了解一些，很是同情，又听说沙文氏一个人孤苦，日子眼瞅着过不下去了，掌柜的白玉海心善，让保媒的传话给沙文氏，两人婚事成不成的另说，让保媒的先带回点钱和米面粮油给沙文氏，让她别忧心，既然有缘结识了，会帮衬着她。

沙文氏也是实在走投无路了，男人死了，秀也还没下落，自己怎么着也要撑着活下去找到秀，还别提如今身怀有孕，自己更不能死呢！又加上白玉海多方帮衬却丝毫不提别的条件，让沙文氏很是感动，于是，沙文氏在婆婆坟前给沙老大修了一个衣冠冢，在坟前大哭一场。三天以后，沙文氏坐着白家派来的马车来到了二十里铺白家药铺，改嫁白玉海，自此就成了白家药铺的老板娘，随了夫姓，人称白家大奶奶。白玉海对这新太太很是呵护，虽是半路夫妻，两人相处得却也是十分融洽，结婚七个半月后，白家大奶奶生下一个弱小却还算健康的男婴,白玉海对这个儿子也很是喜欢,给他按照家谱起了个名字叫白启贤。在外人看来,这一家子日子过得很是得劲。

这天,白玉海出门进货还没回来,铺子里自有柜台老先生和小伙计,白家大奶奶正在药铺里带着儿子玩,伙计通报外面有人来找沙文氏,大奶奶一听,心里一惊,赶紧出了内院来到前厅。来者正是尤老大,两人照面后,尤老大看眼前的这个女人像是换了个人似的,气色也比以前好看太多了,体态也丰腴了,看来是日子过得不错。大奶奶见到尤老大,也十分惊喜,来不及多说话,就张罗着给尤老大准备饭菜。尤老大一路风尘仆仆从豫东来到梨花镇,又马不停蹄赶到二十里铺找上门,确实是饥肠辘辘,只是心里还记挂着大事,当即表示先不吃饭,找个方便的地方说话。

大奶奶心知肚明,考虑男女有别,对伙计说是自己娘家表亲来了,于是带着尤老大来到院中,让用人老妈子端了饭菜放在石桌上给尤老大吃喝,也没让用人走,就站在一边伺候着。尤老大捧着面碗,呼哧呼哧地吸溜了半碗,填个半饱回过神来张嘴说:"嫂子,你的女儿秀,找到了!"如此这般,尤老大边吃边说,把前因后果说了个明明白白。

大奶奶边听边掉眼泪,喜忧参半:喜的是秀总算是活着;忧的是如今自己改了嫁,人在白家,还拖着奶娃娃白启贤,一时半会儿自然是没办法去蓼城赵家找秀了。

知道大奶奶的心思,尤老大也不知道该说什么,从怀里掏出一路贴身藏着的二十块大洋,排在石桌上,说是赵家太太给的,是买了秀的卖身钱。大奶奶眼泪没断,半晌说了句:"秀这孩子,多亏了你和弟妹在督军府照应才能活下来,现在既然进了赵家,总算是有了安身之所,我这边这样子,一时也去不得,只能等我脱开了身再去。这钱你先拿着,若是有急难之时,尽管用就是了。"

大奶奶心里苦,自己是怀着遗腹子嫁进白家的,为了自己活下去,也为了白家的颜面,自己死守着这个秘密不能说。白玉海是开药铺的,等于就是半个郎中,自己这位填房夫人肚子里带着孩子嫁过来,他如何不知其中的秘密,只是彼此不说破罢了。加上孩子一天天长大,白玉海心地又善良,想开了是一样的,对这个儿子视如己出,大奶奶这才放下心来。

但如今,大奶奶不敢再和白玉海提自己还有个女儿在外面的事,一来是女儿卖给了赵家,即便是去,也不能立刻接走,二来,即便是赵家让自己赎人,把秀接出来了又能往哪送?跟着自己回白家?想那白玉海嘴上不说,心里肯定不乐意,娶了寡妇不说,又收了一个遗腹子跟自己当亲儿子一般养着,已然是仁至义尽了,再接个女儿回来养,算哪门子事呢?

想到这里,大奶奶擦了擦眼泪,回屋找来几件自己私底下做的衣服,包了个包袱,又从手腕上取下一个成婚时白玉海送的玉镯子递给尤老大:"秀她叔,我们也都是过命的交情了,但如今我是无法去见秀了,你如果得空,去趟赵家,替我看看秀,我知道我说这话挺不仁义的,你大老远地给我们娘儿俩传信,我还要使唤你。你一定把我的话带到,让秀知道她娘有难处,让秀知道她娘惦记着她,别怪她娘我不去找她,等我脱开了身,我一定去找她,赎她,啊!"话说到这个份上了,尤老大又怎么能不答应下来呢?

吃过饭,带着大奶奶给的包袱和干粮,尤老大这就往回走了。临别时,尤老大和大奶奶约好了,少则三个月,多则半年,尤老大再来传信。

这边，白家大奶奶虽不能马上见到亲生女儿，但知道了秀还活着，在蓼城赵家当了丫鬟的消息，又加上有尤老大答应做信使传递消息，到底是宽心了不少。那边，尤老大带着重托返回豫东，哪承想时隔一月没回来，豫东城里发生了天翻地覆的变化，差点就让他家破人亡。

土匪血洗豫东城（一）

豫东城外西南方三十里处有一座地势险要的高山，人称富金山，此山属于大别山山脉，绵延起伏，层峦叠嶂。相传有山民上山砍柴曾在山坳里捡到过狗头金，又有传言此山中藏有李自成的宝藏。另有一个传说，这山是金乔觉王子来中原布经讲法的第一个道场，后因山高路险，不便善男信女朝拜，且山头偏向西方，有冲撞西方佛祖一说，金乔觉王子便舍了此处，去了九华山重设道场。

现此山虽没了菩萨，却留下了一座千年古刹，唤作"妙高禅寺"。从清朝末年开始，禅寺香火衰败，此山被一群流寇土匪占据，妙高禅寺成了土匪窝，土匪头子大当家的叫许老凯，二当家的叫岳岐山。岳岐山幼时随父学木匠，为躲壮丁跟随父亲流浪在外，民国十五年（1926），他父亲病故，走投无路的他落草为寇，投入许老凯寨中为匪，因为年纪轻轻却心狠手辣，跟随许老凯下山抢劫时遇到官兵，近身突围，连杀五名剿匪士兵，救下大当家的许老凯，一战成名，得到许老凯器重，和他拜了把子，二人以兄弟相称，岳岐山做了富金山土匪窝的二当家。

这两个土匪头子，原也是穷苦人家出身，落草为寇以后，却不是杀富济贫的侠盗，而是昧了良心，带着众匪占山为王，专吃窝边草，一伙人打家劫舍、烧杀抢掠、欺男霸女，无恶不作，祸害得四里八乡民不聊生、苦不堪言。

尤其是这个岳岐山，长得膘肥体壮，面如黑炭，一脸杀气，右脸颊上还有一个黑痦子，看起来凶狠无比。岳岐山落草为寇数十年间，被他勒索吊打奸淫而伤亡受害的无辜乡民不计其数。在一次抢劫一户大户人家时，众匪遍搜无获，岳岐山却从一只葫芦里搜出了本家藏起来的金库的钥匙，从而把本家洗劫一空，众匪信服，从此江湖送他一个外号"岳葫芦"。提起"岳葫芦"三个字，四里八乡无人不知，无人不晓，若是有谁家孩子啼哭闹夜，家里大人只要说一句"再哭，岳葫芦就下山抓你了"，那孩子立刻就会停止哭泣，乖乖入睡，百试百灵。

数十年间，豫东城历届政府军虽然多番组织剿匪战役，但适逢乱世，外有日寇进攻，内有军阀割据混战，加上许老凯、岳葫芦带领的土匪皆为亡命之徒，光脚的不怕穿鞋的，打起仗来不怕死，又有山势天险作为掩护，所以每次剿匪政府军都惨败而归，土匪的气势日渐猖獗，许老凯叫嚣着要占领豫东城，把人马全都拉到城里做城主。

不料想，民国二十一年（1932），豫东城里进驻了一支部队，正是王督军的人马，这王督军行伍出身，是个带兵打仗的好手，上峰派他来镇守豫东城，他也是尽心尽力，对内整肃纪律，安抚乡民，对外加强防备，严打匪乱，豫东城这才恢复了三省交界重镇的一点元气。

许老凯不服，带着人马或明或暗和守城军打了不下十次恶战，却连一次便宜都没占到，损兵折将不下百人。最后一次交战，两军交阵之时，许老凯一个没防备，让王督军一枪打中脑门，当场结果了性命。二当家的岳葫芦见势不妙，带着众匪徒撤回富金山老巢盘踞不出，由此换来了豫东城近些年的安宁。

俗话说得好,"君子报仇,十年不晚",那么说杀人不眨眼的土匪呢?许老凯身亡之后,二当家的岳葫芦就升为匪首大当家的,带着土匪盘踞富金山,靠着易守难攻的天险和这些年来抢上山的柴米钱粮生生地撑了近十年,这期间没再敢下山祸乱百姓。但这并不代表他们已经改邪归正,岳葫芦带着众匪徒在后山日日操练,一刻也没忘记报仇雪恨。

眼瞅着山中余粮所剩无几,又得知今年黄河决堤,豫东城难民人满为患,城里城外乱成一锅粥,岳葫芦动了趁乱下山、趁火打劫连带着报仇的一连串念头,他派人乔装进城打探准确消息,摸清了王督军的人马和政府忙于赈灾,弄清楚城里城外的驻扎兵力和分布情况。岳葫芦定下了血洗豫东城的计划,发誓要把王督军一家老小赶尽杀绝,替义兄许老凯报仇。

这天,岳葫芦安插在城里的眼线回报说王督军明日一早要带队去省城参加演练。岳葫芦又请了寨子里会占卜的老巫算了一卦,说今日"出兵"必定所向披靡。岳葫芦整兵点将,将精兵强将分为两路,一路由心腹带着埋伏在去省城的必经之路上,一路由岳葫芦亲自领着杀进豫东城,他要血洗督军府。

第二天天没亮,王督军果然带着一队人马出了城。此去省城是参加抗日集训演练,所以王督军带的都是精挑细选的兵力,留在城里守城的人马就不多了。出城二十里就到了分路口,大路在面前一分为二,一条岔路去邻县,一条岔路去省城。赶了这么久的路,天这会儿子已经亮了,王督军吩咐停马打尖,在路边树荫下取出水壶喝水小憩。王督军坐在马上,猛然间心头一动,感觉哪里有什么不对劲,他注意到脚下的路面沙土翻飞,有许多脚印,脚印凌乱,像是刚刚经过大队人马似的。

要知道此刻洪灾过去数月，多数穷苦人家死绝了，幸存下来的灾民要么是拖着半条命在家里苦熬，要么就是守在豫东城里等着救济，又怎么会一夜之间在去省城的路上出现这么多脚印？要说是军队就更不可能，此时方圆百里，也只有他一队人马驻扎，况且全是脚印，连半个马蹄印都没有。心中生疑，王督军便下马细看，他本来就是习武之人，又心思缜密，仔细观察脚印，发现大多数脚印入土三寸，踩得那叫一个敦实，且脚印轮廓分明，一点不像饿得半死的饥民走路留下的脚印，可见过路之人身强体壮，脚力非凡。王督军暗自揣测，这些人如果不是路过的部队，那么就很有可能是山上的土匪之流，保不齐就是知道自己今日要去省城，提前下山在前方埋伏也未可知。

正在此时，只听远处隐约传来枪炮声，王督军心头一颤，凝神听辨，声音是从豫东城方向传来的，当即脱口而出："大事不妙。"

土匪血洗豫东城（二）

话说王督军去省城公干，清晨出城二十里后在路边小憩，猛然发觉路上有异，正在揣测时，耳听豫东城方向传来枪炮声，当即反应过来是豫东城出大事了。

等到王督军带着众人快马加鞭赶回豫东城时，为时已晚，城内到处是死人，从城门口两侧灾民棚到城内沿街商家住户无一幸免，几乎被赶尽杀绝，目光所及之外，尸横遍野，血流成河。

王督军慌忙下马查看，只见死尸里有守城的士兵、逃难的灾民，多是一些无辜百姓，无论男女老少，一律被枪杀，早已气绝。随从有人逐一检查是否有活口，在墙角发现一个中弹的守城士兵嘴里吐着血沫子，直愣着眼珠子，看上去也只有进气没有出气了。这个士兵看到王督军，挣扎着吐出三个字"岳葫芦"，就头一歪咽了气。

王督军肺都要气炸了，心想果然是土匪趁自己带着精锐部队出城之际下山偷袭，想不到蛰伏了数年之久的"岳葫芦"还是贼心不死，自己怎么就没算到呢？正在此时，一旁的随从副官猛然发现城东上空浓烟四起，慌忙禀报，王督军一股子心血涌上来，心想大事不妙，眼前一黑，有点站不稳，随从慌忙扶了他，他立马抽身上马往家狂奔。来到家门口一看，果不其然，起火的正是自己的府邸。但见府邸大门洞开，两扇九寸厚的门板上布满了枪眼，门后的顶门杠也断成两截，铁定是被撞断的。

门口四名守卫的尸体倒在府前门槛上，其中一名守卫被枪打成了蜂窝煤一般，浑身上下都是枪眼，整个人都成了血葫芦一般，牙关里还紧紧咬着半根手指，随从上前费了九牛二虎之力才取下手指。想必是这名守卫打光了子弹，飞身扑到土匪身上拼死肉搏，咬下了半根手指，又被土匪打穿了身体血竭而亡。

此情此景，王督军饶是戎马半生，此刻也已经是肝胆发颤，两眼发黑。但见督军府内院火光四起，前厅和中院的大火已经烧得无法进人，火焰从房屋内部倒卷而上，滚滚的浓烟夹杂着刺鼻的气息向天空扩散开来，形成一团团巨大的黑云。王督军眼瞅着这家就毁在眼前，想着自己的老母亲和老婆孩子都还在府里，想必也是凶多吉少了，一时间再也站立不住，瘫坐在大门外马路边。

手下人强忍着悲痛，四下里找来水桶、扫把等工具灭火，一边躲避着火舌，一边试图冲进府内救火。无奈火太大了，人根本无法进入了，眼瞅着督军府就要毁在这场火里了，却见天色忽然变得黑暗，天上涌出一团团乌褐色的云，半空里闪出一道道闪电，响起了几声炸雷，霎时间瓢泼大雨从天而降，不消片刻，火就被大雨浇灭了，大火一灭，雨势就减缓渐止。在场的人暗暗称奇，这真是老天开了眼，要不是天降甘霖，就凭在场这几十号人，是根本没办法扑灭大火的，而督军府也必定会被烧成断壁残垣。

虽然明火已经被雨水浇灭，但院内四处的黑烟还没散尽，王督军不顾众人阻拦，捂着口鼻径直冲进后院内宅。真是怕什么就来什么，内宅客厅躺着老太太和夫人的尸体，餐厅桌子上的碗筷都还摆放着，可见是正在吃早餐的时候，遇到土匪冲进府，婆媳二人中枪而亡的。再看院子里横七竖八躺着一众丫鬟和用人的尸体，各个身上都有几个弹孔，死相惨烈。王督军肝肠寸断，想到自己戎马半生来到这豫东城内安家落户，对内，他整军肃纪、安抚乡民，不可谓不尽心，对外，他主张抗日、防御土匪，不可谓不尽职，自己母亲和太太更是吃斋念佛，初一、十五施粥舍粮，却不承想今日里竟落得家破人亡的下场。

遭此大劫，王督军强忍心头悲痛，四下里再一寻摸，竟然没有发现王管家和王督军刚满周岁的儿子大宝。随从几人也分散到各处寻找，片刻回来禀报，并没有发现大宝的踪影。正所谓"活要见人，死要见尸"，众人心中都有了一个不祥的预感，难不成管家和大宝被土匪所葫芦抢了去？

正在此时，只听到一名随从从后院传来喊声："发现王管家了！"众人大惊，难道王管家还活着？王督军带着众人赶紧冲向后院，只见从后院到厨房的一路上都是厨房帮佣的尸体，在拐角处的大水缸上趴着一个人，随从正在费力把这个人从水缸上往下抱，众人见了急忙上前帮忙，合力将此人从水缸上搬下来面朝上平放在地上，此人正是刚才遍寻不着的王管家。

王管家腰腹间有一个枪眼，虽不是致命伤，但流血过多，此刻气若游丝。王督军连叫了两声管家，须臾之间，王管家睁开了眼，见到主子在眼前，管家急促地喘气张嘴，还没来得及说出话，却咳出了两口血。

王督军知道此时管家已经是大限将至，便含着泪点点头，悬着一颗心紧跟着问了一句："大宝呢？"

王管家此时已经是不能开口了，听到主子在问话，拼尽最后一丝精神，两个血红散了神的眼珠子向水缸方向一转，一顿，再也不动了，整个人在王督军怀里冷了下去，死不瞑目。

王督军大恸，管家跟了他大半辈子了，忠心耿耿，不想临了落得这般结局。只是此刻也顾不得太过悲伤，管家刚才转了眼珠子，王督军心里已然明朗，当下招呼众人将水缸挪开，露出了家里地窖的入口。

原来，当初买这栋宅子，经管家手修了一个地窖，里面有两间房屋那么大的面积，通风口齐全，专门用来存放督军爱喝的女儿红。

众人合力拉开平铺在地窖口的木板门，此刻地窖里隐约传来窸窸窣窣的声音，王督军大喊一声："谁在地窖里？速速现身，督军我回来了！"话音在地窖里回响，半晌，地窖尽头传来脚步声，不一会儿，玉芬抱着大宝、牵着根生出现在地窖口，她神色慌乱，看到真的是督军大人在眼前，来不及多说一句，连忙把大宝从怀里递给督军。

王督军接出大宝，上下检查一遍，大宝浑身上下没有半分损伤，到底刚满周岁，不谙世事，不知道什么是怕，右手握着半截甜烧饼，过一会儿就含在嘴里，虽然还不会说话，却已会认人，会盯着自己爹发笑。

随从几人上前搭把手，把尤家母子从地窖里扶出。王督军此时经历大悲大喜，心头大石算是落了地，三魂七魄也回了真体，强撑精神向尤老大媳妇玉芬问个缘由。尤老大媳妇玉芬显然也是惊魂未定，又见王管家的尸体躺在一边，好半晌回过神，含着眼泪和督军说起了今天早晨的惊魂遭遇。

土匪血洗豫东城（三）

上回说到王督军家惨遭土匪灭门，满府上下只有三个人逃过一劫，其中之一是王督军的独生子大宝，另外两人是因为会做山东菜被留在府里帮厨的尤老大的媳妇和儿子根生。

尤老大媳妇玉芬抹着眼泪告诉督军，今天早晨自己帮着厨房做完了早餐，和儿子根生在后厨吃了两块红薯，喝了一碗疙瘩汤，想起昨晚老夫人说想吃甜烧饼了，这饼子尤老大会做，自己也会，但是咋晚没有发面，临时做来不及，就出门去买后街上卖的。她带着根生刚在后街买完烧饼，就听到前面大街上传来枪炮声、喊杀声，吓得她赶紧拉着儿子从后街退回督军府后院。

那个年月兵荒马乱的，今天这里放枪、明天那里开炮的都是常事，老夫人和督军太太平日里大门不出二门不迈的，只顾着吃斋念佛，今天这事也没当太大事去想，吩咐管家派人出去打听着也就是了，关起门来尽管搞不清楚外面发生了什么，但心里想着自己在督军府里不出门，府里有护院，门外有警卫，总归不会有事。而府里用人们多半也是这样想的，玉芬用干净的小箩筐盛着还冒着热气的烧饼，送去给老太太吃，看着当家主子老太太和夫人都安稳地坐在花厅吃着早点，她也就没当回事。这当口，奶妈抱着刚满周岁的小少爷大宝在一旁玩，一早已经喝过奶，但是大宝人小嘴馋，看到奶奶和妈都在吃烧饼，嘴里嘀嘀咕咕的，伸手就想要。这时老太太和督军夫人一手拿着烧饼，一手捏着勺子正喝着疙瘩汤，两人说甜饼子没有尤老大做的好吃，又问尤老大何时回来。说话间，督军夫人说早起风凉，让奶妈回房里找个毯子出来给老太太盖在腿上，奶妈抱着大宝腾不出手，玉芬刚洗过手，就在老太太和夫人的默许下，顺手就把大宝接到怀里，又从小箩筐里拿过一块甜饼子递给大宝，玉芬边逗着大宝说话，边坐在花厅走廊上喂大宝吃烧饼，哄着少爷玩，奶妈便起身去内室拿毯子去了。

不料想，大宝手里抓着一块烧饼还没吃上两口，众人说笑间猛然就听到外面的枪声越来越近，间或还传来爆炸声，像是离督军府越来越近了。等到土匪打死了守卫，听声音像是有人已经冲进前院，内院这些人才真的慌乱起来。

当时老太太和督军夫人已经放下了碗筷，疙瘩汤都没喝完，管家从前院跑进来报告土匪杀来了，大家这才知道大祸临头。此刻再想逃已经是无路可逃，也来不及逃了。

危难之际，督军的娘，这位赵老太太却不糊涂，说自己如果躲了或是逃了，土匪找不到督军的妈，一定不会善罢甘休，让管家带着夫人和少爷从后门赶紧走，自己打算留在院内，反正这辈子自己该享的福已经享尽了，这把老骨头也不怕死了。不料督军夫人见婆婆非但不躲，还说了一番深明大义的话，心想如果自己跑了，土匪找不到督军的太太，也同样会挖地三尺不肯罢休的，所幸陪着婆母一起，是死是活听天由命，只要能保住儿子的命就行。

说时迟那时快，听声音土匪已经逼近了，眼瞅着就要从前院杀过来了，老太太和夫人含泪催着管家和玉芬赶紧带着少爷从后门跑，夫人取出一枚小银锁挂在大宝脖子上，万般不舍地亲了亲大宝的脸颊，猛然推开玉芬。管家护着玉芬，玉芬抱着大宝，大宝手里还捏着半块甜饼子，俩大人一孩子就从花厅快步向后院冲，刚穿过院门，就听到花厅里传来几声枪响，想必是土匪已经把花厅里的人击毙了。王管家见后院此刻并没有人，后门已经开了，想来留在花厅里的帮厨估计也被打死了，还有几个用人估计从后门跑出去逃命了，不过此刻街面上到处都是土匪，即使跑出去多半也是个死。

说时迟那时快，王管家飞速将后门关上，插好门闩，引着玉芬抱大宝来到院子角落的大水缸前。根生因为早上起得早，跟着娘从外面买完烧饼回来，就回到窝棚里睡回笼觉去了，被枪声惊醒后，也不敢到处跑，在窝棚里吓得直发抖，见到王管家和自己娘出现在院子里，赶紧从棚子里冲出去扑到娘跟前。王管家让玉芬把大宝交给根生抱着，两个大人合力将大水缸向外挪开，露出平铺在地上的一个木板门。王管家抖着手掏出钥匙，打开门板上的锁，拉开门板，招呼玉芬带着大宝赶紧钻下去，门板下面就是一个入口，一个木梯子搭在门板下，直通地窖下的地面，因为地窖留有排气孔，所以下面依稀有些光亮。玉芬喊着根生快进去，根生也顾不上害怕了，听娘的话一转身，一猫腰倒退着下了梯子进了地窖。玉芬抱着大宝小心翼翼地紧跟着就钻了下去，大宝倒也不哭不闹，小手里还捏着半块烧饼，小舌头不时还伸出来舔着烧饼上的甜疙瘩。眼看着玉芬抱着大宝快到地面了，王管家正准备钻进地窖时，却已经来不及了，他没有回头就已经听到花厅那边传来脚步声，似乎已经有一群土匪穿过了院门，想着自己如果贪生也跟着钻进地窖，抛开地窖门没办法从外面锁上不说，那挡着地窖门的大水缸也无法从上面挪回原位，最后结果肯定是地窖里的一群人都要被土匪发现，全部送命。

041

电光石火之间，王管家没有犹豫不决，他一脚踢落竖起来的木板，同时双手把住大水缸口径边缘，使出浑身的力气，将水缸挪回了原位。还没等他直起身子喘口气，一发子弹就从后面打中了他，他就势趴在水缸上，不再动弹。

玉芬说完这些，已经是泣不成声，剩下的事情不用她说，王督军自己也能猜到：王管家中枪后，死死趴在水缸上一动不动，让地窖入口没被发现。土匪们在后院又搜索了一遍，确认没有活口了，就有人从厨房搬运柴草，放到前厅和中院内室开始点火烧宅子。这期间，岳葫芦带着另一帮杀人不眨眼的土匪从内宅已经搜刮了督军府的金银细软，众土匪速战速决，将能拿走的全部拿走，带不走的就点一把火烧了起来。就这样，等到王督军带着随从赶回豫东城，土匪们已经作恶完溜了。王督军掏出手枪，对天鸣放三响，心中下了狠心："此等血海深仇，今生不报，誓不为人！"

王督军托孤

上回说到王督军从地窖中救出尤老大家的娘儿俩和自己的儿子大宝，他从尤老大媳妇玉芬口中听完土匪血洗督军府的经过之后，悲恸之下，他下定决心，发誓要报这血海深仇。

豫东城发生此等灭门惨案，震惊四里八乡，省府得到消息，也专门派来特派专员慰问安抚督军。王督军手下的亲兵卫队忙着找来棺木，清理并收殓了督军家里从老太太到用人一共四十八具尸体，又在豫东城县府临时开辟了一处地方，布置好了灵堂，只等守灵三天后安葬。

经历这次惨痛变故，王督军几日之内精神憔悴，苍老了许多。好在还有儿子大宝陪在身边，玉芬这段时间负责带着大宝，照顾得也是无微不至。

看到儿子，王督军心中不禁感念老天爷让王家留下血脉已经是不幸中的万幸，转回头再一想，自己已经在母亲和夫人的灵前发了誓，已然是下了必死决心要去找土匪岳葫芦报仇，其结果就算不是鱼死网破，自己也一定是凶多吉少，那么一旦自己都顾不上自己了，唯一的儿子大宝又该如何安置？

守灵第二天，尤老大回来了。他进城以后发现豫东城尤其是督军府惨遭血洗，遍寻不到自己媳妇和儿子，吓得魂飞魄散，幸好卫兵发现他在督军府号啕大哭，将他带到县政府大院面见督军，他这才知道督军父子俩还有自己老婆儿子都大难不死逃过一劫，饶是如此，尤老大也是后怕不已。

稳定心神后，尤老大和媳妇说了自己此番去梨花镇找秀她娘的所见所闻，媳妇也是明事理的人，听过唏嘘一番之后便不再多言语。王督军见尤老大一家三口团聚了，心里阵阵发酸。看到这几日尤老大媳妇玉芬和儿子根生照顾大宝可谓尽心尽力，如今尤老大也回来了，督军心里也就有了打算，只等丧事办完再提。

守灵的三天三夜时间里，并没有见到督军表妹夫一家——蓼城赵财主家遣人来悼念，按说发生这样骇人听闻的大事，连省府都派人前来灵堂吊唁，作为姑表亲戚的赵财主和赵太太竟然没有来，非但人没来，甚至连个消息都没有带来，不免让人心中生疑。

可是眼下也顾不得考虑那么多，时值盛夏，即便是有冰块镇着，那殓着四十八具尸体的棺木也不能再放了，所以三天一过，王督军就带着手下把棺木全部安葬到了后山陵园。

丧事处理完，王督军找来尤家老大夫妻，当面做了重托，那就是将大宝托付给他们夫妻照顾了。闻听此言，尤家夫妻面面相觑，一时间愣住了不敢答话。王督军又接着说自己已经发誓报仇雪恨，但据探子打听的消息，血洗完豫东城包括督军府的土匪在岳葫芦带领下没有回到富金山，暂时不知下落，所以王督军打算带人一路追查，直到手刃岳葫芦为止。他此番出发行军打仗，又肩负血海深仇，时间也是遥遥无期，况且自己是大男人，队伍里又都是男兵，大宝是刚断奶不久的娃娃，自己实在没办法带在身边，思来想去，只能托付给尤家夫妻照顾了。

王督军一番掏心窝子的话说到这个份上，尤家夫妻也听懂了，此刻他们夫妻二人也已经回过了神，想当初自己一家人从山东逃到豫东城，走投无路快要饿死的时候，要不是督军府收留在厨房帮工，一家三口现在估计都不知道在哪了，就算是回报督军家救命之恩吧。想到这里，尤家夫妻连连点头，接下了这个重托。

尤老大情真意切地和督军说："主子，您这么信任我们夫妻，我们也必将不负重托，大宝有我们照顾，您就放心吧，我们自己不吃，都不会饿着他！"

王督军感叹道："当初看你们把半路收留的丫头都当成亲女儿一样疼，为了她专门去找她娘报信，我就没有什么不放心的，你们只管把大宝当成自己儿子就行，今后等他长大了，要是愿意，就告诉他身世，要是他要问他爹，就让他知道他爹是去打土匪、打日本鬼子才离开的他，不是不要他。"

转天，王督军命人找来香烛供桌，和尤老大拈香磕头，对天盟誓拜了把子结成异姓兄弟。王督军交给尤老大两根金条，让他们夫妻俩带着孩子去蓼城投奔赵家。

说到让尤家夫妇带着儿子去投奔赵家，王督军自己心里也并没有什么底气，只道世态炎凉，人心淡漠，却没有想到自己家遭了难，表妹一家没有丝毫表示，连头都不愿意伸一下，想当初自己母亲在时，自己这个表妹隔三岔五就会赶来陪着老太太，美其名曰看望姑妈，一住就是小半月，老太太也架不住自己侄女嘴甜，一点体己和房里的古董都快被沾光了，现如今自己家发生了这样大的变故，赵家作为表亲竟没有一个人来，想必是知道土匪岳葫芦血洗了督军府，怕自己家被牵连，也遭遇不测，所以才不敢前来奔丧。

所以，想到这里，王督军又叮嘱尤老大夫妇："你们此番去赵家落脚，可定个时限细细观察，若是赵家上下客客气气，你们可以长留，若是时间不长，他们冷言冷语变了脸色，你们当可自立门户。那两根金条你们切不可在人前显露，更不能交给赵家人，够你们在蓼城买地置办家业了。"尤家夫妇点头称是，牢牢记在心里，同时两人商量，刚好这次去蓼城赵家能看到秀，就把秀她娘的事情告诉秀，还有那二十枚大洋，也可以带给秀。若是赵家接纳了他们，又可以照顾秀，又有了安身之所；若真是像督军说的那样不被赵家待见，那么就想法子把秀也赎出来再做安排。

事情筹谋完毕，转天王督军就派人雇来马车，再安排两名卫兵护送尤家人去蓼城。在豫东城门口，王督军在大宝脸上亲了又亲，众人洒泪作别。

蓼城赵家

马车辗转一天，天黑以后，总算是到了离豫东城百十里地之遥的三省交界重镇——蓼城。尤老大带着老婆和两个孩子在卫兵带领下找到了城东赵财主家。

赵家是蓼城有名的富户，打从明朝蓼城开埠起就经营缫丝生意，传到赵财主手里已经是第五代了，赵家出产的丝专门供应三省各丝织厂，几乎垄断了周边的生意，方圆百里，提到赵家缫丝，无人不知。赵财主本名赵家齐，时年四十有余，他是家中独子，十五岁那年，父母相继离世，他少年继承家业，匆忙接手生意，一心只顾着把祖传家业经营好，无暇分神考虑终身大事，直到三十岁还是单身。赵家齐的一位姑妈和豫东城王督军的母亲赵老太太是同族的亲戚，打小就认识，但是已经出了五服，这位姑妈也知道赵家有位小姐还待字闺中，找来赵老太太商量许配给自己家侄子做太太。两家的老人们一商量，都姓赵，五百年前本就是一家，如今两人年岁相当，若是有缘结成夫妻，自然是亲上加亲天长地久的好姻缘。赵家齐也想着自己家虽说富甲一方，但是到底缺少政府方面的"大树"，若是娶了豫东城王督军的表妹，那以后方圆百里，也没人敢惹自己了。赵小姐呢，见到赵家齐以后觉得还算过得去，再听说赵家齐是蓼城富户，缫丝厂的东家，嫁过去当太太也自然是吃香的喝辣的，也就点头答应了。

就这样，赵家齐娶了赵小姐，两人婚后还算幸福。婚后第二年，赵太太生下一个男婴，一家子欢天喜地，赵财主给儿子起名赵天赐。不料天赐三岁那年发高烧烧坏了脑子，最后烧退了，人却成了半傻，这下赵家人就像从天堂到了地狱一般。赵财主带着天赐上天津，奔上海，四处寻医问药，却依旧没有将天赐治好，只得接受现实，把这个傻少爷养在家中，好吃好喝地供着。赵太太心疼儿子，吩咐了丫头、老妈子贴身伺候把少爷照顾好了，反正家里有的是钱，随他怎么玩怎么闹，只要不杀人害命、点火烧房子就行。

话虽如此，赵财主看着傻儿子心里却发愁，想偌大的产业不能后继无人，有心再讨一房姨太太生下一儿半女延续香火继承家业。不料夫人知晓他心思后，寻死拼活不答应，搬来娘家亲戚施加压力，后来就连赵财主身边稍微年轻一些的丫鬟都被赵太太换成了老妈子，赵财主气不打一处来，两人关系日渐僵持。

想着百年之后家业就要败落，又恰逢乱世，民不聊生，缫丝生意也只是勉强支撑，赵财主内忧家业，外愁生意，思虑过多忧劳成疾，身体也一天不如一天，从前几年开始就离不开药罐子，如今家里也都是赵太太带着周管家等一群心腹在当家主事。

尤老大手持王督军亲笔写的书信，被周管家领着进了客厅，见到了赵太太，两人当初因为赵太太在督军府强行带走秀做丫鬟一事就认识了。知道赵太太不是什么善人，尤老大也不多言语，行个礼，上前递上王督军的手写书信。

看完表哥写的信，赵太太脸色并没有太大变化。对于表哥家惨遭土匪灭门一事，她和丈夫早就接到信知晓，只是正如王督军判断的那样，赵太太是个打小就精于算计之人，她心里盘算的是老话都说"死了姑（姨）娘断了根"，自己那位老姑姑被土匪打死了，偌大一个督军府又被土匪洗劫一空烧成了废墟，今后也没有半点好处可沾。况且土匪如果得知蓼城赵家是王督军家的亲戚，加上又离豫东城不远，万一有朝一日土匪们寻上门来像洗劫督军府一样打劫自己家，那自己要顶着风险去豫东奔丧可不就是太过扎眼外加引火烧身吗？所以最后赵家人没去豫东奔丧，甚至连个口信都没带去，只是装聋作哑。

但令赵太太没想到的是，现如今表哥安排人投奔自己了，来的人竟然是当天和自己作对的尤老大一家，又有表哥亲笔书信，不会有假。人都到了，不能撵出去，略一思量，赵太太命人到门房把尤老大媳妇玉芬、根生还有督军儿子王大宝一起带到客厅。

见到尤老大媳妇玉芬抱着大宝在哄着，赵太太心想自己这位督军表哥应该是遭遇大变故失了心智了，竟然让两个下人带着自己的儿子。想到这里，她招手让玉芬把大宝送上前来。大宝这段时间一直都是由玉芬照料着，同吃同睡，已经混熟了，此刻想必是饿了外加颠簸一天困了，乍一看到满脸横肉龇牙咧嘴冲着自己伸手的赵太太，大宝哇的一声哭了起来，连连往玉芬怀里钻。

见大宝不要自己抱，赵太太有些恼火，又不好和孩子发脾气，哼笑两声，转身坐回太师椅，又拿出当家太太的架势吩咐人准备饭给尤老大一家和护送他们来的两个卫兵吃。

一行人在客厅前的餐桌坐下，陆陆续续有下人从厨房端来饭菜，尤老大上眼一瞧，也不过是些稀饭、馒头，外加几个素菜冷盘。赵太太拿着一块甜饼子逗着大宝，大宝被赵太太手里的甜饼子给吸引了，赵太太便成功地从玉芬手里抱走了大宝，坐在椅子上继续说笑，口口声声招呼着众人赶紧吃，说是不知道会来人，匆忙之间没准备饭菜，大家将就用些，又说如今世道艰难，生意难做，别看外面都说蓼城赵家家大业大，其实都是坐吃山空，眼瞅着就要靠卖地维持生活了。

尤老大和媳妇坐在餐桌前，交换了一下眼色，媳妇给根生盛了一碗稀饭并拿了一块馒头，让他坐到自己身边来吃。根生也不敢搭腔，小心翼翼地吃着馒头，喝着稀饭。两个卫兵也是，草草几口喝完稀饭吃完馒头就起身告辞，说是要连夜赶回豫东城，督军命令他们送到即返回，等他们二人回去就要整编队伍去搜索土匪岳葫芦报仇。

两个士兵走后，赵太太又带着尤老大夫妇和根生在客厅小坐了一会儿。从进赵家到现在就一直没见到秀的面，尤老大夫妇忍不住了，玉芬赔着笑脸开口问："太太，我们家秀姑娘在这还好吗？怎么没见着她贴身伺候您呢？"赵太太正让丫鬟给大宝喂小米粥，听到这话眼珠子一转，笑着答道："秀这孩子我是真心喜欢，哪能委屈她让她伺候我？这不，我儿子也老大不小了，看上秀了，我就让秀给我当儿媳妇，秀自己也答应了，每天都和少爷在一起玩耍，这样别提有多好了！"

闻听此言，尤老大和媳妇不禁愣住了，说好的当丫鬟，怎么到了赵家变成了儿媳妇？这赵太太家的少年可是富家公子，怎么可能好好地看上一个流浪乞讨差点死掉的小丫头呢？这家人葫芦里到底卖的是什么药？

一连串的疑问让尤老大再也坐不住了，他站起身说："太太，能让我们见见秀吗？秀她娘还有话托我和她说呢！"赵太太眉头一皱："你们别急，你们刚来，也该歇歇，此刻少爷那边院子里都歇息了，等到明天再见也不迟，人在我们赵家，你们就放心吧,既然都投奔到我这了,以后就都在这里,天天都能见到秀,也不急着这一晚吧?"

赵太太这番话把尤老大生生给堵回去了,无奈之下,尤家两口子只得起身道谢,然后就按照赵太太的吩咐,带着根生跟着周管家去用人房安顿下来。尤家媳妇原本准备带着大宝一起的,但是赵太太给拦住了,说是孩子都到了表姑家,没有道理再跟着下人睡在一起,自己要给大宝洗澡换衣服。尤家媳妇还想争取,但是尤老大把自己媳妇拉走了,说赵太太说得也不是没道理,自己都是用人,人家再怎么说也是大宝的亲表姑,不会亏待大宝的,况且现在自己一家三口都在人赵家屋檐下,不能弄得太僵,且住下来等明日见到秀问问这家到底如何再说也不迟。

于是,尤老大一家三口在偏院一间小房子里安顿下来了,简单收拾洗漱以后,一家人就上床休息了,根生也是累惨了,头一挨枕头就睡着了。来之前尤老大让媳妇把督军给的两根金条缝在了贴身的小裌兜里,所以睡觉都不敢脱衣服,他又叮嘱媳妇把秀她娘给的二十枚银洋还有那只镯子藏好了,媳妇让他别担心,小声说二十块银洋都被自己缝在裤腰上了,镯子也藏在一布鞋里,布鞋塞在压箱底的衣服里。说完两人都偷笑了起来。正在此时,安静的夜里突然传来女孩的惨叫和哭泣声,间或还有打骂声,尤老大夫妇二人吓得大气都不敢出,仔细听那女孩的声音,竟像是秀。

虎穴

书接上文，上回咱们说到豫东城被土匪血洗，王督军惨遭灭门，将独生子大宝托付给了尤老大，自己带着人去找土匪岳葫芦报仇。尤老大夫妇带着孩子辗转来到蓼城赵家落脚，当晚尤老大和媳妇正准备休息之际，突然听到院中传来女孩惨叫和哭声，凝神听了一会儿，那声音竟然像是秀发出来的。

夫妇俩大惊失色，尤老大一骨碌从床板上坐起身来，准备循着声音去查找，媳妇将他一把拽住："他爹，这深更半夜，咱们今天刚来，根本摸不着门，你且等明天一早再去找也不迟。"尤老大也在犹豫，就说自己即便是顺着声音摸到了后院，院门想必也是锁上的，自己也进不去啊，再说了，究竟是秀在哭，还是别的哪个小丫鬟犯了错挨了打，也未可知，只好等到天亮再看。

好在女孩的哭声渐渐小了，叫骂声也没了，尤老大夫妻俩这才重新躺下。可悬着心的两人怎么也睡不踏实，天麻麻亮，尤老大就起来去前院找管家派活干，既然赵太太已经收留了自己，那自己就要勤快点。管家姓周，四十岁上下，老鼠眼、白面皮，一脸的精明。尤老大没有领到活，周管家说是太太交代了的，过几天太太会亲自找他说。尤老大想想也是，自己毕竟是王督军介绍来的，又带着王督军的少爷，想来如果太太亲自过问也不奇怪。想到昨晚的事，尤老大给周管家打个哈哈，小心地问："周管家，我昨晚听到少爷那后院有女孩在哭，好像还有人的叫骂声，是怎么回事呢？"

周管家一听这话，瞪着一对老鼠眼，嚯着牙花子说道："你这刚来一个晚上就问东问西的，我和你说，和你没关系的事你少打听为好！下人不要多管闲事！"

尤老大只好赔着笑脸："我哪是多管闲事，我哪有那本事？这还不是实在是叫的声音太大，大半夜听得瘆得慌，所以才问问管家您嘛！"

周管家摆摆手："不可说，不可说，你呀，好好地等着太太给你说就行了，别的不要问不要管！我也不和你多废话了，我要去厂子里看看了，你要实在闲得慌，就先把偏院打扫打扫吧，既然都留下来了，就把你住的地方归置归置好了！"

周管家说完话出了大门，尤老大在门房里吃了早饭。赵家用人都是在门房里吃饭，早饭是玉米糁子稀饭和灰面窝窝头，配了点萝卜干子。尤老大喝了一碗稀饭，拿了一块窝窝头没舍得吃，转身又用碗盛了一碗稀饭，起身时又夹带了一小块窝窝头，想着带回偏院给媳妇和孩子吃。其他人知道他是王督军从豫东派来的家仆，又带着表少爷，连管家都没给他派活，所以对尤老大也很客气，由着他吃一份拿一份。尤老大还只当这家用人都那么和善，美滋滋地一手端着稀饭碗，一手捧着窝窝头回了屋。

这时，媳妇也起来了，顺道也把根生叫醒了，正带着他洗漱，见尤老大捧着早饭回来了，娘儿俩也很高兴，这一起床就有吃的喝的，在眼下兵荒马乱的时候，对他们来说已经是天堂般的日子了。媳妇带着根生把一碗稀饭给分了，把一块窝窝头也分成三块，媳妇盘算尤老大肯定没吃，硬塞给尤老大一小块窝窝头。尤老大看媳妇和孩子都在吃，自己就接过来把一小口

053

窝窝头塞进嘴里，还有一个窝窝头，他找了张纸包起来，放在桌子上，对媳妇和根生说一会儿一家人忙累了再分着吃。

吃早饭的当口，媳妇听尤老大说了要等赵太太给他们安排活的事，又听管家说先归置院子，寻思着既然这样，就先动手把偏院打扫打扫吧，昨晚时间太迟了，都没来得及细打量住处，这会儿子看起来，偏院还算不错，就是很久没打扫了。放下碗筷，媳妇就开始打扫了，看到院墙那有一些砖头乱堆乱放的，就寻思用砖头垒个鸡窝，也不知道能不能养鸡，反正现在院子里就住着自己一家，先垒起来再说。

她想喊尤老大帮忙，又看丈夫正在屋子里用找来的糨糊在糊窗户纸，根生也在帮忙，她就没张口，自己走到院墙边，蹲下来准备分拣砖块。正在忙乎着，听到院墙花砖空隙中传来声响，她抬头一看，一张人脸正和自己打个照面，这小脸如此熟悉，面色却异常惨白，吓得她嘴里哎哟一声，腿一软就跌坐在地上。

屋檐下正在糊窗户纸的父子俩听到声响，赶紧跑过来，尤老大也看到院墙花砖空当里露出的那张笑脸，不禁喊道："是秀吗？"院墙外的那个小女孩哇地一下哭出声来，小脸也靠得更近了，从空隙中伸出两只骨瘦如柴的手臂，手掌无力地乱抓乱舞。

玉芬也看清了，这个孩子确实是秀，几个月没见，秀瘦得都脱了相了。玉芬慌得蹲在花砖前，将秀的两只手紧握着："秀，我可怜的孩子，你这是怎么了？"

秀哭得上气不接下气，缓了一会儿小声地说："叔，婶，快救救我，快救救我！"

尤老大见此情景，也顾不得许多了，赶紧从院子里找来梯子，爬上院墙，骑上墙头，再把梯子抽起来放到院墙另一边，可谁承想秀虚弱到连爬梯子的力气都没有，于是尤老大从梯子下去，把秀扶上梯子，秀在前，他在后，一步一步把秀推送到院墙上，再把梯子抽上来，放在院墙这边，尤老大在下，秀在上，好在这种宅子里的院墙修得不高，一步一步总算是把秀带到了偏院这边。

重新见到尤老大一家，秀扑在玉芬怀里哭得那叫一个伤心，又不敢哭得太大声，憋屈得上气不接下气。玉芬让根生给秀端了碗水喂下去，爱怜地拍着秀的背，叫她慢慢喝，秀疼得直吸气，大家这才发现秀的衣服上都是破口子，秀的后背上都是一条条血痕，身上也是青一块紫一块的。尤老大让根生把那块窝窝头从屋里拿出来，就着那碗水，给秀吃了下去。秀喝了水，吃了窝窝头，气色好了一些。

尤老大看秀这个样子，既心疼又懊恼，赶忙问秀到底是遇到什么事了，怎么好好地来做太太贴身丫鬟，却被弄成这副样子？这里到底是什么地方？

傻少爷

　　书接上回，尤家夫妻俩在后院发现了满身是伤的秀，通过秀的哭诉，尤家夫妻俩总算是知晓了发生了什么事。原来，赵太太一开始就没打算让秀做什么贴身丫鬟，她用带秀回来做丫鬟的幌子欺骗了所有人，她费尽心思带秀回蓼城是给自己那个傻儿子做童养媳的。

　　究竟为什么赵太太会看上秀，一心要把秀带到蓼城做童养媳？事情还要从赵府那个傻儿子说起。

　　赵家少爷生病后成了半傻，给吃就吃，给喝就喝，高兴了就在院子里蹦跳练拳，不高兴了就鬼哭狼嚎在府里上下逮到谁就揍谁。为了这个傻儿子，赵财主夫妇操碎了心，尤其是赵太太，一方面要到处寻医问药想着把儿子治好，另一方面还要提防当家的纳妾，所以她也是伤透了脑筋。

　　无奈，傻少爷是被高烧烧坏了脑子，尽管吃了很多药，打了很多针，可就是没起色。赵家带着这个傻少爷遍寻名医无果之后，赵太太万般无奈之下信了管家的话，开始走旁门。她在管家的带领下，找到三省最知名的一个巫婆，报上儿子的生辰八字，求巫婆给个治病救人的方子。

　　赵太太是实在没办法了才走的这条路，所以也是格外虔诚，既然是找人帮忙，见面礼就是两封银圆外加果品礼盒若干。巫婆见赵太太下了重礼，知道来的是贵客，撇下其他雇主暂时不说，先接待赵太太。三言两语听明白了来意，巫婆心里已然有了打算，既然自称"仙姑"，那作法解难的样子自然是要做足了。巫婆把赵太太和周管家二人领进一间密室里，让他们坐在下方，自己沐浴更衣后端坐在上方，点燃三根香火，闭着眼浑身发抖，片刻头一歪一动不动了，像是睡着了。管家告诉赵太太，这是巫婆"过阴"去阴间找法子去了。

果不其然，不消一袋烟的工夫巫婆睁开眼，浑身虚汗淋漓，像是大病了一场似的。赵太太起身想开口问，巫婆一摆手说："你的心愿我已经知晓，你家少爷的病症也已经探明，他原本是长不大了，也多亏了你夫家祖上阴德庇佑，现如今既然已经投到你家，且好生养着吧！"

赵太太闻听此言，眼泪再也止不住了："仙姑，你看我家这孩子如今都已经十三岁了，还是半傻痴呆，人事不知的，就算是好生养着又有什么用？就没有什么办法能让他开窍吗？"

巫婆神神道道地掐指念诀一番，找来纸笔，写下一张纸条递给赵太太："这上面是对应你家公子生辰八字最配的女孩的出生年龄和生辰八字，若是能找到这样的姑娘，就算是花再多钱，你也可以买来或是求来留在你家少爷身边伺候着，也许还有能让你家少爷开窍康复的一天！"

赵太太接过纸条，闻听此言顿时破涕为笑："仙姑这是让我给儿子说门亲事？娶了媳妇我儿子就能好？"

巫婆摆出一副高深莫测的姿态："天机不可泄露，你只需按着我说的去找就行了，我为了令公子的事情已经是开了禁忌，耗费了不少元气和功力，不可再多言语。"

赵太太明白巫婆的意思，使个眼色，管家又递上一封谢银放在桌子上，巫婆嘴角含笑，一挥手，赵太太和管家知趣地离开了。

说到这里，各位不禁要问，以赵太太家的财力和人气，想给自己少爷找一房媳妇还不是轻而易举的事情吗？可大家别忘了，赵府的少爷是个傻子的事在蓼城可是尽人皆知的，但凡好人家的女儿，谁舍得送去给傻子当老婆？就是媒婆上谁家保媒，也会被撵出去，搞到最后，媒婆也不接赵太太家的单子了，因为都知道保不成这门亲的。

明媒正娶找不到，那么买人呢？赵府有钱有势，吃喝不愁，远近皆知，又正值水患之后，加上天灾兵乱，自然有那穷苦人家卖儿卖女的。赵家放出消息，只要谁愿意上门当童养媳，不光给钱，还保证让女方家不饿着。还别说，真有愿意的，当爹当娘的也是实在走投无路，抱着女孩上门，不料一看年岁，核对生辰八字，没有能对得上的，赵太太也是着急上火，偌大的三省交界的重镇居然找不到一个合适的丫头。

后来的事情大家也都知道了，赵太太去豫东城姑妈家拜寿，遇到把花瓶撞碎的根生和秀，看到面容清丽的秀，再一问生辰八字和属相，赵太太当即就下了狠心要带走秀，就这样，她借着尤家赔不起花瓶的事把秀连蒙带骗带回了蓼城赵府。

秀说到这里，已经是泣不成声。尤老大恨得只用拳头砸地，玉芬也陪着掉了眼泪："孩子，我可怜的孩子，那你这身伤又是怎么弄的？"

秀说自从她进了赵府，就被周管家和老妈子带着，每天都要陪着傻少爷玩。说来也怪，自从见到秀，傻少爷也不再鬼哭狼嚎在家里闹了，只是盯着秀嘿嘿傻笑，白天还像个正常人一样老老实实的，可是只要天一黑，这个傻少爷就会像鬼上身一样掐秀、打秀，秀不能反抗，也不能躲，只要一躲一反抗，傻少爷就会变本加厉，最近这几天，又不知道从哪找来一根鞭子,一到晚上就拿着鞭子追着秀打,打累了才罢手,留着秀吃残羹冷饭,在少爷床前打地铺睡,伺候少爷端茶倒水。秀和赵太太说了这些事,没想到赵太太听了以后非但不拦着儿子,还喜不自胜地说是少爷长成大人了,有男子汉的威武了,知道教训人了。老妈子和管家也告诉秀:"你是赵家花了二十块大洋买来的丫头,既然是少爷的童养媳,自然是任凭他打骂也不能抱怨的,这都是你的命!别人求都求不来的福气!"

秀哭哭啼啼和尤老大夫妇说:"叔,婶,要不是有一个叫彩玉的姐姐常常护着我,偷偷给我送吃的,我恐怕就等不到你们来了!"尤老大和媳妇听完秀的惨痛遭遇,肺都快气炸了,又想起临来蓼城时王督军的叮嘱,考虑了一番,决定去找赵太太,把秀给赎出来。

拼命

提到这个赵太太,打从前晚她从尤家媳妇手里抱过大宝那刻起,她就在心里起了一个念头,那就是以后她就把大宝当自己儿子养了,今后大宝就是他们赵家的二公子了。有了这个宝贝儿子,她再也不用怕当家的纳妾生子夺家产;有了这个宝贝儿子,她和当家的将来老了也有人养老送终了。只是不知是否都能如愿,收养大宝是不是有啥要注意的,思前想后,赵太太还是决定带着大宝去找巫婆给"看看香头"(算命)。

一大早,赵太太亲自抱着大宝,又让老妈子们带着厚礼,前后两驾马车一起又去找巫婆去了。至于傻儿子,因为之前算命也是巫婆给看的,也就一并带着去。府里没什么人盯着后院,这才有了尤家夫妇能趁机救出后院里的秀一说。

时隔数月,巫婆又一次见到赵太太,赵太太的气色一看就比上次好了许多,又见赵太太的用人们捧着礼盒,吃江湖饭的巫婆立刻心知肚明,知道自己上次出的主意让赵太太满意了,当即脸上堆笑:"贵人此番前来,春风满面,想必是心愿达成,可喜可贺!"

赵太太眉开眼笑地抱着大宝凑上前来,小声地说:"仙姑,此番就是专程来谢你的,还是进你内室说话吧!"巫婆点头称是,又吩咐老妈子带着赵家傻儿子在廊前喝茶歇息。

巫婆把赵太太和两个贴身丫鬟领进内室,赵太太把来意一说,巫婆上前端详着大宝的面相,半晌一拍手一跺脚美滋滋地说道:"恭喜贵人了,可真算是双喜临门,大少爷收了童养媳,如今也是见好了,贵人又有了这位小少爷,真是福报,挡都挡不住的!"

巫婆拍了一番马屁,赵太太是喜不自胜,又让巫婆给看了看八字,心中的疑虑再也没有了,在巫婆内室用过餐点,赵太太就带着众人回来了。

一进门就得到周管家报告,说是尤家人带着秀在前厅等着呢,赵太太皱皱眉,吩咐下人把傻儿子和大宝带进后院,自己领着俩丫鬟来到前厅。

"这是怎么了?怎么你们两个下人乱闯?居然还把秀给带到前厅来了?"赵太太先发制人,趾高气扬地一挥手,"来人,把秀带回后院!"

"慢着!"尤老大双手一伸挡住上前拉秀的两个丫鬟,"赵夫人,您之前说要把秀领回来吃香的喝辣的,又有老太太作保,我们才答应你把秀领过来的,现在看秀的情形,并不是像您说的那样做一个享福的贴身丫头,您看看秀满身的伤,您这又作何解释?"

赵太太没想到尤老大这么胆大,非但不许人带走秀,还敢当面质问自己,一时竟然语塞,干张嘴说不出个所以然。

正在这时,周管家进来了,伸手一指尤老大,尖着嗓子嚷道:"姓尤的,你好大的胆子,还敢和太太理论?你以为你是豫东王家派来的就可以这么没大没小了?你眼里还有尊卑之分吗?"

尤老大早就明白周管家和赵太太是一个鼻孔出气,当下冷笑一声:"你又算什么东西?我在问当家的太太话,你多哪门子的嘴?这个家你做主?"

周大管家平日里作威作福惯了,哪里遇到过像今天尤老大这样的横角,也傻眼了。

"好,很好,我就说我表哥没有看错人,怪不得让你带着大宝来投奔我,换了别人,估计这一路也没这个胆量!"赵太太见来硬的不行,开始来软的,她挤出一丝笑脸,"你们夫妻俩既然来到我赵家,就是我赵家的人了,吃我的,住我的,自然要听我的!"说到这里,手指朝躲在尤家媳妇怀里的秀的方向点点,"秀,跟着我来府里没多久,可巧这孩子心灵手巧招人疼,就被大少爷看上了,大少爷喜欢秀,秀陪着大少爷我也安心,我也知道秀身世可怜,心里也可怜这孩子,想着既然是缘分让秀到了我赵家,我就给她这个恩典,且让她陪着大少爷几年,先做个贴身的丫鬟吧,等到长大了,我再让大少爷把秀收了房,这岂不是美事一桩?秀自己也是愿意的!"

听完这番颠倒黑白的话,秀已经是浑身颤抖,尤家夫妻已经气得眼睛冒火,尤老大恨不得冲上去给赵太太一巴掌,他强压住火,斩钉截铁地说:"赵太太,你此番话想必也就只有你自己信!当初秀是你强拉硬拽要来的,你害得人家母女生生分离,现在你还把秀推给你家傻儿子当玩具一样糟蹋,这还有没有天理,有没有王法了?今天我们就要把秀带走,不能让她死在这里!"尤老大说到这里,想起王督军的嘱咐,接着说,"还有大宝,大宝我们也要带走!"

赵太太最忌讳也最恨别人说她生个傻儿子,此刻听到尤老大说自己儿子是傻子,一拍桌子,尖声叫道:"好你个姓尤的,你吃了熊心豹子胆了敢在这里胡说,你再说少爷是傻子,我就让人缝了你的嘴!要不是看在你是我表哥托付来的,我现在就叫人把你打死!在蓼城我要弄死你们,你们都不知道怎么死的!现在,你们一家给我滚出去!秀你带不走,大宝你更没有资格带走,大宝从此就是我的儿子了,你们一家三口,我们不收留,我们赵府不要你们这样不知道天高地厚的刁奴!你们再不滚,我就叫人把你们送官府!"说完话一挥手,一旁的用人们会意,当即试图上前抢走秀。尤老大见此刻已经撕破脸皮,便从腰间掏出一直贴身收好的小神锋匕首,紧握刀把挥舞两下吓退众人,嘴里嚷着:"谁敢动手,我就跟他拼命!"管家和丫鬟老妈子们一时间被吓住了,不敢上前抢人,玉芬护着秀和根生,也躲在尤老大身后。

尤老大一看众人没反应过来,一个箭步上前冲到赵太太身边,没等赵太太回过神,尤老大手里明晃晃的匕首已经架在她脖子上,吓得她嗓音都变了:"你……你要干什么?"管家在一旁看到尤老大手里的匕首,也愣住了。

尤老大鼻子里哼了一声:"告诉你,老子一路闯到这里,什么牛鬼蛇神没见过,只要敢惹老子,老子就和他拼命!你不拿我们穷人当人,我们也就不怕死,要不活大家都别活!老子手里这把匕首很久没见过血了,真逼急了就拿你的血喂它!"

这种时刻,周管家看到那把匕首,眼睛里闪着光,似乎看到了什么了不得的宝贝一般,艳羡不已。

赵太太吓得像筛糠一样抖个不停,她此刻总算是知道兔子急了也要咬人的道理了,一看尤老大凶神恶煞似的不管不顾要玩命,她胆怯了,只是嘴上还强硬着:"你……你敢!你一家子都在这,你要是敢伤我半根汗毛,你们一家也活不了!"

"哈哈哈哈!"怒极反笑的尤老大,手上稍稍用点力,刀刃划破赵太太白净的脖颈,渗出血珠。赵太太顿时尿了,像杀猪似的扯着嗓子喊起来:"救命,救命……"

尤老大真想一刀划开这个恶婆娘的喉咙，可是他身后还有自己的媳妇和儿子，还有秀，如果真的杀了这个恶婆娘，自己活不成也就算了，老婆孩子还有秀的日子也就过不下去了，而且秀她娘还等着和秀团聚呢。想到这里，尤老大手上稍微松懈了点，但是眼前的僵局如何化解，自己还真的没有台阶下了。周管家在旁边只是一个劲嚷嚷："莫动手，有话好好说，不要动刀子！"他嘴里这样说着，眼睛却一直盯着那把匕首。正在僵持不下之时，只听院内有人高喊："住手！"

脱离苦海

喊话的人正是赵家当家人赵家齐。原来，前段时间赵老爷身体不适，都在城里医院休养，前天尤家人带着大宝投奔而来，赵太太命用人送饭时带话给他，把督军托尤家人带大宝来投奔的事情和他说了，请他如果身体好些了就回家来看看大宝，自己有事要和他商议。赵太太之所以不去医院，是因为她非说医院那地方有病人有细菌，嫌脏，宁可在家等着当家的回来。

赵老爷刚进大门，就有用人上前禀报前厅里乱成一锅粥了，说是豫东督军家带着表少爷来的用人拿刀挟持了赵太太，用人正准备出门去报官。

不料赵老爷当即拦下了用人，不许他出门，自己挂着拐棍就直奔前厅而来。

尤老大虽说已经来了两天，却不认得赵老爷，猛然间不知道怎么接话，只是依旧把匕首架在赵太太脖子上，心想且看来人想做什么再应对。

"你就是督军派来投奔我赵府的人？"赵老爷临危不乱，眼睛扫视一圈，目光停在尤老大脸上，"我是赵家齐，你应该听王督军说过我的名字，想必知道我是谁了！"

尤老大来蓼城之前，王督军的确介绍过赵财主和赵太太，所以尤老大当即知道这位就是赵府的当家老爷，只是此刻的局面容不得说别的，只是点点头说："你是赵老爷，督军说过！"

赵老爷轻咳一声,顿了一下拐棍,缓身坐在尤老大面前的凳子上,离赵太太也就伸手可及的距离。赵太太见丈夫回来了,嘴巴一撇,像是要哭了。

"现在这个场面,倒让我大开眼界!"赵老爷接着说,"你既然是督军家的人,又是带着妻儿来投奔我的,为什么又要拿刀挟持主母?这也是督军教你的?"

尤老大往后退了一步,赵太太也只好梗着脖子跟着往后退。尤老大站定,开口道:"赵老爷,你别扯王督军,我来你们家,虽是督军吩咐的没错,但是我为什么现在要和你们拼命,那就要问问你夫人了,你们欺人太甚了!秀是我们夫妻捡到收留的,等于是我们的女儿,如今你们虐待她不说,还不放人,我们就是拼了命也要讨个说法!"

一番交涉下来,赵老爷也弄清楚了事情的前因后果,当下用手一指赵太太说:"你糊涂啊!"赵太太见当家的非但不帮自己,还指责自己,终于绷不住了,哭了起来:"我这也是没办法,我也是为了咱们儿子!"

一直不说话的玉芬此刻开口了:"赵太太,你说你为了儿子,你有钱人家的儿子是宝贝,穷人的孩子就该受苦受难吗?别人说你儿子傻,你都气得不行,那你把秀强逼着当牲口似的糟蹋,你就不怕我们还有秀的娘找你拼命吗?秀她娘盼着和她团聚,你为了你儿子好,就要生生把她们娘儿俩拆散,让秀在这里活受罪,她才七岁,还是个孩子。我们今天也只是想带秀走,把她送回她自己娘身边,你就要放狠话弄死我们全家,你这是作孽,就不怕遭报应吗?"一番话说得赵太太不吭声了。

赵老爷点点头,叹了口气:"这事是我们做得不对,秀让你们带走!"

闻听此言，众人皆是一惊，尤家夫妇想不到赵老爷竟然如此好说话，一时之间竟有点不敢相信。

尤老大不敢分神，身后的玉芬伸手拽了拽他的衣角，他心里明白媳妇是让自己见好就收，借着台阶下来，毕竟一旦真的闹开了，自己一家还有秀能不能全身而退真的不好说，更别提自己还真的不敢杀人。想到这里，尤老大问道："赵老爷，你此话当真？"

赵老爷用拐棍敲敲地板："我赵家人能在这三省交界的蓼城创下如今的家业，靠的就是'信'字，我说了让你们带走秀，就不会食言，只不过你要答应我一件事！"

"什么事？"尤老大赶紧问。

"把大宝留下！"

尤老大一听是这件事，当下摇头："不行，王督军说过……"话没说完，媳妇又在自己身后扯了两下衣服，他明白媳妇的意思，把话打住了。

见尤家人正在做思想斗争，赵老爷笑了："你现在在想什么我自然一清二楚，你想你家督军老爷嘱咐过你，要是看我们赵家人不好相与，就把大宝带走你们养是吗？你也不想想，大宝究竟是跟着你们好，还是留在赵府好？"

赵太太心里明白，赵老爷这是要舍车保帅了，她当即也小心翼翼地说："是啊，我是大宝亲表姑，我还能让他吃苦吗？我表哥怎么可能把他家唯一的独苗让你养？你要是让大宝有个好歹，你对得起我表哥吗？"

"这……"尤老大还在犹豫，督军临来之时的嘱咐是真的没错，但是谁也不能保证督军没有留下大宝在赵府的念头，毕竟在赵府，大宝可以衣食无忧，而自己带着大宝，确实会让大宝受罪，看赵太太对大宝的态度，想必是要当亲儿子养了，大宝留在赵府，不会吃苦的。只是赵太太蛇蝎心肠，大宝将来会被养成什么样就不好说了！万一也像赵太太一样心黑，那自己怎么对得起督军的重托呢？

赵老爷见尤老大迟迟不吭声，终于不耐烦了，他用拐棍重重地敲击地面："你倒是给句痛快话，我没工夫和你磨蹭，我让你带走秀，已经是看在你这个人义勇的分上了，又有督军的面子在，不然我早就命人找警察来了，即便你只伤了我夫人，你们一家也难逃一死！再加上我也知道秀的娘还在找她，我赵家齐不是那种要拆散人家母女团圆的人，就当积德行善了！你要是再不知好歹，那就不要怪我翻脸了，你们就一个都别想走了！"

一旁的管家接话了："是啊，我说老尤，你说秀是你捡的，等于是你女儿，你为了她拼命，咱们老爷也理解，如今也答应放秀走，已经是老爷开天恩了。你劫持咱们太太，老爷没让报官府抓你！你再说你想带走大宝就有点不知自己姓啥名谁了吧。你也不掂量掂量自己几斤几两，你凭什么养大宝？大宝是老爷和太太的侄子，理应留在咱们赵府！你又算哪棵葱？你凭什么带走大宝？少废话了，赶紧放了我们太太，收拾东西领着你们一家走吧！"

"好吧！"尤老大万般无奈地答应了。临走时，尤老大告诉赵太太："大宝最爱吃甜饼子，这孩子娘死在土匪手里，爹也不在身边，这孩子太苦了，今后要是他不听话，你们别为难他，给他做甜饼子吃就行。"赵太太鼻子里哼了一声："知道了！不用你们多嘴教我怎么养孩子！"心里却在想："到了我家什么样的山珍海味吃不着？还吃什么甜饼子？真是土包子!"

　　说来也怪,大宝养在赵家之后,最爱吃的还是甜饼子,而且必须是摊过出锅以后再撒上一层白糖的那种。赵老爷告诉赵太太,大宝孩子命苦,所以得吃甜的。赵太太也只得由着他,反正甜饼子还能吃不起吗?

落户蓼城

花开两朵,各表一枝,先说等到尤老大一家带着秀离开赵府后,赵太太发了疯似的冲着赵老爷发飙:"你为什么不报警抓姓尤的?他拿刀要杀我,你还答应放他们走,还把秀带走了,你是不是被猪油蒙了心?"

赵老爷并不想和她多费口舌,只是慢条斯理地说:"这些年你当家主事操持一大家子的事情很不容易,所以有很多事情我睁一只眼闭一只眼都不大过问,不说你什么,但是今天这事要是闹开了对我们家名誉有损,我们赵家丢不起这人。况且你也说了当时那姓尤的豁出命拼个鱼死网破,你的命也就没了!我总不能看着你被他抹了脖子吧?"

赵太太还想说什么,赵老爷一摆手:"你知足吧,一个小丫头给他们就给了,这不是换来一个儿子吗?咱们这是无本买卖,将来你表哥找上门来,看是我们养着他的儿子,自然不计前嫌,论起理来也会偏向我们这边,懂了吗?"

话说到这里,赵太太也回过神了,是啊,大宝以后名正言顺就是自己家的孩子了,这可真是无本万利的买卖,傻儿子是指望不上了,以后就守着大宝,好好地培养他,等着他光宗耀祖了,将来表哥找来,也自然不会再有别的说辞,说不定还有更大的好处等着呢。至于尤家人,他们离了赵家,在蓼城人生地不熟的,又没有钱,不想饿死就得自己乖乖滚蛋流浪去,自然不必放在心里。

赵家的生意经先说到这里，再说尤家人。从赵家脱身以后，一家子商量了一番，看天色也不早了，就先在城东一家客栈落了脚。尤老大要了个大通铺，又买来吃食，安顿一家子吃饱喝足上床休息，秀自打入了赵府就没有吃过一顿饱饭、睡过一个安稳觉，今晚玉芬张罗着给她洗了澡换了干净衣服，总算是安心睡着了。俩孩子睡着以后，尤老大和媳妇开始商量接下来该怎么办。

"他爹，依我说要不咱们还是回山东老家吧，至少那里还有咱们祖屋，街坊四邻也都好相处，不像这里，咱们人生地不熟的。"媳妇的心思一说出口，尤老大不是没动心，但是一想到自己把大宝留在了赵府，辜负了督军的重托，尤老大心里就不是滋味。况且还有秀，秀总不能也跟着去山东吧？人家秀她娘也是拜托了自己好好照顾秀的，还盼着过段时间就来接秀的，如果这会儿子自己把秀带走了，人家母女可就真的是要天各一方再难相见了。

"孩他娘，你也别担心，咱们明天先问问秀的意思再做打算！"

夫妻俩抓紧时间睡了一会儿囫囵觉，天就大亮了。等孩子们起床以后，吃完早饭，尤老大把秀唤到身边，对她说了自己去梨花镇找她亲娘的事情。秀听到自己的娘还活着，一开始也是高兴的，可是当听到娘改嫁了还有了孩子的事情，不由自主地紧锁眉头，想来秀虽然年纪小，但经历了水灾丧父、流浪寻母、被逼做童养媳等变故，心思已经变深了。秀开口问："叔，是不是我娘不要我了？"尤老大心头一疼，想着这孩子也忒敏感聪明了，赶紧解释："孩子，不是你想的那样，你娘如今有了孩子，而且孩子还小，实在是走不开，没办法来接你，你且……"

"那她可以请你送我回去啊？或者安排别人来接我的，她没说，这就是不想要我了！"秀说着话，眼泪夺眶而出。

"孩子，你别哭，如今你娘确实身不由己，有自己的苦衷，你且再等等，别急！"玉芬一把搂住秀，揽在自己怀里，替秀擦干眼泪，"你娘不在身边，还有婶子呢，婶子没女儿，一样把你当亲生女儿疼你，啊！"

秀明白尤家夫妻俩是好人，从在督军府收留自己，又为了自己去梨花镇找娘，再到尤老大为了救自己和赵家人拼命，秀都看在眼里，记在心里。她当即从玉芬怀里腾出身子，走到俩人面前，跪在地上说："以后我就是你们的女儿，你们就是我的爹娘。"

尤老大和媳妇一愣，旋即回过神，笑着说："好！好！"算是认下秀当了女儿。根生也高兴地拍着手："好呀，我有姐姐了！"

趁着大家都高兴，尤老大也说了自己的想法，那就是不回山东了，就在蓼城落户了。这个决定也是尤老大想了一夜得出的，他下定决心留在蓼城，一是为了监督赵家，毕竟大宝在赵家养着，自己不能不管不问，虽说近不得身，但是好歹守在蓼城，有个风吹草动，自己都能知道，将来也好和督军交代；二是为了秀，秀的娘如今虽然无法接秀回家，但是秀如果在蓼城，好歹离得不远，一旦那边有机会，秀的娘来找秀也方便；三是为了保全自己家，当初打死日本军官的事情究竟有没有走漏风声，现在还不知晓，如果自己携妻带子回山东老家，且不说一路艰辛能不能扛过去，万一日本人在老家守株待兔等着自己，那岂不是自投罗网？

为着这三点，尤老大才下定决心，从此落户蓼城。

"他爹，我们不走了？"媳妇问。

"嗯，不走了！咱就留在这了！"尤老大斩钉截铁地说。

"那行吧，你是当家的，你说啥俺都听你的！"媳妇知道自己男人从来不会随便说话做决定，做出的决定自然是思虑周全的结果，她也不再迟疑，但是又忍不住问，"那咱们留在这，靠什么营生呢？"

是啊，如今是一家四口了，每天都要吃喝拉撒睡，现在是上无寸瓦下无寸土，总不能一辈子住在客栈里吧？这两天的房钱、饭钱等花出去的每个大子，夫妻俩都心疼得不行。

尤老大给媳妇交代一番，让她带着孩子在客房里别出门，自己出门溜达溜达，看看可有什么法了。他心里清楚，要想安营扎寨落户蓼城，头一件事就是要有住处，所以他一路连找带问地找到了专营房屋买卖的"牙房"那里。

在旧社会，"牙房"专营各类买卖，而里面聚集的捐客也是分类别的，像专营买卖人口的就叫"人牙子"，买卖房屋土地的就叫"房牙子"。

尤老大刚走到门口，就有三五个捐客迎上来："这位老哥，做什么买卖？"尤老大伸手不打笑脸人，心想自己人生地不熟，要想买房子，还真得靠这些走街串巷的"房牙子"，当即也笑着应道："想看看房子。"

别看尤老大穿着打扮土气，不像个有钱的主儿，但是张嘴就说要看房，"房牙子"们不由得认为他是位深藏不露的有钱人，当下伸手要拉尤老大跟自己走。本来嘛，眼下兵荒马乱的，多的是卖儿卖女的，"人牙子"生意虽然好，却是损阴德的事，况且也赚不了几个中介费，难得来个要买房子的外地人，众人都想着这是条大鱼，中介费必然不会少赚，哪能不尽心想着独揽这桩生意呢！好家伙，眼瞅着为了争着拉尤老大，好几位"房牙子"都差点打起来。

刘家老九

尤老大为了买房子,寻摸到了卖房子的牙房所,多位"房牙子"为了抢到这单子生意,在"牙房"门口上演了全武行。正在众人撕扯得不可开交之际,尤老大注意到一个靠墙晒太阳的人,看面相此人十八九岁的模样,一双大眼睛炯炯有神,头发竖着,上身穿着一件油迹斑斑的旧夹袄,下面穿着一条带着补丁的蓝布裤,脚上的布鞋也是旧的,鞋面上也有油迹,浑身散发着豆汁味。这小伙子没有上前凑热闹,只是靠在墙脚,斜着眼睛看着众人,脸上的表情难以捉摸。

尤老大心想,这人也是"房牙子"吗?为什么不见他上前兜揽生意呢?好奇心促使他上前搭话:"小兄弟,你也有房子往外赁吗?"

见尤老大主动来说话,小伙子直起身子,站住了,点点头说:"是的,大哥,不过我交不起登记的钱,只能在门口等着别人问我了。"

原来,就算是有房子要租或卖,也要先在牙房所登记,还要缴上点押金。其实本来不用缴的,只要是房子出租或者买卖的生意成了,原房主给牙房一点费用就行,这叫"抽头子",又叫"给佣金"。只是如今这年月兵荒马乱,赚钱不易,讨生活更不易,很多房主会和"房牙子"及房客串通好,把租金的价码对牙房所报得低到不能再低,这样一来,牙房所的人就抽不到几个钱了。于是牙房所和房管会就定下规定,再来出租房或者卖房子的，都要先登记，买个签字，就算是在牙房所正式登记了。至于登记的费用，要提前支付，反正房主付了钱，最后会把这钱额外加在房租或者卖房费用里，由租房人或者买家承担，大家心照不宣，于是这项规定就成蓼城的特色了。

见小伙子张嘴就吐了实情，一副很实诚的样子，尤老大笑笑："都有房子往外赁了，咋还出不起登记的钱呢？"

小伙子也不好意思地笑了，挠挠头说："房子不是我的，是我哥的，我嫂子让我来看看有没有人要赁房子。她不给我钱，我也没办法！"

一番交谈下来，尤老大得知这小伙子姓刘，名必贵。家里以前是开当铺的，家境殷实。他在家里最小，排行第九，人称"刘老九"，上有七个姐姐和一个哥哥。刘老九从小不爱读书，只爱练习拳脚，爱听戏文里侠义人物的故事，为人耿直，爱打抱不平，仗义疏财，曾经干出过拿出家里钱救助难民的事情，气得父母大病一场。后来父母双双染病去世，上面七个姐姐也都陆续嫁人离开了蓼城，三年五载也见不着几面。

父母去世之前，要求大儿子刘必富，也就是刘老九的亲哥哥严加管教弟弟，如果他不再瞎混，就给他安排在当铺里做活，按照伙计的标准发薪水，如果他再不求上进，就让刘必富做主把他赶出家门。

父母在世时，盘算好了身后事，家里的房子、当铺是要平摊留给两个儿子的，刘必富和刘老九兄弟俩也心知肚明，所以等到父母相继去世，没人管着自己了，刘老九撒开丫子玩乐，每天就是和一帮号称"七侠五义"的江湖人混迹在一起吃喝玩乐，但是从不做为非作歹的事情，只是吹吹牛，抨击抨击时政，再感叹自己生不逢时，不能有一番等作为诸如此类，每次聚会，也都是刘老九招待，花钱如流水一般，钱花完了就去当铺柜上拿。大哥刘必富看在眼里，急在心里。再三思考以后，刘必富以父母留有遗训，长子要代管家业，继承祖业为由，把家里的房产和地契都揽在自己名下，对外继续经营当铺，自己任当铺掌柜的，对内说是父母有遗命，不顾刘老九反对，就把他送到一家油坊跟着老师傅学榨油，当了榨油学徒。送刘老九去油坊之时，刘必富下了死命令："再不好好学，也就别回刘家！"

如此一来，这刘家当家主事的也就刘必富一人了，家产自然也不必分了。刘老九起初生气大哥对自己如此狠心，后来一想，知道自己不是管钱管账当掌柜的料，若是家里产业交给他，估计不出半个月就要被他挥霍一空。如今在油坊当学徒，虽说榨油的活是重体力活，但老九那副打小就爱耍拳脚练出的好身板不在话下，老九权当锻炼身体了，只是跟着老师傅们又染上了酗酒的毛病。当学徒是没有工钱的，只管饭，老九只好找哥要钱，刘必富不给他，他就找嫂子要钱。嫂子名叫吴秀英，在省城女校上过学，识文断字，学成后回到镇上学校教小学语文，吴家和刘家也算是世交，两家人关系不错，经家人介绍，吴秀英嫁给刘必富为妻，婚后两人育有一子。一大家子日子过得也算和睦，吴秀英喜欢写作，尤其喜欢进步文学，在学校时，她就经常阅读《新青年》《新潮》等进步书刊，对鲁迅的作品尤为推崇，在学校里也有几位崇拜鲁迅的老师，大家约好了趁暑假跟着一位与鲁迅有交往的同事去上海参加文学会，去拜会鲁迅。为着去上海的事，夫妻俩闹得很不愉快，后来吴秀英还是坚持去了上海，从家里去车站的路上，行李还是老九帮着挑去的。不料吴秀英刚到上海就赶上淞沪会战，再后来就和家里失去了联系。

淞沪会战惨烈异常，持续时间长达四个月之久，死伤达三十万之多。但这场战役彻底粉碎了日本"三个月灭亡中国"的计划，也激发了国人空前的爱国抗日热情。

等到上海那边战事稍停，交通解禁以后，刘家一商量，让刘老九带着几个混江湖的朋友去上海打听吴秀英的下落，可是找遍了上海城，都遍寻不着吴秀英的踪影。在上海半个月，看到黄浦江里都是死人，刘老九大哭一场，觉得嫂子是找不到了，回到家一说，刘家和吴秀英娘家人也都以为吴秀英死在上海了，悲伤之余也无可奈何。

考虑到儿子还小，不能没有娘，家里也需要女主人主事，刘必富苦等吴秀英无果，就又定了一门亲事，娶了镇上货郎张家的独生女张巧云为妻。张巧云时年二十岁，梳着一根麻花辫，每天帮着父亲在自己家店铺里做生意，因为张巧云人生得漂亮，又能言会道，所以张家的小百货生意特别好。刘必富的当铺就在张家店面斜对门，彼此也都熟悉，每日抬头不见低头见的，刘必富对这个对面邻居家漂亮大姑娘很是倾心，而张巧云对相貌堂堂的刘家当铺的掌柜也心有好感，无奈那时刘必富和吴秀英已经成亲且有一子，所以两人只是互相倾慕，并未点破窗户纸。得知刘家女主人不幸遇难，张巧云也对刘家的变故唏嘘不已，见刘必富带着儿子在当铺里做生意工，张巧云可怜孩子还小，就经常过来帮带孩子或者把孩子领回自己家，平日里也会从自己家多烧一份饭菜，带过去给孩子喂饭什么的。这一来二去的，街坊四邻就有了说法，说是张家要和刘家结亲了。刘必富也没等张家开口问，主动提出要娶张巧云，张家父母有些心疼女儿嫁过去就要当后妈，张巧云却没拿架子，欣然答应，还主动做起了家里父母的工作。就这样，两家核了生辰八字，又选了个黄道吉日，二十岁的张巧云嫁给了二十三岁的刘必富，成了刘家当铺的第二任当家夫人。

结亲家讲究门当户对真是自古以来的老理，张家和刘家都是做生意的，张巧云又是自幼跟着爹长在店铺里的，精通生意场上的各种门道，嫁过来以后，帮着刘必富把当铺生意做得红红火火。

刘老九说是跟着大哥生活，但基本上吃住都在油坊里，极少回家。张巧云嫁过来以后，就把家里的几间房子里里外外归置清理了一番，发现可以把多余空闲的房子往外租赁，其中包括刘老九住的那间屋子。张巧云对刘必富说："既然老九如今吃住都在油坊，一年里也同不来几次，不如把这房子连带着其他的空闲房子都租赁出去，一来可以赚点租金，二来你们到底是一奶同胞，你如今虽当了东家，却不能不考虑你兄弟，有了租金，多少是个进项，将来总归要给老九置办家业，老九眼瞅着就要满十九了，再过几年就要娶媳妇的，到时候都需要钱，不要被人说你当大哥的不照顾自家兄弟。"

张巧云说这话是发自内心的，刘必富一听也在理，自己把老九送到油坊锻炼，也不给他喝酒的钱，刘老九也没跟自己犯浑耍横。自己跟前就这么一个亲弟弟了，再说了，如今兵荒马乱的，打虎都还要亲兄弟，自己要是真遇到什么事，眼前第一能依靠的也就是刘老九了。刘必富当下就同意了新媳妇的建议，叫人带话给老九，让他转天回家一趟有事商量。

于是乎，等到这天老九从油坊回家拿换季的衣物，刘必富和张巧云向老九把出租房子的想法一说，老九也是痛快人，心想新嫂子还惦记着给自己入点进项将来娶媳妇，心里也很感激,当即就答应了。于是张巧云就把往外租赁房子的事交给了老九。说来也是,亲兄弟办事肯定要比找外人放心。就这么着,刘老九就来到牙房这里等着人问,张巧云没给他登记的钱,不知道是忘了还是什么原因,老九也不细问,索性就靠在墙脚晒太阳,可这样哪会有人问津?好在最近油坊活不多,每天下了工,老九就来牙房所门口干等着,晒晒太阳,听听房牙子们瞎扯淡聊天,也很惬意。刘家老九在镇子上无人不知,所以房牙子们也不撵他,由着他和大伙待在一起。就这么着,无心插柳柳成荫,让老九捡了个便宜,接下了尤老大租房子的生意。

山东菜馆

尤老大是闯关东跑中原一路闯过来的，刘老九更是自小混在蓼城叶集镇里的，大家都算是市井中人，两个人虽然相差七八岁，但是经过一番诚心诚意的交谈，彼此就觉得很是投缘。

就这么着，刘老九领着尤老大先去看了自己要出租的那个沿街的房子，尤老大屋里屋外一转悠，要说这沿街的房子还真是不含糊，上下两层楼，里外共有三个大开间。外面一个大开间前门对着大马路，是打开门就能做生意的门面。里间一间房有一个后门正对着刘家后院，后院还有一口大水井，取水很是方便。楼上有现成的两间房，一间平时刘老九自己睡，另一间空着，放些杂物。

尤老大寻思着这套房子要是租下来，开个菜馆不成问题，楼下正对着街道的大开间直接摆上几张桌椅板凳，里面那间靠水井的做厨房，楼上两间房刚好够一家四口住。自己有家传的山东菜手艺，媳妇可以给自己打下手，秀也可以传个菜啥的，根生还小，暂时用不上他。真要是开了菜馆，就能在这蓼城叶集镇上安顿下来，日子肯定会越过越好的。

想到这里，尤老大也不含糊，当机立断和刘老九说："这房子我准备赁下，开个山东菜馆，你看行不？"

刘老九本来就是爱吃爱喝之人，听到尤老大提租房子原是为了开菜馆，当下喜不自胜，连连拍手："哪有不行的？赶紧开起来，这样以后吃喝也方便！"

081

尤老大也是笑："你兄嫂那边，可需要再知会一下？毕竟这房子挨着你家后院，若是开成了菜馆子，免不了每天宾客上门，喝酒吃肉很是嘈杂，再加上要在你家后院水井取水，多有不便，会不会让他们觉得吵闹？"

听到尤老大这样说，刘老九的江湖气又上来了，一拍胸脯："我哥哥嫂子都是开门做生意的人，自小都是在生意场上过来的，自然不会有别的言语。况且这处房子原本就是我的，我同意了，我和你签字画押，你们且放心吧！"

尤老大的担心不无道理，得知刘老九要把房子租给外乡人开山东菜馆，刘必富和张巧云一开始确实不大乐意，说是外乡人流动性大，不知根不知底的，靠不靠得住都难说；再加上如今兵荒马乱的，哪里还有人有闲钱去吃什么山东菜馆，别到时候房子租出去还捞不到房钱呢。

话虽如此，却架不住刘老九坚持："民以食为天，老百姓再过不下去，也是要吃饭的，开菜馆子不会赔钱的，只是赚多赚少的问题。"

刘必富和张巧云有言在先，房子出租的事情由老九自己决定，如今见老九坚持，也就不好再横加阻拦。

就这样，尤老大痛痛快快地和刘老九在房所签了房屋租赁的字据，租期先按一年定，每个月租金是五块大洋。刘老九说尤家要准备开菜馆子的家伙什，需要本钱添置东西，不要尤老大缴半年的租金，只先收了一个月的房钱，心存感激的尤老大于是主动把牙房所登记的钱给缴了。

这边，暂且不说尤家怎么安置下来，怎么添办行头，怎么在刘老九等一群兄弟帮衬下把山东菜馆开起来，凭借地道的鲁菜打响了名头，生意也是从无到有，慢慢有了名气的。白家药铺这边，这一年多以来，白玉海和夫人守着儿子过得也是其乐融融，生意也是做得风生水起。可老话说得好："花无百日红，人无千日好。"自从镇守豫东的王督军带队寻找流匪岳葫芦离开豫东以后，上面又换了一个镇守的驻军来到豫东，这个驻军头头儿姓赵，在某次战斗中打瞎了一只眼，仗着有军功，又是某国民党军要员的亲戚，吵着闹着要到中原富庶之地镇守，一心想当一方诸侯。上面顶不住压力，委派他接任王督军的空缺，赵姓军长戴着一个黑眼罩，人送外号"赵独龙"。赵独龙不像王督军那样爱民，是个彻彻底底祸害乡邻的兵痞头子，方圆百里的财主、地主、商贾，只要是有钱的，但凡被他列在了"吃大户"的名单上，没有不损失钱财"上供"的，少则几百大洋，多则几千大洋，赵独龙美其名曰这是军民共建抗日统一安防战线，自封安防军司令，要求人前人后都喊他赵司令。

这个赵司令年纪四十岁，不光贪财，而且好色，已经有了一位妻子和六位小妾，仍然不满足，若是被他得知谁家姑娘或媳妇生得标致，他就要想尽办法弄到手方才罢休，在外地驻扎时就已经闹出过人命，把他换到刚被土匪洗劫一空的豫东城，也是上面经过考虑才安排的。上面心想，豫东城里人都死得差不多了，漂亮的大姑娘小媳妇更是没有了，你赵独龙再好色，也无从下手了吧。

贪财好色不假，但是毕竟是一方驻军，定期巡防的工作，赵独龙也不敢马虎，毕竟豫东城曾被岳葫芦带队血洗过，赵独龙如今安家落户在此，也不想命丧此地。因此他不光加强豫东城安防，还听从下属建议，将巡防范围扩大到周边城镇，并不时亲自带队巡逻。

这一次，赵独龙留下足够的人马看守豫东城，带着人马一路向西巡逻，五天后，人马穿过了梨花镇，来到了二十里铺打尖。本来，到了最西边的二十里铺就已经到了巡防的边界，赵独龙准备当天晚上就返回豫东城的，想许是行军途中吃了不干净的东西，赵独龙开始上吐下泻，一日腹泻十次，俗话说好汉也架不住三泡稀，赵独龙差点脱水休克。随队军医一诊断，说是急性肠胃炎，但此次出来得急，只带了寻常头疼脑热的药片，没带治疗肠胃炎的药。向人一打听，知道附近有个白家药铺很有名，药铺里药品齐全，军医说自己去买药，赵独龙寻思不如自己跟着一起去，让药铺里的郎中现场再看看更为妥帖放心。

于是，随从找来担架，把赵独龙放平躺在上面，四个小兵抬着赵独龙就去了白家药铺。

白玉梅

　　白家掌柜白玉海当天正好陪着白家大奶奶带着儿子出门不在店里,店里的柜台董先生只懂按照方子抓药,却不会望闻问切给人看病,看见一队人马抬着个军官进了门,慌得只会点头哈腰说不上话。赵独龙的军医上前对董先生说了赵独龙的病症,请董先生给看看,抓点药。董先生是个老实人,老老实实回答自己不会看病,怕延误长官病情,请长官稍等片刻,等他家掌柜的回来,看完病再抓药。

　　丘八都不是好脾气,扯着嗓子嚷:"都和你说了是拉肚子,你就看着配点药就行了,哪来这么多废话?"

　　董先生哪里知道这里面的厉害,还坚持要等掌柜的看完再抓药。两个人扯来扯去,这下可把赵独龙给惹毛了,他让人把他从担架上搀扶起来坐在大厅椅子上,半挺着身子,拧着眉头,喘着粗气:"你这是什么药铺,老子的人让你抓药你废什么话?你这偌大的店铺连个会看病的郎中都没有,信不信老子一把火烧了你这店!"

　　董先生见来者不善,吓得赶紧从柜台里跑出来,走到赵独龙面前作揖:"长官使不得,长官不要发火,掌柜的今天有事出去不在店里,小的也不能随意给您抓药,是药三分毒,我们开药铺的也要对患者负责,不诊断清楚病因,实在无法盲目抓药。要不长官稍等,容我去街头医馆给您请个大夫过来看看?"

"娘希匹，老子在你家看病抓药，你却要给老子从外面请大夫来，你这不是假药铺是什么？"赵独龙平素里就是暴脾气，连日来安防巡逻劳累不堪又加上今天不舒服更是浑身不爽，边说话边从腰上摸出手枪，枪口对准董先生的脑袋点了点，冷笑一声："哼，你个老东西，老子看你恐怕是活够了，赏你一颗花生米吃如何啊？"

董先生老实巴交一辈子，哪曾想过今天遇上这么个催命无常上门，吓得就差尿裤子了。

那年月，莫说丘八打死个药铺柜台先生，就是一把火烧了白家药铺，白家又能拿丘八头头儿赵独龙怎么办？惹了气不顺的赵独龙的董先生就要命丧枪口之下，就在这危急时刻，只听里屋传来一个女子清亮的声音："且慢，住手！"

声音还未落，门帘已经被掀开，从里屋走出来一位容貌秀丽的姑娘，留着进步青年学生头，洁白脸庞上有一双明亮有神的大眼睛，樱桃嘴，高鼻梁，姑娘上身穿绣着花边的夹袄，下面着黑棉布裙子，脚上穿着一双棉布绣花鞋。姑娘大大方方走到大厅中央，亭亭玉立正对着赵独龙，面无惧色，微微一笑，冲着以赵独龙为首的一群人点点头："见过诸位长官，既然家兄不在家，长官又急着看病，就让我给你看看吧，就请长官不要为难我们店里的老先生了，他确实不懂看病，平日里只知道按照方子抓药！"

一屋子人都愣住了，赵独龙也被眼前的女子镇住了，举着手枪的胳膊也不自觉地放下了。赵独龙暗自心想："没想到豫东地界最犄角旮旯儿的二十里铺上还有这等绝色人物？"再细细打量，见此女容貌清丽绝伦，举止大方得体，面对一众荷枪实弹的丘八也丝毫无畏惧之色，心中不免产生强烈的好奇心，便开口问道："这位姑娘你又是谁？不是说店里会看病的大掌柜的不在吗？你们这里的人都如此不老实？"

姑娘见赵独龙开口相问，却没有立即回答，而是转身走到柜台前，拿起茶壶，倒了杯热茶，大大方方走上前将茶杯放在赵独龙身前的茶几上，后退两步站定，方才开口答道："长官既然问了，我自然老老实实回答，我名叫白玉梅，这家药铺是我祖传的家业，掌柜的是我哥，我是他亲妹妹！"白玉梅不卑不亢地回答着，脸上是一副淡定，"若是长官急着找医生看病，我倒可以一试！只是不知道长官敢不敢让我试。"说完话，白玉梅嘴角一抿，脸上竟然露出一丝笑意。

事实正如白玉梅所说的那样，她确实是白玉海的亲妹妹。白玉梅十四岁那年考取省立女子学校，在学校时接触了进步思想，积极参加各种进步社团。抗日战争爆发，她在学校参加了抗日救亡宣传团。十七岁那年，从学校毕业，白玉梅被秘密安排进了妇女训练组。

去年，白玉梅结束培训，被组织分配到豫东，任农民运动妇女组长。半年前，白玉梅按照组织安排，回到老家二十里铺开展工作。白家药铺就是她接触外界的渠道，由于生长在医药世家，所以白玉梅也和哥哥一样懂医术。白天，她就帮着哥哥给上门问诊的人看病抓药，同时，借着采药和回访的名义，她背着药箱访贫问苦，走村串户，做群众思想工作，将一些穷苦人家的年轻人聚拢在一起，秘密组建了一支青年巡防队，说是要强化二十里铺的治安，大家群防群治，打鬼子，驱土匪，保太平。就这样，白玉梅的名气越来越大，白家药铺自然也成了一个联络点。白玉梅回到二十里铺不到半年时间，就声名远扬。因而，白玉梅也被反动地主和土匪视为眼中钉、肉中刺。

白玉海和夫人白文氏对白玉梅的工作也很支持，只是叮嘱她一定要注意安全。白玉海说，如今方圆几十里都知道白家药铺的白大小姐，要她务必小心行事。

不想白玉梅自从投身救国那天起，就将生死置之度外，只是因为怕工作牵扯到哥嫂，影响家里的生活，所以白玉梅最近都在忙着找住处，准备搬离药铺。

今天，哥嫂带着小侄子要去走亲戚，白玉梅没有一同随行，她正在家里忙着研究下一步工作，准备召集开明乡绅开会，做他们的工作，说服他们同意推行减租减息。谁想听到前厅外面喧闹一片，再仔细一听，像是兵痞上门惹事，自己再不出面，恐怕要闹出人命，白玉梅当即一挑门帘就出来了。见赵独龙一群人对自己要行医问诊似乎不大相信的样子，白玉梅轻蔑地笑笑，赵独龙察觉到了白玉梅的表情，一拍大腿："娘希匹，老子怕？试试就试试！"白玉梅闻言转身从柜台里取出行医用的药箱，拉开抽屉，取出一根长银针，冲着赵独龙一挑眉："来，长官，且试试吧！"

独眼龙恋上白玉梅

"试试就试试!老子还怕你这个小娘子不成!"见白玉梅镇定自若地将了自己一军,赵独龙面子挂不住了,撑起身子,嘴里咋咋呼呼地嚷着,"扎哪?快点扎!老子肚子痛得厉害,像是一把钢刀在里面搅肠子!"

白玉梅闻听此言略加思索,口中说道:"请长官将右腿裤腿卷起,露出膝盖以下部位,方便我施针止痛。"

赵独龙整个上午已经在野地里腹泻多次,又没有吃东西,早就排空了肠胃,如今已经是泻无可泻,但腹内绞痛难忍,听白玉梅这样一说,当即服从。站立一旁的张副官一挥手,当下就有两个小士兵上前将赵独龙右腿裤腿向上卷起,露出膝盖。

白玉梅脱下夹袄,用清水洗手,搬过凳子,坐在赵独龙对面,手持银针,对准赵独龙右腿足三里穴位开始施针。要说也奇怪,这银针扎下去没多久,赵独龙就感到一股子热流从腹内隐隐约约升起,慢慢地,腹内剧痛开始消减。白玉梅见赵独龙反应比刚才有所缓解,又从药箱里捻出一根银针,双管齐下。赵独龙觉得浑身热气升腾,腹内温热,整个人都似行军之后泡进热池里一般舒坦,他忍不住抬头看端坐在自己面前的白玉梅,只见面前这个女子神情专注,鼻头隐隐约约渗出汗珠,赵独龙深深一嗅,鼻腔中吸进来一股女儿家身上的香气,惹得赵独龙浑身不禁更加燥热,身子也不由自主地挪动起来。

只见白玉梅眼皮都没抬,嘴里喝道:"不要乱动!"白玉梅的声音不大，却似乎有一种不可抗拒的魔力，让一贯都是对别人发号施令的赵独龙果真不敢再动弹了，一时间乖乖地一动不动。

白玉梅指尖捻着银针使着功夫，嘴里也没停下，吩咐董先生："董先生，在柜上取二两土丁桂、五钱勾儿茶、三钱南五味子根、两钱白术，包好交与军爷。"

不消片刻，赵独龙感觉腹内剧痛消失，腹内温热，但是他感觉一股子热气在体内寻找出路，他想忍却实在忍不住，无可奈何地放了一个巨响的屁。响屁惹得一群人想笑又不敢笑，赵独龙呢，就算是个兵痞丘八头头儿，让他在美女和下属面前放了个惊天动地的响屁，也是臊得不行。白玉梅皱皱眉，拔出银针，站起身："好了，长官你是得了急性肠胃炎，应该是过度劳累、饮食不洁所致，我给你在穴位上施针止了痛，如今你也上下通气了，回头再把包好的药带回去煮水煎服，三天即可恢复。"说完话，白玉梅从董先生手里接过包好的药，递给一旁的军医。军医赶紧接过装好，点头称谢。

赵独龙心里不禁暗暗称奇：一是奇怪这地界竟然有此貌美女子；二是奇怪此女子面对荷枪实弹杀气腾腾的丘八毫无畏惧；三是奇怪此女子果真医术高超，立时就解了自己的病痛。想到此，赵独龙对白玉梅已然是记在了心上，他缓慢起身，正正衣帽，轻咳一声，对着白玉梅一拱手："今日是我们莽撞了，所幸没有闹出乱子，赵某在这里还要谢过姑娘救命之恩！"

白玉梅只是点点头，依旧不卑不亢地答道："这位长官，医者仁心，我们本来就是要治病救人的，长官没事就好，请收好药包，回去按时服用！"

赵独龙越看白玉梅，心里越是喜欢，上前一步说："姑娘若是有什么要求，赵某也可以满足你！"

白玉梅却侧身避开，摆摆手："不必了！长官慢走，恕不远送！"

赵独龙一听这话，脸色不由得一沉，心想这是要撵人了啊？可再想也是，自己刚谢过人家救命之恩，也不好翻脸，只得命人掏出两枚银圆放在柜台上，转身带队离去。

白玉梅施展家传针灸之术，化解了危局，救下了董先生和药铺，打发走了兵痞赵独龙。白玉海夫妇回来后，董先生这么一描述，白玉海吓得直搓手，一个劲地说好在有惊无险，白文氏也禁不住直冒冷汗。白玉梅却不以为然，没把这事放在心上，转天就继续忙她的地下党工作去了。

再说赵独龙自从和白玉梅这一茬相遇以后，再也忘不掉佳人了。回到豫东城驻地以后，赵独龙看自己那几个姨太太是怎么看怎么不顺眼，一闭上眼，白玉梅的样子就在脑海里浮现，一睁开眼，就觉得平日里打扮得花枝招展的姨太太们变得俗不可耐起来。

下属张副官知道赵独龙的心思，将打听到的消息一五一十禀报给了赵独龙，赵独龙这才知道白玉梅原来还是进过学堂学过文化的新青年，难怪气质不凡，非寻常女子可比。

"司令！不如让我带一队人连夜去二十里铺白家药铺把人带回来？"见赵独龙魂不守舍念念不忘好些日子了，张副官提议去抢人，反正以前每次赵独龙只要看上的，都是由自己带人去抢回来的，最多象征性给女方家点彩礼钱，就算把人娶进门了。有几位一开始寻死觅活不依不饶的，后来锦衣玉食过了几天，也就习惯有人伺候的姨太太生活了。也有女方家里吵着要报官的，可兵荒马乱的，谁去管兵痞抢人的事？还有寻死的，赵独龙安排人用棺木装好尸身送还女方家，女方家人也是打碎了牙齿往肚里咽。

听完下属的提议，赵独龙却一反常态没点头。他考虑：一是自己就是因为欺男霸女惹得上头不满，才被发配到刚刚经历洪灾和匪患的鸟不生蛋的空城豫东吃苦的；二是再怎么说，那个白玉梅也是个进过学堂的新青年，不似往日里抢的那些乡野村姑；三是白家药铺好歹在二十里铺也是知名的所在，自己自然不能贸然动手。

赵独龙心想对付这么个天仙美女，只可智取，不能强夺，他寻思有个什么法子能让白玉梅自己走到他身边来，最好就在自己眼皮子底下！

苦思冥想了三天，赵独龙终于想出一条自认为是上上策的妙计。

重回豫东城

这天,白玉梅正和哥嫂在内院吃午饭,准备吃完饭就带着工作组的人员挨家挨户召集青年人开会,动员大家自力更生,不要吃闲饭,找工作的找工作,种地的种地,总之不要当懒汉,越是兵荒马乱,越是要自强不息。一碗饭还没吃完,前院店铺伙计进来传话,说是门外来了一位骑着高头大马的丘八,要面见白家小姐,有要事相告。

白玉海和白文氏面面相觑,不知道家里这位姑奶奶又招来了哪门子神仙。白玉梅倒是没惊讶,把碗一放,用手绢擦擦嘴说:"哥哥嫂子别担心,我出去看看!"

丘八在店铺大厅里站着等,看到白玉梅从里屋出来,上前敬了个礼,双手递上一封信说:"请白小姐当面打开,并告知结果,本人也好回去复命。"

白玉梅看信封上用毛笔写着"白玉梅小姐亲启",撕开信封,取出一张聘书,只见上面写着"现聘请白玉梅小姐为豫东中医院针灸科医师",落款是豫东县政府,盖有红色公章。

白玉梅眉头一皱:"这聘书从哪来的?若是医院下的,怎么落款又是县政府的公章?然后又是你这位长官送来的?"

来者显然是有备而来,见白玉梅开口询问,笑着说:"白小姐有所不知,豫东城自从被土匪血洗之后,几乎成了空城,以前镇守的督军说是追土匪去了,也不见了踪影。现在的督办是我们的赵司令,也就是上个星期被你施针救了的人。因为豫东城百废待兴,所以我们赵司令正在招贤纳士。豫东中医院里的医生经历上次匪患也跑的跑、死的死,闹得现在城里人生病都没地方看病。我们赵司令被你的医术折服,所以想请白小姐去豫东中医院就职,这才派我来送聘书给你!"

白玉梅心想果然是那个赵独龙,她抖抖手中的聘书:"你们赵司令凭什么认定我就一定会答应去呢?未曾征求我的意见就把聘书带来了,这未免也太草率了吧?"

这名信使在赵独龙手下多年,深知赵独龙的秉性,要是自己完不成这个任务,回去肯定要人头落地。也亏了他灵机一动,当下赔着笑脸说道:"我们司令说了,白小姐是杏林世家出身,又心地善良,上次救治他就说医者仁心,现在豫东城老百姓就等着白小姐去医治了,白小姐为了百姓,肯定愿意去的!"

白玉梅闻言,心中暗想:此人所言也不无道理,如果自己去豫东医院就职,一来可以救治群众,二来也可以尝试在豫东开展工作,建立新的战线。只是这种事非同小可,一则要立即向上级报告,征求组织的意见,二则也要征求家中兄长的同意。

想到这里,白玉梅笑笑:"你挺会说话的。这样吧,你先回去,告诉你家司令,容我考虑几天,我要征求家人意见。我一个大姑娘,离开家里去县城工作,总要准备准备,你说是不是这个道理?"

信使心想有了这句话,回去就好交差了,于是对着白玉梅又是一个敬礼,出门翻身上马,快马加鞭返回豫东城向赵独龙复命去了。

先说白玉梅这边,她将赵独龙聘请自己去豫东城中医院针灸科当医生的事情向上级汇报，上级经过研究决定同意白玉梅去中医院就职，并结合实际情况，适时开展地下工作。白玉海和白文氏对此事却不是很支持，只因白玉梅一个女孩家，二十岁还不到，就要孤身一人去县城上班，而且还是因为被赵独龙那个丘八头头儿看中才聘用的，白家哥嫂心中甚是不安，问白玉梅能不能不去。

白玉梅早就将生死置之度外，她内心最崇拜的就是鉴湖女侠秋瑾，她早就下定决心要为信仰奋斗一生，当然也包括随时献出生命。所以，白玉梅毅然决然地踏上了前往豫东城之路。

白玉海实在放心不下，和白文氏商量了一下，把店铺的事情交给董先生代管，一家子雇了辆车，送白玉梅来到了豫东县城。

白玉梅的马车一进城，就有哨兵检查，白玉梅出示了聘书，说自己是来医院就职的，值班哨兵一看，当即一个电话打到司令部汇报。赵独龙这边接到电话，核实是白玉梅到了，自然是喜不自胜，换上制服，带着一队人马，在中医院门口摆上阵势迎接白玉梅。早就有手下忙着在门口铺上红地毯，医院大门上悬挂起"热烈欢迎白玉梅小姐来医院就职"的横幅，赵独龙亲自指挥，忙得不亦乐乎。

不一会儿，马车就到了医院门前，从马车上下来的白家人看到医院门口的阵仗也傻眼了，知道的是白玉梅来当医生，不知道的还以为她是来当院长的呢！白玉梅也怔住了，她看到赵独龙带着人在门前冲自己傻乐，心里明白又是这丘八痞子头儿搞的鬼，在众人面前，她也不好发火，只是淡淡一笑，说了句："承蒙赵司令抬举，本人应聘前来就职，希望可以用家传医术为豫东百姓看病，谢谢！"

赵独龙见白玉梅大大方方地表态，自然更加欢喜。一一见过众人，互相打了照面，赵独龙让医院原来的负责人帮着白玉梅安排手续等事宜，众人簇拥着进了医院。有好事者互相传话："这女子不简单，引得赵司令亲自下聘书，亲自迎接。"更有好事者当即表示："赵司令的爱好大家谁不知道？想必这是他看上的姑娘，马上就要当八姨太了吧！"

现场好事者的话多多少少传进了白玉海和白文氏的耳朵里，两人面面相觑，却不知该说什么好。

时隔近两年时间，白文氏重回豫东城，心里蛮不是滋味，刚才马车经过督军府门口时，她特意挑起帘子看了一眼，却惊讶地发现窗帘外狼藉一片，以前偌大的督军府院如今俨然成了一片废墟。大惊之下，白文氏向医院门口的哨兵打听才得知原来的督军府被土匪血洗，几遭灭门，王督军下落不明，这次换来赵独龙镇守豫东。

得知尤老大一家去了蓼城，白文氏心想怪不得这么长时间没有尤老大带来的口信，此番才明白其中缘由。她有心想去蓼城看一下秀和尤老大一家，又怕白玉海多心，只好对白玉海说："当家的，等安顿好了玉梅妹妹，能不能绕道去一趟蓼城？"白玉海问原因，白文氏说以前落难逃到豫东，被尤老大一家搭救过自己性命，如今自己嫁到白家过上了安生日子，得知救命恩人一家因为督军府被洗劫无奈去了蓼城，心里十分牵挂，想去看看。白文氏言辞恳切，白玉海也不好拒绝，也就答应了。

寻女蓼城

赵司令从二十里铺请来一位医术高明的"活菩萨"的消息在豫东城及周边传开了，一时间，来中医院看病的人络绎不绝。那年月，虽说西医早就进入国内，但平头老百姓凡有个头疼脑热的，还是会首先想到去中医院找中医看病。白玉梅虽然年轻，但医术是家传的，所以即便一开始有的病人对她抱有怀疑的态度，可随着病患一个个被治愈，口耳相传白医生是真的医术高明，再加上白玉梅人美心善，对待患者态度和蔼可亲，所以找她看病的尤其多，她每天忙得团团转。

这段时间，白玉梅都是在医院忙，不上班的时候就住在医院的宿舍里，而白玉海一家三口就住在医院旁边的客栈里。白玉海一开始还帮着妹妹坐诊，等到白玉梅完全适应以后，白玉海就说准备带妻子去蓼城。赵独龙见白玉梅不到半个月就稳稳地在豫东城站住了脚跟、打响了名气，内心也是暗暗钦佩，同时因为白玉梅是自己请来坐诊的，听到四下里说赵司令给蓼城百姓请来了"活菩萨"的话，他觉得自己脸上也很光彩。当得知白玉海夫妇要带孩子去蓼城时，赵独龙摆了一桌子酒席给他们饯行。白玉海推托不掉，只得带着家小赴宴。

宴席上，赵独龙请来豫东城几位乡绅陪宴，这几个人都是老狐狸了，看到从白玉梅落座以后，赵司令眼神就没从她身上离开过，就知道白玉梅是赵独龙的目标了。

酒过三巡，赵独龙有些大舌头了，摇晃着身子端着酒杯敬白玉海:"白老板,你……你和嫂夫人踏踏实实地走,玉梅我来照顾,你……你就放心吧!"

白玉海起身端着酒杯,心里想:就是你在,才不放心!可脸上还得赔着笑脸:"呵呵,赵司令,小妹年少气盛,今后如有得罪之处,还望您大人有大量,多多包涵!"

白玉海和白文氏也从赵独龙的眼神中看出了此人对妹妹的心思,二人交换眼神,内心惴惴不安。反观白玉梅,丝毫不慌,大大方方落座,不卑不亢说话。白玉海心知妹妹是个打小就有主见的人,这次应邀来豫东,也是经过她那个组织批准的,所以心里稍微定了些。

第二天分别之时,白玉梅在豫东城门口送哥哥嫂子一家,白玉海对妹妹孤身一人留在豫东始终是放心不下,千叮咛万嘱咐,凡事要小心,尤其是要当心那个赵独龙。

白玉梅莞尔一笑:"哥,你放心,我们的人陆续就会来豫东和我会合,你就别担心了!"兄妹依依不舍话别之后,白玉海和白文氏坐上了去蓼城的马车。

他们是一早出发的,到了傍晚,马车才进到蓼城地界,等到了蓼城城外,城门都已经关了,因为有赵独龙开的路条,所以白玉海一家才顺利进了城。赶马车的车把式说幸亏有豫东城赵司令开的路条,要不然这一车子人就要露宿野外了。白玉海问车把式,现如今内战不是已经停了吗?为什么城门关得这么早?车把式小心翼翼地答道:"还不是给土匪闹的,听说那个岳葫芦带着人烧了豫东城,血洗了督军府以后,为了躲避王督军的追剿,一路边逃边抢,已经祸害周围几个镇子了。"

"那抓住土匪没有?"一旁的白文氏不无担心地问道,下意识抱紧怀里的儿子。

"没呢，要是抓住了，一定要把岳葫芦这厮千刀万剐才解恨。"

白文氏依稀记得尤老大那年来二十里铺和自己说，秀是被赵家人带到赵财主家当丫鬟的，所以推断尤老大一家此时也应该在赵财主家落户。

等马车到了赵家大门口，天已经完全黑了下来，白玉海下车，敲了门，门房在里面问是谁，白玉海答是豫东城来的，门房打开小门窗，露出半个脸，接着问：豫东来的？可是督军府的人？白玉海看小门窗开了，凑上前笑着说：不是督军府的，是来找尤家人的。

谁料，门房一听是来找尤老大的，直接回复没这个人！这下可把白玉海难住了，本身他就不认识尤家人，门房这一问答让他也没了主意。

一旁马车上的白文氏听到这里，再也坐不住了，从马车上下来，几步赶到门前，凑到小门窗边问道："大哥，敢问你一句，去年从豫东王督军家被赵太太带过来的丫头，叫秀的，可还在府上？"

此话一出，门房大哥蹲下身子，一只眼睛从门内往外瞅，瞅得白文氏很是不自在。末了门房大哥问了句："你找秀？你是秀什么人啊？"

白文氏此刻也顾不得白玉海就在身边，心里急切地想见到秀，脱口而出："我……我是秀的娘！"

此言一出，一旁的白玉海惊得张口结舌，白文氏也顾不得丈夫的反应了，一心急切地想见到女儿。

门房咳了一声："秀走了……"

白文氏以为女儿不在人世了，晃了晃身子差点没站住，她强忍着悲切,颤着声音问:"大哥,你这是什么意思?秀走了?她是不是……?"

"哎,你别多想了,我就和你说了吧,你要找的姓尤的一家走了,你女儿秀也走了,就是被姓尤的带走了,你是不知道当时为了带走秀,姓尤的一家差点把咱们太太杀了……"门房的话传出来,让白文氏三魂七魄归了位,好歹女儿是被尤老大带走了,尚在人世。

"那就好,那就好!"白文氏惊喜交加,惊的是尤老大为了带走秀竟然要杀人,喜的是秀跟着尤老大一家,自然比在赵府安稳,令人放心。白文氏稳住心神,暗自庆幸。

"好了好了,我说得太多了,我要关门了,你们也赶紧走吧!让主人知道我要挨打了。"

"大哥,能不能告诉我他们去哪里了?"白文氏扑上前,双手扒在小门窗上,"大哥,您行行好,告诉我他们去了哪里。"

"我也不知道啊,你自己找找吧!"

一波三折

在赵府寻女未果，白玉海带着白文氏和儿子连夜好不容易找了一家还有空房的客栈安顿了下来。白文氏因为没找到女儿，加之隐瞒了自己还有女儿的事情，一时之间情绪崩塌，勉强撑着精神。给儿子喂过饭哄睡着之后，白文氏见白玉海在窗台背手而立默不作声，心下一颤，不禁啜泣起来。见白文氏哭了，白玉海上前揽住她："夫人，你别哭了，我并没有责怪你的意思，你就不要自责了！你不告诉我你还有个女儿，我不怪你，我知道你自然有自己的苦衷，我也知道当初你是身怀有孕走投无路才下嫁于我的，启贤是你胎里带到白家的，我也心知肚明，但他既然与我有缘，他就是我白玉海的儿子。"见怀中的白文氏不说话，白玉海像是下定决心似的说出来一句让白文氏感动至极的话，"夫人，我知道你担心秀，至于秀，等我们找到她，她若是愿意跟我们回去，她就是我们的女儿，白家的千金，你看可好？"

"当家的，你对我的恩德，我真的是一辈子都报答不了的！"白文氏感动得眼泪再次涌出眼眶。

"你这啥话？你是我夫人，又给我带来一儿子，马上还有一女儿，你说啥报答的话，咱们是夫妻啊！"白玉海笑着说，"不过，当务之急，咱们还是要抓紧找到秀。"

话说到这，白文氏的心再次揪了起来。按照赵家门房大哥说话的意思，赵家人对秀不好，尤家人出手相救，这才离开的赵家。"那，咱们去哪里找呢？"白文氏问身边的丈夫，如今，白玉海就是她的主心骨。

"我想，明天咱们先去一下镇子上的王家药铺，药铺的王掌柜是我的旧相识，之前他有一次在外地进药材差点打了眼，幸好当时被我遇上了，帮他识别真假，这才没有上当受损，这蓼城地界上，他对人头熟悉，朋友也多，找他帮帮忙，应该是可以的。"白玉海说出了打算，白文氏点头说好。当晚，白玉海与白文氏夫妻交心，白文氏打开心结，与白玉海恩爱同眠，自不言表。

第二天吃过早点，白玉海领着白文氏和儿子一路步行找到了王家药铺，药铺的王掌柜见是远客到来，赶紧上前相迎，带至内院叙话。一番介绍和寒暄之后，白玉海将寻找秀的事情对王掌柜说了，王掌柜当即表示会全力帮忙，并去前厅喊来七八名伙计，让他们先在镇子上打听打听。因为考虑尤家夫妻带着俩孩子估计是走不远，又从白文氏口中得知尤家人是外地人，所以王掌柜特别交代伙计们注意发现镇子上有没有操着外地口音并带着一个男孩和一个女孩的夫妻俩，无论是开店的，做小买卖的，还是流浪乞讨的，只要是发现了，感觉差不多的，就速速回来禀报。

白玉海一家对王掌柜雷厉风行的风格甚是佩服。王掌柜告诉白玉海："打听人不是一时半刻的事情，你们一家难得来，先踏踏实实在我家里住下，咱们兄弟好久没见了，这一次好好聚聚。"

就这样，白玉海推辞不过，心想既来之，则安之，索性就暂时休息几日，等等消息再说。他当下就去客栈把客房退了，带着妻儿在王家住下了。

不说王家招待白玉海一家如何尽心，单说三日之后的上午，一群人正在王家吃早饭，外面有伙计进来回报王掌柜，说是在镇子南边新开了一家山东菜馆，经过观察，发现菜馆的老板和老板娘无论是年龄还是口音都挺像白家太太描述的尤老大夫妻，更巧的是菜馆里还有俩孩子，一男一女，男孩六七岁的样子，女孩大约九岁的年纪。伙计说老板和老板娘以及那个男孩子说话的口音听起来都是外地人，可那女孩说话听起来却像是离蓼城不远的口音。

听了伙计的话，白文氏的心跳得飞快，她的直觉告诉她，那开菜馆的就是尤老大一家，女孩就是自己的女儿秀！

事不宜迟，王掌柜和白玉海带着心急如焚的白文氏跟着报信的伙计一路来到了南街，找到了那家山东菜馆。

众人来到菜馆门前，驻足抬眼一瞧，只见这家沿街的店铺两根门柱上贴着一副对联：

入座一杯酒　室陋宾客贵

横批是：

和气生财

白玉海见菜馆二楼窗户外悬挂着两个红色的幌子，他经营药材生意，走南闯北，知道这幌子可是有讲究的：挂一个幌子的就是街边小店；挂两个幌子的代表能做大众口味的各种炒菜；挂三个幌子的，那这个店就必须南北大菜都拿得出手才行。

白文氏可不像白玉海一般，还有闲情雅致研究店铺挂的招牌幌子，她恨不得立刻进店找女儿。

只是她定睛看时，才发现店铺里并没有人。也难怪，此刻才是上午七八点，还没到饭点，虽然店铺早早开门，但没有生意。白文氏走进菜馆，正当她四下张望到处寻找之时，菜馆的后门帘子被掀开，一个精精神神的大小伙子端着一盆菜从后院走了进来。

小伙子看到白文氏，以为是来订菜的主顾，放下盆，对着白文氏笑着说："客官可是来订菜的？这会儿子天还早，掌柜的还没来，您要是有什么吩咐，先和我说，我给记下来！"说这话时，小伙子从柜台里拿出纸和笔，转过身对着白文氏又是憨厚一笑。

白文氏一开始被冷不丁冒出来的一个大小伙子吓一跳，心想尤家那小子不会长这么快的，听到小伙子说话，心里反应过来这恐怕是尤家雇的伙计。白文氏心想，我哪是来订菜的，我是来找女儿的。

见白文氏只盯着自己，却不说话，小伙子也愣神了，心想，一大早这位富太太是做什么来的呢？

"那您是……?"小伙子忍不住开口问。

"我们是来找人的！"见到店里这一幕，门外的白玉海跟了进来，对着小伙子开口说，"我们找个女孩，她叫秀，她是在这里吗？"

见眨眼间又进来一个气度不凡的中年男人，张嘴就说找人，还一口就把秀的名字叫出来，小伙子更是傻眼了。这小伙子是谁？没错，他就是和尤老大一见如故，把自己房子赁给尤老大开了山东菜馆的刘老九。自从刘老九带着一帮兄弟帮衬着尤老大在蓼城叶集镇上开起了菜馆，尤家菜馆的生意从无到有，慢慢有了名气，不能说是财源广进，也是温饱有余了。尤老大感念刘老九一帮人的仗义相助，常常备下饭菜请他们吃喝。刘老九他们呢，虽说平日里好吃好喝惯了，但是也都明白如今生意不好做的道理，所以每次吃完饭，刘老九和弟兄们都会想尽办法把菜钱付了，要么把钱塞给秀，要么就临出门时丢在柜台上。这样一来倒让尤老大不好意思了，租了人家房子，反过来吃口饭菜又让人家付钱，不知内情的人看着倒像是故意的了。于是，尤老大就和刘老九说饭钱别给了，每次也都是自己吃什么他们就吃什么，不在乎多几个人。要是实在过意不去，就麻烦老九在油坊活干完了以后空闲的时候，帮着照看照看店里的活计就行。这样一说，刘老九也是很乐意的，平时要是没事，就帮着店里洗洗菜，收拾桌椅板凳什么的。这不今天正好油坊歇工一天，刘老九起得早，就帮着店里把菜洗一洗，中午做饭要用的。

因为在一起的时间长了，所以刘老九也注意到尤家人和秀的口音不同，就问了尤老大秀的来历，尤老大也把刘老九当自己人，就一五一十把秀的来历说了个全。当听说秀在赵家被虐待的事，刘老九心疼秀的遭遇，气得火冒三丈，要不是尤家人拦着，他只怕是要带人去放一把火烧了赵家才解恨。

今天，见猛不丁来了几个人进门就说要找秀，老九心想坏了，说不定就是赵家的人来抢人的，他当下把脸一沉："你们找人去别处，我们这是菜馆，没有你们要找的人！"

听闻此言，白文氏像是大冬天被人迎面泼了一瓢凉水一般，她苦着脸说："这位小哥，你别开玩笑了，我知道秀肯定在这，求你把她还给我！"说着话，白文氏就要下跪。

刘老九也愣住了,没见过抢人还要下跪的。正在这时,楼梯口传来一声清脆的女声:"娘!"

母女重逢

还没等众人反应过来,口中喊娘的女童已经从楼梯口冲到白文氏面前,伸出手死死环抱住白文氏的腰,嘴里喊着"娘啊,我的娘啊"。白文氏定睛一看,女童正是自己日思夜想的女儿秀。见女儿像是从天而降出现在自己眼前,白文氏先是一惊,旋即抱住女儿,再也忍不住大声痛哭起来。母女二人抱在一起痛哭流涕,一旁的刘老九算是彻底傻眼了,他没想到眼前这位富人打扮的中年女人竟是秀妹妹的母亲。

跟着秀下楼的还有尤老大夫妻俩,他们早晨起得也早,在楼上带着秀和根生整理东西,听到刘老九在楼下和人说话,一开始还没上心,以为是早早就来订饭的客人,直到下面声音变得嘈杂,几个人才走到楼梯口留神听着动静。当秀听到自己母亲的声音时,她再也忍不住了,直接冲下了楼。

尤老大媳妇玉芬上前安抚白文氏母女俩,尤老大将其他人带至一边坐下,刘老九也端上了茶水,白文氏给尤家人介绍了白玉海以及如何在王掌柜帮助下来山东菜馆的。众人寒暄一番,自是唏嘘不已。

白文氏见秀个子也长高了,气色也好,已然是个大姑娘了,心中明白女儿跟着尤家生活过得很好,肯定是没有吃苦。她起身拉着秀,走到尤家夫妻面前,当着众人面就跪下了:"她叔她婶,你们为了秀,和赵家拼了命,我都知道了,为了我的女儿,你们都差点送了命,我无以为报,在这里先给你们磕头了。"白文氏嘴里说着，就要磕头。尤老大夫妻俩赶紧上前将白文氏和秀搀扶起来。

尤老大说："秀她娘，都是过命的交情，不要这样见外了。有件事你是不知道的，从赵家逃出来以后，秀认了我们夫妻俩做她的干爹干娘，一来是我们相依为命，早就是一家人了，二来也是为了方便秀跟着我们一起生活。这事我们没有事先和你商量，没来得及征得你的同意，所以，既然今天你这当娘的来了，我们还是要听一下你的意见。你们这次是来把秀接回去的吗？"

说完话，尤老大夫妻面生不舍之情，一旁的刘老九听了这话，脱口而出："啊？这刚来就要把秀带走啊？"白文氏听了这话下意识地看了看一旁静坐不语的白玉海。她想到白玉海前几天对自己说的话，抬头看了看丈夫，发现白玉海脸上带着微笑，对自己点点头。白文氏心头一阵温暖，她又看到尤家夫妻看秀时不舍的眼神，注意到秀也眼含热泪看着尤家夫妻俩。白文氏想了一会儿，叹口气，摸了摸蹲坐在身边的女儿秀的手，对尤家夫妻点点头说："秀她干爹干娘，秀跟着你们这些年，有你们护着她，没让她死在外面，也没让她死在赵家，你们的大恩大德我们没齿难忘，表面上秀认了你们做干爹干娘，其实你们就是秀的再生父母！秀跟不跟我们回二十里铺，我这当娘的也做不了主，我打心眼里想立刻带着秀回去，可我也知道你们跟秀都像一家人了，我突然带走秀，你们心里肯定难受！我看我们还是听听秀的意见吧。"

秀听母亲这样一说，抬起脸看看母亲，见白文氏不像是开玩笑，她从地上站起来。秀看了看一直不说话的白玉海，再看了看尤家夫妻，抹了把眼泪，艰难地从嘴里吐出一句话："我留下来!"

听见秀这样一说,在场的几个人反应不一,尤家夫妻还有刘老九喜出望外,白文氏心头一颤,母女连心,她明白秀是因为当初自己没来接她,又怕自己现在处境艰难才做出这样的决定的。白文氏心疼自己女儿小小年纪就这么懂事,她张嘴刚想说话,只见白玉海站起身走到秀面前,人高马大的白玉海蹲下身子和秀说话:"秀,你是你娘的女儿,你娘现在是我的妻子,所以如今你也是我的女儿,你不要有什么顾虑,跟我们回去,我和你娘还有你弟弟,都等着盼着你回家!"

见白玉海发话了,说话也十分真诚,秀也犹豫了起来,毕竟和亲娘一起是盼了这么久的事了。见此情景,一旁许久没说话的王掌柜开了口:"我说你们当局者迷,我这旁观者就说几句吧。嘿,这有什么好发愁的呢?秀既然见到了亲娘,自然是要和亲娘回去的,这边尤家也是家,等到秀什么时候想干爹干娘了,就再过来看看,你们两家就当亲戚串门子不就行了吗?这你来我往两家多走动,这不就行了吗?"

一语惊醒梦中人,王掌柜一番话让在座的各位都清醒了,尤老大一拍大腿:"是啊,又不是远隔千山万水,也就百十里的路程,秀就先跟着亲娘回二十里铺,等什么时候想这边干爹干娘了,就再回来住一段时间!反正我们这山东菜馆就是秀的家,随时欢迎秀回来!"

事情既然已经说开了,大家也都长舒了一口气,当天中午,山东菜馆没有对外营业,尤老大夫妻俩带着刘老九和秀一起给大家做了一桌子的拿手菜,安排白家人和王掌柜一起吃了顿饭。

白玉海和白文氏说应该由他们请客,白玉海要付饭钱,被

109

尤老大一顿数落："咱们都是秀的家长了，咱们有个共同的女儿，本身就是一家人，一家人吃顿饭你还要给饭钱？这不是打我脸吗？"

话说到这个份上，白家夫妇百感交集！等到酒足饭饱，也就到了告别的时候。临走时，秀和尤家夫妻、根生洒泪作别，白玉海对尤老大说："兄弟，你让我见识到了山东人的义气，你们如果愿意，也可以来二十里铺开店，我们哥儿俩在一起，岂不更好？"尤老大闻言也很是感动，他对着白玉海一抱拳，说："多谢大哥美意，我在蓼城还有事情没办完，现在我还不能走，如果哪天我的事情了了，无牵无挂了，我再去二十里铺看你们！"

神秘的客人

尤老大一家依依不舍送走了白家人，看着马车渐渐远去，尤老大夫妻感慨良多。当初夫妻俩决定在蓼城立足，也是万般无奈之下做出的打算，毕竟身边还有秀，秀又是尤老大豁出身家性命才从赵家救出来的，按说离开赵家以后，全家人应该立马就离开蓼城，跑得远远的才安全。可是当初王督军将独生子大宝托付给自己照顾，不料最后因为要救秀，自己带走了秀却又被迫将大宝留在了赵家，这一得一舍虽是意料之中，但让人无法接受。虽然赵家人对大宝不会不好，相反还会把大宝当成掌上明珠一般伺候着，但是尤老大夫妻俩觉得他们没有信守对王督军的承诺，辜负了王督军的重托，万一将来王督军找到蓼城来问他们要孩子，他们俩有何脸面面对王督军呢？夫妻俩当初也是为了有朝一日能再见到王督军，向他当面讲述这些日子的遭遇，所以才铁了心在蓼城冒险开了山东菜馆，希望再遇到王督军。虽说如今兵荒马乱，但是蓼城毕竟是三省交界的重镇，自明朝至今就是商埠，南来北往的客商和贩夫走卒络绎不绝，有人自然就要吃饭，山东菜馆的菜价便宜，分量又足，味道也好，再加上房东刘老九带着一帮本地小兄弟吃喝着、帮衬着，尤家夫妻俩每天只要勤劳操持生意，就一定会多多少少有进项，况且一家子总算是有了正经的营生，夫妻俩感慨再也不用担惊受怕忍饥挨饿了。

如今白家人寻来，尤家夫妻妥妥当当将秀送回亲娘身边，总算是了结了一件心头大事。接下来，尤老大和妻子商量，除了做好菜馆的生意，就是盯着赵家，直到王督军出现为止。刘老九帮忙打听到，如今大宝养在赵家，已经正式改名赵家宝，赵太太和赵老爷已经把他当成自己亲生儿子养着了，刘老九还说坊间都在传尤老大为了救秀不惜和赵家玩命，又把秀还给白家的事迹，都说尤家人仗义、仁义，反过来都在骂赵财主家丧尽天良，必遭报应。

尤老大对外界怎么夸赞自己的传闻并没有放在心上，他担心的是赵家听到这些话会不会恼羞成怒，如果再惹出什么事端就不好了，自己如今留在蓼城，只想平安度日，只盼着王督军能早日剿匪回来，自己也能给他个交代。

果不其然，外面的传言终究还是传进了赵府，饱受赵老爷和赵太太奴役的家里用人们私底下也在议论纷纷，有胆大的甚至说尤老大当时就该一刀抹断赵太太那个恶毒地主婆的脖子，还有的说傻少爷撒尿都不知道解裤子，还想霸占人家女儿当媳妇，简直是癞蛤蟆想吃天鹅肉……话传得多了，赵老爷也听到了七七八八，他让管家留意哪些人在府里乱嚼舌根，最后抓到两个倒霉蛋，一个是杂活伙计老吴头，一个是傻少爷房里伺候起居的丫鬟彩玉，这俩是父女俩。老吴头就是说尤老大该把赵太太脖子抹断的人，因为他家之前也有缫丝小作坊，后来被赵家大厂压榨，最终破产，还欠了赵老爷一屁股债，老婆也病死了，女儿彩玉当时年岁还小，被逼无奈，为了还债，父女俩就一个为奴、一个做婢进了赵府。赵太太苛待下人是习惯了的，借口拿工钱抵债，常年扣老吴头工钱不说，看彩玉生得水灵，还想把彩玉送到傻少爷房里，幸亏老吴头知道赵太太迷信，编了谎话说彩玉自小被算命的说过是克夫的命，彩玉这才躲过当童养媳的劫难。即便如此,彩玉还是被强塞进傻少爷房中当丫鬟,之前也是她在自身难保的情况下还想方设法护着比她还小的秀,等到秀被尤老大救走,彩玉也替秀庆幸。管家把打探的消息报给赵老爷,赵老爷气极反笑,心生奸计。当天晚上彩玉伺候完傻少爷睡着,刚出门倒完洗脚水,就被人打晕堵住嘴套在麻袋里连夜不知道送到哪里去了。

第二天一早,遍寻不到女儿的老吴头察觉不对劲,找管家问人,管家推说不知情,反问彩玉是不是和别人私奔逃走了。一番诬人清白的话点燃了老吴头心中的怒火,他上前和管家扭打在一起。赵老爷并未出面制止,反倒是赵太太发话:"老吴头纵女偷情与人私奔,以下犯上殴打管家,扣下当年工钱,以做效尤。"老婆死了,女儿下落不明,自己又无钱无势告状无门,走投无路的老吴头想不开,回到住的小屋里就上吊自尽了,等到同屋人发现时已经来不及了。事情的发展都在赵老爷意料之中,他下令封锁了老吴头自杀的消息,也不让报官,而是让周管家找来几个心腹把老吴头里里外外洗干净,换上一身干净衣服,然后用酒照着老吴头从头到脚喷洒一遍,弄得浑身酒气,乍一看上去老吴头就像是喝醉了睡着了一样。

这天晚上,镇子上的山东菜馆生意格外好,店里的七张桌子全部满座,吃饭的人进进出出,喝酒的人吆三喝四,好不热闹。尤老大一个人在厨房忙着烧菜都有点应接不暇了,玉芬和根生两个人忙着端菜、拿酒,已经手忙脚乱了。好不容易把七张桌子的菜都上齐了,门前又拥来十几个人,吵吵闹闹要吃正宗山东菜,喝高粱酒,此时的尤老大已经累得胳膊都酸了,但是既然生意上门,哪有不做的道理?他远远对着媳妇点点头示意接待,玉芬会意,像今晚这种情形难得遇到一回,能赚钱就算再累点也高兴。只是店里已经没空桌子了，也塞不下桌子了，玉芬看这时候街上也没什么行人了，白天的暑热也下去差不多了，就找来盆装满冷水把店门口的石板路泼了一遍，降降温，再和根生从后院搬来两张桌子，摆好，招呼客人们坐下。众人坐下后，玉芬给大家分发碗筷，一圈走下来，玉芬闻到这些人身上有很浓的酒味，想必是已经吃过酒再出来的；再一观察坐着的一群人中还有两三个像是吃醉酒站不住似的，还需要同伴搀扶架着胳膊才能挺着身子坐住。特别有一个年岁不小的，头上还扣顶草帽遮着脸，只能隐约看到鼻子以下部位，一动不动歪着头靠在同伴肩膀上，像是睡着了一样，却没听到呼吸声。被他靠着的同伴脸上是一脸的嫌弃，好像还带着一丝惊慌。玉芬心生疑惑，这都是些什么人？明明醉得坐都坐不住了，怎么大晚上还跑来要喝酒？不容她多想，其中有个人冲她喊道："老板娘，快去把高粱酒搬上来！再切十斤卤牛肉，赶紧的！"玉芬和根生忙不迭地把熟食和酒水端上桌。这当口，店内的几桌客人也吃完了，喊玉芬结账，于是玉芬忙着算账收钱，根生也强忍着困意帮着娘收拾碗筷。

也就一袋烟的工夫，店内的客人陆陆续续往外走，玉芬没留神注意门口的客人，等到把账算好走出一看，门口拼桌的客人竟然都走了。一看这情形，玉芬一皱眉，心想怎么这么晦气，一个没留神让十几个人趁乱没结账就从眼皮底下溜了！正准备骂几句解气，一眼瞥见桌子上还趴着一个人，借着店内光线依稀看出就是那个戴草帽的醉汉，玉芬心善，还估摸着是那一群坏嘎嘎都跑了，留下这个醉得不省人事的付钱。隔了三步远喊了几声"客官"，醉汉依旧没动弹，玉芬唤来根生，让他在门口盯着这个人，自己回到厨房对丈夫说了这事。尤老大累了一天，正坐在椅子上喝凉茶歇息，听说这事，有些不以为意，说管他跑了多少人，只要有人付钱就行，那桌子人吃喝得也不多，想是有急事都散了，留下这个醉鬼付钱。

玉芬拿着蒲扇给丈夫扇扇汗，点点头说："那也不能就叫那人趴在咱家门口睡一晚上啊？这人从来到现在就一直睡着，我中间上菜时都没看他起身动弹一下，就像死人一样，哎，呸呸呸，不能乱说！"尤老大嘿嘿一乐："哪有那么多醉死的？我来给他烧碗醒酒汤灌下去，保管立马清醒！"

过了一会儿，醒酒汤做好了，尤老大盛了一碗用托盘端着走到门口。果不其然，门外桌子上，那个戴草帽的家伙还趴着一动不动。根生还守在店门口，坐在门槛上哈欠连天，见爹端着碗走过来，乖巧地站起来喊了一声。尤老大示意他上楼睡觉去。

尤老大跨过门槛，把醒酒汤放在桌子上，上前俯下身子去叫醉汉，连喊几声，这个人都毫无反应，尤老大又凑近些，心想这个人确实睡得太死了，别说呼噜声，似乎连呼吸声都没有。尤老大心里没来由地突然慌了起来，一阵夜风吹起，他感觉后背发凉，胳膊上浮起一片鸡皮疙瘩。尤老大壮着胆子挑开草帽，看见一张没有血色的脸，此人双目紧闭，浑身上下没有一丝活人气息，他又壮着胆子伸出手指在此人鼻梁下一探，没有鼻息。恐惧像夜色一样瞬间把尤老大包裹住，他觉得脚软，不由得往后一退坐在地上——这个客人真的是死人！

无妄之灾

仿佛就是一眨眼的工夫，从街角阴影里蹿出来几个人，推推搡搡之间来到店门口，尤老大还没来得及从恐怖的场景中回过神，几个人已经冲到桌子前，其中一个黑衣男子上前推了推趴在桌子上的死尸，突然大喊一声："吴老大被人害死了！"话音未落，其余几个人七手八脚把呆坐在地上的尤老大从地上薅起来，打头儿的黑衣男子绕过桌子，冲着尤老大肚子就是一拳，嘴里大骂道："好你个黑心肝的，居然把我们吴老大毒死了！"

这一拳打醒了尤老大，他忙澄清："我没有，我都不认识这位客官，我家是开菜馆的，怎么会有毒药？"

"你说什么都没用，人现在死在你店门口，你敢说和你没关系？走，我们去见官！"黑衣男子手一挥，几个帮手把尤老大牢牢地控制着就要拉他走。

"啊！他爹啊！这是怎么了？"披着衣服的玉芬从店内冲了出来，她刚把根生哄睡着，听到楼下吵闹声，不放心下来看看。见到一群人要把尤老大押走，她赶紧上前阻拦，死命抓住尤老大的衣袖不撒手，冲这几个凶神恶煞吼道："你们放开我家掌柜的，你们凭什么抓人！"

"凭什么？就凭我家大哥死在你店门口！就凭我们怀疑我大哥是吃了你家饭菜才中毒死的，所以我们要去报官！"黑衣男子上来想掰开玉芬的手，玉芬抬腿就踢，被他闪过，黑衣男子没想到这个外表文静的女人这么强悍，他大为恼怒，嚷道，"我劝你这个女人家不要多事，除非你们心虚，否则就别挡道！"玉芬听到这话却寸步不让，冷笑道："你说你大哥是吃了我家饭菜毒死的？那我问你，你们这些同桌吃饭的人怎么个个都好好的？你大哥从到我家门口就一直睡着不动，你这明摆着就是栽赃讹人！"

尤老大此刻已经明白了几分，他稳稳神，低声对玉芬说道："孩他娘，我没事，你拦不住他们的，你叫他们带我走，我们没做的事，不怕见官！你在家把门户守好，一会儿官府就会派人来的。"玉芬见自己男人眼神坚毅，瞬间就明白了他的意思，慢慢松开了手。黑衣男子见状赶紧招呼着众人把尤老大推搡着向镇子东头镇政府走去。

玉芬临危不乱，先是找来竹篮，把这桌子上的饭菜都收好，再单独把死人面前的碗筷用一个大筛子罩住，自己回到厨房拿出一把菜刀握在手里，壮着胆子睁大眼睛守在死尸旁等着官府派人来。说来也巧，下了夜班的刘老九正巧路过，他看到这场景，忙上前询问。玉芬一看是老九，忍着眼泪把事情描述了一遍。老九也不含糊，从菜馆后门穿过后院来到前院敲响哥哥的房门，刘必富和张巧云都已经睡下了。被喊醒的刘必富披着衣服出来问弟弟晚上这么急找他有什么事，刘老九简单说了一下前院菜馆发生的事，斩钉截铁地告诉哥哥："尤家是被冤枉的，一定是有人陷害他！"刘必富掌管当铺有些年头了，见惯了世面，事情听了个大概也断定内有蹊跷，他问弟弟找他是想接下来怎么办。刘老九说尤家嫂子一个人守在前面是不行的，计哥哥安排老妈子和用人到前面陪着壮胆，等官府派人把尸体弄走再说；再则请哥哥一定想办法请人托关系把尤老大救出来。亲弟弟难得开一次口求自己,这件事情又发生在自己家门口,当哥哥的也只能答应。

后院里的三个老妈子和一个壮丁被刘必富支配去了前院陪着玉芬,一直等到天亮,几个警察才赶到现场,仵作现场验尸后说死者口中有砒霜,初步断定是中毒身亡。听到这个消息,玉芬如五雷轰顶一般,她满脸悲切,一再恳请仵作再仔细检查,她颤抖着手把罩着碗筷的筛子掀开,告诉仵作她前一晚看到那个死者根本没动过碗筷。不料仵作检验后告诉她碗筷被人动过,筷头也沾了砒霜。

"那……那这也不能证明就是死者自己动过筷子啊!再说了,当晚那么多人吃饭,怎么只有他一个人死了呢?"刘老九忍不住发问。

"这个要等县里的法医鉴定,我这水平验不出来的。"仵作回答道。

来的警察里也有和刘老九认识的,警察偷偷告诉刘老九,昨晚他们把尤老大带到镇政府,交给了值班的警察,警察例行搜身,从尤老大的围裙兜里搜出了一张银票,押尤老大过去的那些人指认那张银票是死者吴老大的,说是嫁女儿收的男方给的彩礼钱,当晚是吴老大请嫁女儿来帮忙的亲戚们吃饭,谁都没想到他会死在山东菜馆。

"那我尤大哥怎么说?"

"他能怎么说?自然是不承认谋财害命啊!还破口大骂,所以昨晚吃了点苦头!"警察对刘老九说道,"听说吴老大是赵财主家的远房亲戚,他有个女儿前几日嫁给了赵老爷远房一个侄子,知道吴老大死了以后,赵家说要为吴老大主持公道,要求官府严惩杀人凶手。"

听到和赵家扯上了关系，刘老九心里有一种说不上来的感觉，他意识到这件事没那么简单了。

"山东菜馆尤老大谋财害命，毒杀客人抢夺银票"一事一日之内传遍了蓼城，闹得尽人皆知。山东菜馆没人敢上门，只得关门歇业。玉芬整日以泪洗面，无计可施。

尤老大被羁押期间，多亏了刘老九和哥哥刘必富上下打点找关系，安排人关照他不至于受苦。赵家那边也同时在使钱运作，还以吴老大女儿女婿的名义递交了诉状，看架势是非要治尤老大死罪才罢休。刘老九这边，也由刘必富出面，重金聘请了县里知名的秦明大律师应诉。秦大律师告诉刘家人，他仔细研究了案情，发现疑点很多，但是在证据方面对尤家很是不利，对方一有人证，二有物证，据说赵家那边又在暗地里使钱操作，所以打起这场官司来相当吃力，即便是他，也不能说有百分之百的把握打赢。

刘家打点了监狱那边，玉芬得以带着根生在刘老九陪同下前去探视尤老大。相比刚进来那几天的愤怒，尤老大在看到媳妇和儿子时已经能稳住心神说话了，他安慰媳妇说如果自己这关过不去，就让媳妇带着孩子回东北老家。他告诉刘老九不要再为自己的事情到处找人花钱，如果这一次躲不过去，就拜托刘老九帮忙把菜馆盘出去，留足抵房租的钱，剩下的交给玉芬，让她带着根生回东北去。听了这话，玉芬和根生扑到他怀里哭成一团。

刘老九在一旁看到尤老大丧失了斗志，气得直跺脚："你不要像在交代后事一样和我说这些，傻子都知道你是被人陷害的，我们都还在努力想办法，你怎么能认命了呢？你这么轻易就服输了，那你让嫂子和根生以后怎么办？根生才八岁，你忍心让他从小就没爹?"刘老九咬牙切齿地说道，"要说是你下的毒，蓼城全城除了赵家估计就没有人信了！再说了，那个老吴头的尸体停在殓房都这么多天了，也没见有什么女儿女婿露过面，却冒出赵家人打着吴老大女儿女婿的名义跑到镇政府去告状，而且什么要求都不提，只一心催着上面定你死罪，这说明什么？说明他们心里有鬼，我敢断定就是他们赵家陷害你的，那砒霜说不定就是他们下的！"

"你说的这些我何尝不知道？但是现在人证物证都在人家手里，我这边光喊冤也没什么用啊！发生的这些事情一环扣一环，就像是设计好的。我这几天也寻思过，就算赵家还在因为当年我救出秀的事情记恨我，但也犯不着下这样的狠手来害我吧？难不成就因为想害死我，他们还提前毒死吴老大再栽赃给我？"尤老大看似抱怨的一番话说出口，自己一回味也愣住了，刘老九听到这话也如醍醐灌顶一般醒过了神。是啊，这些日子大家都在纠结如何应对赵家的官司，却没想到仔细分析一下事情的经过，很明显漏洞百出嘛。

探视完尤老大，刘老九第一时间去旅馆找秦大律师，秦大律师还在整理卷宗。听完刘老九的分析，秦大律师笑着点点头："老九，你虽然年纪不大，但是你很聪明，不瞒你说，我之前已经想到这一点，并委托我的人调查，只要能验出吴老大死亡时间是在来山东菜馆之前，就能证明他的死与尤家无关。""那么什么时候才能出来结果？我尤大哥可还在关着呢！"刘老九心急如焚，"是不是要等什么验尸报告出来？""你小点声，当心隔墙有耳，你既然怀疑是有人故意陷害尤老大，那么在拿到验尸报告之前，我们只能保持沉默！"秦大律师小声叮嘱，"你最近为了尤家掌柜的事情到处奔走，实在是太惹人注意了，我担心如果有人存心害人，那么他们下一个要对付的就是你了！你万事需小心谨慎，出门尽量避免一个人，尤其是走夜路！"

对于秦大律师的提醒，刘老九虽然认为有些道理，但是他仗着自己会点功夫，又自小是在蓼城叶集镇上混大的，地面熟悉朋友多，所以忙起来就把秦大律师的话忘在了脑后。

魏校长

等待开庭的日子里，一层沿街铺面的山东菜馆已经被查封，玉芬和根生不敢出门，因为怕被人指指点点，刘必富和张巧云虽说不愿意惹事，但是查封的山东菜馆是自己家的铺面，早点揭开事实真相洗脱尤老大的罪名，门面也能早点解封，所以他们对弟弟刘老九的请求也答应了，每天都安排人从后院送新鲜的饭菜给前院二楼的娘儿俩。根生还小，看到饭菜瞪大了眼睛，得到娘的允许后吃了起来，玉芬却茶饭不思。得知消息的张巧云还抽空过来安慰她："嫂子，尤家大哥吉人自有天相，你可得把自己身子养好等他回来，得吃好、睡好，养足精神才能斗得过那些坏人！"话虽不多，却字字在理，玉芬听进去了，虽说还是满脸愁云，但好歹每顿饭都多少吃一些了。

这天，油坊没活，刘老九吃早饭的时候，想着根生在楼上已经憋了好几天没下来了，就对玉芬说要带根生去外面逛逛，小孩子嘛，成天窝在屋子里很难受的。听说要出去玩，根生一脸的兴奋，玉芬也不忍心儿子天天从早到晚跟着自己躲在房间里，况且又是老九带着出去，也就放心地点点头并叮嘱早去早回。

其实刘老九也没想好去哪，索性就带着根生闲逛。根生是小孩子心性，之前一直待在店里帮忙，父亲被抓走后，他就和娘窝在屋子里不出来，好不容易出门了，一路上蹦蹦跳跳跟着刘老九一起，脸上也荡漾着难得的笑容。两人走到十字街旁一家凉粉店时，根生下意识地舔舔嘴唇咽了口水，刘老九一问才知道，根生从来没吃过蓼城的特色小吃黄豆凉粉。看着根生咽口水的动作，知道这孩子懂事，想吃还不说出来，刘老九就掏出一枚大子，叫老板给刮一碗。老板认得刘老九，找来一个大海碗，用刮勺细细刮了满满一大海碗递过来，根生开心地端着凉粉坐在店门口的长条凳子上吸溜，刘老九又往他碗里浇了点醋，根生把喷香扑鼻的凉粉吸溜得那叫一个欢，这还是根生跟着父母来蓼城落脚后第一次吃到这么好吃的凉粉。吃完凉粉，俩人又一路闲逛，不知不觉就到了城南一所学校门前，听到传来的读书声，根生走不动了，他趴在大门口的铁门框上，竖起耳朵听。刘老九从小就不喜欢读书，小时候跟在哥哥后面读过一年私塾，后来就跑到街上混世，父母也拿他没办法。他认得几个字，看学校大门边墙上挂着木牌，上书：民强小学。见根生认真听读书声的样子，老九忍不住问道："小弟你是想上学堂吗？"根生头也不回地答道："想啊，我爹说过要想出人头地就要读书，我想上学，可是我娘说爹被抓了，娘要留着钱打官司，所以我现在上不了学。九哥，你上过学吗？"

刘老九被问得不好意思，挠挠头笑着说："我不行，我从小听到读书声就犯困，小时候跟着哥哥读过一年就不念了，认得几个字。"

"哈哈哈，我知道，我爹说九哥你打架可以，就是不想读书！"根生打趣道。

刘老九突然想起来一件事，自己之前那个嫂子吴秀英就是这学校的老师，只是人去上海之后遇上淞沪会战至今下落不明。正在这时，学校里的钟声响起来了，放学了，陆陆续续走出来大大小小的孩子，根生看着他们背着书包兴高采烈的样子，眼神里满是羡慕，迟迟不愿离去。学生走完以后，从大门里走过来一个蓝衣男子，三十上下的年岁，戴着一副眼镜，他看到门口大铁门边还趴着一大一小两个人，愣了一下，仔细看，小的不认识，大的却似乎是旧相识，他随即盯着刘老九的脸又看了一会儿，继而笑着问道："你可是刘家的二公子刘必贵啊？"

很多年没人这样叫过自己的大名了，猛地听到有人这样叫自己，刘老九惊得张大了嘴："你是谁？怎么知道我的名字？"

男子笑笑，用手指推了推眼镜，随即打开铁门上的小门，招招手让两人进来。

男子的儒雅气质仿佛有种魔力，刘老九和根生不自觉地就踏进小门，站在男子面前。

"你不记得我了，我却能认得出你。"男子用手指了指刘老九穿着一双趿拉板的光脚说，"刘家老九一年到头穿着趿拉板，镇子上谁人不知？"

见刘老九和根生面面相觑，男子接着说道："我姓魏，名俊杰，是你嫂子吴秀英的同事，你嫂子和你哥结婚的时候，我还去过你家的，还和你聊过几句，你可想起来了？"

虽然时间有些久远，但是蓼城叶集镇也就弹丸之地，话题一打开，刘老九就多少回忆了起一些印象，他依稀想起来了这个魏俊杰确实是自己前嫂子的同事，嫂子喊他魏主任，他也的确去过自己家，不禁笑着点点头："是了，你是魏主任！我想起来了！你问我愿不愿意读书，还非要拉我来上学！"

"魏主任现在是魏校长了！"看大门的老门房在旁边插了一句话。

"哦，魏校长，不好意思啊！我还记得那时候我嫂子喊你主任！"刘老九憨笑着挠挠头。

"无妨，一晃快十年了，你都这么大了。这孩子是谁？"魏校长看着一旁的根生问道。根生大大的眼珠子炯炯有神，让人看着心生欢喜。

老九忙答道："啊，这是我弟弟，我一个弟弟！"

魏校长摸摸根生的头，对老九说："嗯，你这个弟弟还没上学吧？你自己不爱读书，但我看你弟弟倒像是挺想读书的吧？"转而问根生，"你读过书吗？认得字吗？"根生眨眨眼，乖巧地点点头，然后又抬头看着刘老九。

"哦？那你说说，你都读过什么书？"魏校长一脸和蔼地问。

"我爹教过我《增广贤文》，我还会背《千字文》和《三字经》。"根生脆生生地回答道。

就这样，在魏校长鼓励下，根生背完了《三字经》。魏校长拍手笑着，说背得一字不差，末了问根生想不想来学校读书。根生自然是愿意的。

老九实话告诉魏校长，自己今天带根生出来是溜着玩的，等他回去要和根生家人说一声才行，他隐瞒了根生的父亲被抓，全家都在为救人忙碌的事。

魏校长告诉刘老九，如果几年前吴秀英不去上海，那么这个学校的校长应该是她来当的，自己当时因病，没有去上海。淞沪会战结束后，学校还派他去上海寻找过吴秀英及其他同事的下落，找了很久也没有结果。他说上海那边也有朋友，只要有音讯，就会通知这边。对此，刘老九也只能说声谢谢。

眼看天色已晚，刘老九带着根生向魏校长告辞。魏校长送给根生一支铅笔，让他回去写字用，并随时欢迎根生来学校听课。他告诉刘老九，自己和吴秀英当年的理念是一样的，那就是教育救国，如今国家正处在内忧外患之际，唯有办好教育，培养出有理想有抱负的学子，才能担负起民族振兴的大任。魏校长说得慷慨激昂，根生听得似懂非懂，而对刘老九来说则是对牛弹琴。

周管家上门骗宝

魏校长的话像火柴,点燃了根生心中求知的火苗,回家以后他就和娘说了当天的见闻,说自己想上学。

根生娘正为丈夫的事情日夜担心,实在没有精力去应对儿子的请求,只是告诉根生,要等他爹回来决定。

懂事的根生知道家里发生变故,没有闹,而是在家忍了两天,把铅笔写了一半,做梦都能听到读书声。第三天他再也忍不住了,央求刘老九带他再去学校。

老九没办法,只好带着他又去学校找魏校长。根生自己对魏校长说:"校长您好,我想读书,可我爹还没回来,我娘说等他回来我才能缴钱读书。"

于是魏校长答应先接下根生,让他试着免费听几天课,等到尤老大回来再和他谈上学的事。刘老九觉得太麻烦了,还有些不好意思。魏校长却说自己办学就是为了国民教育,就是为了振兴中华,不单是根生,只要是适龄的孩子,都可以来学校听课。

就这样,刘老九把事情对根生娘说了一遍,根生娘架不住根生的坚持,只得先点头答应了,她想尤老大在家时也确实说过要把根生送去学堂念书的话,魏校长又是刘老九的旧相识,先免费听课也好过让根生整天憋在家里。就这样,根生娘连夜给根生缝了一个书包,根生第二天开开心心地上学了。由于学校离油坊不远,又刚好顺路,所以每天一早刘老九都负责送根生去学校，下午小学放学早，根生就去油坊写作业，等刘老九下工一起回家，有时候魏校长会单独给根生补课，刘老九就下工以后去接根生放学。

这天是周五，秦大律师从省城回来了，刘必富派人把刘老九从油坊叫了回来。秦大律师告诉老九，验尸报告已经出来了，证明老吴头不是中毒死的，口腔里的砒霜是死后被人灌进去的。至于真正的死因，要么是自缢而亡，要么就是被人勒死的。秦大律师还说开庭就在这几天了，自己还在想办法寻找老吴头的女儿，如果找到她，也许就能知道真相。

得知这个消息，根生娘喜出望外，恨不得给刘家人和秦大律师下跪道谢。

刘老九这天下工比较早，就想着自己去学校接根生，快到学校时，发现两个孩子在学校门口的草地上打架，占上风的是一个满脸麻子的小胖子，身子下面似乎压着一个孩子，再仔细一看竟是根生，旁边还站着两三个喊打的人："打他，打这个杀人犯的儿子！"刘老九听到这话大惊失色，忙上前一把推开小胖子，大声呵斥："你是什么人？为什么打同学？"

"同学？真是笑话，哪里来的穷鬼还想读书和我做同学？"这个小胖子也不过十岁上下的年纪，说起话来却有十足的恶意，"他一个杀人犯的儿子也配在我们学校念书？趁早滚蛋！"

"小小年纪，如此凶恶，你是谁家的孩子？"刘老九气急了，恨不得立刻打这个小胖子一顿。见刘老九环顾四周找东西，小胖子等人这才吓得一哄而散。

"九哥，别和我妈说！"根生可怜巴巴地说。

老九点点头："我知道，但是我要去找学校问问这小胖子的事！"

老九从值班的门房那里一打听才知道，这个小胖子是赵财主的侄子，一向顽劣，魏校长本着"海纳百川，有容乃大"的教育理念，没有深究，不知怎的，这个小胖子今天竟然动手打根生。

门房不清楚，刘老九心里却像明镜似的，这个小赵同学是赵家的子侄，自然知道赵家和尤家的恩怨，赵家真是下作，居然用孩子来对付孩子。想到这里，刘老九气就不打一处来。他叮嘱根生平时在学校不要一个人出教室，放学了也和大部队一起走，他一下工就会来接他。

自从知道刘家人在帮着尤老大准备打官司，赵家齐就挖空心思下黑手。赵家齐之所以要陷害尤老大，就是因为之前尤老大挟持赵太太，逼他们放走秀川，加上后来周管家各种怂恿，说是一天不除掉尤家人，他们赵家的声誉就会被人黑。周管家更是有自己的如意算盘，当初尤老大掏出传家宝小神锋匕首挟持赵太太时，周管家一眼就看出那是个价值连城的宝贝，他鼓动赵家齐陷害尤老大，为的就是找个机会获得那把匕首。

这不，转天一大早，周管家找个由头出了赵府，一个人溜到尤家山东菜馆，敲响了门板。

等了半天，门从里面打开了，开门的是根生，站在后面的是玉芬。见是周管家站在门口，娘儿俩都愣住了，怎么也没想到来人是赵府的人。

周管家不请自来，觍着笑脸径直走了进去。玉芬打心眼里恨透了赵家的人，当场没给他好脸，语气生硬地说道："这不是赵府的周大管家吗？你不在赵老爷身边伺候着，一大早地跑到我们这干什么？是来伺候我们这杀人凶手家属，还是奉了谁的命令又来找下毒证据？"

玉芬说话绵里藏针，既讽刺周管家的出身，又直接点破赵家的诡计，丝毫不示弱。听到玉芬的话，周管家尴尬地干笑了几声，自己找了个凳子坐好，拱拱手对玉芬说："他尤家嫂子，别误会，我能干那事吗？我这大清早来，还是为着尤家大哥的事，我也着急啊！"

玉芬冷笑："你着急？周大管家这话从何说起？"

"大嫂子，你可别不识好人心，当初你们一家来赵府落脚，我可是没有亏待你们，你们的住处都是选的最好的独门小院，你可不能不知恩啊！再说了，我今儿上门是真的为尤家大哥的事情而来的，你可不能伸手打笑脸人啊！"周管家嬉皮笑脸地做出亲近的姿态，说出的话倒是直奔主题。玉芬心里明镜似的，今天这家伙上门，绝对不是好事，且先应付着，看看他到底想干啥，便唤过根生到自己面前，把手边的茶壶递给根生，让根生给周管家倒杯茶。趁着根生倒水的工夫，玉芬给根生使个眼色，根生领会，把茶杯放在周管家面前的桌子上，就转身哧溜一下从后门钻出去了。

见根生出去了，周管家也就更放松了，他端着杯子抿了口水，开口说道："嫂子，之前你们在赵府落脚过，按说也是赵家的人，不应该离开赵家以后在外面散播对赵家不好的消息，赵家有头有脸，老爷太太极爱面子，你们说赵家不好，这不是打他们的脸吗？况且这些年，我们老爷出钱修桥补路，我们太太吃斋念佛，做的都是善事呢！"

玉芬丝毫不让步，朗声答道："我谢谢你嘞，我们送大宝少爷去你们赵家，统共不超过三天时间，和你们赵家没有半毛钱关系，更谈不上是你们赵家的人！俗话说平生不做亏心事，夜半敲门心不惊，你们赵家要真是像你说的这样是积善有余的好人，干吗要欺负秀姑娘？那孩子命那么苦，你们还要折磨她，简直是丧尽天良！要不是我们拼死救她出来，那孩子恐怕早就死在你们家了，对待一个孩子你们都能这么心狠，只这一件事情就足以看出你们家都是什么人！这会儿子倒还怕别人说你们的不是？你们还别诬赖是我们在外面说你们家不好，我们一家才来蓼城叶集镇多少时日？你们家素来作恶的那些事情，我们如何得知？街坊邻里如果传你们赵家欺男霸女、鱼肉乡里的恶事，想必也是你们赵府自己人透露出来的，与我们家有什么关系？真是可笑至极！"

一番话说得周管家哭笑不得，他想不到尤老大厉害，尤老大媳妇的嘴巴也不饶人。

他放下手中的茶杯，拱手作揖道："好了好了，嫂子你是真厉害，我是怕你了！"

玉芬冷笑道："慢，不要喊我嫂子，我们非亲非故，尤家高攀不起！周大管家还是直说了吧，你今天来到底想干什么？"

"那好，既然如此，我不妨直说了吧！"见玉芬始终是滴水不漏、油盐不进的态度，周管家收了笑脸，变了脸色。

"我今日是好意来告知你，赵老爷铁了心要治你家尤老大死罪，按照我们老爷的势力，要想治他一个下毒谋杀的罪名那简直是轻而易举。"周管家此言一出，玉芬心头咯噔一下，但是她强忍慌乱，面不改色，继续听周管家说话。

"我是看我和尤老大年岁相当，你们一家又是忠肝义胆之辈，特地来告诉你们一个解救尤老大的办法的！"话说到这里，周管家停住了。再看玉芬似有触动，脸上布满狐疑之色，甚至已经坐不住，周管家得意扬扬，心想这下你总该求我

131

了吧!

　　玉芬听到周管家说要告诉她搭救自己男人的法子,又激动又紧张,她明知道面前这个周管家是死对头家的人,却还是忍不住开口问道:"什么法子?"

　　"这个嘛,自然是有钱能使鬼推磨啦!"周管家的手指在空中做捻钱状,嘴上说道,"我认识上面的人,他们说了,只要银子使到位,尤家大哥自然能保住命!"

　　玉芬闻听此话,心里动摇了,周管家说的话也有几分道理,若是花钱能保住尤老大的性命,就是砸锅卖铁也值得。可是眼下菜馆生意已经停了,日常开销都成问题,哪有多余的银钱去打点呢?

　　看到玉芬面露难色,知道她内心正在做斗争,周管家适时提点:"要是一时拿不出钱,有些个什么值钱的东西也是可以的!我记得你家好像有一把小神锋匕首吧,好像是前朝的东西,那可是好东西……"

　　听到这里,玉芬心里一动,突然回过神,她猜到周管家今天来的目的了,心想,黄鼠狼给鸡拜年,能安什么好心?自己差点被周管家的迷魂汤给灌晕了。且不说自己男人没有下毒杀人,就算自己花钱保了男人的命,总归不能澄清事情真相,自己男人一辈子要背个"谋财害命"的黑锅,况且凭自己对自己男人的了解,他宁愿屈死,也不会同意花钱买清白。再者说,小神锋匕首是自己家的传家宝,怎么可能交给面前这只饿狼?

　　想到这里,玉芬站起身,正色道:"我家男人没有杀人,事情自有公断,我们也不会花钱买清白,周大管家的好意,我们心领了。我家菜馆已经歇业多时,如今你在此多有不便,还请速速离开!"说罢,挥手示意周管家出去。

周管家心里盘算着给尤家媳妇灌点迷魂汤,先把小神锋匕首骗到手再说,没想到尤家媳妇见过世面,不是一般的乡野村妇,说翻脸就翻脸,此刻已经下逐客令了。周管家气急败坏,从凳子上蹿起来,指着玉芬鼻子骂道:"无知的蠢女人,你男人眼瞅着就要死在牢里了,你还舍不得花钱,有你后悔的时候!"

玉芬见周管家陡然变脸,冲着自己骂,她心里憋了半天的火再也压不住,转身从厨房拿出菜刀,冲着周管家就砍过来,嘴里骂道:"你不就是想要我们家的刀吗?我现在给你!"

周管家吓得掉头就往门前冲,刚冲到门外,就瞅见刘老九带着根生从街对面跑过来。原来根生读懂了娘的眼色,跑出去到油坊找刘老九回来帮忙。刘老九在对面看到尤老大媳妇双手握着菜刀在后面边砍边追,周管家吓得抱着头往前跑。刘老九冲上前,挥舞着齐眉棍冲着周管家腿上就是一棍,打得周管家一个趔趄,摔倒在地上。紧跟上来的尤老大媳妇举起菜刀就要剁下去,刘老九赶紧一伸棍子拦住菜刀,刀口砍在棍子上,尤老大媳妇披头散发,气喘吁吁,嚷着:"老九你闪开,别拦我,我要砍死这个狗东西!我们老大没杀人,我们谁也不怕!"刘老九拦住尤老大媳妇,连声疾呼:"嫂子,嫂子,别砍了,真要是砍死了这个狗东西,你也要被关进去了!老大也就更难救回来了!"一句话点醒了已经累得气喘吁吁的玉芬,她大口喘着气,稳稳神,理了理头发,拉着根生,在街坊邻居的啧啧声里转身进了屋。刘老九冲着还在地上哎哟不停的周管家骂了句:"狗腿子打断了总比丢了命的好,赶紧滚,我们这不欢迎你!"

周管家偷鸡不成蚀把米,强忍着腿痛,慢慢爬起来,在众人的哄笑声里,灰溜溜地走了。

回到赵府,周管家没敢说自己是为了小神锋匕首去尤家菜馆的,只是说自己去打探消息,却被尤家婆娘和刘老九联手给打了。赵老爷气得直拍桌子……

眼瞅着还有两天就要开庭了,刘老九去警察局把找到证据的好消息告诉了尤老大,又把周管家上门被玉芬和自己一顿教训的事情说了一遍,尤老大也激动不已,感谢的话自不必多提。探视完尤老大,天已经黑了,刘老九在回家路上路过一处背洼草坡时,没来由地起了一身鸡皮疙瘩,他听到身后似乎有轻微的脚步声,他下意识地侧了一下身子,一根齐眉短棍擦着他的肩膀砸在地上。

"来得好!"刘老九心想,果然被秦大律师猜中了,有人要对自己下黑手了。他从怀里掏出防身的狗皮鞭子,用力一抖,往前一抡,发出一声清脆的"啪"声,对方的脸上挨了一鞭子,忍不住"哎哟"一声,棍子也掉在地上。刘老九站定,冲着对方大声说道:"告诉你家主子,九爷不是好惹的!"对方知道自己不是刘老九的对手,慌不迭地抱头鼠窜。

刘老九猜得没错,来偷袭他的人果真是赵家找来的。

赵老爷知道刘必富整天在当铺里,来来往往人多口杂,不好下手,且帮着尤老大的主要是刘老九,他又喜欢独来独往,搞定他就行了。但他并不知道刘老九自小不喜欢读书,却喜欢习武,是有些功夫在身上的,他又舍不得花钱,只让手下找了个砸孤丁的去跟踪刘老九,伺机从后面下手偷袭,能砸死就砸死,砸残废也行。可那砸孤丁的哪里是刘老九的对手,事情没办成,脸还被狗皮鞭子抽肿了,回去和赵老爷复命,赵老爷气得直跺脚。

刘老九把前几日发生的事以及自己差点被人偷袭成功的事情对秦大律师说后，秦大律师嘱咐他这几天务必格外小心，顺带让他去跟学校请假，让根生也待在家里暂时别去上学了，秦大律师怕赵家偷袭刘老九不成就会找根生下手。刘老九觉得很有道理，第二天一早，他戴上草帽，破天荒穿上了布鞋，天还没亮就赶到学校找魏校长替根生请假。

魏校长送他出门时，远远看到一驾马车从南边驶过来。刘老九眼尖，发现马车上挂着一个灯笼，灯笼上写着一个"赵"字，灯笼是晚上行车用的，这会儿没点着，但是那个字在早晨阳光下还是很显眼的。

"赵家人来学校干什么？"刘老九狐疑不解，难道是知道根生在这里上学，这么快就安排人来下黑手了？

"哦，是镇上的赵财主家，他侄子在学校念书，上次和我说他婶婶要来学校看看，准备给他家少爷报名上学的。"

眼看马车快到跟前了，老九赶紧和魏校长作别，转身闪到院墙拐角处躲了起来。

马车停稳后，下来一个老妈子，站定后搀扶一位中年女人下车。学校大门这时候也开了，魏校长带着几位老师将二人迎进学校。

这个女人正是赵家的当家主母赵太太，她为什么跑到这城南学校来？原来，赵家准备请先生给赵家宝，也就是王督军的儿子大宝开蒙授课。赵太太听说民强小学是新派学堂，这几日在家中闲来无事，就准备过来看看，自然有下人提前和学校联系过了，赵太太来就是验验魏校长的水平，虽然她自己也没有多少文化，但是主家的气势还是要拿出来的。刘老九一向胆

135

大，鬼点子又多，看赵太太身边只带了一个老妈子外加一个赶车的车把式，顿时计上心头。

赵太太在学校里转了半天，又听魏校长介绍了半天，没有当即表态，出门后，她和老妈子就坐上马车，一路往回走。半道上，马车突然停了，老妈子隔着门帘问车把式为什么停车，外面没人答话，门帘却突然被人从外挑开，一个戴着草帽的脑袋探进来，赵太太正准备发火，猛然瞥见进来的脑袋还用手巾盖着脸，只露出两只圆溜溜的眼珠子正盯着自己。这人不是自己家车把式，赵太太汗毛倒竖，吓得尖叫起来："啊！你是谁？你想干什么?!"

撤诉

"你，下车去！我只是找你家太太问点事，回去告诉你家老爷，老老实实在家等着，若敢报官，就等着收尸吧！"刘老九掂着手里的狗皮鞭子，用鞭鞘指着老妈子，老妈子颤颤巍巍下了车。赵太太如抖筛子一般颤抖着身体，干张嘴却说不出话来。刘老九放下门帘，驾着马车飞驰而去。

蓼城城南有一座柏神庙，是蓼城香火旺盛的一处庙宇，相传唐朝初年，有一支叶姓氏族迁来蓼南，傍史河筑高台搭棚户定居下来，兴桑麻种玉米，发展经济，并利用史河的水上交通，购销大别山土特产和江淮下游及沿海的食盐、丝绸、铁铜器具等，盘活商贸，渐成集市，周边来此交易者皆称此处为"叶家集"。

经商者都希望生意兴隆，财源广进，叶家集有一座供奉东岳大帝的庙宇，又因庙中有一棵千年柏树得名柏神庙，很快也就成为商贩们焚香朝拜圣地。来庙里烧香祭拜的人越来越多，带动小吃、手工业产品等来此交易，这就逐渐形成一年一度的盛大庙会。之后还有玩杂耍的，唱戏曲的，给"送子娘娘"挂"喜红子"的，更给三月二十八的柏神庙庙会增添了游乐、民俗等热闹色彩，吸引更多更远的人来"赶会"。

朝代变迁至明朝。太祖朱元璋青年时期潦倒时，曾在庙中当过和尚，后来他当上皇帝后做的第一件大事，就是诏令全国大修寺庙，优待和尚。柏神庙遇此良机，开始扩建，最终建成前后三进主殿，两厢六个侧殿。主殿的中殿供东岳大帝，上殿供玉皇大帝，下殿供地藏王菩萨；侧殿供观世音菩萨、送子娘娘，还有十殿阎罗、八大金刚、五百罗汉等等。其堪称集道教、佛教之大成的古寺名刹。同时栽植千株护庙香柏。数十年后，柏树成林，浓荫蔽日，芳香四溢，又成为蓼城最著名的景观胜地。

刘老九自小在蓼城混大，知道但凡是蓼城叶集镇上有点岁数的人，特别是女人，就没有不信奉柏神的。他和柏神庙的一个庙祝也是莫逆之交，经常帮着庙里兑换灯油，今天他把赵太太从后门抓进柏神庙，一是为了在神灵面前威慑赵太太，二是为了获得一份她的证词。

赵太太信奉神佛，又不认得刘老九，被押进大殿后，抬眼看到满大殿的怒目金刚就不自觉后背发凉，跌坐在蒲团上。

"你们是如何害死老吴头，又嫁祸于山东菜馆，再假借老吴头女儿的名义状告尤老大谋财害命的？你最好一五一十招来！"刘老九压低声音说道，"在神佛面前若有半点谎话，必遭报应！"

赵太太冷汗直冒，跪坐在蒲团上，双目微闭，内心还在苦苦挣扎。上一次被尤老大用刀架着脖子的记忆一下子涌入脑海，她恨死当家的了，让她又一次陷入这种困境：说实情吧，自己不甘心；不说实情吧，自己又怕遭报应，而且面前这个人一看就不是善茬，敢单枪匹马撂倒车把式，吓走老妈子，再把自己掳到庙里来，就不是好对付的。转念一想，朗朗乾坤，神庙之内，他难道还敢杀了自己不成？赵太太稳稳心神，开口道："我不知道你是哪里的好汉，我一个妇道人家，整天大门不出二门不迈的，我如何知道害人？你莫不是绑错了人？趁早把我放了，也省得我家老爷报官抓你！"

"呵呵，真不愧是赵家的人，在神佛面前都敢昧着良心说话！你就不怕遭报应吗？"刘老九说话专门朝赵太太心窝上扎，"你们赵家横行乡里、欺男霸女、为富不仁，你家那个傻少爷不就是你们作恶的报应吗？你现在还敢睁着眼说瞎话，真的是不见棺材不掉泪！"

此话一出，赵太太如雷击一般浑身颤抖，忍不住哭了起来……

车把式和老妈子是一前一后进的赵府，赵老爷听完气不打一处来，嚷嚷着要报警，老妈子连忙阻拦，说绑走太太的人让她转告，赵老爷一旦报官就只能收尸。

"土匪，一定是山上的土匪，他们想干什么？绑架太太找我要钱？"赵老爷跳着脚，额头上的青筋都冒出来了。

"不让报官，那我们自己找！沿途给我仔细地找，草坡、坟地到处都给我搜搜，土匪绑了人自然不能在大庭广众之下让人看到的，就去这些地方找，一定要找到太太！"

管家带着人手把镇子上大大小小的犄角旮旯之处都搜了一遍，也没找到赵太太的影子。到了晚上掌灯时分，一辆点着灯笼的马车晃晃悠悠驶了过来，正可谓老马识途，虽说没有车把式，驾车的老马还是把车稳稳地停在了家门口。守在门口的家丁连忙上前勒住缰绳，招呼着丫鬟老妈子掀开门帘搀扶疲惫不堪的赵太太进了府。

回到府里的赵太太当晚便发起高烧，嘴里念叨着"报应……报应……"，并说着胡话，一晚上折腾得赵家不得安宁。

转天，刘老九和刘必富兄弟俩正在吃早饭，秦大律师匆匆赶来，说赵家撤了状纸，不告了。

刘必富大吃一惊，刘老九表现得却很平静，仿佛已经算到这件事一样只是笑而不语。秦大律师还说因为开庭前突然撤诉，上面很是恼怒，狠狠地罚了赵家一笔银子。

赵家的银子使到位了，老吴头的死也草草结案，说是急病猝死，一场误会，撤了官司，官府当天就释放了尤老大，山东菜馆也解封了，根生在店门口放了一挂鞭炮，玉芬告诉他这叫去晦气。

重获自由的尤老大精神格外好，吩咐媳妇动用了一点压箱底的钱出去买了菜。尤老大洗过澡，换了衣服，没有片刻耽误就开始打扫菜馆卫生，重新点着灶火烧饭，忙了一下午，实实在在地准备了一桌子丰盛的饭菜，玉芬和根生也欢天喜地。

晚上，刘必富、张巧云夫妻、秦大律师、刘老九等人应邀来吃饭，尤老大站起来眼含热泪、一脸动容，端着酒杯先干了三杯酒感谢诸位的恩情。酒过三巡，众人好奇地谈起赵家为什么会突然撤销状子的事，刘老九这才借着酒劲谈起自己在柏神庙借举头三尺有神明、作恶多端遭报应一事震慑赵太太，又请庙祝当场抄录下赵太太的供词，将赵家如何逼死老吴头、转卖彩玉，再用老吴头的尸体栽赃陷害山东菜馆，又假借彩玉之名状告尤家的奸计完完整整地记录下来。

因为赵家养着大宝，大宝是王督军的独子，王督军对尤家有恩，刘老九也不想把疯狗逼急了，他告诉赵太太自己是山上的胡子，如果赵家再敢谋害尤家的人，他一定不会给赵家好果子吃。就这样，被"报应"加"土匪"双重恐吓的赵太太回到赵家当晚就发了高烧，抢救一夜醒来就拉着赵老爷一把鼻涕一把泪地哭闹着叫他别再告尤老大了。赵太太告诉丈夫，山东菜馆和山上的土匪有关系，土匪哪能招惹？连督军表哥家都被血洗一空，自己家更别提了，还是息事宁人、积点阴德吧！赵老爷一听这话也傻了，原本以为尤家就是外来户，最多有刘家人帮衬着，之前找人暗算刘老九没成功，现在居然还有土匪下山警告自己，如此看来，不得不收手了。于是，赵家只得自打嘴脸，在开庭前一天撤了状纸，赔钱了事。

"雨过天晴了！"秦明大律师双手一摊笑着说，"要是人人都像刘老九这般能干，还要我们做什么？"众人开怀大笑。

山东菜馆"命案"圆满解决，尤家和刘家也在这次患难与共中结下了坚不可摧的情谊。

大宝失踪

　　转眼到了秋天，赵家宝也到了开蒙的年纪了，赵家原本想着给赵家宝请个先生上家里来教书，这样安全，但是赵老爷想着孩子将来总归要长大的，不能永远就闷在宅子里，还是要接触社会和外面人事的。之前赵太太专门去了民强小学考察，结果遇到"土匪"绑架，毒害尤家的奸计也未得逞，实在是晦气。

　　于是，赵家老爷思来想去，把赵家宝安排上了蓼城叶集镇上最好的志成学堂去开蒙受教，每天由两名贴身家丁充当保镖护送一名老妈子带着赵家宝去上学和放学。

　　说起蓼城的志成学堂，方圆百里无人不知。志成学堂是三省交界最有名的学堂，设有幼童开蒙和小学、初中部，现任老校长名叫肖锋，是前清光绪年间的进士，后授翰林院编修、国史馆纂修、光绪二十四年（1898）会试同考等官，历任山东、福建、两广道监察御史，清光绪二十九年（1903）官至户部侍郎。

　　肖侍郎疾恶如仇，不畏权势，关心百姓疾苦。公元1900年，光绪帝在维新派支持下开始变法，肖侍郎公开表示支持皇上维新变法，奏请清政府应重视国民教育，兴学堂，减赋税，颇受光绪帝赏识。袁世凯明面上支持光绪帝，实则背叛变法投靠慈禧太后，肖侍郎知道后，先后多次上疏揭露袁世凯等人种种劣迹，然而当时光绪帝是傀儡皇帝，实权掌握在慈禧太后手中。老妖后发动政变，囚禁了光绪皇帝，处决"戊戌六君子"，肖侍郎也受到冲击，万幸保住了性命。眼见大清气数已尽，肖侍郎遂告老还乡，返回蓼城。

辛亥革命成功，大清统治结束，肖侍郎大病一场，病愈后正告乡邻不要再称呼他"肖侍郎"。他拿出半生积蓄，办了志成学堂，自己当了志成学堂的校长，他说强国就要先强教育，自己为官一生，如今年过半百，应为家乡教育尽绵薄之力。从此，大家都不再称呼他为肖侍郎，改口称呼他为肖校长。

志成学堂摈弃旧学堂"八股文"式的教育模式，肖校长专门从北京、上海请了先生来学堂教书，这些先生都是受过新式教育的年轻人，一时间学堂气象焕然一新，吸引了三省周边的学子，但凡家里条件好点的，都会把孩子送到志成学堂读书。赵家宝每天由保镖和奶妈护送上学，保镖和奶妈就在学校外面等着，午饭时间，别的孩子是在学堂里集体就餐，而赵家宝吃的是老妈子带来的饭食，老妈子侍候着用完山珍海味，赵家宝才继续上学。直到晚上放了学，赵家宝再由保镖和老妈子护送回赵府。赵家如此招摇行事，难免引来非议，说赵家财大气粗，孩子上学都与众不同。

按说赵家应该低调行事的，但赵家老爷和太太非要让大家都知道他们有儿子了，一切都是因为自己家有个傻儿子，蓼城尽人皆知，被人看尽了笑话，所以自从大宝来到赵家，赵老爷恨不得登报声明扬眉吐气才过瘾！殊不知，高调过头，终究惹出了事！这一日逢十五，赵太太要带着贴身丫鬟去镇外柏神庙烧香祈福，自从半年前她大病一场以后，就每逢初一、十五都去柏神庙烧香祝祷。

一大早，赵太太给老妈子和保镖交代好护送少爷上学的事，就带着丫鬟出门了。等保镖和老妈子护送少爷去上学，赵老爷才起床，见老婆孩子都出门了，一个人在家吃过早饭，就去镇上烟馆吞云吐雾过大烟瘾去了。殊不知少爷赵家宝在上学路上就出事了。

今天赵家轮班护送少爷上下学的保镖是两个人，一个叫赵四，一个叫杨大头。赵四年长，在赵家待了快十年了，杨大头刚来没有两个月，但是手脚勤快，又有眼力见，很快就成了赵府得力的家丁。两个人陪着老妈子驾着马车护送少爷进了学堂，少爷在里面学习，三个人就在外面等着，其实也很辛苦的。杨大头喊赵四师父，说是体恤体恤师父辛苦，自己跟着师父能学到很多，不知从哪摸出来一瓶酒，外带一个黄纸包，里面包着二斤牛肉。赵四是个贪杯的主儿，架不住杨大头一个劲地劝，接过酒瓶子，一口牛肉一口酒吃喝了起来，连带着老妈子也跟着喝了一杯酒，吃了不少牛肉。

等到赵家宝放学了，老妈子进门去接少爷。赵四呢，中午吃饱喝足睡着了，这会儿子也被尿憋醒了，就下了马车去院墙外撒尿。杨大头从老妈子手里抱起少爷放进马车里，老妈子刚想跟着爬上去，突然杨大头叫了起来："张妈，少爷的帽子忘带出来了，你快去取！"老妈子一拍大腿，想必自己中午喝了一杯酒，也糊涂了，埋怨自己没仔细检查，转身进了学堂找帽子。等到老妈子找到帽子出来，一抬头马车不见了，老妈子还没反应过来，还在那气得直跺脚骂两个该死的带着少爷先走了，把自己丢下了！可一回头看到从墙角撒完一泡尿的赵四晃晃悠悠走了过来，老妈子傻眼了，赶紧问："赵四，马车去哪了？少爷去哪了？"赵四一抬眼，吓得一个激灵，酒也醒了，一拍大腿："大事不妙……"

土匪上门

书接上回，上回咱们说到大晴天白日里赵家少爷赵家宝突然失踪了，跟着一起失踪的还有家丁杨大头。明眼人一想这肯定是拐子故意卖身为奴，在赵家潜伏，取得主人信任后，贴身伺候小少爷，伺机下手拐走少爷。大宝丢了，赵家老爷和夫人一个像是被雷劈了，一个如同丢了三魂七魄，双双病倒在床，赵太太又说起了胡话，嘴里嚷着报应来了……家族里三老四少，七姑八姨纷纷上门看热闹了，这个说赶紧报警，那个说贴个寻人启事，悬赏找人，把赏金定得高高的，重赏之下必定有线索报来。

赵家少爷丢失的消息很快在镇子上传开了，尤老大一家听到，也着实慌了神。尤大嫂想着之前抚养大宝的时光，感叹这孩子命苦，小小年纪就死了亲娘和亲奶奶，亲爹打土匪也一去无踪影，跟着自己还没过上几天好日子，又在表姑家被拐子拐走了，忍不住掉了眼泪。晚上菜馆打烊，夫妻俩坐在灯下唏嘘不已，有道是怕什么来什么，夫妻俩之所以守在蓼城，就是因为怕大宝在赵家有什么闪失，所以他们俩明着开菜馆讨生活，实则时时留心赵家一举一动，夫妻俩期待着王督军有朝一日能寻摸到这里，他们就能当面把事情交代清楚，了却一桩心事。可谁承想，没盼来王督军，却等到大宝丢了的消息。

这天晌午，忙完几桌子饭菜，尤老大抽空去了一趟赵府，想上门问问清楚，哪怕是弄明白那个家丁的来历也是好的，无奈把门的根本不让他进去,还说赵家老爷和夫人都卧床不起了,没人会见他,就算是没生病,也不可能让他进门的。

吃了个闭门羹的尤老大心灰意冷,回到菜馆,此时已经是傍晚时分,天色阴沉,不一会儿下起了暴雨。雨天没人愿意出门,菜馆没上客,尤大嫂带着根生在楼上收拾,尤老大索性自己炒了两个小菜,开了瓶酒,自斟自饮了起来。他刚喝完一杯酒,就见有两人从门外打着伞跨过门槛进了菜馆的大门,都身着黑衣黑裤。进门之后,俩人把黄油布的大雨伞一收,抖一抖,靠在门边。俩人走到一张桌子前,朝四周打量了一番,看到尤老大一个人端着酒杯在屋角桌子边坐着喝酒,其中一个看起来三十岁左右的高个子浓眉毛的汉子开了口:"嘿,我说,你是这菜馆掌柜的?"尤老大起身答话:"是啊,您二位是吃饭吗?"高个子还没回话,一旁年纪稍长、个头矮点的那一位接过话茬:"你这不是废话吗?不吃饭进你这菜馆干什么?难不成是住宿啊?"说着话,两人就落了座。眼瞅着这两人不是什么善茬,尤老大心想自己要提防点,小心应付才是。想到这,尤老大换上笑脸:"二位客官,不是我多此一问,实在是因为今天老天爷发脾气,下了这场不见天日的暴雨,搅得小店没人上门吃饭,这才觉得二位冒雨出来吃饭实属不易,故此多了句嘴,二位客官莫怪!"

伸手不打笑脸人,高个子那个一挥手:"无妨,你赶紧做俩菜,吃完了我们哥儿俩还有事要办!"矮个子点点头:"对,有熟菜抓紧上两个来!"尤老大给二人端上碗筷,说店里有现成的酱牛肉,今天刚卤好的。矮个子是个馋鬼,一拍桌子:"好极了,酱牛肉甚好,先切二斤端上来!"

见二人话里不再带刺儿,只是点名要吃饭菜,尤老大心也放下来，按照要求把菜逐一摆上桌，见两人只顾着吃牛肉，便随口问道："二位客官，有牛肉，不喝点酒吗？"

高个子只是大口吃肉，像是饿死鬼投胎，头也没抬，嘴里嘟囔一句："不要酒，不要！有菜就行！"矮个子进门时就闻到尤老大喝的酒香了，此时馋瘾也犯了，对高个子说："小九，老板说得对啊，吃酱牛肉怎么能不喝酒呢？"高个子抬头看了矮个子一眼："老六，你可别犯老毛病了，一顿不喝酒死不了的，回头再把大事给耽误了，大当家的让咱们俩吃不了兜着走！"矮个子一听这话，要喝酒的劲头一下子就收了许多，只是嘴上还较着劲："我说，只是下山探个路，能误什么事？再说了，那孩子不是都已经……""咳……咳！"高个子提高嗓门大声咳嗽打断了矮个子的话。

此番对话虽然声音极其微弱，但是还是被一旁的尤老大听了一个大概。尤老大虽然喝了一杯酒，但是听完二人对话，瞬间惊出了一身冷汗，此刻酒精都随着汗排出体外，片刻之间人就彻底清醒了，他心里已经明白，这俩黑衣人应该是土匪。当高个子黑衣人冲着矮个子说出"大当家"三个字的时候，尤老大脑子里嗡地响了一声，再等矮个子说出"那孩子……"半句话时，尤老大已经明白了，八成是土匪拐了孩子，这两人是来苦主家探口风，顺道捎口信的土匪。事情就怕琢磨，尤老大心想，那孩子该不会说的就是赵家宝吧？

见二人继续吃菜，不说话了，尤老大眉头一皱，计上心来，他倒了一碟子油炸花生米，又从柜台里摸出一瓶老白干，端上了俩土匪面前的桌子上。

"你这是做什么？"矮个子土匪看到尤老大端上花生米和酒，眼睛都直了，直勾勾地盯着酒瓶子，咽了口唾沫。

"二位客官,你们也看到了,今天这天气,路上撂棍子都打不到人,你们却冒着狂风暴雨来小店吃饭,我也是感激不尽!且不说别的,这瓶酒是我自己的珍藏,给二位客官喝了,不要钱!"说着,尤老大拧开酒瓶瓶盖,给二位土匪面前一人斟了一杯酒。

"哎呀,这是哪门子的说法?那怎么好意思!"矮个子用手护着酒杯,鼻子吸溜闻着酒香,就差流哈喇子了!

高个子还是没说话,尤老大把酒杯递到他面前,他看都没看,只是继续吃着菜。

"没事,我开菜馆,交的就是江湖朋友,生意也全靠大伙帮衬,所以,这酒是给你们助兴的,喝点酒,驱驱寒气,花生米也是我现炸的,趁热下酒!"尤老大继续劝。

矮个子见高个子不端杯子,一瞪眼:"小九,你快别担心了,误不了事!人家老板请喝酒,我都喝了你还不喝?你那酒量再来三瓶也不会醉,快,走一个!"

盘道

说话间外面天就黑透了，雨却没有停，看情形今儿是不会再有客人了，尤老大将"打烊"的牌子挂在门口，只在店中留下两盏油灯，一盏放在黑衣人的饭桌上，自己捧着一盏油灯走到楼上叮嘱根生他娘带好儿子，不要下楼。根生他娘不放心，问他发生了什么事，楼下来的是什么人。尤老大指着楼下小声地说："我还不敢确定，我只是推断这两人或许是土匪，而且很有可能就是把大宝劫走的土匪窝里的。我一会儿试试他们，看能不能和他们对上切口，兴许能把大宝的下落探出来！"根生娘一听这话，吓得抓住丈夫的手胳膊："当家的，他们是两个人，你咋试啊？再说就算他们是劫走大宝的土匪派来的，你也千万不要莽撞，咱们回头去报官，你可千万小心！"尤老大点点头，握住根生娘的肩膀说："孩他娘，你放心，我心里有数，你和根生在楼上也留点神！如果听到什么声音，只要不是我叫你，你都不要下楼！把里间门关好闩上，如果有人敲门，你千万不要开，除非听到我的声音！"说完话，转身看了看已经在床上熟睡的根生，捧着油灯就下楼了。

根生娘和尤老大结婚也有些年头了，她跟着男人从山东闯到关外，再跟着男人拍死日本军官，又一路带着孩子逃到蓼城，什么阵仗没见过？此刻却见到自己男人如此紧张，根生娘心里也不由得慌了起来，但这几年大风大浪都闯过来了，她只是慌了一会儿就稳住了神，从笸筐里找了把剪刀握在手里，转身进了里屋，把门轻轻关上，从里面把门闩闩上，心神不宁地坐在床沿上，望着床上熟睡的根生，竖起耳朵留意楼下的声响，心里默念菩萨保佑。

店中来的这俩黑衣人就着菜喝着酒，大口吃菜，大声骂娘，推杯换盏之间不知不觉就喝干了四瓶酒。矮个子已经趴在饭桌上，像是睡着了一般，高个子似乎还不尽兴，瞪着血红的眼珠子，冲着尤老大嚷："真过瘾，好久没有这么痛快了！老板，再来一瓶酒！"

尤老大从楼上下来将油灯放在灶台上以后，就一直坐在灶火前暗暗观察喝酒的两个人。见这两人从头到脚、由内到外透出的都是匪气，越看越像土匪，尤老大心中暗暗思量，此番大宝被拐，赵家人找遍了蓼城四里八乡，均无大宝的下落，赵家张贴了悬赏公告寻觅下落，赏银已经加到了一百块大洋，可是时间过去了一个星期，还是一点音讯都没有。蓼城叶集镇里传言大宝是被土匪绑走了，因为只有土匪才会想出乔装卖身为奴混进赵府，在取得赵家上下信任以后接近大宝，从而好下手拐走。若是平常拍花子的人贩子，既进不了赵府，也想不出这个法子，更没有这样的胆子，他们通常都是看见没人看管的落单的孩子才敢下手的！此时眼前这两人，十有八九是劫了大宝的土匪派来的。

尤老大自小跟着父母带着弟弟们从山东闯关东到东北，那年月东北地界胡子横行，只要有个山头就必定有胡子。尤家在东北地界讨生活，挣下一份家业，但凡胡子们砸窑（注：下山打劫），尤家和当地其他住户一样，多少要与胡子打交道，要么就是找个中间人送上钱粮马匹"花钱免灾"，要么就是真刀真枪和胡子们对干，多半是前者。村子里还有许多年龄相仿的青年人，他们通常拉帮结派，称兄道弟，打架斗殴，有的就上山投奔土匪。平日里在家里做农活，到了土匪要砸窑的时候，他们就成了前哨，给土匪做眼线，带着土匪上门绑票，敲诈勒索。尤家也难免要接触这些人，打交道的日子久了，尤老大对和胡子交流的切口也懂了一些。前几年尤老大带着妻儿从东北逃到蓼城时，兵荒马乱的，一路上没少遇到劫道的，逼得他没少使用切口，才得以侥幸活命。

尤老大急于探知大宝的下落，所以格外留意这俩黑衣人的一举一动，只见这两人吃饭的时候，不似平常人一般会把筷子放在碗沿上，而是左手端酒杯，右手始终举着筷子不放。尤老大在东北的时候就听当地的胡子说过，凡是落草为寇的，吃饭时都不会把筷子放在碗沿上搭着，因为这像是受了某种酷刑（如压杠）的姿势，或是像两支架着的枪管，所以这个细节再次印证了尤老大的推断。他此时捧着酒瓶子慢慢踱过去，见那二人已然喝得醉醺醺的，于是心一横，鼓起勇气把酒瓶放在高个子手边，嘴里却小声念起一句："英雄末路叹茫然，至今犹忆林豹子，风雪残酒上梁山。"

高个子听到这句话，脸色猛然一变，扭过脸，眼珠子死盯着尤老大。等到尤老大走到桌子对面，高个子土匪旋即坐正身子，左拳横置右掌虎口中，掌心向外与胸齐高，右手却揣放在腰后。高个子冷着脸，张口问道："什么蘑菇什么价（注：你是什么人）？"见高个子听懂了他的切口，并且张口对码试探他，尤老大当即退后三步，再进半步，以同样礼节相还，左拳横置右掌虎口中，掌心向外与胸齐高，朗声答道："并肩子（注：自家兄弟），请教！"高个子土匪见状，皱皱眉头，晃了两下身子站起身来，右手还是放在腰后，继续问："吃的谁家饭?"尤老大微笑着回答:"吃的朋友饭!"高个子竖起右手大拇指,继续问:"穿的谁家衣?"尤老大镇定自若,也竖起右手大拇指,在面前画了一个圈,复抱拳回答道:"穿的朋友衣!"高个子的右手慢慢从腰后放下,双手撑住桌面,继续问道:"报个蔓(注:报上姓名)!"尤老大眨眨眼,想了想,冲高个子一拱手:"滑子蔓(注:姓尤)。"

见尤老大冷静自若,对自己问的切口也对得上来,高个子土匪这才点点头,脸上带着一丝笑,踏踏实实地坐下开了口:"原来是尤老兄,既然是里马人(注:同行),又怎么会在蓼城开了个啃水窑(注:饭店)?"

尤老大见高个子这关蒙混过去了,脸上堆着笑,嘿嘿一笑说:"真人面前不说假话,真佛面前不装小鬼,兄弟我原本也是道上的,在关外,后来绺子里有人反水(注:叛变),惹了官非,起了跳子(注:官兵来抓人),大当家的鼻咕(注:死)了,我寻思着保命要紧,就拔了香头(注:退伙)下了山,后来因为官兵查得紧,这才带着老婆孩子来到贵宝地,心想着有朝一日能和里口来的(注:本地土匪)对对码(注:搭上线),靠个窑(注:投靠新绺子)。"

尤老大这番话是边想边说的,几乎用尽了他所掌握的所有切口。好在黑道上的话基本上是通用的,高个子也没起疑心,大半听懂了,还挥挥手说:"你这春点半开(注:黑话说得半通不通),不过也不怪你,毕竟你们关外和中原不一样,但我也大致听懂你的意思了,你想重新找个靠山,是不?"

尤老大忙点点头,做出伏低姿态,走上前又给高个子酒杯里斟满酒:"正是这个意思,没想到就遇到了你二位兄弟!"

高个子这时已经彻底放下心,端着酒杯抿了一口,对着尤老大说:"道上饭不好吃你也知道,既然你已经拔了香头,我看啊,好马就不要再吃回头草了,安生做你的菜馆生意岂不更好?"

尤老大给高个子酒杯加满,然后坐在对面,也倒了一杯酒,端起来敬高个子:"好马是不吃回头草,但是大丈夫有仇不报就不对了!我要靠窑不是为了别的,就是为了报仇!"

话说到这时,高个子正想问尤老大报什么仇,一旁趴着的矮个子土匪迷迷糊糊坐起来:"对,有仇就要报,不报是龟孙!"

智斗

　　既然话说到这个份上，双方都已经表明身份，那么也就没什么好藏着掖着的了。尤老大起身把店门掩上，重新温了一壶酒，又添了一碟子牛肉和花生米放在桌子上。高个子土匪见状大喜，对着尤老大一拱手，也不再有防备的姿态，大大咧咧坐定了，继续吃喝起来。和尤老大连碰三杯以后，这个高个子的土匪打开了话匣子，他自称姓凤，在家族里排行第九，所以人们都喊他凤九或者老九。凤九说自己其实本姓洪，老祖宗是洪秀全，家里祖宗在清朝都是跟着洪秀全一道起事"反清灭洋"，后来跟着去了金陵，老祖宗们在太平天国也是当过官享过福的，后来太平天国运动失败，洪家人死的死、散的散，其中一支为了避祸，逃到蓼城，取谐音改姓凤。

　　凤家原本也是温饱有余，民国以后，天灾人祸再加上军阀混战，以致民不聊生，在蓼城日子也艰难。凤家坐吃山空，凤九的老爹又染上烟瘾，把家里能变卖的都当了，最后吃了鸦片膏自尽了，凤九的老娘病了几年，最后也撒手人寰，那时候凤九还小，族中叔叔伯伯、哥哥姐姐们帮衬着养活他。凤九小时候常听家里老人说起老祖宗带兵打仗的事，一心就想当英雄，无心读书，也不愿意下地干活，整日里游手好闲。等到凤九长到十七岁，家里已经揭不开锅了，族人们看他不争气，也不再管他。凤九等到爹娘一死，把二老埋了，思来想去走投无路，就索性心一横，一把火烧了破草房，转身就上了山，落草为寇。

他由于上山时间迟，没来得及也没机会混成"四梁八柱"，只是当了个名号不响的巡山小喽啰。凤九想着自己好歹也是洪秀全之后，如今却无人赏识，只能隐姓埋名在这大别山深处当个小土匪，一生的抱负得不到机会施展，心里着实不痛快，他暗暗下定决心，一定要混出个样子来。

前年有一次，他下山摸到一条线索，镇子上的赵财主夫妻俩老来得子，含在嘴里怕化了，捧在手里怕摔了，金贵得不成样子。回到山上以后，凤九思来想去，觉得这是自己扬名立万的好机会，于是趁着一次过节洞中聚会喝酒的当口，壮着胆子向二当家的汇报了自己的想法，只要绑了这个肉票，那赵家的金库还不是瓮中之鳖，白花花的银钱由着拿？二当家的姓宋，一个小白脸，但是脸上全是麻子，江湖上都称他"杀人不眨眼的宋麻子"。二当家的听了凤九这个点子，也没拦着，只是告诉他要想得手，就得放长线，钓大鱼。有了二当家的这句话，凤九山也不巡了，别的差事也不干了，见天儿溜下山在赵家门前晃悠，打听消息。春去秋来一整年过去，他终于瞅准机会，在赵家换家仆之际，改头换面，化名杨大头混进赵家潜伏，当了一个家丁，再凭着油嘴滑舌、能说会道和办事利索，赢得了管事的信任，逐渐接近内宅，最后竟然成了小少爷的跟班。

就这样，凤九把赵家少爷绑上了山当了肉票，可怜大宝刚刚懂事，还不知道自己身陷虎口，只当是"杨大头"（凤九）带自己玩。凤九这次绑了赵家少爷，在山上也就出了名了，二当家的有心提携他，不料还是有人不服，说只是绑了肉票，还没真正拿到赎金，等赵家给了真金白银，到时候再升凤九的排行，大家才心服口服。凤九知道以后，也不能发火，心里冷笑："一帮兔崽子没胆子下山绑票，老子出手了你们又使绊子！"当即在众人面前夸下口，自己不光只身绑肉票，还要单枪匹马去赵家要赎金。

凤九海口是夸下了，但是真要是单枪匹马下山去赵家，肯定不行。为什么呢？因为赵家人都认识他，知道就是这个叫"杨大头"的家丁绑走了少爷。他只要一露脸，肯定要被认出来。下山前，凤九找到和他关系还不错的矮个子土匪吴老四，叫他和自己一起下山探探路。吴老四又懒又馋，想着下山能吃肉喝酒，才答应和凤九一起。因为怕被人认出来，所以凤九在城外等到天擦黑才和吴老四溜进城，原本想先去找个地方落脚，再趁天黑去赵财主家。不料天降大雨，二人只好就近躲进了尤家山东菜馆，这才有了今天的一幕。

听完凤九的自述，尤老大脸上神情不敢多有异变，心里早已是喜出望外，旋即又暗暗发愁：喜的是大宝尚在人世，且就在山上，离此地不过二十里的路程；忧的是那地界是土匪窝，不是想去就能去的，营救大宝难于登天。

自顾自说话喝酒的凤九，见尤老大半晌没吭声，还以为尤老大醉了，便把酒杯一放，说话有点大舌头："兄弟，店里有没有能睡觉的地方，让我们哥儿俩今晚对付一宿？"

尤老大闻言回过神来，听着外面的雨声还是很大，想要答应却又担心楼上的媳妇和孩子。就在他一时间不知如何接话之时，门板被推开了。尤老大定睛一看，是多日不见的房东刘老九。

事情就没有这么巧的，今天刘老九轮休，他白天都在油坊后面的屋子里睡懒觉，前几日忙着榨油实在是累坏了，到了下午，养足精神，肚子却饿了，想回山东菜馆找吃的，顺便再回家换洗一番。他是从油坊一路淋回来的，反正衣服一会儿也是要脱下来洗的，只是头淋湿了，不擦干净要着凉的。他本来想从后门回家的，结果看到山东菜馆门虚掩着，屋里有灯光，就想着先进来蹭点吃的，饿了一天了。他没留意屋里有人，进了门就在门口只顾着找块抹布擦头上的雨。这些日子以来，他和尤老大处得像一家人，早就不见外了，所以他边擦水边嚷着："老尤，给整口吃的呗！饿得前胸贴后背了都！"

　　刘老九冷不丁蹿进屋内，不光把尤老大吓一跳，也把正在喝酒的凤九吓一跳，他下意识地就去摸怀里的家伙。尤老大一眼瞥见了，赶紧伸手去捂着，嘴上小声说："兄弟别紧张，这是我房东，一个实心眼子的憨子（注：头脑不灵光），不妨事。"

不速之客

　　刘老九没想到如此雨天黑夜山东菜馆里竟然还有客人，又见到尤老大陪着这俩黑衣人一起喝酒，很是诧异。他虽然年纪不大，但也是打小就在镇子上混大的，看到黑衣人动作、神态慌张，又瞥见尤老大递过来的眼神，听到他和黑衣人说的话，顿时心里明白了三分，当下脸上摆出一副憨相，傻乎乎地冲着尤老大嚷："俺饿了，俺要吃饭！你们都在吃，俺也要吃！"嘴里说着，手已经伸出去抓桌子上放的卤鸡爪。

　　见刘老九赤着怀，脚上穿着一双破烂不堪的拖鞋，拿着鸡爪子就坐在一边楼梯上啃着，一副憨傻模样，土匪凤九这才放下心来，手也从怀里拿出。他听了听屋外没有了雨声，眼珠一转想了想，对尤老大说："今天已经不早了，我们兄弟还有事，就先告辞了！"说完，他拍了拍矮个子土匪吴老四。吴老四酒足饭饱，又眯了一觉，这会儿子也醒了，起身跟着往外走。尤老大跟着往外送，凤九想起什么似的，假意作势要掏钱付账，尤老大按住他的手臂，轻声说："都是自家兄弟，一顿酒无须放心上。"凤九听到这话，龇牙咧嘴地笑起来："说得是，如此谢过掌柜的了！"冲着尤老大拱拱手，带着吴老四冲进了黑夜里。

　　等俩土匪离开，尤老大赶紧关上门，从里面闩好，再喊媳妇下楼来。玉芬在楼上房间里一晚上都如坐针毡，冷汗把衣服都沁湿了，这会儿子终于听到当家的喊她下楼，说是没事了，这才算是把悬着的心放回了肚里。尤老大把今天遇到土匪的事情原原本本地和刘老九说了，刘老九虽然胆大，但也后怕起来，想到要是当时自己反应稍微慢一些，估计就被那个高个子土匪给开枪打死了。

媳妇还是很担心，问当家的土匪到底想干什么，回头要是再来店里怎么办。尤老大点点头："媳妇你说得是，今天我和那个高个子土匪对了切口盘了道，看样子他也信了我是同道，我盘算大宝十有八九就是被他们绑了票带上山的。为了救出大宝，我是不怕和他们打交道的，只不过咱们是要合计合计，接下来该怎么办！"

一旁的刘老九一拍桌子："大不了和他们干，我叫上我的兄弟们和他们拼了！"尤老大撰撰手说："冲动解决不了问题，这事情真不能莽撞。想当年督军带着那么大一支队伍都没解决干净匪乱，他们还有枪有炮、兵强马壮呢，最后被土匪祸害得家破人亡，老九你和你那些扛大包、卖苦力的兄弟加起来还不够土匪甩一匣子枪子的。眼下只能多提防，多小心，以不变应万变！"

第二天是个大晴天，店里吃饭的人多了，有人就说起了昨天夜里镇子上赵财主家收到了土匪的信，信是被一把坠着红穗子的飞镖插在赵府门头木框上的。信上说赵家小公子在山上"做客"，衣食无忧，只是花销大，所以山上请赵老爷准备一万大洋填补亏空。说话的人嘴里喷喷作响："诸位听听，明明是绑了人家儿子要赎金，还非说是人家儿子在那里做客，需要交伙食费一应开销填补亏空。这帮土匪真是仗势欺人……"一旁有人赶紧拦下说话者的话头："别说了，山上的那号人物可不能得罪，比之前豫东的'岳葫芦'还厉害！"众人纷纷点头称是。正说话间，从门外进来三个人，为首的中等个头，豹眼横眉，长相很是凶悍，穿一身黑，后面跟着的两人都是一身短打装扮。三人气势汹汹地进屋内，为首的瞪着眼珠子环视店内一圈，鼻子里一哼，从怀里掏出一把手枪往门口一张桌子上一拍，厉声喝道："掌柜的呢？出来！"

店内食客见状，都心想坏了，想必是菜馆惹事了，众人纷纷起身，一个挨着一个从大门边溜出去，出去了也不散，而是躲在街对面看热闹。当时正巧玉芬带着根生去街上了，店内只有尤老大，他闻声从厨房走出来，见此情景，心想不知道这又是何方神圣。当下也容不得多想，他只得赔着笑脸，冲着三人拱了拱手，开口道："我是掌柜的，不知三位客官找我有什么事？"

何方神圣

听见有人接话，闯进店内的三名黑衣人转过头冲着尤老大上下打量了一番。

尤老大揣着十二万分的小心，脸上堆着笑问道："不知三位客官找我有什么事？"

为首的"大眼珠子"从牙缝里挤出一句："你就是山东菜馆掌柜的？你姓什么？叫什么名字？"尤老大点点头："正是在下，鄙人姓尤，在家里排行老大，都叫我尤老大，不知道您三位……"

"好你个尤老大，你好大的胆子！"没等尤老大说完话，"大眼珠子"从桌面上抓起手枪，枪管对着空中一晃说道，"你说你一个外地过来讨生活的，老老实实开你的山东菜馆不好吗？为什么要勾搭山上的胡子？竟然在蓼城地界通匪，你难道不知道通匪的下场吗？"

尤老大闻听此言心头一颤，心想这话是怎么说的？自己本本分分开店做生意，几时通匪了？转念一想，莫不是和前几天来店里的那两个土匪有关？但是当晚的事情只有自己知道，所有的对话也都是自己和两个土匪之间进行的，怎么会传出去？再说了，要是这点事就算通匪，那也真是"欲加之罪，何患无辞了"，只是不知道今天到店里的这三位又是何方神圣。

见尤老大不搭话，"大眼珠子"哼哼冷笑两声，站起身子，踱到尤老大面前，用枪管点了点尤老大的鼻子："你个老小子,是不是在想我们是谁?呵呵,不瞒你说,我们是蓼城剿匪队的,自然有我们的眼线和耳报,你和山上胡子怎么接上头的,趁早老老实实交代清楚了,要不然治你个通匪罪,让你尝尝花生米的滋味!"

凡事越是像真的,就越是有蹊跷!已近不惑之年的尤老大懂得"物极必反"的道理,经历了年少随家人一起九死一生闯关东的磨砺,又加上这几年从关外到豫东,再到蓼城的遭遇,一次一次凶险的关口,都闯过来了,面对眼前的凶险状况,他虽是心中忐忑,却依旧能够保持冷静。

"官爷!"尤老大稳住心神,正色道,"我就是个开饭馆的,每天来我店里吃饭的都是南来北往的客人,我们只管伺候好各位客官,让他们吃好喝好,至于来的人是官是匪,是神是鬼,是僧是道,我们没办法弄清楚,就像现在,如果不是官爷自报家门,我也不知道你们几位是干什么的,我们也不敢多问。我们就是卖苦力赚点辛苦钱的买卖人,哪知道什么胡子?又哪里会通匪?想必是官爷弄错了吧!"

见尤老大敛了慌乱之色,不卑不亢、镇定自若,"大眼珠子"一时语塞,但是旋即便转转眼珠子开了口:"你说没有就没有了?你知不知道有人告你的状,说你这个店就是土匪的据点?你还是老老实实招了吧!昨天那两个山上下来的土匪到你店里来做什么?你和他们说了什么?你趁早交代清楚!"

"官爷,我刚才已经说得很清楚了,既然你说有人举报,那请把这个举报的人找来,我们当面对质,看我到底通的什么匪。你说昨天来我店里吃饭的是土匪,我这店里每天来的人多了去了,我哪知道谁是土匪?我们清白人家一家三口,在蓼城地界开个饭馆不容易,要是平白无故被人污蔑砸了招牌,那我就找害我的人玩命,我拼死也要拉上个垫背的!"说着话,尤老大走到灶台前,挥起剔骨大刀往菜板上狠狠一刹。

俗话说:"光脚的不怕穿鞋的,玩横的怕不要命的……"尤老大此番不怕死的举动,倒叫"大眼珠子"一群人没了主张,干张嘴瞪着眼睛互相看了看,一时半会儿不知道该怎么办了。"大眼珠子"气得点着手里的枪,从牙缝里挤出一句话:"你这个不要命的,你当真不怕死?你就不怕县衙老爷治你个通匪的死罪?"

尤老大他心里明白,光天化日之下,不管是真剿匪队还是别的什么人假扮的,"大眼珠子"一群人都不敢公然动粗,更别提开枪了。当晚土匪上自己店里吃饭,又和自己盘了道、对了切口的事情,只有自己和媳妇知道,连最后进门的刘老九都只是看到人没听到话,所以眼前的剿匪队如果不是真的,那就一定另有来头。

见尤老大只顾自己剁菜,不搭理自己,"大眼珠子"气得直跳脚,好几次想冲上前去,看到尤老大手里的菜刀,又看到门口围着的看热闹的人,他又忍住了。

看到这一幕,门口有好事的和看热闹的都纷纷议论开了,这个说:"山东菜馆开了有些日子了,尤老板一家人好心善,菜馆的菜好吃不说,价钱也是最便宜的,遇到有逃荒的、乞讨的,老板都会多给米粮,这么个好人,怎么会和土匪有关联?"那个道:"你没看尤老大根本不怕这些人吗?这就叫平生不做亏心事,半夜敲门心不惊,要真是通了匪,尤老大早就吓趴下了。"还有几个明白人悄悄说:"真的剿匪队哪有这样不分青红皂白带着枪就来吓唬人的?这几个黑衣人别是什么人假扮的来敲竹杠的吧?"

这些话传到店里,尤老大心里更加笃定眼前这些人不是正路子。"大眼珠子"也听到门口看客们的议论了,眼瞅着形势对自己不利,这个山东人是个狠角色,他对着另外两人低声耳语几句,转过脸对尤老大说:"既然你不承认,那我们只好带你去县府问话了!"说着,几个人就要上前动手拿人。就在这危急时刻,从门口冲进来十几个挥着棍棒的人,尤老大定睛一看,为首的正是刘老九。

"我看哪个敢抓人?"油坊刘老九在蓼城叶集镇上是出了名的人物,这些日子以来,已经和尤老大一家宛如一家人,今天有人上菜馆闹事,早就有人传话到油坊,刘老九听了,二话没说,带着一帮小兄弟就赶来了。

刘老九擒敌

见一群壮汉挥舞着棍棒从外面冲进店内，屋里的众人都呆住了。尤老大看到为首的正是刘老九，他心里顿时更有底气了。

刘老九带头冲进来，一眼看过去，见尤老大好好地站着，并没有什么事的样子，就和他对了个眼神，把手里的齐眉短棍一横，身后立刻有一帮人围了上来，瞬间把尤老大隔在了人群后。三个黑衣人看到这一幕，有点慌了，两个跟班的下意识地往"大眼珠子"身边凑了凑。

看到突然闯进一群气势汹汹的青壮年，"敌我悬殊"，场面不受自己控制，"大眼珠子"气势明显弱了下来，他瞅瞅面前这位上身敞着，下穿灯笼裤，脚跂草鞋，手里握着齐眉短棍的小伙子正满脸怒气冲着自己横眉竖眼。刘老九发现"大眼珠子"在瞅他，和他眼神对上，张嘴就问："你是哪里来的？随随便便就要抓人？"闻听此言，"大眼珠子"眉头一皱，装腔作势上下又环顾一圈打量众人一番，清了清嗓子对刘老九说："你又是谁？剿匪队办案子，你也敢来起哄？赶紧把路让开，别挡道……"

"哈哈哈哈哈，"刘老九不容"大眼珠子"把话说完，大笑道，"我刘老九在这镇子上从小混到大，倒不知道剿匪队如今都是这样办案的了，不问青红皂白就掏把枪指着老百姓脑袋？你们是剿匪队还是土匪？你们是来抓土匪还是要杀手无寸铁的老百姓？不妨告诉你，这条街是我刘老九罩着的，你要带走尤老大，先得问问我答不答应！"刘老九把话说完就把手中的齐眉短棍往"大眼珠子"面前一磕，唬得"大眼珠子"慌忙往后退了两步。

"我看你小子是吃了熊心豹子胆了，居然要造反？你敢和剿匪队作对，你是真不要命了？""大眼珠子"挥舞着手里的枪管子，色厉内荏，强装镇定地吆喝。

见"大眼珠子"晃着手枪，尤老大担心刘老九的安危，从后面挤上前来，拨开众人，站在刘老九身旁，目视面前三个黑衣人："你们不就是想带我去问话吗？既然是官差，那自然不会有假，我跟你们去就是了！"说完话，尤老大转身对刘老九小声说，"老九，他们手里有家伙，我们虽然人多，但是不能冒险，还是让我跟着去吧！店里的事情你帮着料理一下，回头等根生他们娘儿俩回来，你告诉他们别担心。"刘老九一听就急了，一把拽住尤老大的衣袖，说道："叔，你不能去，我自小在镇子上长大，见惯了剿匪队办案，从没遇到这样的剿匪队员，你不能贸然前去，好歹我们要等查验了身份再说！"

听到刘老九这么一说，尤老大也缓过神了，心想是啊，三个黑衣人说自己是剿匪队的，可是所作所为却像土匪，还没说两句话就掏枪吓唬人，一丁点不像官差，说他们是土匪倒恰如其分。

跟刘老九一起进来的壮汉们也都是在街上混大的，自然是看热闹不怕事大，这个说："说是剿匪队的，把你们的证件亮出来给大伙看看！"那个说："剿匪队的吴队长住我姑姑家隔壁，吴队长带着手下办案时，我见过的，他们队里也不过四五个队员，这几个人长得跟我之前见到的都不一样，这几个家伙看着眼生，说不定是假的！"刘老九是真的胆大，他冲"大眼珠子"一哼哼："我说这位官爷，你想带人走，我们平头老百姓也不敢拦着，就是想弄清楚你们到底是从哪来的，我们也好知道去哪找人送饭啥的！"眼见形势对自己不利，"大眼珠子"听到刘老九的话，给同伴使个眼色，作势在身上摸了摸，干笑两声："呵呵，今日出来得匆忙，未曾带证件，我们也是奉命办事，还请各位理解理解。"一边说着话，一边扭着身子向外挪。

即使是在场再傻的人，此刻也看明白了这三个人心虚想溜。众人一见此情形，虽然都知道这三人肯定是假冒的，但不知如何处置。刘老九突然振臂高呼："打死这些骗子！"随后抡起手中的棍了就朝"大眼珠子"腿上砸了过去。"大眼珠子"低着头一门心思想往外钻，冷不丁被刘老九从身后一棍子打在小腿上，当即腿一软就一趔趄跪在地上。刘老九眼疾手快，一个箭步冲上去，一脚重重踏在"大眼珠子"腰上，又结结实实地踩了上去。刘老九脚力非凡，一只脚像石磨盘似的，压得"大眼珠子"鲇鱼似的扭动身躯却无法翻身。早就有帮手将其手枪夺了下来，"大眼珠子"还在反抗，嘴里叫嚷着，刘老九一个闷棍敲在大后背上，"大眼珠子"翻着白眼晕了过去。电光石火之间，刘老九就收拾了手里拿着枪的"大眼珠子"，身后两个黑衣人见势不妙，哪还敢反抗，双手举头蹲了下来，随即被一拥而上的众人给按倒在地，和"大眼珠子"一起被捆了个严严实实，丢到一旁。

见众人三下五除二，不费吹灰之力就将三个黑衣人擒获，在一旁的尤老大是又惊又喜，一时间也不知道该如何处理，把刘老九拉到一旁商量对策："老九，这样做行吗？"刘老九嘿嘿一乐："叔，别急，好戏应该还在后头！"他告诉尤老大如果这三个人真的是县里的剿匪队，今天因为随便要抓人又没有证件被老百姓"当成骗子"给捆了，闹得这么大动静，那么自然会有人去县里报信，或是剿匪队知道后派人寻来解决此事。即便他们真是剿匪队员，耀武扬威、不带证件、持枪吓唬老百姓、扬言杀人，桩桩件件都是罪证，真要闹起来，我们也是不怕的；若这些人不是剿匪队员，而是另有来路，那么接下来的事情就要认真想个对策了。

尤老大对刘老九言下之意心知肚明，他心里想的又何尝不是和刘老九一样呢！

尤老大勇闯天堂寨

上回咱们说到，不知道哪里冒出三个黑衣人声称自己是县里派来的剿匪侦察队，闯进山东菜馆就要带走尤老大，所幸被刘老九带人拦下。眼瞅着事情越闹越大，尤老大也就关门几天，让根生娘儿俩躲到刘老九嫂子那去，他和刘老九及几个死党抓紧商量对策……

果不其然，第二天晚上就有人敲响了菜馆的门。尤老大和刘老九坐在屋内，两人听到敲门声，对视一眼，知道这回是真佛现身了。刘老九安排几个兄弟藏在屋后，一旦听到屋内有异常动静便见机行事。尤老大小心翼翼地凑到门后，低声问门外是谁。

"并肩子，快开门！我是老九！赶紧开门！"尤老大凝神听辨，门外传来的声音竟然是不久前雨夜造访并且和自己盘过道的土匪凤九的。身后的刘老九也听到了声音，此时如果再起身躲藏闹出动静不说，怕是也来不及了，索性就把脸上神色一收，做出一副憨傻痴呆模样，冲着尤老大点点头。尤老大当即会意，是福不是祸，是祸躲不过，心一横，拉开门闩，打开半扇店门。

门板刚开一人宽，一个白影子就闪进来，只见穿着一件白袍子的凤九扭身进了店内。屋内灯光通明，凤九一抬头看见刘老九也在店内，只见刘老九正低着头，用手蘸着面前碗里的茶水，在桌面上写写画画。凤九略微愣了一下，转身对正在关门的尤老大问了句怎么这个憨子也在。尤老大笑着说："嘿,谁说不是呢?你叫老九,他也叫老九。这都见两回了,你们俩也真是有缘。他这是下了工,来我这玩,我正教他写自己名字呢!"

凤九见尤老大这样说,又看到刘老九确实是一脸憨傻自说自话的模样,也就点点头,把尤老大拉到一边耳语道:"我今天是冒险下山的,为的是什么事,想必你已经猜到了,此时说话最好就你我二人,不要有旁人,这位老九兄弟虽说是个憨子,但总归多一个人不方便,你最好还是把他请出去回避一下,你说呢?"

尤老大点点头,心想只能见招拆招了。他端起一碟子羊下水,递给刘老九,打开后房门,对刘老九说,你去院子里吃吧,不叫你你就别进来。

刘老九装出一副傻乎乎的样子,闻了闻手中碟子里的肉,咧着嘴笑着,嘴里嘟囔着什么,端着碟子,慢慢踱步出了屋。见刘老九出去了,尤老大又掩好门,凤九这才放心地坐到桌前,他招呼着尤老大也坐下来,尤老大给他端了一盘子牛肉,又拿来一小壶烧酒。凤九眉开眼笑,毫不客气地吃喝起来,说道:"并肩子,你就别忙活了,我今天冒险下山也是为了你的事,昨天来的那三个黑衣人此刻在哪里?我今天来就是带他们走的,也不好多耽搁,还等着回去复命!"尤老大心想果然不出所料,昨天一天没等到所谓县里剿匪队来找人,他们就算到那三个黑衣人十有八九是山上土匪假扮的,只是还不清楚他们假扮剿匪队究竟有什么目的。

尤老大把酒杯一磕:"那三个黑衣人,自称是剿匪队,还说是县里派来的,要拿着我去追问和你们有勾连的事情,我自然是不能说，更不能把你们抖搂出来，结果他们就拿出枪比画着要崩了我，幸好街坊邻居们都赶来相助，围住了不让他们把我带走。这几个人不能证明自己身份，还犯了众怒，后来街坊邻居齐打伙儿把他们给擒住了。现在他们被关在柴房里都一天一夜了，只等着县里剿匪队来寻人。我还要和他们理论理论呢，哪有这样上来就拿枪喊打喊杀欺负老百姓的！"凤九咂了一口酒，笑嘻嘻地说："好一个有勇有谋铁嘴钢牙的并肩子，泰山压顶不弯腰，枪管子抵着头也不皱眉头，我凤九没看走眼！"

尤老大给凤九酒盅续满了酒接着说："你今天来带他们走，我自然不会阻拦，他们说是县里剿匪队的，又死活拿着我追问你们山上的事情，肯定是对你们不利，你带走也好，要杀要剐都随你们，只是还没弄清楚他们到底是什么来路！"

"我刚夸你聪明你就露怯了，这还看不出来？这摆明了就是山上的兄弟嘛！"凤九嘿嘿一乐，把身上穿的白袍子撩起来，掀起一角露出里面的黑衣，"你仔细看看，他们穿的是不是和我这一样的衣服！"

尤老大定睛一看，果真是一样的衣服，但他依旧做出不解的样子问凤九："你是说他们三个是咱们山上的兄弟扮的？那这么说……"

凤九又抿了一口酒，这才慢条斯理说了起来。原来那日凤九和吴老四下山去赵府"下帖子"，在山东菜馆偶遇尤老大，两人盘过道对上切口，凤九回到山上就和二当家的禀报了下山办事的经过，专程提了尤老大的事，建议把山东菜馆作为以后下山的联络站。二当家的听完也觉得想法不错，如果镇子上真有这么一个联络站，以后打探消息、传递信息，兄弟们就有了个前哨和掩护场所。但是二当家的又心怀疑虑，对尤老大信不过，所幸就借着尤老大和凤九接触的事情做文章，派了三个新上山不久面生的崽子，嘱咐他们假扮县里的剿匪队，下山去把尤老大带来。二当家的想得挺周全：若是尤老大招架不住，当场就把和凤九盘道对切口的事情抖搂出来，那此人就万万留不得，横竖是个死，无论眼下还是将来，找机会就得把他做掉；若是尤老大不问不闹一声不吭就跟着"剿匪队"一起上了山，此人也是懦弱胆小且没有脑子的蠢蛋，即便是没有吐露和山上土匪联系的事情，以后也不能用。但二当家的千算万算没算到三个新崽子非但没把尤老大带上山，反倒被捆扣在了山东菜馆。事情发生以后，跟着一起下山的"监工"第一时间回到山上把事情经过汇报了一遍，二当家的连拍大腿，直呼没想到，小看了山东汉子。在一旁的凤九一心想促成山东菜馆作为下山后落脚的根据地，好方便自己下山吃喝，所以添油加醋，极力美化尤老大，说尤老大的的确确是自己人，懂道路，讲仁义，值得信任，若能收到麾下，等于是在镇子上安插了一双眼睛，必定对掌控整个镇子上的一举一动都有裨益。一番鼓吹的确有三分道理，二当家的当时没表态，当晚去了后山。第二天一早，二当家的把凤九找来，吩咐他下山去找尤老大，告诉他实情，让尤老大把那三个崽子交给凤九带回山，自己也跟着凤九上山一趟，二当家的要当面会会他。

听到这话，尤老大心里咯噔一下，虽说自己少时在关外也接触过胡子，但那只是道听途说，没有真正打过交道。后来在豫东，自己见识过土匪血洗豫东包括督军府家的凶残，当时和凤九盘道也是迫不得已，如今要被招上山，等待自己的又将是什么局面呢？

尤老大带着凤九去柴房把三个土匪松了绑,凤九把三个崽子一顿数落,尤老大也和三个人互相说开了,大家都明白,彼此都是二当家的手里的棋子,事情讲明白了也就算了。凤九见尤老大还在犹豫,就宽慰他:"我今天先把三个崽子带回去,你上山见二当家的事情也不急着在今天,等我回去再问个清楚,你且听我的信吧!"

当晚凤九带着三个崽子走了,尤老大心事重重,刘老九和几个兄弟也没了主意,要说在蓼城叶集镇地界上,刘老九他们还能护着尤老大,若是尤老大孤身一人跟着凤九上了山,那就没办法护着了。

"没办法了,兵来将挡,水来土掩,只能走一步算一步了!"尤老人做好了孤身赴难的准备,他对刘老九交代了一番,"若是过几日凤九再来,必定是山上的人等不及要见我了,我不去也得去。去,还有一丝希望,说不定还能救出大宝;不去,等于露怯,那就得罪了山上的人,不死也要脱层皮。所以我是非去不可了。等我上山后,你将根生母子俩看护好,如果我三天不下山,或是我死在山上了,你就尽快帮着把菜馆盘出去,再把根生母子送到豫东二十里铺白家,找掌柜的白玉海,请他帮忙送回关外老家。你且记住了!"刘老九无奈,只好把这番话牢记在心里。果不其然,第二天晌午,凤九就来了,这次他居然化装成一个庄户人家模样,进店后嘴里喊着:"掌柜的,说好去我家买猪,约好今天就去的,明天杀猪,今天咱们必须得去了,你抓紧时间跟我走!"尤老大心知躲是躲不过去了,此番孤身闯山门,凶多吉少,他内心翻江倒海,表面上却轻描淡写地跟根生娘交代了几句,看到一旁正帮着择菜的根生,抱起来亲了又亲。根生问他去干什么,尤老大挤出一丝笑说要出门去山里买肉。根生娘问他多久回来,尤老大说多则五天,少则三天就回来。根生求他回来时给自己带只鸟玩,尤老大点头说嗯,又亲了亲根生,这才找了根扁担挑着两个筐跟着凤九一起出了镇子。等到刘老九接到信赶到镇子外时,已经看不到人影,刘老九心如刀绞,仰天长叹,只盼着尤老大吉人天相,千万别出事。

命悬一线

　　蓼城叶集镇位于大别山区腹地，四周环山。出城以后，又走了大约二里路，就到了一片山脚下，凤九让尤老大把扁担和筐子藏在路口草丛里，拿出一块黑布条蒙上尤老大的眼睛，从路边折断一根细树枝，让尤老大握着树枝一头跟着自己身后，两人一前一后开始进山了。山路蜿蜒崎岖逐渐陡峭，凤九牵着尤老大走不快，尤老大默默在心里记着爬了几个坡，拐了几个弯。又走了大约半个时辰，山势越发陡峭，凤九在前面带路也是小心翼翼，不时发话提醒尤老大留神脚下，每步都踩稳了定住身形再继续走下一步。山路难行，眼瞅着天要黑了，就在尤老大快精疲力竭之时，凤九低声说前面就到了，遇到什么都别慌，别乱看也别乱说话，一切听他的。

　　山门口几个站岗放哨的土匪见凤九回山了，有两个便上前打招呼，听凤九说牵着的不是肉票，而是准备投靠的并肩子，就帮着凤九万分小心地护着往山上爬，爬了几百米，众人停下来。凤九把尤老大脸上的黑布解下来，尤老大眯着眼睛适应了一会儿，凝神看去，发现站在一处山崖边，对面是另一个山头，两座山峰之间横着一座吊桥，尤老大只听到耳边呼呼的风声，脚下传来水声，他探头往下看，发现对面山崖有条瀑布，往下只能看到白茫茫一片水雾，深不见底。他心里明白已经到了山巅，想必是离土匪老窝已经不远了。凤九见尤老大低头不语，上前拍了一下他，大声喊着："你瞎看什么呢？赶紧跟我过去，眼瞅着天就黑了，二当家的都等急了。"

山门站岗的两个崽子留在桥边不过去，凤九带着尤老大上了桥，有惊无险地过到对岸，尤老大尽管胆子大，下了桥再踩到山地上腿也一阵阵发软。

凤九看尤老大脸上发白，知道尤老大是被吓到了，笑着安慰道："要不是人蒙着眼睛过桥不安全，我也不会给你摘掉黑布，也免得你看到了现在在什么高度反倒害怕起来。"尤老大点点头："我们东北关外屯子周围也有山，但是没这么高，这山实在是太高了，兄弟你们有此等天堑作为掩护，在山上自然是高枕无忧。""那是自然，此山名为天堂寨，山高路险，我们二当家的听了高人指点，专门选在此处安营扎寨，自然是易守难攻，别说县里不顶用的那些个剿匪队，就是几年前一支不知道哪来的部队强攻想上山也没攻下来。"说着话，凤九带着尤老大继续向前走，穿进一处山洞。刚进去，就有人迎上来，双手上下仔仔细细搜了尤老大的身，连裤裆都摸了摸。山洞通道极其狭窄幽长，仅能勉强两人并肩通过。尤老大紧挨着凤九往前走，耳边能听到一些呼吸声，壮着胆子抬眼望去，借着微弱的光线这才发现通道两边是高低不同的平台，每隔五米，就有一个持枪站立的黑衣人，真正是五步一岗，十步一哨，虽然看不清这些人的脸，但想必这些人都在盯着自己和凤九。尤老大心想山洞外有天堑吊桥，山洞内又是一人当关，万夫莫开，想那凤九刚才所言确是实情，不是吹嘘。难怪这个土匪窝能隐藏存留这么久，守着这些关口，怕是来一支部队也攻不下来。

好不容易出了通道，走出山洞，眼前豁然开朗，映入眼帘的是一座庙宇，山门两边刻有"洞天福地佑三省　妙道古刹度世间"的对联，周围翠竹环绕，云雾茫茫，尤老大心想，这土匪老窝难道是安在这古刹里？其实，在古时，如果赶上兵荒马乱的年月，深山古寺失了香火，就很容易被落草为寇的土匪占据作为容身之处的老巢。尤老大上了山，蹚过了天堑吊桥，穿过了山洞通道，被看山门的崽子里里外外搜了身盘查完毕，算是过了第一关，凤九带着尤老大从山门外登上台阶进入大殿。

大殿内尘封土积，墙角有很多蜘蛛网，殿内佛像有的已经残缺不全，有的经过风蚀水浸，颜色斑驳模糊不清，殿外已经天黑，殿内几盏烛火忽明忽暗，更显得殿内阴森恐怖。凤九进殿内叮嘱尤老大紧跟着他，就在这时，从殿内阴影处猛地蹿出一个人影，吓得两人一哆嗦，尤老大一看，面前站着一个身材高大的中年和尚。见到二人，中年和尚站定身子双手合十弯腰施礼却不说话，凤九一愣，随即赶紧双手合十回礼，尤老大也跟他学着回了礼。尤老大瞥了一眼，却赫然发现中年和尚正在盯着自己，瞳孔不经意地微微一缩，眸底似乎有道凌厉的光芒闪过。尤老大被这眼神扫射到，顿时心头一惊，眼前这位方外之人打扮的中年男子左脸像是被刀片过肉，又像是被什么咬掉似的，没了左半边的眉毛、眼皮和脸皮，只有眼珠子还在滴溜溜地转，就像戴着一副面具，活脱脱一个鬼脸，全身上下全无出家人的祥和之气，相反却有一股掩饰不住的杀气，就像尤老大经常接触的山下镇子上那些屠户身上的杀气一般，甚至更强烈。中年和尚却没有再说话，径直走出大殿。凤九见尤老大发呆，笑着骂道："别说你，这家伙不出声，猛地从角落里蹿出来，也吓老子一跳，这个该死的哑巴！"

"什么？你说这个和尚是哑巴？"尤老大越发感到奇怪了，隐藏在深山里的寺庙居然是土匪的老巢，爬山进殿见到的第一个人竟然是个哑巴和尚，这真是太诡异了。

"对，他是个哑巴，谁也不知道他是什么时候来的，听人说以前是这寺里的，我们上山时他还不在这呢。听说寺里原来老住持死了以后寺里的徒弟们就都散了下山了，后来不知怎么就他一个人回来了，二当家的也不让我们为难他，他平日里自己住在后山禅房里干些打扫庭院的事情，今天不知怎么到大殿来了，可能是来添香油的吧！"

"那他的脸……？"尤老大还要再问。凤九一摆手："你这一路上话怎么这么多？别问了，赶紧走！"

尤老大还没从遇到可怕的"鬼脸和尚"的惊吓中回过神，听到凤九催他快走，他紧赶两步上前走到大殿中央，没留神脚下伸过来一根绳套，不偏不倚套在尤老大右脚脖子上，不知道谁在操作绳套一收紧一提拉，尤老大就被脚上头下悬空吊在了半空中。

猝不及防，尤老大被倒吊在空中只有痛苦叫喊挣扎的份儿。凤九也没反应过来，本能地跳起来，却够不着尤老大，只好瞠目结舌四下里张望寻找始作俑者，嘴里骂着："是哪个不开眼的闹这出，不知道这是你九爷带来的人吗？赶紧给爷把人放下来！"话音未落，身后殿门大开，一队人明火执仗走进来，火把照得殿内立时通明，有人搬来一张豹皮椅，一阵狂笑声从殿后院传来；殿内人闻声分为两排站立。来人一袭白衣，身子又长又细，脸上没有肉，也没胡子，只笼罩着一层青色的薄皮，一双细长的眼睛，在灯火照耀下透出阴鸷般的眼神，让人不寒而栗。来人手里扇着一把折扇，两条长腿拖着一双马靴，像是一只大蚂蚱成了精。"大蚂蚱精"踱到豹皮椅前，转身缓缓坐下，笑声方停。

凤九毕恭毕敬地走上前，上跨一步屈腿，双手抱拳横向右前方给"大蚂蚱精"行了个礼："二当家的，这就是小的和您说过的尤家兄弟，您看这是不是先给他……"没等他把"松"字说出口，二当家的清了一下嗓子，发出细而尖锐的声音："你小子好大的胆子，竟敢把剿匪队的探子给带上山了。"这声音听起来十分地割耳朵，就像是用刨子在刨木头发出的噪声。尤老大倒吊着，眼前红红一片，想是眼睛充血，脑子里也开始迷糊，五脏六腑一阵阵地翻涌，嗓子也快发不出声了。凤九还想要申辩，二当家的把折扇一收，立刻有人上前绑了他。二当家的眼睛盯着半空中的尤老大，折扇却对着凤九："我很久没有吃过'龙葱'了，先割一只下来给我今晚下酒！"闻听此言，尤老大差点就吓昏死过去了，他是开菜馆的，自然知道"龙葱"就是耳朵的别称，自己虽然算到此番上山必定有凶险，但千算万算也没算到这个二当家的"大蚂蚱精"竟然还有吃人耳朵的嗜好啊！这里究竟是土匪窝还是地狱啊？

没等他多想，下面的人就把凤九推出去了，原来要割的是凤九的耳朵，只听到院子里传来一声惨叫，片刻有人从外面端了个盘子进来，盘子里盛着一只带着血的人耳朵，呈到了"大蚂蚱精"面前。

"大蚂蚱精"眉飞色舞冲着盘子吸溜着哈喇子嘿嘿一乐，一副活脱脱吃人恶鬼的嘴脸，瘆人至极。他叫人把盘子托到尤老大身子下给尤老大看，尤老大尽管胆色过人，此刻也不敢多看一眼，吓得把双眼紧闭，却挡不住那股子血腥气直冲进鼻腔。尤老大再也忍不住，哇的一声吐了出来，刚好吐在盘子上，端盘子的一个没防备，盘子砸在地上，一片污秽，令人作呕。

二当家的见状，当即变了脸，从豹皮椅上噌地一下站起身子，冲到尤老大身子下，他示意手下把绳索放低些，刚好能伸手够到尤老大的耳朵，他揪住尤老大的左耳，用手中折扇在耳郭上划着，嘴里慢条斯理地说着："你弄脏了我的下酒菜，你说怎么办？"

尤老大此刻已经是砧板上的肉，自觉难逃魔掌，眼前的土匪头子连自己人凤九的耳朵都是说割就割，对自己还会手下留情吗？都怪自己异想天开试图上山假意投靠再伺机寻找大宝的下落，要不然也不会落得现在这般田地。见尤老大只哼哼，却不答话，二当家的一挥手，上来一位面如黑炭的大个儿，挥着一条牛皮带，狠狠地抽在尤老大身上，皮带想必是蘸了水，抽打在身上发出啪的声响。只几下之后，尤老大衣衫破裂，腰腹之间已经是皮开肉绽，疼得他把嘴唇都咬破了。

"你说不说，你到底为什么上山？你到底是什么来路？上次你为什么要绑了我们的人？！"二当家的步步紧逼，尤老大咬紧牙关，他心想自己今天恐怕要小命玩完，自己死了不要紧，只是可怜了家里的妻子和儿子。想到根生娘儿俩以后无人照顾，想到没有完成王督军的重托，又想到关外的爹娘兄弟，尤老大悲愤交加，再也忍不住眼泪，眼泪又混合着鼻涕一起掉落在了地上。

见尤老大这副惨样，二当家的反倒笑了起来，他用折扇挑着尤老大的下巴，尖着嗓子讥笑道："你说你哭什么？不是说你们山东人都是英雄好汉吗？你既然有胆子上山，有胆子做剿匪队的探子，有胆子扣我的人，就该不怕死才对，现在这样子真是一副孬样！来来来，大伙都看看这家伙的孬样子！"

山东人最怕别人说自己孬，二当家的这句话点燃了尤老大心中的怒火,他自觉喉头一甜,哇的一声,猛地把一口血痰径直喷在二当家的脸上,继而破口大骂道:"我呸!老子不是探子……老子信错了人,原以为你们都是英雄好汉,原来是一群吃人不吐骨头的魔鬼,连自己人都要下毒手……如今落到你手里,要杀要剐悉听尊便……但凡老子皱一下眉头都不是好汉……"尤老大拼着气力骂完,眼前一黑,昏了过去。

如履薄冰

"老尤,并肩子……老尤,快醒醒……"耳边隐隐传来阵阵急切的呼唤声,尤老大三魂七魄逐一回体,须臾之间,又好像是有人用勺子喂了几口水给自己,又过了一会儿,嗓子没那么火烧火燎地疼了,头却依旧是昏昏沉沉的。"老尤兄弟哦,你倒是睁开眼啊……"耳边又传来聒噪的声音,片刻之后,尤老大无比艰难地睁开双眼,环顾一圈发现自己在一家屋子里,已经换了一身干净衣裳,身上被抽打的伤口也已经上过药。自己居然躺在一张木床上,面前赫然是一张熟悉的脸,竟然是带自己上山的土匪"联络员"凤九,尤老大虽然此时脑子还不清醒,却看到凤九像没事人一样咧着嘴冲着自己笑,他下意识望了望凤九的头两边,却惊讶地发现那两只巨大的招风耳朵都好好地长在凤九头两边。

这是怎么回事?凤九的耳朵没被割?看尤老大满脸诧异瞪着眼睛望着自己,凤九双手一拍,嘿嘿一乐:"好家伙,你可真能晕,你总算是醒了,从昨天到现在你都昏睡了一天了。""你……你不是……"尤老大艰难地开口问,"我这是在哪?"

"你在哪?你能在哪?自然是在山上,你在我屋里,我看你是真都睡糊涂了吧?"

"我怎么在你屋里?还有,你的耳朵怎么还好好的?"

"嘿,都说你们山东人实诚,我看这还真不是假话,你就没想到昨天在大殿之内发生的事都是二当家的在考验你?你也不打听打听，谁敢割你家九爷的耳朵……"没等凤九把话说完，从身后门边闪进来两个人，其中一个还没站定就一把伸手揪住凤九的耳朵："你小子这会儿子充什么大爷？真当没人敢割你的耳朵？"听到这刺耳的尖嗓音，尤老大就知道此人正是"大蚂蚱精"二当家的。

凤九扭脸一看是二当家的，当即厌了，连声觍着脸求饶，二当家的这才松了手。身后那个一直跟着的贴身保镖黑子搬过来一个凳子，二当家的坐在尤老大面前，一双老鼠眼微微眯着盯着尤老大，青白的面皮上挂着一丝笑："老尤，你受惊了，昨天的事情你怕是也明白过来了，我这样做也是没办法，如今世道险恶，山上的日子也不好过，凡事都必须小心谨慎，每个投靠上山的，我们都会这样考验一番，你别往心里去啊！不过话说回来，你还是第一个敢冲我吐唾沫的人！"原来，昨天发生的一切都是二当家的设的局，先引尤老大上山，再当他面假装割凤九的耳朵吓唬他，为的是试探尤老大的底细，考验考验他是不是胆小之辈或者另有目的。二当家的自称姓宋，祖上也是山东人氏，清末民初迁至皖西落户，说他一听到凤九介绍尤老大是山东老乡，单枪匹马在东北干掉一个日本军官，一路奔波到了蓼城的事情，就很是欣赏并有心接纳，但是一来他作为二当家的，要对上山的人仔细调查清楚，二来尤老大上次绑了派下山的土匪，让山上的人丢了面子，为了给山上兄弟们挽回点面子出出气，也为了给尤老大一个下马威，这才演了昨天那出"当堂审问""割耳吓人"的戏码，既打消了山上兄弟们的疑虑，又能服众。

尤老大此刻已经明白了，他撑起上半身，冲二当家的点点头："二当家的，我真不是什么探子，昨天事发突然，我还唾你,实在是……"二当家的听完发出一串刺耳笑声,摆摆手示意尤老大不用在意,从怀里掏出一块铜牌递给尤老大。尤老大接过牌子,看到铜牌正面刻着一个"卍"字,背面有一个"天"字,又听到二当家的说此牌是以后接头联络的凭证,有了此牌,尤老大再上山可以通行无阻,尤老大的菜馆以后也是天堂寨兄弟们在蓼城叶集镇上的落脚点。

听完二当家的的话,尤老大只得诚惶诚恐地点点头,他心中又喜又忧:喜的是自己斗土匪、跨天堑、通过大殿之内苦肉计的重重考验,总算是赢得了土匪们信任,现在居然还拿到了通行的令牌;忧的是一旦接触土匪,以后再想过安生日子恐怕是难了,自己倒没什么好怕的,只是担心根生娘儿俩还有刘老九及一帮兄弟的安全,眼下自己身上带着伤,还无法下山,他们肯定等得急死了。

见尤老大神色恍惚,二当家的以为他还没复原,也没再多说,临走时叮嘱凤九安排尤老大好生休养,过几日再找他叙话。

凤九等二当家的走后,给尤老大竖起大拇指:"并肩子好样的!你真是带种没给我丢人,昨天那种生死关头你都没认怂,居然还敢吐了二当家的一脸,我这回也真是打心眼里服你了,我就说我九爷的招子亮,不会看错人,你打今儿起,就算是我们天堂寨的人了。这会儿子二当家的也应该安排人知会全寨子上下了,你就宽心待几天再下山!"

事已至此,也只能走一步算一步。尤老大想起来昨天那只带血的耳朵,问凤九那耳朵是怎么回事,凤九不以为然道:"你还操这份心做什么?那是肉票的耳朵,咱们寨子里后山牢房里关得多的就是肉票,随便割一只就行,也不会浪费,会装在匣子里送到肉票家里，催促他们赶紧拿钱赎人！昨天那个肉票是山下郊外一个土财主家的少爷，已经绑上山半年多了，那财主家里居然一点不着急，还找了中间人一直和我们讨价还价，其实我们要的赎金也不多，只要他们家十根金条，就这他们都不愿意给，只答应给三根，这还不把我们二当家的惹毛了吗？就打算割下个零件送到他家去，刚好遇到你上山，二当家的就想出这个主意，让你以为是在割我的耳朵，就是为了吓唬你，看你是不是探子。"

尤老大想起当时自己被倒吊在半空，脑子、眼睛都在充血，万幸自己挺过来了，但凡当时自己说错半句话，小命早就断送了。

一天一夜的经历，让尤老大深知自己身在魔窟的凶险，虽然明面上看起来他已经取得二当家的信任，但是这个二当家的的心狠手辣他已经见识到了，况且这里毕竟是土匪窝，自己就是来探路的，所以一言一行都必须万分谨慎，就如同在悬崖上行走，必须时刻打着十二万分的精神，一不留神就会万劫不复，自己牺牲了不说，肯定还会殃及山下的亲人们。眼下只能见机行事，走一步算一步，尤老大暗下决心，自己要趁着在山上这几天，尽快打听出大宝的下落。

一山不容二虎

就在尤老大为了打探大宝的下落，孤身一人勇闯天堂寨打进土匪窝之时，身在豫东县城医院的白玉梅也遇到了棘手的事。几乎是一夜之间，县城里不知道从哪里来了一队伤兵，大街上、沿街屋檐下睡得都是，但这些伤兵没有扰民。其中一名伤员昏迷不醒，被几个小兵用担架抬进了医院。白玉梅看到担架上的人一身军官装束，浑身伤痕累累，面色铁青，双目紧闭，但仍然不失英武之气，一检查发现此人肩膀中枪，子弹还在身体内，初步判断是炎症引发高烧，以致昏迷不醒。县城里突然多了这么多伤兵，值守的士兵逐级上报给司令部。赵独龙也被惊动了，他带人立刻跑到医院，亲自动手从那名军官身上的衣兜里搜出一本证件。白玉梅瞅了一眼，看到证件上写着此人姓王，名念仁。赵独龙吩咐手下去向省里核实该名军官身份，白玉梅告知赵独龙此人要赶紧手术取出子弹，否则就有生命危险。白玉梅说现在除了这名军官，还有很多伤员需要救治，但是县医院里的医生基本是中医，这些人平时给老百姓看个头疼脑热的小病还行，真要是做手术就不行了，眼下缺医少药，医院需要药品，自己更是需要帮手。

自从请到白玉梅来豫东县医院坐诊，对于白玉梅的话，赵独龙基本上是言听计从，惹得一帮姨太太嫉恨不已。赵独龙只要是不练兵巡视，就三天两头来医院探望，隔三岔五邀请白玉梅出去吃饭、看戏，送花送礼物更是常事，如此这番，却依旧打不动美人芳心。白玉梅除了在公开场合和他说话,私底下从来不接受他的邀请,送来的花和礼物都原封不动退回去。赵独龙来得勤了,白玉梅就带着护士下乡义诊,一周倒有三天不在医院,赵独龙十次来有九次遇不到她,偶然撞上了,白玉梅点点头就忙着坐诊,根本不和赵独龙多啰唆,赵独龙自讨没趣,却也没办法在医院发作。对于白玉梅的表现,赵独龙虽然生气,却并不真的发火,他反倒认为越是这样才越是有挑战,白玉梅越是冷言冷语不给他好脸,他越是觉得这个女孩比以往见过的都好,反正日子还长,自己就当是在磨炼性子,天长日久的,不愁得不到手。更难得的是他对白玉梅也始终保持应有的尊重。此刻听了白玉梅的话,他当即表示平时想多听白玉梅说句话都难,这回难得听到她开口求助,需要做什么尽管开口交代。白玉梅郑重其事地告诉他,请他派人去省城请一位叫郭志远的医生,说这位医生是自己的老师,有他来,才能保证万无一失。

派去的人拿着白玉梅的亲笔信,三日后请来了郭医生。郭医生五十挂零的年岁,戴着金丝边眼镜,温文尔雅,说话慢条斯理。赵独龙见了心想,这人哪像医生?倒像是个教书先生。

郭医生来到豫东之后,立刻开展工作,在他和白玉梅的带领下,集结全县医护人员,全力抢救伤兵。那边厢省府也回话了,受伤军官的身份也核实了,此人就是几年前和富金山土匪鏖战被土匪灭门,后来率队追匪报仇的督军王念仁。

"原来是豫东城的前任长官,难怪受伤要退到老子这里!"赵独龙发着牢骚,"老子自己都吃不起了,还得管他们吃喝,还得给他和他的人治伤!"架不住赵独龙一番胡搅蛮缠,加上王督军之前剿匪有功,又全家惨遭灭门,省府那边这才勉强拨发了一批药品，又补发了一点军饷，告知赵独龙好生对待王督军，等他们伤好，自然会安排他们去别处，不会让他为难。一直等到军饷装进自己的腰包，赵独龙这才把药品送去医院，告诉郭志远和白玉梅二人，抓紧救治"王家军"，治好了就给他们开欢送会。

在郭志远和白玉梅的精心救治下，王督军体内的子弹被取出，高烧也逐渐退了，只是人还没完全苏醒。治疗的这些日子里，通过其他伤兵的描述，白玉梅知道了事情经过。原来这几年，王督军率领部下一直追着土匪"岳葫芦"的残兵打。大别山腹地山高林密，土匪又极其狡猾，经常就地换装，扮作砍伐竹子、上山采药的山民躲避围剿甚至伺机反击，战斗异常艰辛。即便如此，"王家军"还是歼灭了大部分土匪。为首的"岳葫芦"老奸巨猾，几次化装成小喽啰，突围时让手下扮成自己做了替死鬼。后来有一次，王督军终于带人把"岳葫芦"堵在了三省交界之处的山坳里，那一场血战极其惨烈，双方鏖战三天三夜，子弹打完就贴身肉搏。王督军与"岳葫芦"有着"不共戴天仇、三江四海恨"，仇人相见，分外眼红。王督军瞪着血红的眼珠子，挥舞战刀和"岳葫芦"缠斗在一起，"岳葫芦"犹作困兽之斗，两人打起来不分上下。最后因为连日来吃不饱力气用完了，"岳葫芦"一个招架不住，被王督军瞧准机会一刀砍下了半边脸皮，捂着脸倒在地上鬼哭狼嚎。王督军仰天长啸，正待上前一刀结果了"岳葫芦"性命之时，不知道从哪里又冲出一支土匪装扮的队伍，枪声四起、流弹横飞，杀了"王家军"一个措手不及。王督军也中了一枪，万幸在兄弟们誓死拼杀下捡回一条命，只是不知道那被砍掉半边脸的"岳葫芦"的下落，此人生存意志极强，或是找个地方苟延残喘，或者被那支无名队伍救走也未可知。王督军急火攻心，加上枪伤发作，吐了几口鲜血，昏迷不醒，"王家军"且战且退，最终退回豫东县城休整。

这几年时间里，"王家军"剿匪的事情传遍了周边三省，白玉梅自然也有所耳闻，听说这支"王家军"所到之处，剿匪安民，从不欺压当地群众，深受百姓拥戴。白玉梅隐隐觉得这位王督军和之前遇到的丘八不一样，不由得对他格外留意起来，还亲自照顾。眼瞅着日子一天天过去了，王督军依旧是迷迷糊糊没有彻底清醒，不时还会从嘴里冒出几个词，白玉梅仔细听了几次才弄清楚，王督军在喊："大宝！"

白玉梅从其他士兵那里知道王督军被土匪灭门，唯有一子名叫大宝的侥幸活了下来，只是奇怪大宝怎么没有带在身边，再一思量不免释然，哪有打仗还带着孩子的？想必是养在某处。人在受伤昏迷之时，难免会说胡话，看来王督军是思念自己的儿子了。有几次，赵独龙来医院时看到白玉梅小心翼翼地给昏睡中的王督军换吊瓶、喂水、擦洗身子，气得牙根痒痒，恨不得一枪结果了床上昏睡的家伙。

又过了几日，这一天早晨，王念仁的三魂七魄总算是归体了，终于彻底清醒了。当得知自己是被郭医生和白玉梅联手搭救才捡回一条小命时，他撑起身子双手抱拳连声道谢。当从下属那里得知连日来白玉梅衣不解带事无巨细悉心照料他多日的一些细节，王念仁更是感动不已。白玉梅告诉他，自己敬佩有血性的男儿，无论剿匪是出于公事还是私仇，只要他是为了保一方安宁，就值得医生全力以赴救治。看到白玉梅清秀的面容，观察她对自己、对其他病患的态度，王念仁不由得在心中生出一丝莫名的情愫。

见王念仁身体日渐复原，赵独龙来医院的次数也越来越多，到最后已经发展到除了练兵和开会，就赖在医院病房里不走。他每次来病房，除了没话找话和王念仁聊些部队打仗旧事，就是询问王念仁接下来的打算，问的次数多了，王念仁也能感到赵独龙并非真心关心自己，而是在暗示他该离开了。这也难怪，自己曾是豫东前任驻军最高长官，赵独龙是现任最高管理者，一山不容二虎，何况这些日子下来，他也能看出赵独龙对白玉梅有企图，自己无形之中似乎就变成了赵独龙的眼中钉、肉中刺，自己一天不离开，赵独龙就一天不放心。

在赵独龙第九次询问自己的下一步打算时，王念仁双手抱拳道："感谢赵司令连日来对鄙人及兄弟们的关照，眼看我的伤已近痊愈，兄弟们的伤也好得差不多了，我也不便在此久留，准备辞行了。"

见王念仁如此"上道"，赵独龙喜出望外，当即定下日子要在豫东县城最大的酒楼"味仙居"设宴为"王家军"饯行。王念仁还要推辞，说不能破费，赵独龙大手一挥："你就别推辞了。不妨告诉你，我的三姨太给我生了个大胖小子，老子也后继有人了，三天后小家伙满月，我摆满月酒，顺便替你饯行，你就莫和我见外了！"听赵独龙如此坚持，王念仁也只得点头答应。

三日后，"味仙居"席开二十桌。虽说日子艰难，但是既然是赵司令给儿子摆满月酒，酒楼老板哪里敢得罪？绞尽脑汁想尽办法采买食材，备下美味佳肴款待来宾。席间，赵独龙格外开心。一是三姨太肚子争气给自己生了个大胖儿子，自己当爹了；二是这些日子他克扣了不少省府拨发给"王家军"的军饷，兄弟们个个赚得盆满钵满，满县城又都在传诵赵司令照顾"王家军"的仁义之举,一时间赵司令是钱也赚到了,声誉也赚到了;三是今天吃过饭,"王家军"就要开拔离开,豫东就还是他赵独龙的天下。三喜临门,让赵独龙笑得合不拢嘴,席间他与王念仁连饮三杯,郭志远与白玉梅也应邀出席,作为救命恩人与王念仁同坐一桌。

酒过三巡,打扮得花枝招展的三姨太带着奶妈来到席间,奶妈怀里抱着刚满月的赵公子。赵独龙对众人说道:"今年是虎年,我儿子是农历三月十五生的,三阳开泰,月圆十五,大吉大利。所以我给他取名赵虎。"在座的宾客、乡绅、名流无不殷勤夸赞小公子长得好,不时有人送上红包、礼物,塞在小公子的襁褓里。三姨太一边笑得花枝乱颤,一边伸手把襁褓里的红包装进随身的挎包里。王念仁看着那襁褓里的奶娃娃,想起自己的儿子大宝,不禁叹了口气,放下酒杯离席,穿过大厅走到酒楼后院,对着一株海棠树出神,思考自己接下来该做什么,没留意白玉梅不知道什么时候走到了自己身后。王念仁见白玉梅两颗闪亮的眸子盯着自己,心里一动,笑着问:"白医生你怎么也出来了?"白玉梅也笑笑:"你知道的,这种场合我是不愿意来的,里面太吵了,我出来透透气。""哦,是这样!"

"你接下来有什么打算?你的伤其实还需要一段时间才能彻底痊愈。"白玉梅关心地提醒道,"不可过度劳累,伤口周围还是要注意。"王念仁正了正身子,对着白玉梅敬了个礼:"白医生的救命之恩我尚未报答,只是如今匪患未除,我……"白玉梅点点头,轻声道:"谁无烦恼?风来浪也白头,但行好事,莫问前程。"此言一出,王念仁心头一动,这些日子以来,自己和白玉梅朝夕相处,受到她无微不至的关怀,更为难得的是白玉梅似乎能听到自己的心声，而自己也对这位容貌秀丽、医术高明的女子产生了倾慕之情，他也小声地回了句："才与人交辨人心，高山流水向古今。"说罢意味深长地冲白玉梅一笑。白玉梅抿抿嘴角，略一思索，开口道："既蒙抬爱称作知己，那么我想问你几句话，不知道可以吗？"王念仁不知道她这话什么意思，做了个请的手势，凝神倾听。"一直剿匪数年，安民抚民，实属难得，然而匪患乃内乱，不足以动摇国本；当务之急应该是抵御外敌，日本人占领南京，屠杀我同胞，种种罪行，罄竹难书，如今他们又觊觎华东，伺机准备攻打江城，若我是决策者必定先集中兵力驰援江城，多一支枪就能多杀一个敌人，多一个兵就能多救一个老百姓。"白玉梅一番话让王念仁震惊不已，眼前这位秀丽的女医生怎么会知道这些军国大事，还能说出这一番大道理？"白医生，你……你莫非是……？"见王念仁怀疑自己的身份，白玉梅神情凝重地点点头："你猜得不错，我是！"听到这个答案，王念仁点点头："是了，我从苏醒后见到你的第一眼起，就察觉到你的与众不同，尤其是你身上那种临危不乱的气度，后来听说你当时接下赵司令的聘书，孤身一人来豫东医院，再后来与你接触，你的种种表现，让我断定你绝对不是一位普通女医生，只不过我没想到你会回答得这么干脆！"王念仁略微顿了顿，继续说道，"我父亲曾经是一方官员，为官一任，爱民如子，不料在一次下乡赈灾之时遇到土匪抢劫，被土匪所害。自那时起，我就发誓要剿灭天下土匪，谁知道后来我的家人又被土匪所害……"

白玉梅正色道："如此执念剿匪，我已经猜到了原因。我之所以在你面前表明身份，一来我们两党已经合作共同抵御外敌，我并不担心你会对我有什么不利；"说到这里白玉梅提高声音，正视王念仁，"二来，我不想见你始终身陷'报家仇'的执念之中。所以，既然你认定我是你的知己，那么我对你坦诚以告，剿匪之事暂放一放，留在豫东，整肃军纪，安抚民心，驰援江城。"

王念仁还没来得及答话，有下属来报"日本人来酒楼了"。

时值1938年5月中旬，日军攻陷徐州后，积极准备扩大侵略战争，决定以主力沿淮河进攻大别山以北地区，继而攻取江城。后因黄河决口，日军被迫中止沿淮河主攻江城的计划，改以主力沿长江两岸进攻，蓼城一带、豫东县城也成了日寇北线部队的主要战场。日本人在两地之间驻扎有4个师团的兵力，指挥官据说是日本皇族，名叫东久迩宫，此人曾经留学多国，对中文也有研究。他来到中原，任第二军司令，大肆鼓吹"大东亚共荣"，每到一处都采取"先礼后兵"计策，实则包藏野心，妄图将豫东与蓼城以西大别山区连成一片，以达到与日军其他部队的兵力会合，从而形成对江城的合围之势。

今日恰逢豫东驻军司令赵独龙宝贝儿子满月酒，日本方面派了三名代表来送贺礼，目的显而易见。来的这三个人，为首的叫中村一郎少佐，自称是东久的特使，另外两个一个是翻译官，一个是勤务兵。中村一郎送上封好的金条十根、绸缎十匹，外加一封东久迩宫的亲笔书信。两国交战不斩来使，赵独龙只得留三人用饭，自己去内室拆开信，不看则已，一看内容惊出一身冷汗。东久在信中宣扬自己兵力如何之多，武器如何之先进，后又暗示当局安排赵独龙镇守豫东是拿他当炮灰，又称日军拿下东三省、占领上海、南京都不费吹灰之力，攻占江城也只在朝夕之间。东久在信中引用了一句古代名言"识时

193

务者为俊杰"，奉劝赵独龙为家人着想，谋划后路，不要螳臂当车。如果赵司令对日本过境豫东开拔鄂地不加阻拦，东久承诺还会给赵独龙送上厚礼重谢。

这封信捧在手上，赵独龙觉得自己如同捧着一个烫手的火球。赵独龙并非贪生怕死之辈，但是面对外敌铁蹄滚滚，国土沦陷，他心中也开始动摇。自己三代单传，人到中年才有一子，刚刚满月，如果真的和东久的部队开战，胜负难料，死伤在所难免，到那时后悔也来不及了；可要是自己放任日本人过境，良心难安，军法不容。

下属张副官听闻此事，再次献计，劝赵独龙向上峰汇报，就说自己突染恶疾，无法领兵，把镇守豫东的事情暂时移交王念仁，这样一来，日本人那边矛头不会指向自己，双方真要是打起来，日本人要找也找他王念仁。如果打赢了，自己也不吃亏；万一打输了，责任也要算在他王念仁头上。赵独龙思考再三，觉得此计甚妙，于是找来一些古玩字画让张副官连夜带去省城活动，又派人将三名日本人送出城。作为回礼，他让中村一郎带给东久一面古董铜镜。赵独龙当晚回到宅子，将一群姨太太招至卧室密谈半宿。第二天一早，三姨太对外宣称赵独龙突发旧疾，接着一群娘儿们哭哭啼啼搬出了内宅，住进别院，门口安排一队亲兵把守。有卫兵给白玉梅和王念仁送信，称赵司令突发旧疾，已经卧床不起，说是随队军医诊断是肺痨旧疾发作，会传染。郭志远和白玉梅过来准备探视，却被卫兵挡在门外不让进，只有军医忙里忙外，说是赵司令发话："郭医生和白医生的身体健康事关重大，关系到豫东县城所有百姓的健康，不能有任何闪失，所以不能进内宅探视，以免被传染，只需要配好药交给军医送进内宅即可。"

对于这个消息,郭志远和白玉梅都不大相信。一是赵独龙那身强体壮的样子,大白天还好好的,当晚怎么就病得出不了屋、下不了床?就算是肺痨发作也没这么快吧?二是没听说肺痨治好了还会复发的。两人怎么琢磨都觉得这里面有鬼,无奈赵独龙的那一群姨太太哭哭啼啼异口同声坚称:"老爷是传染病发作了,连他儿子赵虎都不许进内院了,是真的会传染。"一群人吵吵闹闹,加上卫兵也严守不让人进内宅,白玉梅等人也只得作罢。王念仁对此事也心怀疑虑,但是不容他多想,没等到上峰调拨他带队去别处的命令,却等来了让他代管豫东守军的指令。赵独龙"病发"的第三天,张副官从省城回来,带回来一纸公文,写明在赵司令养病期间,镇守豫东的部队由原督军王念仁全权负责,"王家军"和"赵家军"重新整编,合二为一,都归他调配,因为王念仁数年来剿匪有功,重编整编后由王念仁担任司令。王念仁捏着这张公文,联想到近来局势,考虑到一旦江城被困,自己该如何应对,转念一想到白玉梅和自己说过的话,索性就在豫东安营扎寨,静观其变,当下镇定心神,坦然接受军令,走马上任。他曾经做过镇守督军,熟门熟路,又有剿匪安民的名声在,豫东百姓和城里城外对王念仁的管辖也是信服的。王念仁治军有方,对待百姓恩威并施,扶危济困,严厉治军,惩治违法乱纪,豫东县城渐渐恢复了往日的繁华。白玉梅亲眼所见、亲耳所闻都是对王念仁的赞美,深感欣慰。

人间炼狱

不知不觉已经过去十几天时间，尤老大在山上度日如年、坐立不安，他的心都快急烂了，他能想象到自己这么多日子没音讯，根生母子俩和刘老九一帮人急坏了的样子。身上的伤已经好得差不多了，但是自己还没打听到大宝的下落，二当家的还没找自己说事，自己还不能提下山的事情。

转天，轮到凤九值守巡山。原本这项任务轮不到他这个级别的执行，只是他几次下山送信，孤身搭救被尤老大逮住的兄弟，后又带尤老大上山，经受住几重考验，配合二当家的演戏在众人面前立威，二当家的格外开恩，特许给他替自己午间巡山的权力，因为大中午的二当家的要午休。这在山上众人看来，就意味着凤九已经被重用，离提拔升级的日子不远了。一群见风使舵的小崽子开始跟在凤九后面"九爷长九爷短"地奉承着，捧得凤九眉开眼笑，真以为自己快成三当家的了。

尤老大说整日在屋子里憋着心慌，想透透气晒晒太阳，凤九同意了。他这天跟着凤九在山上巡查，一行人吆五喝六快走到后山时，凤九让尤老大回去歇着。尤老大装作漫不经心地开口问道："听说带上山的肉票们都关在后山？""对，都关在后山，后山背面就是万丈深渊，鸟飞不过去，猴子爬不过来，关在那里放心，人一个都跑不掉。"凤九走出一身汗，敞着小褂，腰里揣着一支手枪，一手扶着枪，一手拿着根小棍子在空中挥着玩，身后几个崽子簇拥着。

"我上山这么久了,你也不带我认认路见识见识?难道还怕我抢走一个割耳朵炒菜不成?"尤老大故意揶揄道。凤九一听这话也乐了:"你当这是在你家菜馆呢?你抢一个试试。也罢,趁着今天九爷心情好,带你去开开眼!走着!"

"那,后山能关多少人?男男女女老老少少都关在一起吗?"尤老大边走边问。"不是,嘿,既然你这么感兴趣,等会儿就走近些自己看,只是我提醒你别犯恶心才好!"凤九跟后面三个小崽子交代了几句,带着尤老大并一个贴身的小跟班一起从小路绕去后山。有代二当家的巡山的凤九在前面引路,尤老大又有通行令牌,自然一路畅通无阻。过了两个哨卡,三人这才来到后山"牢房"跟前。"牢房"映入眼帘的瞬间,尤老大就惊呆了,他原以为被土匪绑上山的肉票集中关押的情形应该和当年逃荒时灾民集中住在救灾棚差不多,但真正走到近前一看,却傻眼了。

眼前的"牢房"是一道石壁上天然形成的通道,狭长逼仄,就像是有人在山峰石壁中铲了道梯田似的。更令人称奇的是,每隔两三米就有条垂直的石柱横在通道上,把这条长约五十米的通道生生分割成几十个小坑洞。土匪在外面一层加固了木板,就这样把天然的石坑道打造成了关押肉票的牢房。

走近坑道,阵阵难闻的气味就扑面而来,让人不由得捂住鼻子不敢大口喘气。因为坑道就是天然的石洞,极其狭窄,正常身高的人蹲着,头顶都会碰到石壁,更别提站起来了。每个坑道里放着几个破碗,每天有人负责往碗里扔几个馒头、倒点水投喂这些肉票,吃饭喝水都靠抢,要是遇上手脚不利索抢不到的就只能饿着肚子了。坑道里连便桶都没有,肉票们大小便都只能在坑道最深处,所以弄得臭气熏天。

197

有几个坑道里躺着几个人,像是死了一样一动不动。尤老大细看,那几个人或是少了一只耳朵,或是缺了几根手指头,不用说尤老大也明白,这些就是被割下身体"零件"送到家里催逼缴纳赎金的"死肉"了,家里一天不赎,就多受一天罪,如果没等到家里筹齐钱就死在坑道里了,尸体就会被扔到后山山涧里,真正是惨绝人寰。

尤老大一路心惊肉跳地走过去,依稀能看清一些人的表情,真正是面如死灰。这个天然牢房就像一个屠宰场,而这些肉票就如同待宰的羔羊一般,不知道的还以为是一群死尸躺在里面。尤老大尽管胆子大,此时后背也是冷汗淋漓。每个坑道里的三三两两的肉票都是横七竖八地躺着,个个衣衫褴褛,有的已经衣不蔽体,也不知道已经在这里关了多长时间了。有一个坑道地面上还有血迹,里面单独关着一个肉票,这个人穿着一身学生制服,衣服上血迹斑斑,只有一只右耳,左边原来耳朵的位置只有一小团凝结的血疙瘩,耳朵已经没有了。这个人低着头不说话,正用手刨地,地上都是血痕,手指头上也已经血肉模糊。凤九告诉尤老大,这个人就是上次被割了耳朵吓唬他的乡下万财主的公子,听说家里一直不来赎他,加上上次被割了一只耳朵,整个人有点疯疯癫癫的了,每天也不哭也不闹,就是用手刨地,刨得手指头血肉模糊也不叫疼。

尤老大忍住慌乱和恶心,鼓起勇气问凤九:"这些人都来了多久了?怎么家里也不来赎回去?"

凤九撇撇嘴:"这事要分开说。一来是山上有些半路出家的崽子,不大懂行情,下山一趟绑回来的都是大人,像什么地主、地主老婆子之类的,都是这些新手趁地主下地查佃户或是地主婆子到庙里进香时候半道下手给绑来的,他们觉得自己还挺能干，绑回来的是块肥肉，其实这倒难办了。像绑了个老地主，家里有儿子的，万一碰上那不孝顺的，巴不得老地主死在山上，他好继承家产，如果家里有好几房老婆再生出好几个儿子的呢，全都忙着争夺家产，更不会管老地主的死活了，所以对赎不赎地主老子不大上心，价钱方面也是讨价还价压得死低；要是绑的是地主老婆子呢，家里当家的老爷如果还养着几房小老婆，那可正是遂了她们的心意了，就算老爷想赎，小老婆们也会哭闹说钱花了人也救不回来，老地主心疼钱，也就不会来赎了。真真叫夫妻本是同林鸟，大难临头各自飞，这样的事我见得多了。就这样，我们还得每天喂肉票吃食，管吃管喝，生怕人死在山上了！"说到这里，凤九贼笑一声，"要是上次你扛不住被那三个家伙带上山，估计也是要被关在这里受苦！"

尤老大已经顾不得想上次的事，他指了指万少爷："这个上次割了耳朵的地主家少爷怎么也没人赎？他爹娘不要他了？"尤老大不解地问道。"嘿，你说的是万家大公子，还是万财主家的独苗，不好好地在省城上学，非跟着学生闹革命，回家动员他爹开仓救灾，背着他爹把家里粮仓里的粮食都捐给灾民。被派到山下的崽子们看到了，觉得是个肥肉，给误打误撞绑上山来，后来才知道他爹因为他放粮赈灾给气得中风倒在床上不能说话，他娘早就死了，家里管事大权被管家和二姨太把持着，两个黑心肠的串通一气，就是不交赎金，还一个劲地压价……要我说，他们根本就不想救人，估计巴不得万少爷死在山上。都说土匪心狠手辣，其实这些人昧着良心害起人来才更狠呢！"

凤九说话时，尤老大注意到万少爷停下了刨地的动作，眼睛死盯着自己看，那眼神极其复杂，有恐惧、哀伤、求助……不知怎的，尤老大一阵心慌，若不是自己亲眼所见，谁能想到这三省交界之处的深山古刹之地会有这样吃人不吐骨头的人间炼狱？把一个好好的学生娃折磨得人不人鬼不鬼的，这里不该叫天堂寨，应该是鬼门关才对！凤九见尤老大不说话，以为他怕了，就说了句："嘿，都说了让你不要来看，你非要看，看完怕了吧？走，该回了！"示意尤老大回去。尤老大回过神，他想到大宝的处境，实在是担心极了，他小声地问道："你们上次说的那个赵家的孩子怎么不在这里？那孩子不会已经……？"

凤九左右看看，见四下无人注意他们，压低声音说："小孩子都是家里的宝贝，再穷再抠的家里都会想尽办法赎回孩子，所以只要是绑了孩子上山，不出三天就会有人来赎回。那个赵家的孩子不在这里，这里不是孩子待的地方，那孩子在鬼脸和尚那养着呢！"

"鬼脸和尚！"尤老大想起了上山那天在大殿之内撞见的那个只有半边脸的和尚。

迷雾重重

"对啊,就是他,赵家那孩子不是一般的肉票,听说大有来头,二当家的特别交代要好生养着,连身上穿的、戴的都不许碰、不许拿。那孩子从带上山就哭闹不止,又不能打不能训的,二当家的被吵得实在没办法,就把他送到鬼脸和尚那去了。说来也怪,那孩子自从送到鬼脸的禅房就老老实实不哭了,兴许是给吓得不敢闹了。只不过都过去半个多月了,也不见赵家拿钱来赎,也是奇怪了,难不成还不要这孩子了?"凤九边走边说,"四五岁的孩子哪里经过这样的事?那孩子估计是真的被鬼脸吓到了,最近这几天不敢吃也不敢喝,每天也不说话了,像个傻子。眼瞅着瘦得没人形了,喂他吃饭也不吃,再这样下去,恐怕赵家钱还没送来,孩子先把小命送掉了。"

总算是探听到大宝的下落了,原来一直养在鬼脸和尚的屋里,想必那孩子见到鬼脸和尚的怪样子会吓个半死吧。听凤九描述大宝的样子,尤老大心疼不已,恨不得赶紧去看看大宝。

"是这样,我不是开菜馆的吗?所以不如让我去看看那孩子,或者我做点什么吃的喂他,兴许他能吃点,也好过让他活活饿死!"

"这倒也是个办法,只是要见鬼脸和尚必须得到二当家的许可,等回去秉明二当家的再说!"

回到住处,两个人一口茶还没喝完,黑子传话,二当家的要见尤老大。

去内殿的路上，尤老大还在猜想二当家的会找他说什么。没想到二当家的见到他先是嘘寒问暖一番，关心他伤势恢复得如何，紧接着递给他一封信，嘱咐他下山以后带在身上，会有人找他取这封信。尤老大接过信，见信封已经封好口，上面没有写字，只在上面画了一个小小的太阳。二当家的命令他上前几步，对他耳语一番，末了问他记清楚没有，尤老大点头表示记下了，二当家的高兴得又发出刺耳的笑声。

二当家的交代完带信下山的事情，凤九替尤老大开口提了一下要去给鬼脸和尚屋里养的孩子做饭的事。二当家的想了一下答应了，让黑子从里屋里拿出一只小葫芦，葫芦有些年头了，外皮已经由黄泛黑。他把黑葫芦交给尤老大说："你带着它，鬼脸就知道是我让你去的。赵家那孩子据说不吃不喝快不行了，要不是之前他哭闹不止，我也不会送去鬼脸那吓唬他，这下倒好，直接被那个哑巴鬼脸和尚吓成傻子了，赎金还没拿到呢！之前绑上山的奶妈子过去看了都没办法让他吃饭，你姑且死马当活马医去看看吧。若真要是救下来，我必有重赏；要是救不下来，也不算你的过错。只是不能耽搁了送信的事，两天后你就得下山。"

尤老大心想，还用你催？我早就想下山了，要不是因为要去救大宝，我今天就下山。

凤九本来要陪着尤老大一起去，但二当家的还有事交代他办，尤老大就自己一个人揣着葫芦，按照凤九指的路线去侧殿找鬼脸和尚。好在这些日子在山上跟着凤九后面转悠，大致方位还是能摸清的。

穿过一处偏殿，又穿过一处竹园里的小道，来到一处木屋前。木屋前有一处院子，院子里有一个沙坑，一个四五岁年纪的小孩子正坐在沙坑里一动不动。孩子背对着自己,看不到脸,尤老大心中忐忑,惊觉这孩子应该就是他日思夜想的大宝了。尤老大小心翼翼走上前,伸手去拍那孩子的肩膀,还没够到孩子的衣服,脑后传来呼呼一阵风声。他下意识一低头,一根烧火棍从脑门旁抡过,只差一点就砸在他后脑勺上。尤老大往沙坑边一躲,转身正对袭击自己的人,砸他的正是鬼脸和尚。

见来人是尤老大,鬼脸和尚也愣了一下,转瞬又挥舞着棍子冲上来,嘴里咿咿呀呀怪叫着。尤老大边退边喊:"且慢动手,我有葫芦!"说话间从怀里掏出黑葫芦举在胸前,对着鬼脸和尚晃了晃。

须臾之间,鬼脸和尚已经冲到尤老大面前,葫芦正好递到他面前。此招果真见效,鬼脸高举的棍子放了下来,上下端详了一下葫芦,嗓子眼里哼哼两声,站在一旁,不再纠缠。

尤老大比画着,指了指沙坑里的孩子,又做了扒饭入口的动作,示意自己是来给大宝做饭的。鬼脸和尚点点头,用手指了指沙坑,尤老大知道这是同意他去看孩子,这才放下心来靠了上去。

大宝曾经跟在自己身边生活过半年,虽然已经过去三四年时间,但是孩子面相没有大变化。尤老大细细端详大宝,孩子目光呆滞,面色苍白,瘦骨嶙峋,衣服是一件旧僧袍改的,脖子上的小银锁还挂在胸前。那是他爹王督军亲手挂上去的,竟然没有被土匪扯走,想必是认为孩子身上的小玩意不值钱,又或是二当家的下命令让土匪们不许动。也是,一块小银锁终究不如换来赎金更能让土匪们心动吧。

"大宝,你受苦了!"尤老大见大宝的样子,想起他的身世和一路来的艰辛，不禁悲从中来，又怕被鬼脸和尚看出端倪，只好强忍悲痛，伸手把大宝从沙坑里抱出来，鬼脸和尚在一旁一直紧盯着他。

"我给孩子做饭吃，你给他洗洗脸！"尤老大把大宝放在木屋廊下椅子上，和鬼脸和尚交代一番，自己就寻摸着去厨房做饭。

尤老大进得厨房，马上闻到一股酒味，心想这鬼脸和尚还喝酒？再一想这是什么地方？这酒是给其他人准备的也未可知。

灶台上有一碗凉了的剩饭，还有一碟子闻起来不知道是什么肉的剩菜，尤老大摇摇头，这菜哪是能给孩子吃的！可是自己该给大宝做什么吃呢？正发愁之即，脑子里突然想起根生娘曾和自己说起，督军府被土匪洗劫那次，大宝正伸手找她要甜烧饼吃。大宝已经几天没正经吃过东西了，要不是鬼脸和尚强行喂饭，估计已经饿死了。幼儿肠胃娇嫩，又折腾了这么多日子，不适合大油的东西，索性自己就做点小米粥，再烙一块甜饼喂他。说干就干。要说这鬼脸和尚的厨房里的食材还真算是齐全，尤老大找到一缸黄澄澄的小米，又翻出来半袋子糯米面和半罐子糖。尤老大淘米大火煮粥外加和面摊饼一气呵成。当尤老大端着黄米粥和撒上白糖的饼子走到已经洗干净手和脸的大宝面前时，闻到香味的大宝就像是刚刚睡醒一般，哇的一声哭出声来，哭完冲着尤老大直喊饿。尤老大忙不迭地一口小米粥一口饼子喂他，心里一块石头总算是落了地，大宝能吃能喝就能活下去。看着大宝狼吞虎咽的样子，他心里的主意更加坚定了，一定要和土匪们斗到底，一定要把大宝救下山。大宝一边吃，一边侧目看着尤老大，觉得眼前这个人似乎很熟悉，就奶声奶气地说了句:"大叔你是谁呀?我好像在哪见过你!"尤老大心里一惊,心说这孩子记性还真不赖,但他此刻不能多说什么,只能打着哈哈说:"孩子,我们不认识,我是来给你做饭吃的!"大宝点点头:"我好久没吃过这么好吃的甜饼子了,就像我在家里吃的一样的味道!"尤老大听到这话,鼻子一酸,差点喊出声。他知道鬼脸和尚在身后盯着,强忍悲愤,收了脸上神色,低头不语,忙着喂大宝吃东西。坐在堂屋椅子上的鬼脸和尚的确听到了大宝说话,惊讶之色溢于言表,死盯着尤老大,若有所思。

一碗小米粥和一张饼子下肚,大宝脸色好多了,从二十天前他被绑上山到今天,才算是正儿八经吃上顿饭。之前都是被土匪找来的一个老妈子伺候他吃饭,要不就是一碗硬得嚼不动的糙米饭,要不就是一盘子咬不动皮的肉,他才五岁,吃不饱也只会哭闹,他哪里知道自己这待遇已经是山上的坑道里关着的肉票想都不敢想的。他只知道这吃的喝的都和山下自己家里没法比,这几年在赵家养尊处优,他习惯了早餐起床喝牛奶或豆浆,吃甜饼,午餐吃牛肉、鸡肉或是鱼、虾,晚餐是小米粥、八宝粥或是蒸鸡蛋配几个小菜。幸亏尤老大来得及时,急中生智,做了大宝从小就爱吃的小米粥和甜饼子,这样才算是唤醒了大宝的记忆,总算是把这孩子救了。

当晚,得知尤老大用一碗小米粥外加一个甜饼子就让大宝开口吃饭了,二当家的高兴得直拍大腿,安排了一桌饭菜给尤老大饯行。酒过三巡,二当家的尖着嗓子说:"谁曾想到地主家的小崽子怎么这么好养活,竟然不爱吃大鱼大肉,可惜了我那只野猪腿。多亏尤老大上了山,这才知道小米粥加上甜饼子就能把地主小崽子喂饱了!"他嘱咐尤老大把做饼子的方法教给旁人，等尤老大下山后有人能继续喂大宝，把孩子养得白白胖胖，等着赵家拿赎金。第二天一早，凤九负责把尤老大送下山。走的还是来时的路，两人一前一后花了半天时间下到山脚下，凤九对尤老大又交代了几句，转身回山上了。尤老大怀里揣着那封信，手上多了个口袋，口袋里是二当家的送他的另一只野猪腿。等他拖着口袋走到城墙根下，眼看着就要走到城门了，只觉得恍如隔世，又像是从地狱返回人间，多日来的重压让他再也支撑不住，一屁股坐在地上，继而眼前一黑，昏倒在地。

　　尤老大是被刘老九安排在城门外蹲守的两个小兄弟发现的。自从尤老大出城以后，刘老九安排小兄弟们每天到城门口守着，从开城门一直等到关城门，风雨无阻，十几天都是如此。赶巧这天是"值班"的两个，也是陪着刘老九勇闯菜馆擒拿三个土匪的兄弟，其中一个到墙根边撒尿，突然发现墙根躺着一个人，再一看正是尤老大，赶紧上前扶起尤老大，另一个人赶紧进城去找刘老九。消息传来时，刘老九正在帮着根生母子俩在店门口卖甜饼子。尤老大不在家这些日子，菜馆的生意是没法做了，只能勉强靠根生娘做甜饼子卖维持生计，刘老九每天在油坊做完工就来帮忙。尤老大上山十几天没有音讯，根生娘急得寝食难安，每晚哄睡根生，自己又辗转反侧到天明。但这个坚强的女人并没有把哀伤和担忧挂在脸上，她心中一直坚定地认为尤老大肯定会平安回来。

　　等刘老九等人把尤老大背回来时，看到丈夫人瘦了一圈，根生娘的眼泪才夺眶而出。刘老九请来镇上的郎中给尤老大诊治，郎中说人只是体力透支，没有大碍，众人才放心。根生娘小心翼翼地用勺子喂了鸡汤，又等了半晌，尤老大这才睁开眼。当晚尤老大将山上所见所闻原原本本向媳妇及刘老九讲述一遍。得知大宝在山上遭了罪,根生娘心疼得直嘬牙花子:"这可怎么好?大宝还那么小,要不是你冒死去找,他说不定就死在山上了!他爹,咱们得把大宝救回来啊!"

尤老大自己何尝不想把大宝救下来?只是这事办起来不亚于火中取栗。大宝是赵家的命根子,赵家居然至今按兵不动,不出钱赎人,实在是反常。刘老九说赵家最近门户紧闭,只是听镇上人说赵家似乎有人生病了,别的就不知道了。尤老大说要救大宝,还得赵家人出面。

第二天一早,尤老大就带着从大宝脖子上偷偷取下的小银锁敲响了赵家的大门。门房认得尤老大,得知他来是为了告知小少爷下落的,禀报了管家,管家跑出来领着尤老大进了后院。赵太太见到尤老大,立刻摆出一副居高临下的姿态,冷冰冰地问他来做什么。尤老大举着手中小银锁说了自己在山上见到大宝的事,质问赵家不守承诺,未尽到看护职责,以致大宝被土匪绑上山受苦,居然还不抓紧缴纳赎金,到底是何居心?赵太太见到银锁,认得是大宝贴身之物,又看尤老大义愤填膺、言之凿凿,知道他所言非虚,随即哭丧着脸说出缘由。

原来,大宝被绑上山以后,赵家乱成一锅粥,赵家老爷四处奔走,到处求人搭线营救大宝。谁知道县里剿匪队根本不敢和天堂寨土匪硬碰硬,钱收了却不派兵上山,只安排几个人装模作样溜到山脚下放了几枪就跑回来了,赵老爷一气之下病倒在床。赵家管家认得几个道上的人,帮着疏通,山上开价黄金十条,被中间人一加价,就变成了三十根。赵老爷虽然心疼钱,却还是咬着牙翻出家底准备赎人。谁知道就在这时,日本人来了,说是要蓼城叶集镇上的富户、地主、商贾都要缴纳

"良民费"，费用按照人头算，赵家人口多，用人、丫鬟、老妈子，一算下来，十条"大黄鱼"送出去了，不缴不行，日本人的子弹是不长眼的。有道是"屋漏偏逢连夜雨"，赵家缫丝厂在南京的厂房被日本人的炮弹炸了，损失惨重。赵老爷得知消息病情加重，只有进气没出气了，得知消息的债主们纷纷上门讨账，吵得赵府鸡飞狗跳，剩下的二十根金条也赔光了，还搭进去不少赵太太的私房钱。这边眼瞅着赵老爷就要撒手人寰，赵家宗亲都跑来赖着不走，明面上说是来帮忙，暗地里都各怀鬼胎，这个说赵家只有一个傻儿子成不了事，收的那个儿子又被土匪带上山，估计也活不成了，那个说自己家的儿子可以过继给赵太太当儿子，将来给赵老爷、赵太太养老送终当孝子贤孙。这些人心里图什么，赵太太心里也明镜似的，自己家虽然明面上没了钱，但是宅子还在，田地还在，谁都巴不得能继承产业坐享其成，赵太太心里恨死了这些企图趁火打劫的亲戚，但是眼下又不能和他们撕破脸。家里连遭横祸，赵太太心力交瘁，已经顾不上赎大宝的事情，心里也怀疑孩子是不是已经死在山上了，除了守着苟延残喘的丈夫，别无他法。

尤老大听赵太太说完这一切，怒不可遏："你们当初强留大宝，口口声声说要拿他当亲生儿子对待，如今倒好，放着他在山上土匪窝受苦却不闻不问。"

赵太太听尤老大这么说，回想起当初被土匪绑架吓唬的事，顾不得姿态礼仪，跳着骂起来："你一个外人，一个下人，有什么资格在这里说话？我倒想问问你，土匪怎么会知道我家有大宝？土匪怎么知道大宝上学的线路？再说了，你刚才说你一个人上天堂寨土匪窝找大宝，你怎么不把他救下来？你怎么就能平平安安毫发无伤从土匪窝里没事一样回来？我看你和土匪就是一伙的，合起伙来拐走大宝，又想来骗我家钱！当年就有土匪和我说过跟你是一伙的，我现在就让人去报官抓你！"

见赵太太如同疯妇一般跳着脚破口大骂，尤老大一时竟不知道如何是好。就在此时，后院一个丫鬟急匆匆跑进来惨叫："老爷不行了！"

火烧十字街

连番的打击加上本身有疾患，卧病在床挺了半个多月的赵老爷终究还是药石无医一命呜呼了。赵太太哭得昏了过去，赵家那个傻儿子还在一边嘻嘻哈哈玩着蛐蛐，一家子乱得不成样子，也没人顾得上招呼尤老大了。站在一旁的尤老大看着几年前还奴仆成群、横行乡里的赵家如今的这般惨景，也不免唏嘘感叹，此刻也无法再和赵家商量营救大宝的事情，只得悻悻离开。

"他爹，要不咱们把店盘出去吧，眼下兵荒马乱，生意一天比一天难做，到处都是难民，听说都是从南京一带逃过来的，还听说日本人就要打过来了。"根生娘不无担心地说，"赵家财大气粗，遇到事都是说垮就垮了，还有之前王督军偌大个府邸，也是眨眼工夫就被烧没了。要不咱们就把店盘出去，看看够不够钱去赎回大宝。要是你能救回来大宝，咱们一家人就一起回老家去吧，你说好不好啊？"

尤老大何尝不知道眼下世道艰难？可是一来大宝还在土匪窝，自己不能不救，要救就必须使钱，钱从何来？二来眼下往外盘店，兵荒马乱，开价高了店肯定盘不出去，开价低了凑不齐钱救大宝，往后自己过日子都是问题。三来即便是把店盘出去，一切顺利，救出大宝，东三省已经沦陷，即便是往回走，又能到哪里去？何处才能安身？

夫妻俩思来想去没了主意。最后尤老大一拍大腿说，眼下战事一时半会儿还没波及蓼城，日子终究还是得过，山东菜馆的生意再不好做也得坚持下去，流浪的难民多，来菜馆乞讨的人多过吃饭的人，那每天就少做点饭菜，镇子上的人也总归还是要吃饭的，店里午饭和晚饭卖不动，那就做早点，只要花上十元的法币，就能买到一张甜饼子配上一大海碗辣糊汤，喝完了还能再添。虽说法币是越来越不值钱，但是吃早点还是够的。油坊里有刘老九在，就不会缺油供应，再屯点面粉和白糖，日子还能对付。听当家的打算得这么久远，根生娘也就不说什么了，只能走一步算一步了。

既然打定主意留在蓼城，夫妻俩就齐心协力起早贪黑卖早点，一个摊饼子，一个盛辣糊汤外加收钱，两人忙得不亦乐乎。可是一算钱，一上午的进项勉强够开销，尤老大直犯愁，自己下山三天了，不知道大宝在山上过得如何了。从赵家回来以后他就谋划把家里的积蓄拿出来拼拼凑凑作为赎金去赎大宝，奈何无论怎么拼凑都远远不够，靠卖早点只能勉强度日，要攒下钱基本不可能，如此一来，猴年马月才能救出大宝？根生已经上学半年了，学习成绩很好，民强小学虽说是公办学校，可是也还是要收学费的，方方面面都需要钱，没有钱就救不回大宝，没钱根生就上不了学，这可真是愁死人了。而就在这时，根生娘又发现自己怀孕了，夫妻俩欣喜之余，尤老大想到根生娘怀着孩子需要营养，将来多一个人吃饭又增加开销，也还是需要钱，几天下来，他愁得都长了不少白头发。

今天是尤老大下山的第五天，也是赵家老爷停灵三天出殡的日子，一大早，也不知从哪飞来许多老鸹子（注：乌鸦，因其哇哇叫，蓼城当地人称其老鸹子），挤满了街心那棵百年大松树，黑压压一片蹲在树杈子上哇哇地惨叫着，叫得镇子上的人心神不宁。

赵家那个傻儿子披麻戴孝，举着哭丧棒走在队伍前，管家在一旁撒纸钱。傻儿子身后跟着几位做白事的师傅，穿红着绿，头戴着黑帽子，吹唢呐的吹唢呐，敲大镲的敲大镲，好不热闹。再后面是十六名杠夫，嘴里咿咿呀呀哼着，轮流换手抬着一具黑色樟木寿材。寿材后面是一身素衣的赵家太太，哭哭啼啼拖着脚步跟着走，赵太太不时还伸手去摸那棺材，只要伸手，就被搀扶她的老妈子截住。有的是干打雷不下雨，有的纯属应付，除了赵太太和两个忠实的老妈子，就没人掉眼泪。送葬队伍路过街心，哭闹声惊得树上的老鸹子们上下翻飞，聒噪不安，鸟屎也不停地掉落在送葬和看热闹的人头上，甚至还掉在棺材上，这是非常不吉利的。有人在队伍里点燃一挂鞭炮，直接扔上大松树，想吓退乌鸦群。不料盛夏时节，树枝干枯，又加上松树油脂易燃，顷刻间大松树被点燃，浓烟滚滚，瞬间成了一株火树。有几只鸟翅膀挨着火，没来得及飞走就掉在街边门面房上扑腾，草房顶沾火就着，还没等众人回过神，大火就一间房挨着一间房燎了起来。十字街上的门面房大都是草房，年久失修，材质腐朽，火借风势，迅速蔓延了半条街。这下子街上全乱了，人挤人，逃命的逃命，救火的救火，哭的哭，喊的喊。人群把送葬的队伍也冲散了。走在前面撒纸钱的管家和傻儿子不知道被挤到哪去了；吹唢呐和敲大镲的白事师傅们也不吹不敲了，唢呐和大镲也被撞飞了；抬棺材的还算稳得住，八个人抬棺，另外八个跑到棺材前胳膊挽着胳膊筑成人墙，喊着"快跑"往外冲；后面送葬的亲戚们也都顾不上演戏了，逃命要紧，抱头鼠窜；赵太太在两个忠心耿耿的老妈子的护卫之下，紧紧跟在棺材后面往前冲。尤老大当时在街南头,一开始远远听到声音,心知是赵家出殡,没过多久就见街中心浓烟滚滚,间或传来哭喊声和房屋木头燃烧的声音。尤老大心想不好,冲到街头一看远方,知道是失火了。那时候的救火队设备陈旧、行动缓慢,等他们赶到街上,火势已经无法控制,烧了半条街了。俗话说"远水解不了近渴",那么眼下是"近水也救不了远火",救火队就一个压水机,附近找不到水源,救火队员急得团团转。危急时刻,尤老大放下手中的活,冲上去拉住一个救火员,对他吼道:"跟我来,我家有水井!"两个人忙而不乱地把水管子穿过菜馆后门连到后院水井里。压水机压力太小,几个队员不知道是犯了大烟瘾还是平时就疏于训练,压起水来使不上劲,水管子吸不上水,水龙头根本不喷水,惹得众街坊破口大骂:"还没小崽子撒尿飙的沅呢!"大火烧了半条街了,出了这等大事,镇长黄大发才带着人姗姗来迟。面对无能的救火队和越烧越严重的火情,黄镇长急得直跺脚却又无可奈何,大骂救火队无能、废物。几个保长慌得敲着锣,呼天喊地让人组织沿街商户赶紧从屋子里撤出来,东西抢不出来先不要管了,保命要紧。

正在众人焦头烂额之时,刘老九带着兄弟们从镇西头闻讯赶来,在油坊榨油做惯了活的他们有的是力气。刘老九带着两个胳膊粗壮的伙计冲压水机上的两个人吼了声"让开",三人爬上压水机,两个人一边站一个,鼓着胳膊上的疙瘩肉,咬着后槽牙开始使劲压水,你一下我一下配合默契,刘老九举着水龙头冲着火头,只等水来就喷。

要说这压水的两个伙计真是不赖,你上我下只压了十几下,那根水管子就由原来干瘪的破袋子变成了溜瓜滚圆的"活龙",刘老九大喊一声"来啦",高举水龙头,泛着白沫的水柱冲着火头就喷了过去……

受此场景鼓励，街坊邻居们也找来锅碗瓢盆，舀水的舀水，泼水的泼水，大家齐心协力上阵，眼看就要把火势压下来了。突然间风头一转，火苗裹挟着地上的纸钱，一条"火龙"冲着压水机就冲了过来。"不好！"尤老大大喊一声，他看到刘老九站在压水机上正对着火头，想着他身上都是在油坊沾染上的油渍，一旦被火苗燎到身上，必定瞬间就会烧成火人。说时迟，那时快，尤老大冲上前抓住压水机的扶手，冲着正在压水的两个人喊了一声"跳下来"，两人听话跳下来就势顺地滚到一边躲避火苗。刘老九一心救火，又举着水龙头站在顶端，无法往下跳。尤老大抬头冲他吼道："快抓住阀门！"刘老九立刻明白尤老大的意思，他左手举着水龙头，右手一把扣住阀门，尤老大见状双手握住压水机把手，使出吃奶的力气往斜刺里连人带车闯了过去。此举发生在电光石火之间，却让刘老九等人避开了火头，从而保住了小命。而就在尤老大推着压水机离开原地之时，一根被火烧断的椽木从天而降，重重砸在尤老大刚才站的位置，尤老大回头一看，后背一阵发凉，如果不是自己刚才奋不顾身冲出来救人，那么站在原地被椽子砸中，自己非死即伤了，这可真是老天有眼，善有善报。

半条街上的房子已经被烧得差不多了，实在没东西可烧了，又加上众人拼命泼水救火，火势渐渐弱了下去，街中心有水管子在喷水，地上的火苗越不过水线，烧完了地上的纸钱也就自己熄灭了。这另半条街上的门面房算是保住了。

等到傍晚，明火渐熄，余烟未灭，救火队开始清理火场，各家商户也哭着喊着埋怨着在废墟上搜寻。一番搜索之后，大家庆幸失火是发生在大白天，众人躲避及时，除了个别家里有老人因为行动慢被烧伤,现场只发现了一具尸体,已经被火烧得不成人形。众人分辨不出死者是谁,镇长要求保长带着人对着街上商户家里又逐一清点一遍,商户都说家里人都在,没人被烧死。死者身份成了谜,有人通知了保长,保长带着仵作赶到现场,仵作仔细检查了死者身体,发现他身上穿着孝衣,左手紧握,掰开一看,手掌心里还有一枚没有引线的鞭炮。大家哗然,原来这个人就是出殡现场点燃鞭炮的家伙,这可真是自作孽,不可活,只是不知道这个穿着孝衣的人是赵家的什么人。

就在大家哗然一片之际,赵府管家和两个老妈子搀扶着面如死灰的赵太太一路找过来,管家头上还裹着纱布,他看到尸体就扑过去跪在尸体面前捶胸顿足哭喊少爷,众人这才反应过来,原来被烧死的人就是赵家那个傻儿子。一旁的赵太太已经面如死灰,看了看地上的人,举着手指着尸体,嗓子眼里只有咕噜声,却发不出声音,突然嘴角一歪、眼睛一闭昏了过去。保长一问管家才知道,当天火势起来以后,因为送葬时辰不能耽误,所以杠夫们抬着棺材冲出火场,到了墓地以后,按照风俗应该由赵家傻儿子跳下去试坑,可是现场遍寻不到傻少爷,连管家也不在,兴许是被人群冲散了没赶来。时辰不等人,无奈之下,赵太太找到赵家一个侄子跳下去代替傻少爷试坑,总算是把赵老爷的棺椁下葬了。

大家原以为傻少爷是受了惊吓让管家给领回家了,但是等回到赵府,一问看门的,说少爷没回来,管家也不知踪影,赵家人这才急了。赵太太派了两个人出门找,黑灯瞎火的不好找,伙计在门楼外撞上管家,管家头上裹着纱布,进府回禀赵太太,说自己当时被一根木梁砸到头昏了过去,被旁边街坊给拖到安全地带，苏醒后自己去医院包扎了伤口，这才回来的。赵太太问他可知道少爷的下落，管家把头摇摇，龇着牙说没看到，以为少爷跟着送葬队伍走的，自己是从医院走回来的，一路上也没看到少爷。终究是自己的亲生儿子，赵太太放心不下，不顾体乏，强撑着精神，吩咐下人再出去找少爷，还没等她把一碗面疙瘩汤喝下肚，下人就回来报告说街上烧死了个人，是不是请管家过去看看。下人不敢把话说得太清楚，赵太太心里已然明白了几分，带着最后一丝希望跟着管家一起来查验，结果不言而喻，赵太太终于支撑不住，口眼歪斜当场中风昏了过去。

　　眼前这场景让围观的人们不寒而栗，想那赵家老爷为富不仁，仗着家里有钱，压榨街坊邻居，逼得一些手工缫丝小作坊破产，更有为此家破人亡的，后来赵家连遭横祸，赵老爷一命呜呼，可谓报应不爽，但没想到出殡当天竟然能诱发大火，烧了半条街不说，还搭上自己的傻儿子，这可真是善恶有报，天理昭彰。

　　"眼看它高楼起，眼看它大厦倾。"赵财主家家破人亡、赵老爷出殡时大火烧了十字街半条街、赵家傻儿子放炮把自己烧死了、赵家太太中风病倒在床不能言语、赵家亲戚们为争夺财产打破头、赵家现在管家在主事……几天来，蓼城街头巷尾大家谈论的都是这些话题。

　　尤老大已经顾不上再去管赵家乱成什么样，他下山已经七天了，从山上带下来的那封信至今无人来取，尤老大心中疑惑不解，二当家的为什么要让他带信，难道又是一次对他的考验？凡事禁不起念叨，取信的人终于露面了。因为半条街被烧得不成样子，沿街商户要过日子就得抓紧修复门面房，附近很多泥瓦工人、房屋修葺打零工的都闻讯而至，做工的人把半条街挤得满满当当。山东菜馆最近都在专心做早点，街面上人一多，买早点的也就多了起来，生意也一天好过一天。

这天一早，尤老大和媳妇正在卖早点，摊位前围满了买得起早点的工人和买不起早点的流浪汉，买得起的付钱拿饼子坐下来喝辣糊汤，买不起的掂着破碗站在一边苦等着尤老大快收工时能把锅底子倒给自己，一时间人头攒动，好不热闹。一上午卖出去一大锅辣糊汤和几十块甜饼子，尤家夫妻俩累得一头汗，忙得不亦乐乎。正当尤老大准备把锅底子剩的汤倒给几个守了一上午的乞丐之时，从街角走过来的一个人径直来到摊位前站定，尤老大一抬头，见此人年岁在三十上下，短发，一双滴溜溜的圆眼睛嵌在白面皮上，留着两撇八字胡，上身穿白色短褂，下身着黑色缎裤，脚蹬黑布鞋，手里提着一盒糕点。见尤老大正在注视自己，"小胡子"微微点点头："表哥，家里都挺好的？我来看看二奶奶！"

此话一出，尤老大浑身一震，后脊梁直冒冷气，这个人说的话就是那天在山上二当家的在他耳边说的接头暗语，眼前这个小胡子就是等了一个星期的取信人。

神秘的取信人

尤老大之前百思不得其解，为什么二当家的要把带信的任务交给他一个刚上山没几天的"外人"，刘老九知道后帮着想了几天，最后分析得出的结论是山上的土匪无论大小都有一脸匪气，无论怎么装扮都掩盖不了。带信这任务说大不大，说小也不小，蓼城叶集镇上都知道他尤老大是本本分分开菜馆做生意的人，所以无论如何都不会被人怀疑身上藏着土匪的信。这个说法勉强过得去，只是帮土匪带信肯定不是好事，所以尤老大和刘老九商量，无论是谁来取信，都要盯着他，看他到底是什么人，要干什么事。

今天来的这个取信人，对上了暗号，尤老大只得和媳妇交代一下，领着这个取信人进了店。

"尤老板这么忙，我就不耽误您的时间了，请尤老板把信交给我吧！"小胡子进屋之后开门见山讨信，尤老大点点头请他稍等，自己上到二楼从床板下取出信，转身下楼将信交到小胡子手中。

小胡子接过信翻看了一下，见封皮完好，笑了笑，将信揣进怀里，起身抱拳道别往门外走。

"哎，这位先生，这就行了？您这就走了？"尤老大不知道怎么应对，只是本能地在小胡子身后追问了一句。

小胡子听到这话愣了一下，想起什么似的，转身从怀里掏出一枚铜牌，那牌子和在山上二当家的交给尤老大的一模一样。小胡子见尤老大盯着铜牌看得出神,清了声嗓子说:"抱歉,忘了给尤老板看这个,这下您放心了吧?"

这个环节并不是二当家的交代尤老大的,纯属尤老大多嘴一问才引出来的,但就是这一问,尤老大才知道小胡子也是山上的人,只是不知道他为什么在山下行走,此刻揣着信又要去哪里。

当晚,尤老大找到刘老九,和他说了白天的事。刘老九得知信已经被取走,连呼可惜,因为这样一来,就不知道该到哪里去找取信人。尤老大也觉得懊恼,自己应该拖延时间,或者当时就跟上去看小胡子去了哪里的。

三天以后,镇子上突然多了很多人,有的穿着老百姓的衣服,有的穿着灰色的军装,还有的牵着马,连民强小学的廊下都躺着不少人,这些人没在镇子上多停留,说是要去豫东。原来三天前,鬼子去攻打蓼城以东百十里地一个叫众兴的庄子,说是鬼子不知道从哪里探听到庄子里驻扎有抗日的部队,可是说来奇怪,等到鬼子的队伍闯进庄子里,发现里面空无一人,所有的村民都提前跑走了,连只鸡都没给鬼子留下,鬼子气得直骂。说这话的是王保长的爹,说这事是他儿子告诉他的。听到这消息,尤老大心里就犯嘀咕了,这事情不会是和自己带的信有关系吧?接下来发生的事印证了他的说法。第二天,凤九化装成卖竹笋的山民下山来到了菜馆,又带了一封信给尤老大,还是一个黄油纸信封,信封上还是盖着一个太阳的印戳。凤九说尤老大带第一封信的任务完成得很好,山上都知道了,二当家的也夸他办事稳妥,考虑到上一次山路途遥远还引人注意,就安排凤儿把信带下来给他。

凤九说这次的这封信还是要按照老规矩放在菜馆等取信人

来取，暗号照旧。交代完送信的事，凤九说自己馋酒了，尤老大端给他一坛女儿红，外加三斤卤牛肉和一笸箩甜饼子，凤九吃着喝着那叫一个开怀。临近黄昏，快关城门了，尤老大给凤九斟满酒杯，问凤九可要在客栈安置。凤九已经吃了三分醉，把手摇得像拨浪鼓说："不行不行，我明天一早还要带人去李庄。"尤老大一惊，手上酒坛子一滑，差点掉落，他稳住神，小心探问："去李庄干什么？是不是鬼子又要'扫荡'了？"

"嗯？你问这么多干什么？"凤九似有警觉，闻言抬头望向尤老大。尤老大能感觉到有目光在扫射自己，他强装镇定，不去和凤九对视，脸上露出三分笑："这不就是随口一问，要是真的和鬼子'扫荡'有关系，我也好通知家里亲戚避一避的好！"

"你个外乡人，哪来的什么亲戚？我和你说……呃……"凤九打了一个嗝，摇摇头，"老尤，你只管做你的生意，老老实实传好信，别的事情不要多问。二当家的说了，过不了多久，这里就都是我们的地盘，你也会跟着吃香的喝辣的！好了，我走了，城外守着的俩崽子还在等着我！"

凤九走后，尤老大越想越生气，自己不光阴差阳错被土匪当成了自己人，现在还居然帮着土匪给鬼子送信。说来也怪，山上的土匪如何知道哪里有抗日力量？取信人带着天堂寨土匪的令牌，怎么又在帮鬼子做事？凤九说过不了多久这里就是他们的地盘又是什么意思？一连串的问题闹得他头疼不已，他从枕头下翻出信，对着油灯上下翻看，发现里面有一张纸，他很想撕开信封，又想着无法粘好交不了差，着急上火一夜都没睡着。

第二天一早，尤老大刚把门打开，上次那个小胡子已经站在店门口了。见尤老大吃惊的样子,小胡子歪歪嘴:"表哥,二奶奶托人带的东西到了吗?"

"他娘的,你个死二鬼子,当土匪已经是罪大恶极,如今还帮着鬼子打探消息,老子没你这样的表弟,老子现在就恨不得一刀劈了你!"内心翻江倒海的尤老大,面子上还必须打着哈哈:"您这是一大早就进城来的,还是昨晚上就……?"

小胡子咳嗽一声:"昨晚上就到的,现在赶着回去,你赶紧把东西给我,我要出城!"尤老大让他进店,把信交给他。拿到信的小胡子转身出店就往城外走,尤老大飞奔上楼和媳妇交代一句,跑下楼从厨房找了个家伙揣在身上跟了上去。

这时候街上还没多少人,街道上弥漫着晨雾,小胡子低头看路疾步快走,一会儿就到了城门口。清晨时分,城门刚开没多久,小胡子又急匆匆头也不抬往前冲,因为他形迹可疑,所以守门的士兵把枪一横,盘问他这么早出城是干什么。小胡子不慌不忙掏出烟卷,递给两个士兵一人一支烟,两个士兵看周围人少,就接过了烟。小胡子给士兵点上烟,又掏出两枚银圆分别塞在两个人的口袋里,嘴里说着:"都怪我贪杯昨晚没回去,老婆在家寻死觅活的,再不回去就要把房子烧了!"两个士兵听完笑着点点头,放小胡子过去了。

小胡子前脚出城门,尤老大后脚就到了,守门的士兵嘴里叼着的烟卷还没吸完。他们都认得尤老大,有时候下了班还去菜馆里讨酒喝,所以和尤老大也很熟,见尤老大满头雾水往外走,其中一个打趣道:"我说尤老板,你这是又把谁毒死了,急着逃跑?"尤老大知道他们是在拿过去的事打趣,此刻无心和他们开玩笑,借口出门讨债就出了城去。远远看到小胡子的背影沿着管道正在疾步快走,早晨路上行人少,尤老大生怕自己跑快的脚步声会被小胡子听到，只得轻手轻脚保持着不远不近的距离跟在小胡子身后。尤老大尽管是庄户人出身，脚力非凡，几里路跟下来，浑身上下也汗透了，前面的小胡子丝毫不减速，身影转过一个坡就突然不见了。

"大早上的还能见鬼了吗？"尤老大心想，加快步伐跟上坡，坡后面是一片竹林，翠绿的竹海遮天蔽日，密不透风，哪里还有小胡子的影子？

遍寻不到小胡子，尤老大十分懊恼，不得已返回蓼城。进城门时守门的士兵还没换岗，那俩坏小子见尤老大一脸沮丧的表情，浑身湿透，又打趣道："哟嗬，尤老板怎么又回来了？这是和谁在城外打了一架？"

三天后，镇子上又多了一些人，王保长的爹又透露内部消息了，说鬼子又去李庄"扫荡"了，但还是什么也没找到，这些人就是从李庄过来的，还是不在蓼城停留，只是过境。

想起几天前凤九和自己说过要去李庄，想起那个神秘的取信人，尤老大和刘老九实在想不出这个神秘的取信人到底是谁，为什么跑得这么快，每次信上的内容到底是什么，为什么鬼子两次"扫荡"都一无所获。

白玉海被俘

从众兴和李庄分别撤退的两支抗日力量经蓼城过境进入豫东县城，彼时国共两党已经达成共同抗日的协定，所以豫东军管最高官员王念仁司令对抗日联军礼待有加。

他心知这些人应该就是白玉梅之前和他说过的真正救国救民的力量，鬼子"扫荡"众兴和李庄以后，这些抗日力量首选到豫东集结，应该也和白玉梅她们在豫东的组织牵线有关系。眼下外界疯传鬼子要进攻江城，豫东将会是江城之战的重要外围战场之一，所以守住豫东至关重要。

王司令安排人收编了两支抗日力量，将伤病员送到白玉梅所在的医院救治，把其他人员都安排到富金山驻地休整待命。富金山一带原本是土匪"岳葫芦"的老巢，几年前王司令带兵清剿，土匪逃离后，王司令安排了一组人马将这里改造成驻地，还修建了堡垒，这里是豫东最高点和制高点，守好这里，就能筑起豫东的第一道防线。

这段时间白玉梅忙得脚不沾地，带领全院人员夜以继日医治伤员，之前"王家军"的伤员刚刚痊愈出院，这一批从众兴和李庄来的伤员又马上住进来，令白玉梅高兴的是这次抗日力量都是真正意义上的自己人。除此之外更让她高兴的是白玉海夫妇带着女儿白秀和大儿子白启贤、小儿子白启志来探望她，一家人很久没团聚了，白玉海也没开旅馆房间，一家子就挤在医院的两间宿舍。

这也是秀第一次见到自己的这位姑姑，白玉梅见到侄儿侄女很是欢喜，特别是秀，白玉梅对秀格外有眼缘，听嫂子说完秀的遭遇，她更是格外心疼，给秀买了很多新衣服，惹得白启贤和白启志都嚷着姑姑偏心。

秀已经十三岁了，养在亲娘身边的日子过得很舒心，衣食无忧让她出落得亭亭玉立，白玉海对她也视如己出，二十里铺的人都知道白家有位大小姐，两个弟弟和她也很亲。在白家的这些年，秀跟着弟弟在学堂念了书，识了字，又跟在白玉海后面学着看方子抓药，她告诉姑姑，自己长大也想像她一样当个医生，救死扶伤。白玉梅赞许地对秀笑着，摸摸秀的头发说："医术可以治身体，信念却可以救人心。"秀听得似懂非懂，说自己的信念就是当医生多给穷苦人治病，再长大一些就来跟姑姑学医术。

连日来，王司令忙着整合两支抗日力量：城外要在富金山上排兵布阵，以应对可能到来的战事；城内要安民卫戍，以保持县城局势稳定。他凡事亲力亲为，昼夜颠倒，睡眠不足，饮食不规律，以至于着急上火口角生疮，白玉梅得到消息，专门送上熬好的汤药给王司令驱毒，两人的关系也日渐亲密。

这一日，白玉梅接到一封密函，是前不久回到省城的上级郭志远医生写来的，密函中告知白玉梅因为周边战事吃紧，我军伤亡惨重，急需药品，但鬼子的封锁很严密，像是消炎药盘尼西林等都是紧缺物品，市面上根本买不到。郭志远已经想尽一切办法将省城大小医院能用的药品都收集运到前线，但是这些数量远远不够。郭志远请白玉梅想想办法再筹集药品支援前线。

收到信之后，白玉梅立刻以清理仓库之名整理药品，按照类别分好可以用的药品，打包备用，但是一个县医院能有多少应急药品呢？最近这段时间医治伤员已经用掉很多上次的存货，实在是杯水车薪。白玉梅想到向哥哥求助，白玉海知道妹妹是在做大事，表示会全力支持，他说蓼城是三省交界最大的药材市场，他准备第二天就带着白玉梅开好的药品清单去蓼城采办药品。白文氏知道后，担心他一个人出去不安全，白玉海安慰妻子："我又不是打仗的，鬼子能拿我咋的？"白玉梅也不无担心，蓼城与豫东之间，已经驻扎了鬼子的部队，从众兴和李庄撤过来的抗日力量都是在穿越时被识破身份边打边退才好不容易撤到豫东县的，所以才会有不少伤员，做买卖的老百姓穿越敌占区是要有路条的。白玉梅找到王念仁，请他给哥哥开路条，但并没有告诉他这些药品的用途。王念仁知道药品的重要性，知道白玉海一人去蓼城太危险，就派三个士兵化装成帮工陪着白玉海一起。送别时，白玉海安慰满脸担心的妻子和秀，说他这一去还能再去探望尤家人。

　　一行人从豫东去蓼城倒是一路畅通，设立路障的鬼子看到豫东县司令部开的路条，对两架空马车也只是象征性查了查就放行了，白玉海顺利到达蓼城安顿下来。

　　这天早晨，尤老大正在店里忙活，门口有人打招呼："老板，会做满汉全席吗？"尤老大心想一大早就有人打趣，头也不抬地回答："客官您是宫里来的吗？还挺会吃啊？"来人又说："那是啊，你的老朋友来了，你还不尽着好吃的招待吗？"尤老大听到这话抬头一瞧，见来人正是白玉海。

　　"哎呀，我的好兄弟，什么风把你吹来了！"尤老大嘴里咋呼着，忙擦干净手上前迎接白玉海。两人一番寒暄自不必提，得知秀在二十里铺过得很好，尤老大很是欣慰，听到白文

225

氏又给白家生了一个儿子，尤老大给白玉海竖起大拇指，忍不住说自己媳妇也有身孕了，只是还不知道怀的是男是女。白玉海笑着说，这有何难？你忘了我家世代行医，我给嫂夫人搭个脉就知道了。

当天中午，尤老大闭门歇业，准备了一桌子饭菜，把刘老九也从油坊找回来，给白玉海接风。酒过三巡，三个男人聊得很是投机，尤老大说时隔几年，总算是把那顿饭补上了。白玉海说要在酒醉之前给嫂子搭脉，尤老大夫妇也没推辞，玉芬含笑伸出手，白玉海诊过，胸有成竹地宣布："嫂夫人怀的是儿子！根生要有个弟弟了！"尤老大自然是喜不自胜，高兴得又连干了三杯酒。聊到白文氏和秀等人在豫东和白玉梅团聚，豫东现在又是王念仁在管辖之时，尤老大没想到王念仁早就回到豫东，回忆起王念仁当初对自己的托付，想起大宝还在天堂寨的土匪窝里，心里顿时难受起来。他告诉白玉海，等他回到豫东，一定要告诉王司令，他儿子大宝被扣在土匪窝以及赵家败落无法缴纳赎金的事，请王司令务必想办法来搭救大宝。白玉海点头记下。

采办药品事不宜迟，第二天，白玉海就拿着清单带人去了药材市场细心挑选，花了整整一天时间，备齐了各种药品。第三天一早，白玉海向尤老大辞行，尤老大给他摊了一锅甜饼子，让他带回去给孩子们吃。临别时两人约定等形势稳定了，两家人再相聚。

白玉海等人驾着马车沿原路返回豫东，经过敌占区时，却被鬼子拦住了，鬼子借口要搜车检查违禁品，无视王司令的路条，强行把两车药品给扣了，白玉海提出交涉也被抓了起来。三个士兵见势不妙，留下两个在当地盯着，另外一个马不停蹄赶回豫东向王司令报告了事情经过，王司令要求司令部以国民党军驻豫东最高行政管辖机构的名义给鬼子那边打电话，说两车药品是豫东县医院急需的，要求他们立刻放行。鬼子那边答复他们接到线报说白玉海是抗日分子，两车药品都是支援抗日前线的，所以人暂时不能放，要调查核实身份，两车药品也被征用了，看在豫东司令部的面子上，他们不会为难白玉海。

王司令气得摔碎了茶杯，白文氏知道以后哭成泪人，白玉梅怀疑是有人走漏了消息，大家排查一圈觉得只有赵独龙的嫌疑最大。

原来，之前鬼子专门派人来给赵独龙的儿子满月酒送贺礼，后来赵独龙就称病闭门不出，却又趁王念仁整编新军之时在暗地里拼命安插亲信，虽说王念仁也分派出心腹盯着这些赵独龙的亲信，但是部队里人多事情多，难保没有疏漏的时候。之前王念仁就听手下汇报，司令部里经常会丢失一些文件，联想到这一次，鬼子绝对不是临时起意，一定是有人给鬼子通风报信。

白玉梅找到王念仁，商量下一步的应对措施。王念仁告诉她，现在鬼子已经在调兵，逐渐对江城形成合围之势，眼下形势紧迫，豫东守军和富金山抗日联军共同研究了一份富金山作战计划，这个作战计划恐怕才是鬼子最想获得的机密，鬼子这一次下手劫药，下一次目标应该就是想方设法窃取作战计划了。

王念仁下决心，一定要把隐藏在豫东的奸细找出来，他决定用富金山作战计划作为诱饵，钓出奸细。

接下来的几天，王念仁接连在不同层级的会议上反复强调要做好打仗的准备，声称已经和抗日联军制订了详细的作战计划，以保证有效抵御日军，确保豫东安宁。

转天，司令部接到电话通知，要求王念仁前往省城参加会议，王念仁带着亲随驱车离去。当晚，司令部灯火通明，王念仁的办公室也亮着灯，这是他的习惯，即使晚上人不在，办公室也必须亮着灯。午夜时分，除了门岗和大楼里值班的人员，司令部很多房间已经熄灯。突然有一个身影从后窗翻进王司令办公室，来者穿一身短打黑衣，用黑布蒙面，只露出一双眼睛。

此人进入王司令办公室后，蹑手蹑脚来到办公桌前，戴上手套，轻轻去拉中间抽屉的把手，令他感到意外的是抽屉一拉就开了，他顾不得多想，赶紧翻找想要的东西。在一堆文件下面，抽出了一个大牛皮纸信封，信封上赫然写着两个大字："绝密"。黑衣人眼睛一亮，捏了捏信，感觉出里面确实有东西，随即推回抽屉，将信封上的封口绳解开，轻轻抽出里面的纸张，摊开在桌子上，接着从兜里掏出一个小小的照相机，对准纸张赶紧拍起照片来。

就在他集中精神偷拍时，屋内突然响起了脚步声，吓得他手一抖把相机掉在了桌面上，抬头一看，从内室走出来的竟然是司令王念仁。

王念仁一脸鄙夷之色，冲着黑衣人从嘴里挤出一句："找到想要的东西了？"

黑衣人不敢正视王念仁的眼睛，左手从桌面上抓起相机，右手同时猛地一抬，嗖的一声，只见一支袖箭从袖笼中飞出，冲着王念仁的面部而来。说时迟，那时快，多年行伍出身的王念仁一个侧身闪过袖箭，袖箭扎在他身后的木质窗棂上。

见自己一招偷袭未成，黑衣人径直冲向窗户，如猿猴一般弯腰蜷身双腿一蹬蹿了出去。要知道，王念仁的办公室是在三楼，敢这样跳出窗户，可见此人功夫了得。

可俗话说道高一尺，魔高一丈，黑衣人跳出窗外还没落地，就跌进了一张大渔网之中，被渔网牢牢困住动弹不得。

这正是王念仁和白玉梅商量之后定下的"引蛇出洞"之计，王念仁坐车出城之后换了衣服，打扮成小兵模样回到司令部，又趁无人之际潜回自己办公室埋伏起来，窗外和大门口都安插了人手，只等觊觎作战计划的人自投罗网了。

手下将黑衣人绑好，带至大厅，从他身上搜出一把手枪，一副袖箭，还有两支箭没来得及发射，一部微型照相机及两根金条。王念仁让手下人解下黑衣人的蒙面布，仔细一看此人长相觉得有些面熟，一时想不起来在哪见过。旁边的副官插嘴道："司令，这个人就是当天来给赵司令公子满月酒送贺礼的日本人之一。"

王司令点点头："哦，我想起来了，是那个勤务兵。"用手指指黑衣人，"你潜伏在豫东也有些日子了吧？身手了得，居然还会使我们国家传统的武器袖箭，你既然带着枪，又为什么不开枪呢？"

黑衣人一脸不服气，一个字一个字生硬地蹦出话："以为……我……是傻瓜吗？开……枪？枪声太大，会……引来人的……"

王念仁听到这话，忍不住笑了起来，周围的众人也跟着哄堂大笑。

"你们的……笑什么？"黑衣人看自己一说话就引来众人嘲笑，气得腮帮子都鼓了起来。

"你还说你不是傻瓜，那你怎么不想想司令部为什么大门敞开？为什么我的抽屉不上锁？"王念仁语气嘲弄，"看来你只学了我们的话和我们的功夫，却没有学会三十六计啊！"

正在这时，屋外又进来一队人，押着赵司令的心腹张副官来到王司令面前，手下向王司令报告，在司令部后门发现了张副官。司令部后门过了晚上十点就会上锁的，可是张副官今天借口办事，找值班室拿了钥匙，打开了后门。另外，还从他身上搜出一张已经盖过司令部印章的出城路条。

张副官进来的瞬间，鬼子和他互相对视了一眼，眼神又瞬间移开，这一幕也被王司令尽收眼底。

张副官倒也爽快，面对人证物证，竹筒倒豆子似的交代得一清二楚，他说自己被鬼子收买，负责为鬼子出入豫东提供便利，开好的出城路条就是替鬼子办的，鬼子说是来司令部和他接头拿路条，报酬就是每次给张副官两根金条，至于鬼子每次进城来干什么他就不知道了，也从来不问。

内奸

"你每次为了区区两根金条，就不惜变节投敌，引狼入室，甘心情愿给鬼子卖命？你的民族气节何在？你的军人本色何在？"王司令一番话问得张副官哑口无言，神色羞愧，垂下了脑袋。

王司令吩咐人把小鬼子和张副官分别关押起来，他估计赵独龙很快就会来找自己要人。

果不其然，第二天，已经近半年没有在公开场合露面的赵独龙专程来到司令部面见王念仁，没有寒暄和客套，张嘴就冲王司令开炮："娘希匹，怎么回事？我听说我的贴身副官张子皓昨天晚上被你的人给扣了，是不是一场误会？都是自己人，别是你的手下弄错了吧？我这边还有一堆事需要他处理，你赶紧放人。"

半年没见，赵独龙养得白白胖胖，脸上满是横肉，唯一的一只眼睛透露出强行压抑的凶光。

王念仁见状皱皱眉头，吩咐其他人暂时出去，房间里只有他和赵独龙两人。

"赵司令，半年多日子没见，你的病养好了？小弟多次登门探视，都被各位嫂夫人挡在门外，不知你今天怎么有空出门了？来，坐下来，喝杯水，咱们兄弟好好叙叙话。"王念仁起身倒了杯水递到赵独龙面前，赵独龙随手接过放在茶几上，两人分别在茶几两边的沙发上坐好。

"王老弟，你也知道的，我这病就是需要静养，你去看我的事情，那些婆娘也和我说了，我知道以后把她们臭骂一顿，说怎么能拦着王司令不让进家门呢，她们也说是怕我的病传给你，我已经倒下来了，万一再把你传上病，那豫东县城交给谁镇守呢？这些日子你辛苦了，豫东有你镇守，听说已经是夜不闭户、路不拾遗，你老哥我也很是欣慰啊！"见王念仁以柔克刚化解了自己的开门炮，赵独龙也只得借坡下驴，打起了哈哈，他收起刚才一脸的不快，端起杯子抿了一口水。

"这就是了，老哥你养病不出门，你手下的张副官也和我说了你的病情，你们'赵家军'和我的'王家军'也按照上峰要求整合在一起，大家共同努力，才能在这乱世当中维持豫东的安宁，实属不易。"王念仁说道。

"说得对呀，老弟，你也别提什么'赵家军''王家军'，你的人我的人，咱们都是一家人，所以有什么事都好商量嘛。张子皓十九岁就跟了我，是参加过北伐的，对我也是忠心耿耿，真要是犯了什么错，也请王老弟看在我的面子上，放他一马，我一定严加管教，下不为例！"赵独龙说完就死死盯着王念仁。

"老哥，你知不知道张副官里通外敌，收了小鬼子的金条？昨天晚上还潜到我的办公室窃取作战计划！"王念仁也歪着头，迎着赵独龙的眼神正色道。

"嘻，我道是什么事，不就是收金条嘛，我家崽子过满月酒那次，小鬼子不是也送过礼嘛，我不是也照单全收了？你也要治我的罪？"赵独龙不以为然的表情激怒了王念仁，他站起身子指了指"天下为公"的匾额说道："你和他是两码事，你说他参加过北伐，那么他怎么能背叛国家和人民，收了金条，替鬼子开路条，打掩护，帮着鬼子窃取作战计划！这是与国家为敌，与人民为敌！岂能小觑？"

"什么？"闻听此言，赵独龙不敢相信，他也站起来，冲着王念仁吼道，"娘希匹，你可有实证？莫不是有人栽赃陷害？"

"人赃并获，张子皓自己都交代了每次和鬼子那边接头的细节，前几次司令部的几份机密文件丢失也是他帮着鬼子下的手。"王念仁叹口气，"咱们部队里发生这样的事，我也很痛心，我知道他是你的副官，所以只是暂时收押，怎么处置还是要听听你的意见的。"

赵独龙火冒三丈，掏出随身的手枪，蹦着嚷着现在就要去崩了张副官这个狗日的。

王念仁费了一番功夫才劝说赵独龙消停下来，只说要将此事上报上峰裁决，鬼子那边肯定也不会善罢甘休，现在军中不能乱，大家要一致对外才是。送走赵独龙，王念仁去医院见了白玉梅，白玉梅正为营救哥哥的事情着急，见到王念仁立刻拉着他的手询问有无哥哥白玉海的消息。这还是白玉梅第一次这么主动，王念仁一时之间也愣住了，白玉梅反应过来，赶紧松开手，自觉脸上一阵发烫，赶紧找个话题，她对王念仁说："我们的人已经在想办法了，但是还没有头绪，所以想问问你这边有没有什么办法可以尽快将我哥哥还有两车药品从鬼子那里拿回来。"王念仁说自己已经有了一些想法，眼下中村一郎派来的奸细已经被抓了，鬼子那边一定会想办法救人，咱们手里有了这个筹码，就可以提条件，要求鬼子拿白玉海和药品换人。

白玉梅听到这个想法，也觉得可行，但是谁去和鬼子接头，负责传话呢？王念仁说他想让张副官去。白玉梅对此心存

233

疑虑，张副官已经变节，现在让他再去和鬼子接触，岂不是放虎归山？王念仁说他准备去找张副官再谈一次。

王念仁亲自来到羁押所提审张子皓，还特别关照守卫解开手铐。张子皓曾经是赵独龙跟前的红人，如今沦为阶下囚，眼看着就要以汉奸之名被枪决，整个人都没了往日的神采，才三十出头的他这几天增添了不少白发。

"我能问问，你一个参加过北伐的少年英雄，是如何被鬼子的金条打动的？"面对王念仁的审问，张子皓翻翻眼皮，张口要烟抽。

王念仁亲自点着一根烟，递给张子皓。接过烟的张子皓深深吸了一口，吐出一个烟圈，回答道："我少年从军，跟着赵司令出生入死，立下汗马功劳，但是我不懂得溜须拍马，不会官场上那一套法则，所以一直没有被提拔，只能待在他身边当一个小小的副官，我不甘心！"

王念仁点点头："自古官场黑暗尽人皆知，能打仗的不一定就会得到提拔，反倒是那些溜须拍马的升得快，你看我这么多年，不也就是个小小的县城守军司令吗！"

张子皓冷笑："我怎么和你比？只可惜王司令你虽然是百姓眼中剿匪的大英雄，到头来也只能在这小小县城当个守军司令，吃喝用度也还得靠上面拨款，按照你的功绩，早就应该升官发财了。我呢？我尽心尽力十几年，可到头来怎么对我的呢？我有什么？我老家的爹娘生病，我都没钱寄回去，说出去还没人信，外面人看着我跟着赵独龙后面吃香的喝辣的，混得不错，其实我知道，背地里，他们都说我就是他赵独龙身边养的一条狗，到头来我什么都没有！所以我想好了，权力和金钱，我总要有一样吧！要不老子卖命十几年亏大了！"

"所以你就昧着良心,和小鬼子做起了买卖?我还告诉你,我们当兵打仗,为的是保家卫国,不是为了升官发财!"王念仁痛心疾首地说,"你有难处,你可以和我说,你爹娘生病,你可以把二老接来治病,有我王念仁在,就不会坐视不管的,这些日子,你总能看到我是如何对待兄弟们的,我王念仁的为人你应该知道啊!"

张子皓听到王司令这样说,也不免有所触动,但是旋即梗了梗脖子说道:"现在说这些话还有什么用,我爹娘都已经不在了!"说完,红着眼圈低头不语。王念仁一时之间也不知道该说什么。张子皓沉默了一会儿,抬起头说:"我自己犯的错,我认,要杀要剐也悉听尊便,我最后只有一个请求,请王司令看在我之前也尽心尽力保家卫国的分上务必答应我。"

"你说!"

"我死后,能不能把我的尸首送回我老家西安,把我埋在我爹娘的坟前?活着我没尽到孝道,死了就让我陪着爹娘吧!"说完这些,张子皓猛地双膝跪地,脸上布满泪痕,呜咽起来。

"死是最容易的事情了,只是你想过你这样死的后果没有?"王念仁正色道,"你如果就这样死了,你就会被认定是通敌叛国的奸细,被刻在历史的耻辱柱上,就算把你的尸体运回老家,你认为你家祖坟地能容得下一个汉奸葬在那里?你不怕你的父母在天之灵也不得安宁吗?"这番话说得张子皓冷汗淋漓,脸色惨白,跪在地上浑身颤抖。

"你起来再说吧,事情也没到你想的那一步!你想回头不是没有机会!"

"我还有机会?"张子皓瞪大眼睛,不敢相信。

235

"对，你说赵独龙把你当成狗，可是你被抓了，他不再对外称病，一大早就跑到我这来找我要人，知道你犯了事，还拍着胸脯为你担保！"

"我……嗐，我对不起赵司令，也对不起王司令你！"

"你先不要说对不起，你先把你怎么和鬼子搭上线的事交代清楚！"

……

在王念仁循循善诱下，张子皓将上次鬼子来送贺礼与他接触，后来逐渐用金钱作为诱饵拉他下水的经过交代得一清二楚。

"王司令，我只是拿了鬼子的金条，替他们出入豫东打掩护，至于别的事，我真的没有参与，你刚才说的还有机会是什么意思？如果司令能给我机会，我一定戴罪立功，哪怕是豁出一条命，我也在所不惜！"张子皓一脸恳切地望着王念仁。

王念仁看张子皓是真心要回头，就和他说了自己的计划。就在王念仁晓之以理，动之以情把张子皓争取回来戴罪立功之时，赵独龙接到了惊天噩耗：他的三姨太被鬼子炸死了。

原来，就在赵独龙对外称病闭门不出期间，一个月前的一天，三姨太接到杭州娘家来信，说是她母亲病危，临死前想见女儿和外孙一面，三姨太哭哭啼啼找到赵独龙，说自打跟了赵司令出来，很多年没回过娘家，这次说什么都要回去，一定要见母亲最后一面。赵独龙被三姨太吵得实在没办法，尽孝道这个理由无法拒绝，就答应了。赵独龙安排两个年轻能干的护卫陪着三姨太一起回去，但是对于儿子赵虎是否随行一事，赵独龙还是犹豫不决的：第一杭州离豫东路程遥远，赵虎刚满周岁，孩子太小，不适宜长途跋涉；第二这一路上又是鬼子又是匪患，着实不太平，大人们遇到事情还好说，如果再带着个襁褓中的奶娃娃实在是不方便。无奈他架不住三姨太哭闹，最后还是让步，同意这母子俩一起回娘家。本来赵司令想安排卫兵开车一路护送他们去杭州，但是这样一来就太扎眼了，大家商量了一下，由赵司令安排两个护卫化装成家丁，又派了一个老妈子陪着三姨太和少爷回杭州娘家，就说是一家子出行，这样低调多了，不会惹来注意，避免麻烦。

三姨太一行人先是坐车到了庐州，再由水路到徐州。到达徐州的当晚，两个卫兵下船去找车，不料鬼子的飞机突然开始轰炸徐州，老妈子和三姨太躲在停在岸边的船上不敢出来，一枚炮弹在船边爆炸，把帆船炸翻了，一船的人都落了水。老妈子落水后抓住一只大木盆，拼尽全力扑腾到岸边，三姨太不识水性，落水后呛了水，拼尽最后一丝力气把襁褓丢进了大木盆，转瞬就沉到水里不见了。

鬼子敌机轰炸过后，两个卫兵赶回岸边，救起淹得半死的老妈子和哭得哇哇叫的少爷。大家又害怕又伤心，在岸边等了一天没办法，几个人就沿着河道往下游找，最后在一个河湾处看到了许多从帆船上落水淹死后被冲到这里的尸体，三姨太的尸体也在其中，已经被水泡得变形了，惨不忍睹。

卫兵和老妈子无计可施，身上的钱也所剩无几，连口棺材也买不起，只得在岸边挖了个坑把三姨太的尸体就地掩埋，留了记号以待将来再迁坟回豫东。

杭州是没办法再去了，只好返回豫东。一路上，两个卫兵身上的钱也花光了，老妈子到处乞讨米汤给少爷赵虎喝，好不容易才一路乞讨回到豫东地界。

消息传到赵府，赵独龙惊得一骨碌从床上翻起来，再也没办法装病了，他从老妈子手里抱过来儿子，见儿子瘦了一圈，还发着高烧连忙喊人去请白玉梅医生。白玉梅诊断赵虎没有大碍，是受到惊吓，又加上营养不良导致体虚发热，当即给他细心诊治，总算把赵虎从鬼门关救回来了。

赵独龙听完卫兵和老妈子描述鬼子轰炸徐州，三姨太死在水里的惨状，砸了赵虎满月时鬼子送的礼，嚷着一定要报仇，要让鬼子血债血偿。

赵独龙安排之前的一个卫兵带着一组人去徐州，在石狗湖畔找到三姨太的坟墓。这次赵独龙给足了钱，卫兵在徐州就地买了一口上好的棺材，把坟扒开后，将三姨太的尸身收入棺材，一行人将棺材运送回豫东。棺材回到豫东以后，赵独龙在宅院里置办了灵堂，灵堂上供奉三姨太的牌位上写的是"赵府夫人赵吴氏"，这就代表赵司令追封三姨太为自己的正房太太了，其他几房姨太太都很识趣，这时候也不敢争风吃醋了，大家都很自觉地穿上孝衣，在灵堂前哭天喊地。

王念仁和白玉梅也来悼念，这段时间赵独龙的儿子赵虎都是养在医院，由白玉梅亲自照料，外加那个老妈子做帮手。

鬼子方面，中村一郎派人来送上祭品，表示哀悼。赵独龙本想一枪结果了来人，却被王念仁按住手里的枪，王念仁提醒他此刻还不是冲动的时候，何况来的人并不是炸死三夫人的凶手，不可轻举妄动。赵独龙只好憋着火，强忍下来。

等到丧事办完，赵独龙和白玉梅商量，让赵虎认她做干娘。白玉梅面露难色："我都还没嫁人，怎么给你儿子当干娘？"

赵独龙大手一挥："嗐，你别有什么顾虑，我是喜欢你不假，一直就想娶你进门当正房太太，但是我也知道你心里没我，你之所以答应来豫东，也是为了你自己的工作方便。这些日子我也看出来了，你和王念仁那家伙走得很近，那小子倒也是个好样的，我主动退出，以后我就是你大哥了，你就是我妹子，这样总行了吧？"

白玉梅听到这话，笑着说："既然你把话说到这份上，我也就不说什么了，但是既然你是我大哥，我是你妹子，赵虎喊我干娘就不合适了。要不这么着，以后我就是赵虎的姑姑了，大哥你看行吗？"

"姑姑？对，就是姑姑，就这么办！"赵独龙一拍大腿，嘿嘿道，"到底是你们念过书的有水平，我一个大老粗，差点闹笑话。"

伐谋

这天，豫东城与蓼城之间的鬼子作战指挥部，正在对前几次"清剿"蓼城周边抗日力量的事进行分析总结。

中村一郎少佐负责介绍近期的"清剿"战事，他向在座的同僚及最高长官东久迩宫司令陈述："这个国家有一句古话叫狡兔三窟，兔子很狡猾的，杀不完的，所以我们才要借刀杀人。要把山上那些人用到极致，让他们自己人害自己人，我们的人在明处，山上那些土匪却在暗处，两股力量相结合，就能达到事半功倍的效果。"有人提出异议："可是最近几次的'围剿'，并没有达到清除抗日力量的目的，反倒是打草惊蛇，过早暴露了我们的企图，作为几次行动的负责人的中村君，你对此作何解释呢？"

中村一郎很生气，觉得对方是在质疑自己的能力，他对坐在正座位置的东久迩宫说道："虽然没有彻底'剿灭'抗日联军，但是逼迫他们从隐藏的地方现身并逃离，我们已经成功了一半。如今的他们就像一盘散沙，我们的部队所向披靡，很快就可以拿下蓼城和豫东，为大军开拔江城扫清障碍。"

东久迩宫这个老狐狸慢条斯理地喝了一口面前的咖啡，面无表情地开口："这个古老的国家有一首古诗，此时说来最合适不过了——煮豆燃豆萁，豆在釜中泣。本是同根生，相煎何太急？"用中文读完古诗，见有些属下一脸不解的样子，东久迩宫就给他们解释，"国民政府秉承攘外必先安内的政策，一方面迫于压力暂时表面上和延安那边率领的抗日力量达成所谓的统一战线，一方面又在私底下与我们暧昧不清，我知道很多地方有很多人在帮我们做事，我也知道中村君对天堂寨的土匪做了承诺，对战事有利的做法都是可以尝试的。纵观全局，从拿下东北三省到徐州，再到占领金陵，我们的力量无可抵挡，现在国际形势也对我们有利，只要我们全力以赴，逐一扫清障碍，最终占领江城乃至建立整个'大东亚共荣'区域都指日可待，到那时，在座的各位都是帝国的功臣。"

一番话说得一群人激情澎湃，纷纷起身表示忠心。

散会以后，东久迩宫单独向中村一郎交代，对于蓼城，只要围住即可，豫东才是下一步的目标，因为部队开拔去江城，必须经过豫东："据我所知，派去豫东的人被抓了，那个守军的王念仁不是很好对付？"

"是的，我们有一组特勤人员分布在豫东县城，每次去司令部窃取机密的都是功夫最好的队员，他叫山本一夫，前几次都顺利拿到了文件，但是上周进城以后就再也没有回来，其他潜伏在豫东城里的人传回来的消息称他已经被捕。"

东久迩宫微微皱眉："山本一夫应该知道怎么做！"

正在这时，外面有人报告，说豫东那边来人了，自称是守军副官张子皓，说是为山本一夫的事情来的。

中村一郎见过张子皓，山本一夫和张子皓接头的事情也是他授意的，所以他向东久迩宫表示他亲自来接待张子皓。

勤务兵和翻译官将张子皓带至会客厅。张子皓是穿便装出城的，进鬼子驻地时已经被搜过身，身上只有一张出城证。

中村一郎会的中文有限，所以两人对话都由翻译官翻译。

张子皓说自己奉王司令之命来与日方交涉，如果日方释放白玉海，归还两车药品，那么王司令将下令释放山本一夫。"

中村一郎听完翻译的话，转转眼珠子："你们的司令很会算账，他想用一个我的人换你们的一个人外加两车药，这么算下来，是谁吃亏呢？山本一夫是我的勤务兵，他很勇敢，效忠帝国，如果他被俘虏，他知道该怎么办！"

张子皓明白中村一郎所谓的"该怎么办"是什么意思，他笑笑，让翻译官翻译他的话："口中所谓的'勇敢'和'该怎么办'，我是知道的，无非是找一把刀剖腹自裁，可是如今你们每到一处都宣传'大东亚共荣'，如果还没交手就先损兵折将，将会大大地影响士气，如果可以有一个办法不流血就能达到目的，岂不是两全其美？"

翻译官好不容易将此话翻译成日语说给中村一郎听，他听完似乎不是很明白："纳尼？纳尼？（什么？什么？）"

张子皓好不容易教翻译官原原本本准确翻译自己的话，那就是如果这一次日方可以释放白玉海，那么豫东那边不光会第一时间释放山本一夫，还会在接下来考虑合作。

"哟西！"中村一郎总算是听明白了，他给张子皓竖起大拇指，连声称赞。可是就在他准备签发手令之时，突然改变了主意，让翻译官告诉张子皓，白玉海可以放，但是药品必须留下。

其实在张子皓出发之时，王念仁已经叮嘱过他，小鬼子绝对不是好说话的，要他见机行事，见好就收，救出白玉海是首要任务。中村一郎把这笔账算得很清楚，比起两车价值不菲的药品，一个小小的医生白玉海对他们来说并没有多少用途，释放白玉海，换回一个山本一夫，再划算不过了。他让翻译官告诉张子皓："你们选择一个地方，我要见你们的最高长官，到时候我们交换人质,顺便聊一聊感兴趣的事,如果王司令愿意配合,为我军西进提供便利,那么将来王念仁就不会仅仅是一个县城守军司令,整个豫东都可以交由他管理!"

张子皓走后,东久迩宫询问中村一郎的打算,中村一郎告诉他,自己对张子皓在豫东司令部说的话持怀疑态度,他想约见王念仁,一方面是换回还算有用途的山本一夫,另一方面假如王念仁真的像张子皓说的那样亲日,那么也可以避免一场战争,更好地节省下时间和弹药去增援江城,用这个国家的古话说就叫上兵伐谋吧!

东久迩宫听完他的想法,很是赞赏,说他是在用智慧打仗,同时提醒他这个国家的人没有那么好对付,要做好两手准备才是……

"哈哈哈哈,想收买我,鬼子还真是敢想!简直是痴人说梦!"王念仁听完张子皓的转述,怒极反笑。

白玉梅安慰他说:"念仁你先别激动,我们这边的消息说中村一郎和他的师父东久迩宫一样,都是'中国通',更是老奸巨猾的狐狸,他们之所以想收买你,是因为南京大屠杀造成了的恶劣影响,国际上和他们国内的反战呼声日益高涨。如果可以和你达成协议,不费一枪一弹进入中原腹地,对他们只有好处没有坏处,所以他们才会这么爽快地答应交换人质。"

王念仁说他何尝不知道这是鬼子的想法,别说不可能打开城门迎接鬼子入城,他连和鬼子见面都不想答应,他怕自己压制不住情绪,当场开枪。

"那不行啊,既然对方提出见面,就算准了你王司令不敢也不会到场翻脸。说白了,既然是提出交换人质,那么姑且将计就计，先把人救出来再说！"一直没有说话的赵独龙说话了。张子皓回来后，王念仁就把他找来一起商量对策，他进门口见白玉梅也在场，就一直没说话坐在一旁听，此时他开口道："老王你先答应赴约，把人换回来再说，至于其他的事情，你先含糊着答应，等你回来我们再不认账，大不了就说是我赵独龙要打的，老子身负血海深仇，恨不得现在就炸了小鬼子的窝，反正大不了就是打起来，打起仗来老子可不怕！"

"老赵，我难道是怕打仗？我是不想和魔鬼做交易，更不想和他们说什么含糊不清的承诺！"王念仁皱着眉头说道。

赵独龙一拍大腿："他娘的，你和这些杀人不眨眼的恶魔有什么道义规矩好讲的？你就去赴约，看他们葫芦里卖的什么药，口头答应下来。如果他们叫你签订什么东西，你就推说回来和我商量，到时候再说是我翻脸了，这不就行了？我看我们不开城门，他们能奈我何？"见两人嗓门提高，说话像吵架，白玉梅做了个"嘘"的手势："你们俩是准备吵到让外面人都听到我们是在商量对策吗？你们是不是觉得咱们这里只有山本一夫一个间谍？"两人听她这样说，立刻乖乖闭了嘴。

白玉梅接着对王念仁说："鬼子侵占我们国土、残杀我们同胞的时候，和我们讲过道义吗？他们是魔鬼，人人得而诛之，无须考虑其他。蓼城和豫东，一个是皖地西大门，一个是中原腹地的东大门，鬼子在这两地之间安营扎寨，就是为了阻止华中抗日联军力量集结，这次他们想说服你开城门放他们进来，不光你不会答应，我们也不会答应，老百姓更不会答应。"白玉梅见两人都凝神在专心听自己说话，继续说道，"人人都不希望战争，但是国难当头，侵略者已经打到眼皮底下，总不能坐以待毙啊！赵司令的话有道理，鬼子来试探我们，我们也就和他们演戏，先把人换回来再说!"

听到白玉梅支持自己的说法，赵独龙一扫之前的怨气，眉飞色舞地冲着王念仁喊道："你听到没有，白姑娘都赞成我的意见!"

王念仁点点头，三人开始商量具体应对之策。白玉梅说和鬼子约见的场地必须由我们这边确定，不怕一万，就怕万一，虽说是两军谈判，但是也要做好应变准备。赵独龙拍着胸脯说提前安排人手埋伏，确保万无一失。三人最后商定，把见面的地点就定在豫东与蓼城交界的史河大桥。大桥横跨史河东西两岸，距豫东县城二十公里，是从蓼城进入豫东的必经之地。张子皓再次受命，把消息传递到鬼子大营。双方约定，三天后在史河大桥交换人质。

波谲云诡

此时，蓼城这边，尤老大也在和刘老九商量如何对付小胡子。上次被小胡子甩了，尤老大郁闷了好几天，这次他下定决心，一旦小胡子露面，他就死盯着。前天，凤九又下山了，但这次没有带信，只是单纯过酒瘾来的，尤老大趁他喝酒时，向他询问大宝的近况。凤九告诉他二当家的知道赵家败落的事以后，也不再提没人赎大宝就撕票的事，就把大宝完全托付给鬼脸和尚照顾了。大宝如今在山上早就缓过劲了，毕竟是小孩子嘛，适应能力还是可以的，还高兴得很呢，说是没人逼着他念书了。鬼脸和尚还亲自教授他功夫，大宝如今也不怕他了，还认了鬼脸和尚做干爹。

尤老大听了有喜有忧：喜的是之前还担心大宝的安危，如今大宝却吃喝不愁，性命无忧；忧的是大宝的亲爹王念仁大半辈子在清剿土匪，如今大宝这个亲儿子却把土匪窝当成了家，还认了和尚当干爹，这都叫什么事儿呀！

凤九还说近来山上也不太平，二当家的告诉众人过不了多久山下会有大事发生，具体什么事，二当家的没说，凤九奉劝尤老大也多加小心。凤九还说近期不会有信带下山了，叫尤老大见到小胡子就和他说："近来天气不好，二奶奶准备回娘家了！"

刘老九和尤老大说，自己已经安排小兄弟们守在城门口，只要小胡子进城，就一定能发现。

这天一大早,一个负责望风的小兄弟就来报告,说小胡子进城了,已经派人牢牢盯住了。刘老九和尤老大两人远远跟上小胡子,只见小胡子歪戴着一顶草帽,手上提着一个袋子,行色匆匆穿过北街,来到小南海。这里原有一处湖泊,岸边有一浮桥,一直通往湖泊中间的小岛上,小岛上有一座尼姑庵,供奉的是白衣观音大师,所以此处又唤为小南海,意为观音道场。庵堂里原来有一个老尼姑,后来圆寂了,不知何时,从外地又来了两个尼姑,一个年纪大,一个年纪小,二人对外称是师徒俩,经禀明地方,入座庵堂。尼姑庵虽说很小,但是因为建在湖泊中心,尼姑师徒在庵堂周边种下荷花莲藕,加之四里八乡女信徒众多,她们初一、十五都会来烧香拜菩萨,香火甚旺,尼姑师徒俩过日子自然也不成问题。只有一样特别,老尼姑对外宣称只接待女信徒,男的一概拒之门外。

"小胡子一个大男人到尼姑庵干什么?"尤老大心存疑惑,刘老九也不甚其解,两人眼睁睁地看着小胡子踏上了浮桥,很快走到庵堂正门,推门进去,门又从里面被关上了。两人商量一下,觉得既然已经跟到这里,就索性进去探个究竟。尤老大和刘老九一前一后上了浮桥,此时正是早晨,湖上一层水汽薄雾,不时传来鸟叫蛙鸣,又闻得阵阵荷花香气,两个人心想若不是恰逢乱世,此处倒真是一处养人仙境。顾不得留恋美景,两个人加紧步伐走过桥,来到庵堂正门前。刘老九上前敲门,半晌里面传来脚步声,门从里面打开了半扇,一个年轻尼姑闪出,看到门口站着两个汉子,小尼姑一愣,随即就要关门。刘老九心急,用手一把按在门板上抵住不让关,张嘴就嚷:"供奉菩萨不就是给人拜的吗?干什么看到人反倒要关门?"小尼姑倒也镇定,双手合十道:"此处供奉的是送子观音,来此皆为女施主,男的一概不许进入,施主想必是不知道内情的外地人吧?无知无过,请速速离开吧!"刘老九刚想反问小胡子是男的,刚才不就进去了吗,尤老大一把拉住他,示意他不要说话。尤老大对小尼姑回了个礼:"我这兄弟莽撞,还请小师父勿怪,打扰了打扰了!"说完拉着刘老九往回走。

听到身后门关上的声音,尤老大这才和刘老九说话:"我们这样硬闯肯定不行,还是回去另想他法。"

"哼!实在不行,我就放把火烧了这里!尼姑庵放男人进去,这里面肯定有鬼!"刘老九悻悻地说。

"遇事不能冲动,咱们得沉住气,你先找几个小兄弟在小南海周围盯住了,小胡子一出来,我们就拿下他。现在我们先回去想办法!"

三天时间很快就到了,王念仁带着一队人马早早地就来到史河大桥西侧等候。王念仁以往路过史河大桥,要么是因为公务,要么是去剿匪,从没有像今天这样能站在桥头驻足观看,此时看到桥下波浪滚滚,远处点点白帆,两岸码头人头攒动,不免心潮起伏。他虽然戎马半生,但自小博览群书,对历史典故知之甚广。史河古称"决水",是淮河的支流,连年发洪水,百姓苦不堪言,后来还是鲧和大禹父子两代接力才治好水患,为了铭记这段历史,决水更名为史河,史河灌溉鄂豫皖三省,滋养百姓。王念仁思绪起伏,一回头看到鬼子的密探山本一夫也被押在一旁,他示意手下把山本一夫带过来,因为听了白玉梅的话,王念仁吩咐手下优待山本一夫,自擒获以来,从无打骂虐待,好吃好喝养着,今天也只是绑了手腕。

山本一夫不明白带他到河边做什么,一脸的惊慌。王念仁嘴角挂着一丝冷笑："你听得懂我们的话，我不是要把你推到河里淹死，你不要害怕！"

"那么，你，让我，站过来，干什么？"山本一夫一字一顿地蹦出他的不解。

"你看！"王念仁指了指桥下的史河，"这条河叫史河，是养育了蓼城和豫东百姓的母亲河，两岸的人们依河而居，千百年来，人民经商、通婚……和睦相处，生生不息！"

看山本一夫一脸不明白的表情，王念仁笑笑："你们国家和我们国家也是邻居，很多年以前，我们的关系也像史河两岸的百姓一样，很好很和睦，你们还向我们学习，可是后来你们就撕下伪装，强占我们的土地，杀害我们的同胞，掳掠侮辱我们的姐妹。我想问你，你觉得这样做，就能实现你们所谓的'大东亚共荣'？这就是你们口中的来帮助我们？"

"你的武功，你的汉语，都应该是向我们的人学的吧？可是你反过来却成了杀害我们中国人的凶手！"说到这里，王念仁冷笑两声，"你看这河水千百年奔流不息，就像我们的国家、我们的民族、我们的同胞一样，无论你们有多少奸计，都无法得逞，就像泥沙永远不能阻挡河流前进！"山本一夫显然是听明白了，他羞愧地低下头，不敢看王念仁的眼睛。

王念仁接着说："今天我们和你们交换人质，不是我不敢杀你，而是因为我想让你，还有你的上司明白一个道理，武力解决不了问题，战争也只能让双方都受伤！"

话说到这里，只见桥对面出现一队人马，为首的正是中村一郎，他身后就是白玉海，白玉海身上明显有伤，走路时一瘸一拐。王念仁尽收眼底，心中怒骂."该死的鬼子！"

桥中间早就摆好了一张桌子，桌子两边是两张椅子，中村一郎带着翻译官走到桌前坐定，眼神死盯着王念仁。王念仁和手下交代几句，带着张子皓走了过去。面对中村一郎的眼神，王念仁淡定从容。

翻译官较为流利地翻译出中村一郎的话，看来是提前练习过了："王司令，很高兴和你见面，我们带着'大东亚共荣'的热情与你交流，希望你们能够明白我们的真心和苦心，打开城门，让我们进城，帮助你们接受外来的文明和先进……"

王念仁听完，意味深长地笑笑："你说的文明和先进，难道就是屠杀和侵略？你说的'大东亚共荣'，难道就是烧杀抢掠那些手无寸铁的老人、孩子？你们怎么对待东三省、上海、徐州、南京人民的？全世界都看在眼里，所以请不要再说这些骗人的鬼话！"

翻译官听到这些话，当时就傻眼了，不敢张嘴。在中村一郎一再催促下，翻译官结结巴巴把话翻译了出来。

中村一郎听完翻译的话，表情看起来很是古怪，他想了想，又说："我想，王司令是对我们有些误会吧，我们杀的都是扰乱'大东亚共荣'秩序的坏分子，对待百姓，我们是优待的，如果出现误伤误杀，我们也很难过！所以，正是因为要避免发生不愉快和不应有的流血，王司令更应该配合我们，打开城门。"中村一郎皮笑肉不笑地说，"王司令是在担心放我们入城，不好对上峰和百姓交代吗？你应该知道，你们的上峰和我们也是有联系的，所以你完全不需要担心外界的评价，我们也知道王司令对待豫东的百姓很好，我们也会继续把豫东的管理权交给你。我们还可以承诺，将来把整个中原都交给王司令管理，这可是千载难逢的好机会！还是考虑考虑的好！"

王念仁听完，怒火中烧，他大手一拍桌子："不用考虑了,什么豫东乃至中原都交给我,是要让我彻彻底底当个汉奸给你们当看门狗吗?小鬼子你简直是白日做梦!"张子皓见王念仁一张嘴就如此激愤,生怕翻译官照本宣科翻译给中村一郎听,那样场面必定会僵住,影响交换人质,赶紧又给翻译官递眼色。翻译官尽量选择措辞,回避了小鬼子之类的词,但是中村一郎已经从王念仁的表情上猜到了几分真实的答复,他有些恼怒,一半是因为王念仁的态度,一半是觉得翻译官表现得很不称职。

过了一会儿,中村一郎又开口了:"据我的消息,王司令您有一位关系非同一般的朋友,是名女医生,叫白玉梅,她的身份我们也查清了,她很早就是抗日分子了,还是一个不小的领导,我们这次抓住的白玉海就是她的亲哥哥。那两车药品就是送到抗日前线的,所以药品我们必须扣下,而且我们也希望王司令能够做一做你这位朋友的工作,请她和她的人不要再和我们作对,还不如早点嫁人的好,若是这位白医生嫁给王司令,我们还要送大礼喝喜酒的嘛!"

听完翻译官的话,王司令大笑起来,他对翻译说:"倭寇不除,何以为家?如若来犯,送你归西!"翻译官听了又是一愣,王司令斩钉截铁地说,"你只管照我说的翻译!"

"八格(日语,笨蛋的意思)!"中村一郎听完翻译官的话,大为恼怒,脸色发青,忍不住骂了一句。

王司令站起身,冲着中村一郎说道:"小鬼子你们别枉费心机和我说这么多鬼话,我也没工夫听你们在这闲扯淡,今天我们见面的主题就是交换人质,一个山本一夫换白玉海,你们不亏,其他的事就不要再多费口舌了!我还警告你,在我们的地盘你可别想耍花招,不信你就试试看!"

翻译官小心翼翼地把话翻译给中村一郎听，中村一郎猛地掏出手枪，只是一瞬间，张子皓已经一个箭步冲到王念仁身前挡住。而桥东面所有枪支也在同时都对准了中村一郎，同样的，鬼子那边的枪也对准了王念仁和张子皓。

空气似乎凝固了，周围只有桥下的流水声，两边桥上站着的双方的人手都异常紧张。

中村一郎没有开枪，他冷笑道："你的人把枪对准这里，就算打死了我，也同样会打死你的！"

翻译官哆哆嗦嗦把话翻译了，王司令点点头："没错，所以，要死大家一起死！"

末了，还是中村一郎先把手枪收回，向后一招手，两个小兵架着白玉海走上来。王念仁也挥了挥手，两个士兵架着山本一夫走过来。

双方人质交换完毕，中村一郎用掌握为数不多的汉语对王念仁说："你敬酒不吃吃罚酒，那我们就战场上见！"

王念仁朗声回答："奉陪到底！"

张子皓把头一歪，做了个请的手势，中村一郎用手指对他点了点，悻悻地转身离去。

同心御敌

从小南海尼姑庵那吃了闭门羹回来以后,尤老大等人一筹莫展。负责盯梢的兄弟说那个小胡子自从进了尼姑庵,已经过去三天时间了,至今没有再露面,大家除了苦等别无他法。

"你们大老爷儿们进不去,那我总可以进去看看吧?"玉芬自告奋勇,她眼瞅着自己男人和一帮兄弟为了抓小胡子发愁,忍不住站了出来。

人家当然异口同声反对,尤老大连连摆手。"玉芬,这又不是串亲戚,本身查小胡子的事情就异常凶险,你一个大肚子的就不要搅和进来了,我也不会同意你带着咱儿子去冒险!"尤老大摸摸媳妇已经显怀的肚子,深情地说。

听到丈夫破天荒叫了自己的闺名,玉芬脸上也带着笑说:"你这话算说到点子上了,正是因为我这大肚子,我进那尼姑庵去拜送子观音才理所应当,没人怀疑呀!再说了,我一个进去烧香拜菩萨的大肚婆,能有什么危险?"

"话虽如此,但是那里面是什么情况,谁也不知道,我真的不放心你一个人进去!"

得知玉芬自告奋勇要去尼姑庵,张巧云也站了出来,在尤老大蒙冤被羁押的日子里,张巧云也和玉芬关系日益亲近。张巧云说还可以带着老妈子和丫鬟,加上自己和玉芬,一共四个人,这样一起去尼姑庵,互相有个照应,就算遇到什么事情,也不至于孤立无援。

刘必富对张巧云的举动大为赞赏，表示要派家丁守在门外，要是有什么事，就冲进去救她们。刘老九也让嫂子们不要担心，那尼姑庵日常也是接待女香客的，这些年也没有出过什么问题，大家既要保持警惕，也不要自己吓自己，嫂子们只管进去溜达一圈就出来，弄清楚里面的环境就行，剩下的事情他自有办法。

被救回豫东的白玉海顾不得休养，第一时间将尤老大转告的话传给了王念仁。得知大宝被土匪绑上天堂寨，赵家家破人亡，王念仁立刻昏了过去。幸好白玉梅及时救治，诊断王念仁只是连日来劳累，加上急火攻心，导致旧伤复发，并无大碍，只是暂时不能劳心费力，需要静养一段时间，众人这才放心。

赵独龙一改往日吊儿郎当的样子，积极和众人分析形势，他根据各种情报和外界情况判定鬼子不久就会攻城，王念仁苏醒后也赞成他的看法，两人在病房里加紧制定应对之策。白玉梅也给在富金山休整的抗日联军通报了情况，叮嘱他们做好防范，准备打仗。

赵独龙给一群姨太太分发遣散费，他对哭得梨花带雨的女人们说："你们跟着我也享了不少福，如今国难当头，豫东保不保得住都难说，我是要和小鬼子决一死战的，你们拿着钱各自找好人家去吧，不要跟着我在这送死了。"姨太太们哭着说要留下来。赵独龙被吵得心烦，掏出手枪往茶几上一磕，厉声喝道："老子叫你们滚就滚，家里死了老三，你们还嫌死的人不够多吗？能跑多远就跑多远，将来总还有人能给我们烧点纸！快滚！"一群女人听了这话，哭得更厉害了。平日里和三姨太关系最好的是同为杭州人的五姨太，她边哭边问赵独龙：

"我们都走了,少爷谁管?司令你打仗不怕死我们不说什么,可总要给赵家留条血脉吧,三姐要是知道了,九泉之下也无法安心的。"

儿子是赵独龙的弱点,五姨太这番话堵得赵独龙无法接话。五姨太见赵司令干瞪眼说不出话,又壮着胆子接着说:"司令你重情重义,不想我们姐妹都死在豫东,这才撵我们走,可是司令你身边不能没人伺候,虎子也不能没有人照顾。我和三姐一向走得近,以往也常帮着三姐照顾虎子,如今司令你就让我留下来照顾你们爷儿俩吧!"

赵独龙一琢磨,五姨太说的话也在理,心想也罢,就这么办吧,当即同意五姨太留下。其余姨太太都拿着细软要么回娘家,要么投亲靠友,大家洒泪作别。

遣送完姨太太们,赵独龙和王念仁说,要去闯一趟天堂寨。王念仁问他要去干什么,赵独龙把一只眼睛一翻:"干什么?去救大宝!老子现在是铁了心要杀鬼子了,儿子也有人管,我不怕死在外头。你赶紧把身子养好,把豫东城门给我守好了,一个小鬼子也不许放进来,等我救回大宝,咱们再一起杀鬼子!"

王念仁在病床上撑起身子嚷道:"我自己的儿子我自己去救,你老老实实待在豫东,哪里也不许去!"

"什么你自己的儿子!"赵独龙啐了一口,"等老子救回来大宝,你必须让他认我做干爹!"

王念仁苦笑着说:"我的好大哥,我这会儿子躺着起不来,你如果再一走,豫东群龙无首。咱们先守好城,顾着满城老百姓,大宝的事情以后再说,我是他亲爹,我能不急吗?可是眼下最要紧的是豫东城的安危!"

255

"我就没见过像你这样当爹的！我真怀疑大宝是不是你亲儿子！"

王念仁何尝不想去救大宝？可是如今鬼子已经逼近，兵临城下，他实在没办法丢下满城百姓，去救自己的儿子。他在心中默念，希望大宝能感知他这个父亲的难处，不要怪他！不让赵独龙去救，一是因为按照赵独龙的性格，一定会和天堂寨的土匪拼个你死我活，天堂寨环境复杂，赵独龙没有去过，很有可能无功而返，甚至不光救不回大宝，赵独龙都自身难保；二是因为从白玉海转述的尤老大的话中，王念仁得知大宝如今被一个鬼脸和尚养在身边，根据对鬼脸和尚的描述，王念仁推断他就是和自己拼杀，被自己一刀砍下半边脸的土匪头子"岳葫芦"，如果真是那样，亲生儿子被灭门仇人养在身边，那就更不能让赵独龙去救，以免打草惊蛇，一旦王司令的独生子大宝被困在土匪窝的消息传出去，那么大宝就必死无疑。如今大宝还是以赵家少爷的身份被困在土匪窝，土匪既然知道赵家败落无法缴纳赎金，却没有撕票伤害大宝，反而将他养在山上，那就证明大宝的真正的身份尚无人知晓，暂时还是安全的。王念仁决意等解决了眼前鬼子攻城的危机，再找机会去会会那个鬼脸和尚，营救亲生儿子。

白玉梅告诉王念仁，她们队伍里的一个同志之前成功打入天堂寨的土匪窝，最近几次山上的土匪和鬼子联合"扫荡"众兴和李庄，都是这个同志及时报信，才让两支抗日联军和百姓免遭祸殃。

赵独龙听到这里忍不住给白玉梅竖了个大拇指，称赞道："你们的人可真厉害，连土匪窝都能打进去。"

白玉梅没好气地白了他一眼，接着说："我们不仅仅抗日，一切危害老百姓的坏人，我们都要消灭，像土匪、恶霸等等。之前多亏王司令出手剿灭富金山上的土匪，才换来豫东周边近年来的安宁，可是天堂寨的那帮土匪，比富金山的土匪更狡猾、更凶恶，上到八十岁的老人，下到刚会走路的娃娃，只要被他们绑上山，就会关到后山暗无天日的牢房里，我们的几个刚从城里回来的同志也被绑了。我原本想通过组织联系一下这位同志，商量一下营救大宝及其他人员的办法，可是组织回复我最近这名同志突然失去了联系，还在设法寻找。"

"会不会是被土匪发现了，身份暴露了，所以遇害了？"王念仁不无担心地说，"土匪的心狠手辣不亚于鬼子，我和他们交战多年，深知他们的凶残，如果你们的同志暴露了身份，一定扛不住他们的酷刑，万一……"

白玉梅站起身，看着窗外远处的山峦，语气坚定地说："不会的，我们的同志早就将生死置之度外，就算不小心暴露了身份，也绝不会背叛组织。况且，山上也不是只有他一个同志，如果他不幸遇害，消息总会传过来，所以组织推断他暂时还没有暴露。"

赵独龙叹口气："这都叫什么事！我的三夫人被鬼子炸死了，老王的儿子又被土匪绑走了，咱们这辈子算是倒了血霉了！"

"所以……"白玉梅转过身，正视王念仁和赵独龙，神情庄严，"咱们一定要消灭鬼子，消灭土匪，为的是咱们国家将来的人不受苦，为的是咱们的后代能过上好日子！"

"妹子你说得容易，做起来哪有这么简单！"赵独龙撇撇嘴，嬉笑着说，"我是打了半辈子仗了，以前是打军阀，如今打鬼子，反正要头一颗，要命一条！你和老王还是要把日子过好的,我也决定了,等打跑了小鬼子,消灭了土匪,我就给你们主持婚礼,让你们成个家!你俩老这么干等着,也不是个事!"

"哎呀,这都什么节骨眼了,你说这些干什么!"白玉梅羞红了脸,跑了。

王念仁也苦笑着对赵独龙说:"你这又是发的什么疯!"

"老王,不瞒你说,之前我见到玉梅妹子,就一心想娶她,可她呢,反倒借力打力,捧着我下的聘书来到豫东给百姓看病,私底下却借着外出诊治的机会到处宣扬抗日救国,我这才知道她的真实身份。和你说句掏心窝子的话,我老赵见过的女人没有一千,也有上百了,但是像这样的我还真是头一回遇到。我之前也是胸怀天下、驰骋疆场的,后来官场黑暗,我才意志消沉,娶了几房姨太太,吃吃喝喝,过着混吃等死的日子。后来你来了,看到你和玉梅为了豫东平安,和鬼子、土匪斗,我是看在眼里,记在心里,自惭形秽,我第一次觉得自己配不上一个女人。眼下你连自己亲生儿子都顾不上去救,心里想的全是老百姓,我是真的佩服你了。你记住,我和你如今就是一条船上的兄弟,不管是打鬼子还是杀土匪,咱们必须上阵亲兄弟!"听赵独龙说得如此恳切,王念仁被打动了,他握着赵独龙的手,点点头:"大哥!"

赵独龙嘿嘿乐道:"那就说定了,你快点好起来,咱们打鬼子,打完鬼子,给你和玉梅办婚事!"

王念仁也笑了:"你既然答应给我和玉梅办婚事,你就更不能出事,切不可擅自行动,你要是有个好歹,虎子怎么办?"

"嘻,我都让虎子认玉梅妹子做姑姑了,将来万一顶不住了，你就和玉梅带着孩子撤，我留下。假如我真的死在小鬼子手里，以后你们就把虎子养大，告诉他是谁害了他娘和他爹，以后等他长大了要替他娘和他爹报仇雪恨！"

勇探观音阁

玉芬说服了丈夫，和张巧云一起，领着一个老妈子和一个丫鬟，四个人装扮成还愿的女香客来到小南海。过浮桥时玉芬觉得自己的腿开始有点抖，虽说她是自告奋勇来当侦探，但是真到了尼姑庵门前，她心里也是有点发怵。四个人里只有她和张巧云知道此行的真正目的，老妈子和丫鬟毫不知情，只当是出来烧香，长久以来在家里憋得难受，好不容易出来一次，一路上看着风景，两个人兴奋得有说有笑。张巧云比玉芬年长几岁，看出她有些紧张，轻声安慰她说："别紧张，咱们就是进去上炷香，顺道看看里面的情况就出来，咱们的人都在外面守着，不怕！"

丫鬟敲了三下门，小尼姑从里面把门打开了，见是四名女香客，又带着香烛供品等物，像是来上香请愿的样子，微微一笑，双手合十念了句阿弥陀佛，将众人迎进去，随即又将门掩上。

尾随而至的尤老大和刘老九及众兄弟远远看着，只得在门外浮桥边潜伏蹲守。

等了约莫一顿饭的工夫，门重新打开，四个人走了出来，小尼姑从里面重新关上门。

回到家中，刘必富、刘老九、尤老大才发现玉芬和张巧云两人的衣裳都湿透了，想必是太紧张。

喝了一盏茶，缓了缓，两人开始描述尼姑庵内的环境及陈设，两人你一言我一语，互为补充，众人听得明明白白。原来这尼姑庵从外面看虽只有一个小小的两层阁楼，里面却别有洞天。当天尼姑庵内并没有其他香客，庵内也只有小尼姑一人，张巧云便问她老师太去了哪里，小尼姑回答说师父有事外出了。张巧云和玉芬跟着小尼姑在一楼观音堂叩拜上香，老妈子和丫鬟摆上供品。玉芬又布施了两块大洋放在小尼姑手里，小尼姑笑得嘴巴都合不拢。玉芬赶紧开口向小尼姑索要镇物，说是请小师父看着赐给她点庵里的什么物件为好，因为自己自打怀孕以来睡不好，老是做噩梦，希望小师父能帮帮她。小尼姑手里捧着大洋正在乐呵呢，答应得也爽快，请她们稍待片刻，转身上二楼去取东西。张巧云示意丫鬟跟上楼，丫鬟会意，快步追上楼去。

　　张巧云又叫老妈子守在大门边，自己和玉芬互相递个眼色，快步走进一楼内室，推开门，看到内室有两间卧室，看陈设外面是小尼姑住的，两人又紧走几步进入里面的大卧室，推断这间是老尼姑的卧室。张巧云想起临来之时，刘老九曾嘱咐她们，如果发现屋内有什么异样的地方，要记下来回来和他说，又说过去书里都说像这类僧道尼的卧室多半会有机关密室，让她们留心观察。张巧云环顾一圈，猛然瞥见老尼姑床上枕头下露出一点穗子，好奇心驱使她上前翻开枕头，赫然看到一个铜牌，玉芬拿起牌子，发现很眼熟，像是在哪里见过，牌子反面有个"卐"字，玉芬脑海里突然想起来，这个牌子和尤老大从天堂寨带下山的一模一样。就在这时，前厅隐约传来丫鬟的声音，这是丫鬟在报警，两人要从楼上下来了。玉芬慌忙将铜牌塞回枕头下，和张巧云快步走出内室，来到观音堂站定。小尼姑尚未从收获两枚大洋的喜悦中醒过神，只顾着将端

261

在手里的托盘递到玉芬面前，小尼姑说这些物件都是呈放在二楼厢房的，请施主自己选一件带回去作为镇物。玉芬看那托盘里有几张符纸和几块木质的牌子，顺手拿起一块木牌，上面刻着一些符号。小尼姑卖弄道："施主可知手里拿的是什么？"众人皆不知，摇头询问。小尼姑笑道："这是雷击木，是我师父从天堂寨山里找回来的，刻成镇物，可以驱邪避凶，施主好眼力，一眼就挑中了！"

玉芬听到"天堂寨"三个字，心头一震，稳住心神，谢过小尼姑，拉着张巧云和老妈子并丫鬟一起出了门。

听完两人的描述，在场的三个男人情不自禁为两个女人捏了把汗，又忍不住称赞她们有勇有谋。尤老大找来之前从天堂寨带回的二当家的送的通行令牌给玉芬细看，玉芬翻来覆去看了几遍，断定她在老尼姑屋里床上枕头下看到的铜牌和这块几乎一模一样。这种"卐"字铜牌之前二当家的送给尤老大一块作为联络之用；后来尤老大在和小胡子接头时，小胡子也出示过一块类似的牌子以证明自己取信人的身份；小胡子进入尼姑庵之后，这块牌子又出现在老尼姑的枕头下，这件事就变得非常诡异了。两个神秘的尼姑，消失在尼姑庵里的取信人小胡子，还有老尼姑枕头下出现的土匪通行令牌，种种迹象表明这个尼姑庵背后绝对有鬼。

众人商量来商量去，决定兵分两路：刘老九带着一个会功夫的帮手夜探尼姑庵，再去摸摸情况；尤老大和刘必富去找秦明大律师，把近期发生的事和他通报一下，请他想法子通过官方那边查一查这个尼姑庵。

秦大律师听完描述，带着尤老大和刘必富去找他的侄子。他这位侄子秦华是蓼城县警察局的局长，上次也是多亏了秦局长关照，尤老大在牢里才免吃许多苦头，事后尤老大还专门登门拜谢，所以大家彼此也都认识。秦局长听说了小胡子消失在尼姑庵以及在尼姑庵发现土匪窝的通行令牌之后，也很吃惊，他面带难色和众人说，如今风传鬼子要攻打豫东，蓼城近来很乱，山上的土匪也趁乱作祟，周边几个乡镇地主家都被抢了，守军人心涣散，不管不问，他们警察局人手少，枪支弹药也紧张，如今能勉强维持镇子上的安全都已经谢天谢地了，恐怕没有精力去管一个不是什么大角色的小胡子的下落。

秦明大律师拿出亲叔叔的派头，要求他必须安排人去查一查尼姑庵，哪怕是把人带来问个话也是算尽到责任了。尤老大和刘必富也帮着说话："是啊，世道越是乱，越是能显出警察的重要性。之所以请你们传老尼姑问话，就是因为种种迹象表明她们背后有鬼，你们是老百姓的官，可不能不管不问啊，要是真查出尼姑庵和天堂寨的土匪有勾结，你这可是头功，造福一方百姓，那可是要青史留名的！"

秦局长架不住亲叔叔的要求，又抗拒不了尤老大和刘必富扔过来的高帽子，当下同意派人去把尼姑师徒叫来问话。只不过秦局长也说了，传尼姑来警察局问话可以，搜查尼姑庵容易打草惊蛇，再说了，传出去也不好听。众人明白秦局长答应传尼姑问话已经是看在秦大律师的面子上了，剩下的事只能看刘老九的了。

调虎离山

警察局长秦华亲自下令，属下行动那叫一个迅速，只是大家对传唤尼姑庵的两个尼姑去警察局问话都大为不解。警察们素来与僧尼道都不打交道的，想来想去实在找不到去尼姑庵唤人的理由，也是头疼。

但是局长亲自安排的事情谁敢不办？这个任务一级一级派下来，最后这传唤尼姑问话的事情就落到了两个人头上。这两位是巡街的警察，都是本地人，一胖一瘦，胖子人送外号"胖头陀"，瘦子被人喊作"麻秸秆"。两人都是在蓼城地界上做惯了吃拿卡要事情的人，每次出去巡街，等于扫荡一回，十街八巷的商户见到他们就头疼，都知道这两位是逮到只蛤蟆都要攥出尿来的主儿，惹不起。

接到这个特别的任务以后，胖头陀和麻秸秆抱怨："此番叫我们去找尼姑问话，简直是乱弹琴，我们和尼僧道素无来往，用什么理由把人带出来？老尼姑是土匪？笑死人了，上头抓不到土匪，想找人背锅也犯不着去找尼姑顶罪吧，街上不有的是流浪汉吗？"

麻秸秆也呷呷嘴点头说："谁说不是呢？咱们是男的，听说那尼姑庵从来不接男客，咱们总不能砸开庙门闯进去套上铁链子拖出来吧？这要证据没证据，要线索没线索的，咱们上头发的什么疯？难不成是局长老娘去烧香被诓骗捐了钱？要不然局长好好的要找尼姑问的哪门子话！犯得着吗？这外面都乱成什么样了？眼瞅着鬼子就要和咱们打仗了，天天都能听到枪声，还和老尼姑较什么劲！"

两个人你一言我一语，商量到最后也没个主意，可事情总归还是要做，最后还是胖头陀想到一个主意，就说是外地来了个捐香火的主儿，是局长家亲戚，所以局长邀请老尼姑去见一面。这个主意逐级报到局长那里，秦局长也想不到什么更好的办法，就去找来秦大律师商量。秦局长想得也挺好，这招惹尼姑的事情就是叔叔秦大律师安排来的，所以这个事情就得叔叔来参与。秦明大律师倒也爽快，答应扮成外地来的香客，等着和老尼姑过招。

得到上峰肯定，胖头陀和麻秸秆也有了信心，心想只要把人带到警察局就算完成任务了，到了他们的地盘，两个尼姑还不得乖乖听话？

两人敲开尼姑庵的门，小尼姑看到两个男的还是警察上门，吃了一惊，听完胖头陀说明来由，小尼姑进去上二楼回禀老尼姑。老尼姑心里有些怀疑，警察和我们素无来往，好好的怎么找上门来了？但是既然警察上门了，自己是当家师太，总不能躲着不见。老尼姑下得楼来，走到大门口和门外的两个警察说话。这老尼姑常年不见生人，偶尔出门也头戴着斗笠，以面纱遮面，颇为神秘，所以蓼城叶集镇上看到她真面孔的人也没几个，女香客进庵堂进香，也都是由小尼姑伺候着，老尼姑只管在二楼念经。老尼姑今天是在庵堂里打坐的，乍听到警察上门，心里一慌，下楼走得急，又惦记着外地香客要捐钱的好事，就忘了戴斗笠和面纱，径直走到门口，一抬头，把门口站着的胖头陀和麻秸秆吓个半死。

只见这老尼姑四十上下的年纪，论起长相却令人惊诧。按

265

说出家之人,常年修身养性,应该是慈眉善目,然而这位老尼姑长得实在不敢恭维,脸长得有些过分,双眼细长,眉毛淡得几乎看不见,活像一头母驴成了精,眼皮一眨巴,冲着人一笑,露出一嘴大黄牙,真是吓死人。

这老尼姑一副见惯风浪的样子,见到两名警察丝毫不乱,直接问两位施主找她有何要事。胖头陀又把谎话添油加醋说了一遍,他眼皮都不带眨一下的,张嘴就告诉老尼姑,外地有贵客要来捐香火钱扩建观音阁,因为这个香客是警察局长家的亲戚,所以此刻人在警察局里,想请师太前去面议。

这个借口非常合理,老尼姑听完,果然打消了疑虑,一张驴脸上堆满了笑,双手合十念道:"阿弥陀佛,世道艰难,还有人大发善心,实则是功德无量。"随即便锁好大门,带着小尼姑跟随两个警察前往警察局。

一行人刚离开,刘老九带着一个名叫小六子的小兄弟就从浮桥下爬上来,他们早就在此埋伏多时。等众人走远,他们二人快速来到庵堂大门前,见门锁上了,刘老九和小六子互相搭个手就轻松翻上了院墙,一前一后跳进院子里去。时间紧迫,两人分头行动,刘老九进一楼内宅找线索,小六子上二楼搜索。进入内宅以后,刘老九果然在老尼姑的枕头下翻到了那块"卍"字铜牌,正在他准备翻找有无其他机关密道之时,楼梯口传来小六子的呼唤声:"九哥,快上来,楼上有情况!"

刘老九将铜牌揣进怀里,退出内室,快步登上楼梯。见他上来,小六子一脸紧张并压低声音对他说:"放经书的地方有些古怪。"两人走进藏经书的房间,一尊白玉观音供奉在正中间的供桌上,下面是一个蒲团,想必是老尼姑每天坐着念经的地方。刚才小六子进入房间四处观察,脚下无意之间踢到了蒲团，蒲团滑动了一点，地板露出一道缝隙，小六子下意识推了推，发现地板下还有一层活动夹板，这才赶紧喊刘老九上来。

刘老九心想果然有鬼，他让小六子闪到一旁，自己慢慢趴下，掏出以前尤老大送给他的一把防身的匕首，把刀刃轻轻插入缝隙，一点一点轻轻地推动夹板，把夹板推到缩回地板内层，露出一个方形洞口，大小仅能容纳一人进出。刘老九以往经常听戏文，担心会有暗器之类的射出，所以趴在洞口半天不动，想着该怎么探头看一眼下面才好。就在他犹豫之时，隐约从洞内传来呻吟声，这声音断断续续，细听像是有人在喘息。刘老九小心翼翼地慢慢将头探向洞口，借着光线向洞内望去，勉强看到似乎有一个人在洞内蠕动。小六子闻声也凑上前来，趴在洞口朝下喊道："喂！下面的，你是人是鬼？"

片刻，下面传来一句微弱的回答："我……是……人，快……救……救我！"

尼姑卧室里有密室，还拘禁着一个人，这场景真是太邪门了，也亏得刘老九和小六子两人有心理准备，否则早就被吓趴下了。小六子对刘老九说："咱们先把人救上来再说吧。"刘老九不放心，追问道："下面的人，你是什么人？为什么会被关在这里？你不说清楚我们不会救你的！"

密室下面的人大口喘着粗气说："我……我是抗日联军的人……"话没说完，就没了声音。刘老九听到此人说自己是抗日联军，又见没了声音，赶紧让小六子找来绳索，拴在自己腰上，将自己放下去。好在密室并不深，绳子够长，刘老九下到密室，密室里光线昏暗，无法看清躺着的人的面貌，上前摇晃呼唤，此人都没反应，一试鼻息尚有气息，赶紧解下腰间绳索，系在此人身上，叫小六子在上面用力拉拽，自己在下面扶住此人双脚，调整姿势，保证此人垂直被拉出密室。刘老九和小六子上下配合，合力将密室拘禁之人拉出来以后，小六子又将刘老九吊出来，做完这一切，两人都累得气喘吁吁。顾不得喘气，刘老九赶紧上前将昏迷之人翻过身子脸朝上，他定睛一看，此人正是之前消失在尼姑庵门前的小胡子，此刻再看此人已经是面如金纸，双目紧闭，浑身上下衣衫褴褛，血迹斑斑，像是受过大刑一般。

尼姑庵是从外面上锁的，饶是刘老九和小六子功夫再如何了得，也无法通过翻墙将昏迷的小胡子从尼姑庵内带出去，再这么耗下去，等到老尼姑回来就大事不妙了。事不宜迟，刘老九掏出"卐"字铜牌交到小六子手中，叮嘱他立刻翻墙出去直奔警察局报信搬救兵，他留下来陪着小胡子。

小六子揣好铜牌，翻墙出了尼姑庵，脚下生风，直奔警察局。

警察局这边的会客厅里，打扮成外富商模样的秦大律师正在会见老尼姑，尤老大也扮成随从站立一旁，秦华局长也陪坐在侧。介绍完以后，老尼姑开始和秦大律师掰扯，想方设法套话想知道眼前这位香客能捐多少功德。她哪里知道秦大律师真实的身份，这位大律师的嘴皮子功夫了得，开始和老尼姑谈论起伏羲女娲、三教宗义、释迦牟尼以及各种佛教典故和历史，秦大律师口若悬河，旁征博引，唬得老尼姑张口结舌接不上话。在座的人看在眼里，这个驴脸女人身上全无出家人的气息，反而满脸匪气，心里也都明白了八九分。

就在此时，小六子闯进门来，将手中铜牌高举，厉声喊道："这从尼姑庵搜出来的，尼姑庵里还有密室，还藏了个男人！"众人震惊，再看老尼姑，满脸怒容，张嘴怪叫一声从座位上弹起,双手化爪冲着小六子就扑了过去,小六子侧身闪过。不等老尼姑转身,小六子一脚飞踹在老尼姑后腰眼上,老尼姑被踹倒在地,没等她爬起来,早有守卫上前按住绑了一个结实。

再看小尼姑,她浑身哆嗦如筛糠,见师父被擒,双腿一软瘫坐在地上。

一拨人赶到尼姑庵,砸下门锁,救出了小胡子和刘老九,另一拨人连夜开始突审老尼姑。在警察连番审讯之下,老尼姑依旧咬紧牙关一个字都不往外吐,小尼姑却架不住招了个干干净净。

小尼姑说自己其实是老尼姑的丫鬟,老尼姑是富金山土匪"岳葫芦"的压寨夫人,人送外号"大长脸"。

"大长脸"是鄂西大地主张三胖子的女儿,张地主家有好地两千垧,家大业大,牛马成群,老妈子和丫鬟一大群,家丁壮汉上百名。张三胖子一辈子鱼肉乡里、作威作福、花天酒地,前前后后一共娶了四个老婆,可是连一个孩子也没有。为了这个他也不知到庙里求神许愿过多少次,后来还到医院看病,什么办法都用到了,可是一样也不起作用。街坊邻居和佃户都在背后骂他是坏事做尽了,活该断子绝孙。

在张三胖子四十九岁这年,他又给自己娶了第五个姨太太。这年冬天,这位五姨太给他生了个女儿,这女儿出生时因为太丑,活脱脱像是一只小驴崽子,生生把接生婆都吓得昏死过去。但不管怎么说,张三胖子算是有后了。这闺女自幼被张三胖子娇惯得蛮横狂野,长到十几岁,已经养成抽大烟、喝酒、赌博等一身的恶习。

"大长脸"长到十八岁了,也没有人家敢上门提亲,她对儿女之事也从不上心，只惦记着吃喝玩乐。她二十岁这年，赶上闹瘟疫，张三胖子得上了瘟疫，一命呜呼，家里钱财地产都被几房姨太太分了，分到"大长脸"手里的时候就没几个钱了，她也不闹，找来一包老鼠药，下到一锅鸡汤里，把五个姨太太全都药死了，给她爹张三胖子陪葬。安排完后事，"大长脸"遣散了家里的用人，变卖了房屋地产，带着钱准备闯江湖。

那时候，蓼城是远近闻名的水陆码头和商埠，有的是赚钱的营生，"大长脸"准备来蓼城落脚，没想到一天夜里她在半道上被富金山的土匪给劫上了山，等天一亮土匪看清"大长脸"的长相，吓得直喊娘，直说绑了个驴精。消息传到土匪头子"岳葫芦"耳朵里，他也很好奇到底绑了个什么样的女人能把杀人不眨眼的土匪都吓到了，就亲自来看，这一看也是心头一惊，真以为遇到了妖精。又见"大长脸"虽然长得丑陋，但是一脸匪气，再一交流，两人都是认为"人活一世就该及时行乐"的主儿，两人很对脾气，"大长脸"也觉得自己遇到了知音，无奈她实在长得太丑，"岳葫芦"就给她封了个名义上的压寨夫人，替自己管理后院事务。还别说，"大长脸"真把山上的事务管理得挺好，"岳葫芦"也很信任她。

在富金山的土匪都被王念仁的剿匪小分队打散之后，"岳葫芦"逃到天堂寨，临走时安排"大长脸"带着一个小丫鬟潜伏在蓼城作为内应。

"大长脸"谋害了小南海尼姑庵原来的师太，尸体就埋在小南海的荷花池里，她自己和小丫鬟扮作尼姑在庵里落了脚。平时多是小尼姑在一楼接待，她就躲在二楼不见人，闲时她就借布施之名出门，实则为探访谁家有钱，谁家容易下手，再把消息传递到天堂寨，所以蓼城周边发生的土匪劫持事件，几乎都是"大长脸"传递的线索。

小尼姑为保全自己，把"大长脸"的事情交代得一清二楚。"大长脸"在一旁听着小尼姑的招供，倒也不恼，阴森森一笑，龇着满口大黄牙冲着众人说："你们趁早放了我，我还能给你们寻条活路，要不然到时候你们哭都来不及了！"秦华见她死到临头还如此猖狂，气得掏出枪就想毙了她，被秦大律师和尤老大慌忙拦下，秦大律师小声告诉秦华，留着她或许有用。秦华细想也觉得有道理，一边安排人去尼姑庵救人，一边吩咐手下严加看管老尼姑。小六子带人把刘老九和小胡子从尼姑庵救出，又将小胡子送去医院。秦大律师把众人召集在一起商量对策，事情到了这一步，必须把主动权掌握在自己手里。众人点头称是，心悦诚服地接受他的指挥。

排兵布阵

小南海的尼姑庵居然是天堂寨土匪的联络点，老尼姑"大长脸"居然是臭名昭著的大土匪"岳葫芦"的压寨夫人，就是她长期埋伏在蓼城给土匪通风报信，害得四里八乡被土匪"砸窑"易如反掌……这些传闻一日之内在蓼城大街小巷传遍了，人们纷纷口耳相传，无不咋舌称奇。

当天下午，就有很多被土匪绑走妻儿老小或是被土匪祸害过的人家自发拥到警察局请愿，要求严惩女土匪"大长脸"，尽快解救被绑上天堂寨的肉票，四里八乡有名望的乡绅名士也集结到警察局，专程向局长秦华致谢，一时间警察门口鞭炮齐鸣，人声鼎沸，秦局长也体验到了久违的被人喊"青天大老爷""桑梓之福"的荣耀感觉，自觉脸上有光，喜不自胜。

志成学堂的肖校长也专程拄着拐棍赶到，他年事已高，德高望重，见到秦局长就对他赞不绝口，称赞他任职期间廉洁奉公，身率团勇维持蓼城平安，理当受到乡里百姓的赞誉。

秦局长架不住众人的喝彩，一时间有点飘飘然，当即一拍胸脯对乡民承诺："蓼城一带土匪猖獗，有的村子一天被劫掠三次，乡亲们痛苦不堪，秦某是看在眼里，急在心里，剿匪逐盗，不敢懈怠，今抓获女匪首，斩断匪患眼线，实则是分内之事，乡亲们盛赞，秦某愧不敢当，定当顺藤摸瓜，集结团勇之力，争取直捣土匪老巢，救出被绑票的乡亲们。"

秦明大律师早就料到了"大长脸"落网的消息是瞒不住

的，所以早早就制定了接下来的对策，面对侄子在众人前夸下的海口，他也只能是报以苦笑。此时已经打草惊蛇，天堂寨的土匪必定有所行动，如果再和鬼子联合起来，那么仅凭警察局和剿匪队的十几杆枪，是万万抵挡不住的，所以只能以快打慢，只要守住城门，就能争取主动权。

尤老大和刘老九无暇顾及秦局长，而是守在医院等着小胡子醒来。小胡子虽然浑身是伤，幸好都不是致命伤，加上正值壮年，诊治后的第三天就苏醒了。苏醒过来的小胡子第一句话就要水喝，尤老大想起他是天堂寨的土匪就气不打一处来，冲着他嚷："给你杯尿喝差不多，你这个该死的土匪！"小胡子见尤老大怒气冲冲骂自己，一时间不知道怎么接话。刘老九想起在尼姑庵营救小胡子时，他在迷迷糊糊之中说过自己是抗日分子，就追问小胡子到底是什么人。小胡子见眼前这二人不像是在套自己的话，又听刘老九说老尼姑"大长脸"已经被抓了，小尼姑也交代了，这才放心下来，长吁一口气，和他们说出了自己的来历。

小胡子说自己名叫王振东，真实身份其实是地下抗日分子，受组织安排先头打入天堂寨，负责监视天堂寨土匪的举动，并伺机策反一些土匪。一开始他只是一个巡山小崽子，后来富金山土匪被剿灭了，一些残余投靠到天堂寨。天堂寨的二当家的觉得势单力薄不保险，两边他都惹不起，一心要找靠山，背地里找人搭线，千方百计投靠了日本人，心甘情愿给日本人当走狗。后来二当家的要选一批人下山潜伏在四里八乡替鬼子侦察抗日力量、绑架暗杀抗日分子，王振东因为表现积极、眼里有活、手脚麻利被选中了，被派到山下当联络员，负责传递抗日力量的情报给鬼子。

273

说到这里，尤老大气得直跺脚："你还敢说你是抗日分子，你这不就是活生生的土匪了吗？都从我手里取走两次信了！害得众兴和李庄……"

没等尤老大把话说完，王振东没好气地回了句："对啊，我是从你手中取的信，可是我知道鬼子要'扫荡'的计划，就提前放了暗号，众兴和李庄的抗日分子都是我提前通知，他们才能及时撤离，这才没有被鬼子和土匪'扫荡'的啊！连村民都及时撤走了，你难道不知道吗？"原来如此，一句话把尤老大堵得没话说了。

刘老九见气氛尴尬，忙倒了杯水递给王振东。一口气喝完水的王振东缓过劲，冲着尤老大冷笑一声："我倒想问问你，你一个开菜馆的，怎么会给土匪传信？你又是什么人？"

尤老大不好意思地嘿嘿笑了几声，和刘老九你一言我一语地把事情前因后果介绍了一遍，王振东点头表示听明白了。

想起王振东进了尼姑庵，又被关在密室里的事，刘老九关心地问他出了什么事。

王振东叹口气："我应该是暴露了！我之前不是取信人，一开始的取信人是个实打实的土匪，他传递消息又快又准又狠，害得我们好几处抗日根据地和接头地点都暴露了，牺牲了几名同志，损失惨重。后来我们想办法把这家伙干掉了。取信这个活本身风险就大，山上下来的人人心惶惶，一时之间没人敢接。我不一样啊，我必须接这个活，所以我就自告奋勇接替下来了，可是我才接了两次，就赶上鬼子连续'扫荡'，那也没办法，只能报信通知众兴和李庄的同志们赶紧撤，就这样，我接了两次信，鬼子的两次'扫荡'都落空，我就被怀疑了。凤九那次下山，明着是让我去尼姑庵替他拿东西，等我去了才知道是老尼姑准备盘问我之后把我害了。我一进门就被敲晕了，绑起来关进密室，任凭老尼姑怎么审问，我都一口咬定和我没关系，她就想留着我慢慢折磨或是找机会交给山上处理。幸好你们救了我，我实在是感激不尽！"

"你今年多大？"一直听王振东描述，听得入神的尤老大忍不住问了一句。

"我？我十九了！"王振东见尤老大盯着自己脸上看，下意识摸摸自己的胡子，笑着说，"是不是觉得我留着胡子，不像十九岁？嗐，这不是常言说嘴上没毛，办事不牢嘛，要取得土匪们的信任，我必须让自己看上去成熟点！"

"那你家人呢？你抗日他们知道吗？你不怕吗？"刘老九追问道，他对这个和自己差不多大的家伙充满了敬意。

"我家在南京乡下，鬼子大屠杀时，家里人都死光了，都是鬼子害死的！"王振东神情哀伤，语气凝重，"我不怕，谁让鬼子和土匪不让我们过安生日子！我和我同学加入抗日组织，就是为了打鬼子和土匪，我一个人势单力薄，什么都做不了，有了抗日组织，才能救咱老百姓！所以从加入组织的那天起，我的命就不是我自己的，只借沙场为国死，何须马革裹尸还！"说到这里，王振东眼睛里隐约有泪光。

"那你上次取完信就跑到竹林里去干什么？你是怎么把信传给鬼子的呢？"尤老大想起上次他跟踪王振东的事，不禁发问。

"我一下子和你说这么多，你能记得住吗？组织上有规定，我也不能把所有细节都告诉你，你知道太多对你也不好！"王振东对接头的细节严守秘密，不愿再多说。刘老九也忙打圆场："是了是了，我师父都不会把榨油古方和我们说，人家组织内部机密更不可能和咱们这些外人说，咱们又不是他们组织的人！人家小王兄弟不愧是抗日小英雄，人家这样做是对的，咱们得理解人家！"

听刘老九这样说，王振东赶紧摆手，一脸真诚地说道："两位老哥切勿多心，也别喊我小英雄，我的命都是你们救的，本该和你们知无不言，言无不尽的，但是组织上的规定我必须遵守！你们也不要再说自己是外人的话了，咱们都是打鬼子、打土匪的人，咱们就是自己人！"

事情弄清楚了，三个人也算不打不相识。王振东想到抓老尼姑"大长脸"的事应该很快就会传到天堂寨，这一下不想打草惊蛇也不行了，埋伏在附近村庄集镇的土匪们肯定也会紧急转移回山上。刘老九笑着安慰他："秦明大律师已经算到这一步了，早就让秦局长联合县里的剿匪队在通往天堂寨的路上设卡，只要是发现打着上山采药、打猎名号的可疑人员，一律不许上山，带回来严加审问。"这也就意味着，除非潜伏的土匪眼线们长着翅膀能飞回天堂寨，或者他们就藏着不露头，否则只要他们一出洞，就必定会露出马脚。

事情也的确就像他们预料的那样，周边潜伏的土匪得知老尼姑"大长脸"被抓获，尼姑庵据点被封以后，纷纷试图返回天堂寨老巢，有的乔装成进山采药的药农，有的扮成打猎的猎户，都被拦在了半路上。有几个不怕死的要冲卡，也被剿匪队当场打死了，吓得一些人也不敢再回山，逃的逃、散的散。山上的土匪消息断了，又不知道发生了什么事，既然山下的人回不来，那只有派山上的人下去了。由于凤九经常下山，二当家的就派他去打探消息，看看到底发生了什么事，嘱咐他速去速回。

山下的人回不去，山外的人却进得来城。其实这也是事先安排好的，土匪等不到消息，又不见自己人回山，必定会派人来蓼城打探消息，所以警察局在卡点的人对从外面来的人，都只是盘查有无武器，确认后就会放进城。凤九扮成进城卖山货的顺利进了城。

凤九进城后直奔小南海，摸到尼姑庵门口，见到铁将军把门，心想大事不妙，转头就往山东菜馆跑。尤老大看到凤九上门，装出一脸诧异的样子问："什么风把您吹来了，不是说二奶奶最近都不得空吗？"

"嗐，你就别提了，咱们派到山下的兄弟都失去联系了，二奶奶急得不行了，这不派我下山来看看到底发生什么事了嘛！"凤九喝完杯茶，接着说，"老九并肩子，明人面前不说暗话，我把实话告诉你也无妨，咱们山上看着是二当家的做主，实际上是鬼脸和尚在当家，他才是真正的大当家的，当初我领你上山，也是他吩咐二当家的在大殿之内演一场戏考验你的！他名义上有一位压寨夫人，就是你们这小南海尼姑庵的老尼姑，已经几天没消息传上山了，山下的兄弟们也全无踪迹，我也是冒死下来一趟，一会儿就得回去！"

尤老大心想你既然来了，就别想着还能再回去。好在根生上学去了，玉芬去了张巧云娘家的杂货铺买东西，店里没别人，他要是真的和凤九翻脸打起来，也没什么好顾忌的，索性就把门关上，回过身给凤九倒杯水，他把脸上的惊讶之色再夸大三分，问道："鬼脸和尚是大当家的？他还有压寨夫人？压寨夫人是尼姑？"

凤九一摆手："我也懒得细说，你知道多了对你也没好处。你以为鬼脸和尚是谁？他就是富金山上的土匪头子'岳葫芦'！"

"啊？是他！"饶是尤老大心里有些准备的，还是被凤九的话吓得不轻。想起自己当初上山差点命丧"岳葫芦"设下的考验关卡，又在"岳葫芦"眼皮底下去探望大宝，尤老大惊出一身冷汗。

提起"岳葫芦"，方圆百里谁人不知，谁人不晓？所以对于尤老大的惊讶，凤九并没有多想，他点点头："是了，当初富金山的老巢被豫东守军清剿，岳大当家的和守军的头子拼死一战，被砍坏了半张脸，是我们二当家的冒死带人救回来的。我们宋二当家的之前是富金山许老凯的部下，犯了死罪，差点就被许老凯枪毙，被岳葫芦救下来，只是逐出了山。宋二当家的后来到了天堂寨，自立山头，再后来许老凯被豫东守军打死，岳葫芦成了大当家的。我们天堂寨和富金山同气连枝，经常往来，富金山被清剿时，宋二当家的及时援助，这才救回了岳葫芦。救回他以后，宋二当家的尊岳葫芦为大哥，所以明面上天堂寨是宋二当家的做主，实则真正的大当家的是岳葫芦。"

凤九不知道尤老大已经知晓天堂寨和鬼子勾结的事情，就一口气把天堂寨土匪如何与鬼子勾结，助纣为虐的事情说了个七七八八。尤老大再也忍不住了，他一拍桌子，骂道："你们绑票已经是罪大恶极，却还要帮着鬼子鱼肉百姓，实在是助纣为虐，罪不可赦！"

尤老大突然发飙，凤九一时没反应过来，等他回过神，刘老九已经带着几个兄弟手拿棍棒和绳索从后院冲了进来。

乍一看到进来这么多人，不说凤九了，尤老大也愣了神，见为首的正是刘老九，他这才把心放进肚子里。凤九还没反应过来,张口结舌问尤老大:"并肩子,这是什么意思?"

没等尤老大接话,刘老九把随身的齐眉短棍一横,指着凤九:"找死的土匪,早就料到你们要下山,没想到来得这样快,是不是后悔没带家伙。要不要给你找把刀和我比画比画?"

凤九明白自己是落进了人家下好的网了,哭丧着脸对尤老大说:"并肩子,你倒是说句话啊,我可没害过人,你可要帮我说句好话呀!"

就这样,自诩是太平天国后人的土匪凤九被众人押进了警察局。

原来,学校今天有重要会议,临时取消上课,根生就和几个同学约着一起回家,到了家门口,看到大门紧闭,根生就上前准备推门,隐隐约约听到里面有人在说话,提到什么土匪、岳葫芦之类的词语。根生心想自己爹一个人在屋里,万一要是有什么坏人在里面对爹不利那就不好了。他赶紧跑到油坊去找刘老九,刘老九二话没说,带着几个小兄弟就从后院摸进店里。

大家对小根生的急中生智赞不绝口,根生不好意思地说:"要不是学校今天临时开会,我们也不会停课,那我也就不能及时喊九哥来救我爹了!"

"阿弥陀佛,吉人自有天相,该死的土匪,来一个咱们抓一个!"玉芬和张巧云异口同声地说道。

"凤九不能关,得放回去!"尤老大半晌不说话,却突然冒出这一句,唬得众人瞪大眼睛。"啥?老大你是怎么了?咋能说这话?"刘老九想不明白,急切问道,"为什么不能关?为什么要放回去?"

尤老大见众人不理解他的话，只得耐着性子解释起来。他告诉大家，现在我们手上有三个土匪窝里的人，"大长脸"还是岳葫芦的压寨夫人，虽然是名义上的，但是他们绿林有道上的规矩，要是自己的夫人都不营救，那么传出去道上的人都会笑话他们是贪生怕死，不讲情义，所以"大长脸"不能杀，要好好地当作一张底牌来用。听到这里，刘必富插嘴问道："你是不是想用'大长脸'换大宝？"

　　尤老大看着他，点点头说："我正有此意，若能换回大宝，就再好不过了！"

　　刘必富却摇摇头："你未免把事情想得太简单，'大长脸'是女土匪，杀人恶魔，已经被警察局羁押，且不说警察那边不会同意你拿她换山上的肉票，就是警察同意了，乡亲们也不会同意，他们恨不得明天就把'大长脸'千刀万剐，要是知道你想把'大长脸'放回天堂寨，我看那几个被土匪祸害过的苦主肯定会气得来把咱这山东菜馆砸了！"

　　根生娘玉芬也说："是的，刘家大哥说得在理，那女土匪已经关在警察局，他们不会让你把人带走的！"

　　"老大，我知道你急着把大宝救出来，可是你这主意很明显行不通！"刘老九也持反对意见。

　　见众人都对自己这个想法表示否定，尤老大也不好意思地笑笑说："是的，我自己想着也不大可能，所以就要从凤九身上着手想办法了！"

　　"凤九？那个尿蛋？在我把他押到警察局的路上，他都快尿裤子了，他能帮着咱们什么忙？"

鬼子攻城

"八格!"得知王念仁非但没有答应合作,反倒加强戒备准备迎战,东久迩宫气得破口大骂。见他发起脾气,中村一郎等人也战战兢兢,不敢应声。

东久迩宫告诉众人,豫东位于大别山脉与平原接壤的地方,南部是桐柏山、大别山险峰峻岭,北部有淮河屏障,地理位置十分重要,历来都是兵家必争之地。豫东县城又处在京汉线上,是火车机车维修换乘中心站,距离江城仅二百来公里,在战略上具有重要意义。

东久迩宫说自己已经接到通知,江城一战迫在眉睫,上头要求他率领在华中的兵力驰援江城一带,所以拿下豫东,打开通往江城的通道势在必行。

为夺取这一军事交通战略要地,东久迩宫亲自指挥攻打豫东,于一九三八年六月十五日下令,派出十架战斗机飞临豫东上空,对豫东城区进行战略轰炸。

面对敌机偷袭,王念仁和赵独龙临危不乱,指挥守城将士还击,开炮击落两架战斗机。白玉梅和抗日联军紧急组织百姓遁入防空洞躲避,收治受伤的士兵和群众。

十五天之内,鬼子的敌机对豫东县城进行了十轮轰炸,造成豫东城门损毁,城内多处建筑被炸毁,平民房屋被烧毁,上百名无辜群众死伤。

第十轮轰炸结束后,王念仁和赵独龙冒险走出地下指挥部查看，赵独龙气得直跳脚："他奶奶的，老子就等着小鬼子上门，和他们真刀真枪当面干一场，哪知他们来这一手，老子算来算去算不到鬼子会用飞机扔炸弹，真是防不胜防啊！该死的炸弹把老百姓害苦了！老王，鬼子这样炸我们，我们打不到他们的轰炸机，咱们就只有挨打的份儿，这可如何是好！"

王念仁也是痛心疾首，他只恨兵力衰弱，没有空军与东久迩宫的部队抗衡。在鬼子第一次轰炸豫东时，他已经向中原国民党军师部紧急报告豫东被轰炸之事，被答复双方兵力悬殊，要求不正面迎战，保存实力。

赵独龙骂道："老子戎马一生，从来不把'死'字放在眼里，可气的是上面那些无能之辈，鬼子这都打到眼皮底下了，还叫我们忍？做缩头乌龟躲在地下室挨打？保存实力？我们有什么实力？要飞机不给，要炮弹也不给，难道让我们拿肉包子去打狗吗？"

豫东没有等到国民党军驻中原师部的增援。七月底，日军已经从城外发起地面进攻，东久迩宫的目的已经很明显了，占领豫东县城，打通中国南北战场通道，为进攻江城乃至华南地区扫清最后一处障碍，并建立战略据点。

鬼子的攻城战一打就是一个月。一个月时间里，豫东守城兵力共抵御、击退鬼子的十次进攻，损兵折将百余人，眼瞅着弹药就要用完，一时间豫东守不住的消息疯传，城内人人自危，军中也出现人心涣散之态势，气得赵独龙差点枪毙几个士兵。

鬼子这边，中村一郎率领部队强行渡过史河，大军压至豫东县城外。得知豫东城久攻不下之后，东久迩宫嘱咐他再次使用飞机轰炸，派出十五架飞机先行轰炸，地面配合使用大炮密集炮轰城内。王念仁和赵独龙听从了抗日联军的建议，紧闭城门，组织全城百姓躲在地下防空洞，既没有正面迎战作无谓的牺牲，又消耗鬼子的武器弹药。只是听着城内炮火轰炸的声音，王念仁心里既憋屈又无奈，实在是双方兵力悬殊太大，无法硬拼。

飞机加炮弹轰炸豫东两日，见豫东县城内无人正面还击，中村一郎也回过神，感觉到是豫东守军在以不战之法消耗自己，随即叫停轰炸。就在此时，城外富金山鬼子驻地开了火，枪声夹杂炮火，唬得中村一郎下令飞机去轰炸富金山。

富金山山高林密，地势险要，鬼子的飞机无法准确发现目标，只得乱炸一通，引发山火，大火烧了三天三夜，一直烧到史河边才逐渐熄火。

在城内望着滚滚浓烟，王念仁等人悲愤交加，他们知道那是驻守在富金山上的抗日联军也被轰炸了，正是他们也向鬼子开火，才引走轰炸豫东的飞机和大炮，让城内得到片刻的喘息。

眼瞅着豫东是守不住了，王念仁和赵独龙商量安排百姓撤离。一声令下，除了守城士兵，其余人十日内撤离，城内百姓家家户户携老扶幼从城东撤退，很多守城士兵无奈和家人洒泪作别，多少人家就此妻离子散，父母兄弟生离死别。

中村一郎见轰炸富金山没有什么收获，又消耗了不少弹药，也认为正面攻占豫东耗损太大，于是他改变策略，于九月中旬再次展开对豫东城区的狂轰滥炸，以配合地面进攻部队的军事行动：一边调遣主力部队迂回富金山南部九里关，向西绕道长江河，一边再向东北进犯豫东，形成东西夹击信阳之势。九月二十二至二十九日，鬼子的飞机连续出动二十余批，二百多架次，对豫东进行轮番轰炸，这一次除了投掷炸弹之外，还投放了一千余枚燃烧弹，致使豫东城变成火海，大火持续了很长时间，来不及撤离的百姓及誓死守城的士兵共计死伤两千余人，白玉梅所在的医院院子里堆满了尸体，豫东全城成了一片废墟。

　　战斗间歇，王念仁要求白玉梅率领抗日联军撤离，白玉梅不答应，说医院需要她，伤病员更需要她。无奈之下，王念仁只得安排白玉海带着一家人先行撤离，此时已经不能再回二十里铺，白玉海打算带着家人跟随"跑反"大部队绕道跑向蓼城迁移。临别之际，白玉梅取下一直贴身佩戴的玉佩戴在了侄女白秀的脖子上，嘱咐她一定听父母的话，照顾好自己和弟弟，无论什么时候都要铭记鬼子犯下的罪行，要勇敢地活下去。白玉海叮嘱白玉梅务必注意安全，一旦破城，要及时撤离，要记得"留得青山在，不怕没柴烧"的道理。王念仁告诉白玉海，他会誓死保护好白玉梅，请哥哥放心。白玉海知道这些年王念仁对自己妹妹的情意，告诉王念仁，自己就将妹妹托付给他了，两个人一定要好好地活着。

烽火四起

就在鬼子集结兵力围攻豫东之时，中共长江局在蓼城建立了临时抗日指挥机关，安排了大批干部在蓼城指导抗日力量整训，建立了鄂豫皖抗日民族统一战线。一九三八年三月，豫东战斗打响之后，指挥部为保存实力，迁往蓼城以南二十公里的立煌县桃树岭，领导长江以北地区和大别山地区抗日救亡活动，"小胡了"王振东等之前就潜伏在蓼城的干部就在这时回归组织，王振东任驻蓼城独立团独立营营长，负责带兵镇守蓼城。

一九三八年四月，鄂豫皖抗日指挥部与国民党蓼城代表谈判，率先实现了区域性第二次国共合作，对增援豫东战场的日军予以联合阻击，打响华中反击战第一枪。豫东战事吃紧，蓼城也不太平，周边大大小小的鬼子军队都在拼死想沿蓼城至富金山沿线开进，王振东所在的独立营又在蓼城、众兴、河口、立煌等地进行大小战斗两百余次，采取"敌进我退、敌退我进、敌疲我打、敌驻我扰"的策略，联合游击队与蓼城一带的鬼子斗智斗勇，逐渐成为华东敌后抗日的主力军。

蓼城乃皖西重镇，大别山的北大门，史河穿城而过，人员进城出城需涉水而过，河边修建有码头，往来可以坐渡船，也还算方便。王振东带兵在蓼城至豫东沿线布防，这是富金山前沿的第一道防线。营长王振东为了行人和作战的方便，和全营官兵一起在河上架起了一座木桥。一九三八年九月初，日寇先是派出飞机轰炸，再集结步兵多次围攻豫东，周边后续兵力持续东进妄图增援进攻豫东，在蓼城至富金山一线受到王振东部队的强力阻击。王振东指挥机枪连在桥头堡打了三天三夜，歼灭鬼子三千余人，鬼子又连续反扑，由于大炮等重型武器都在豫东前线，鬼子步兵队伍人员虽多，但遭到王振东机枪连打击，始终不能过桥，此战从最大程度上阻击了增援豫东战场的日军力量，极大地缓解了豫东的困境。

前方仗打得激烈，后方支援也没停下，尤老大和刘老九等人发动十字街所有饭庄、菜馆，千方百计制作干粮，刘必富还和秦明大律师等人成立了抗日救国募捐组织，动用一切力量和人脉筹集资金作为军费捐给抗日指挥部。王振东对尤老大说："吃着你们送的干粮，打起鬼子来更有劲了，枪都瞄得更准了！"尤老大和玉芬夫妇看着这个比自己小十岁的年轻人，忍不住一个劲赞叹。受到鬼子飞机轰炸的影响，民强学校也停课了，根生也回到家里帮忙做干粮。镇子上的医院房间不多，收治条件有限，魏校长组织学校教职员工把校舍改成临时收容所，负责接收伤病员和一些无家可归的流浪儿。根生年纪虽小，但非常懂事，在魏校长的带领下，他和一群同学担负起跑腿帮忙送信、照顾伤员等工作，深受抗日联军喜爱。

如今鬼子挑起战火，战事吃紧，警察局和剿匪队都被整编要求维持好蓼城治安，重心都放在抵御日寇上了，暂时没精力去管天堂寨的土匪，剿匪之事也搁置下来，"大长脸"、小尼姑和凤九也都只能继续羁押在牢里。

念凤九在自己独闯天堂寨时多加照顾，加上凤九本质上并不是大奸大恶之人，尤老大隔三岔五就会带着酒菜来探望凤九。凤九每次见到尤老大来探视，都会摇头叹气说自己看走眼了，以为遇到一个"并肩子"，没想到尤老大居然会是个"跳子"（指尤老大是警察那边的人）。尤老大说自己不是什么"跳子"，只是一个一心想过安生日子的老百姓，之所以和他们打交道闯天堂寨的山门，为的是救回自己的干儿子大宝。

听尤老大提起干儿子一事，凤九反倒安慰起他来，说鬼脸和尚对大宝是真的好，含在嘴里怕化了，捧着手里怕摔了，大宝也早就不怕鬼脸和尚的样子了，和鬼脸和尚也十分亲近。鬼脸和尚还亲自教授大宝武功，两个人那个亲热劲，外人不知道的还以为他们是亲父子俩。

听凤九这么说，尤老大心惊肉跳。小尼姑已经交代了，那个鬼脸和尚就是臭名昭著的土匪头子"岳葫芦"，大宝的亲娘、奶奶等家人都是他害死的，大宝的亲爹就是王念仁，王念仁用了三年时间追得"岳葫芦"东躲西藏，还一刀砍掉了他的半边脸，一旦"岳葫芦"知道自己现在养的孩子就是王念仁的独生子，那么后果将不堪设想。

见尤老大不说话直发愣，凤九嚼着花生米说："老尤你说大宝是你干儿子，那他亲爹亲妈是谁？怎么也不管他？"

尤老大没办法回答，只得岔开话题，让凤九迷途知返，不要再做土匪，免得将来后悔莫及。凤九说自己下山这么久没回去，山上一定已经知道发生了变故，自己这时候即便回去，也必定会被严加审问，甚至稍有不慎就会被当成细作挨枪子，所以就算是警察这边放了他，他也不会回天堂寨。凤九算是从风口浪尖里过来的人了，心态自是调整得好，他想自己在天堂寨无牵无挂，如今虽然困在牢里，但是有吃有喝，外面打仗每天都死人，还不如索性就缩在这里，听天由命。

尤老大规劝凤九："如今闹鬼子，全国人民都在抗日，你既然决定不再当土匪，不如改邪归正做些正道上的事，做一个堂堂正正的人！"

凤九耸耸肩："我这样子，还做什么堂堂正正的人？我出去人家要是知道我是天堂寨的土匪，不打死我就算谢天谢地了！"

"大长脸"那边就不一样了，自打关进来，就每天疯闹撒泼，要么就是骂人，被看守用过几次刑之后，已经有些神志恍惚了，如今每天在牢房里就是自言自语一句话："大当家的快来救我，杀了这群该死的！"剩下的时间就是发呆，给她吃她就吃，不给吃的也不叫。

那个小尼姑因为是被胁迫的，查明她从未沾过血案，又主动坦白交代老尼姑的罪行，经审核已经释放。她也不敢回天堂寨，也没地方去，尤老大看她可怜，就招呼刘老九给小尼姑想个去处。刘老九想来想去，觉得还是找个人监管着的好，于是在警察局备了案底，把小尼姑送去了柏神庙，重新当了一名专管洒扫添香油的小尼姑。

白玉海一家四口跟随"跑反"人群九死一生绕道百余里抵达蓼城，与尤老大接上头。患难之中见真情，两家人庆幸乱世之中再次相聚，刘老九看到秀已经俨然长成大姑娘了，心中好生欢喜，秀再次见到刘老九和根生，也十分高兴，几个人亲热得不得了。

白玉海本来要在客栈里安身，但是刘老九坚决不同意，他说大家住在一起，凡事也好有个商量，白玉海推托不过，只好听从刘老九安排。刘老九把后院一间厢房整理出来，让白玉海一家人住了进去。

当晚在前院菜馆，尤老大一家、白玉海一家，加上刘必富夫妻俩和刘老九，大家聚在一起，边吃边聊。听完白玉海描述豫东的情况，众人也是十分忧心，而眼下最让尤老大担心的还是大宝，养在土匪窝里总不是好事。玉芬问尤老大之前打算通过凤九疏通关系，和山上土匪谈赎回大宝的事情如何了，尤老大把凤九的话转述给大家听。白玉海说，既然连那个土匪凤九都不敢回山上了，那我们就请警察出兵，打上山去如何？尤老大说，老哥你刚来还不清楚，如今鬼子入侵，天堂寨的土匪私底下和鬼子勾结在一起，单凭警察局和剿匪队的力量实在是没办法打上山去。众人听完，皆沉默不语了。

匪祸

零星战斗不时打响，土匪时有下山扰民，趁火打劫，惹得大人们忧心忡忡，孩子们年纪尚小，又难得聚在一起，相比大人们的愁眉苦脸，他们过得轻松一些。每天，根生一有空就教白秀和她弟弟启贤识字，虽然他自己也才上学没几年。

根生说学校因为敌机轰炸已经停课，要不然白秀也可以报名去上学。白秀告诉他，她爹白玉海已经说了，等打跑鬼子，他们一家回到豫东二十里铺以后，也把秀姐弟俩送进学堂读书。根生说也不知道鬼子啥时才能滚出我们国家，听魏校长说鬼子把东北、华北、华东都占领了，到处杀害抗日志士，残害无辜的百姓，害得他们连书都读不成，他恨不得一夜长大，也像王振东那样拿枪打鬼子。

白秀说这些坏蛋跑我们国家来杀人放火，真是坏透了。她宽慰根生："我姑姑说过总有那么一天的，只要全国抗日民族统一战线建立，全国人民齐心协力，我们就一定能把鬼子打跑，这些害人的鬼子总归要完蛋，到那时候，我们的国家一定会越来越好！人人有书读，人人有饭吃！"

"你姑姑？"根生不解地问，"你姑姑她不是医生吗？她怎么知道这么多？"白秀在地上画了个鬼子的头像，拿起树枝边敲打边说："我姑姑是医生没错，但她也是打鬼子的人，鬼子正在攻打豫东，姑姑让我们一家先到蓼城来找你们，她自己和战友们还留在豫东打鬼子呢，平时她还要在医院救治伤员，没办法和我们一起来！也不知道她现在怎么样了。"见姐姐在用树枝"打"鬼子，小启贤也在一旁嘴里喊打鬼子打鬼子。

根生说自己长大也要当兵打鬼子，白秀听了笑笑说："咱们现在虽然是孩子，也可以帮着大人打鬼子呀！"

根生问："怎么帮？"

"你不是已经在帮着学校给伤病员送饭、送信了吗？这就是在帮大人打鬼子啊！"白秀勉励的眼神看着根生，"下回给伤病员送饭，咱俩一起，我也要做点事，出点力！我爹已经帮着医院在诊治伤病员了，我娘帮着你家做干粮，我也要帮忙！"

"咱们做这些，和打鬼子有什么关系？咱们小孩子又没枪！"根生还是懵懵懂懂的。

"亏你还是读书人，咱们救治伤员，给伤员送饭、喂饭，给战士们做干粮，这就是在给打鬼子出力，不是非要拿着枪和鬼子拼子弹、拼刺刀才叫打鬼子！"白秀伸出手指在脸上刮两下，羞了羞根生。

根生挠挠头，不好意思地说："姐你说得对！我明白了！那我以后还是要好好读书的，我们魏校长说了，只有读书才能找到救国救民的出路！"

"嗯，你行的！说不定你将来也能当个校长！"

"啊？嘿嘿嘿！"

民强小学已经改成了收治伤病员的临时医院，原来的校舍都住满了伤员，连走廊里都支满了床。魏校长思忖如果伤员人数再增加，就只能在院子里搭个棚子放些床了。

住的问题还不是最难解决的，医护人员和留守学校的老师的一日三餐是迫在眉睫需要解决的难题。学校停课，学生都回家了，其余的老师也都散了，只留下魏校长和一个门房老头，两个人都不会做饭，医护人员加上伤病员每天几十张嘴等着吃饭，这可难倒了魏校长。

魏校长和医院方面交涉，他知道根生家是开菜馆的，又有刘老九的那层关系在，就推荐了山东菜馆。医院方面采纳了他的建议，找到山东菜馆，和尤老大商量，请他们帮忙做饭，谈好价格，付了订金，费用每周周一结清。

这样一来，要忙着给独立营做干粮，又要忙着给医院和伤病员送饭菜，尤老大夫妇俩实在忙不过来，于是白玉海夫妇也来帮忙，张巧云也带着家里的老妈子和丫鬟帮把手，大家每天忙得不亦乐乎。刘老九每天忙完油坊的活，就领着根生去学校送饭，白秀也常跟着一起去。

这天早晨油坊的事情多，临近送饭时间，刘老九没来得及从油坊回来，根生就和白秀两个人推着独轮车往学校送饭菜。尤老大放心不下，根生说自己这条路已经走了几百回了，没问题的，白秀也让大家放心，说自己和他做伴一起去学校送完饭菜就回来，小启贤要跟着一起去，被白文氏留下来了。手上还有一大堆干粮要制作，一群人都在加班加点忙活，实在脱不开身，白文氏嘱咐白秀一路上跟紧根生，路上不要耽误，送完就回来。

根生和白秀推着独轮车走后没多久，秦明大律师赶来了，他是特地来和大家告别的，说他们全家要迁去重庆了。大家听了这个消息，都很惊讶，特别是尤老大和刘老九，对秦大律师骤然宣布离开，感到既震惊又难过。

秦明大律师是华东地区首屈一指的知名律师，之前也在南京政府做事，这次国民政府开出的迁移知名人士名单里，就有他的大名。他虽然刻意避世多年，早早就离开南京政府，却还是逃不过安排，这次全家迁往重庆，实属无奈之举。

秦大律师告诉众人，国民政府其实早在三年前就谋划迁都一事，"七七事变"之后，全民族抗战正式开始，"淞沪会战""南京大屠杀"……上海沦陷、南京沦陷、杭州沦陷……之后，国民政府从一九三七年十一月就开始了向重庆迁移的漫长历程。这次去往重庆，一路上也是万分艰险，能否顺利到达也还是未知数，所以今日一别，也不知能否再相见。

"这样的日子还不知道要挨到何时，你们留在蓼城，又处在日寇东进的路线，虽然有抗日联军镇守，却还有土匪不时作乱，你们还是要万事小心，只盼着早日驱逐日寇，还我华夏太平盛世，那时，我们再相聚！"……

秦明大律师离开蓼城后不久，东南西北四个方向的鬼子联军从外围包抄，蓼城也岌岌可危。由于独立营联合警察局、乡勇团、剿匪队及地下抗日力量共同镇守蓼城，鬼子围攻蓼城的一零八师团一时无法入城，鬼子几番攻城不下，继而改变计划，派出一支联队转战周边山村，占领了天堂寨制高点，企图自上而下推进，从而攻城。

鬼子攻占天堂寨期间，天堂寨几个村寨山民奋起反抗，无奈山民势单力薄，鸟枪无法对抗机关枪和大炮，多数山民被杀或是受伤后被鬼子擒获，房屋尽被烧毁。有先进的军火开道，加上天堂寨的土匪里应外合，鬼子的联队只用了三天时间就拿下了制高点，在天堂寨土匪窝建立"维持会"，汉奸土匪头子宋二当家的因为"有功"摇身一变担任"维持会"的会长，土匪们也全都变成了"维持会"的人。

这一天，天堂寨山上雾不见日，由鬼子一个少佐坐镇，为

"维持会"的土匪们清理抗日的山民和常年无人来赎的死肉票，当日一共残杀了三十人，许久没有闻到血腥味的土匪们个个都兴奋不已，天堂寨成了"人间地狱"。

"维持会"的土匪把三十二个人头挂在树顶上示众，第二天，鬼子联合"维持会"的土匪向蓼城南门开进，所到之处，遇到百姓反抗，即采用刀砍、活埋、鬼子的警犬撕咬等方法杀死无辜乡民。

这一天，鬼子的联合纵队已经推进到离蓼城叶集镇不足二十里地的史河入河口。这里有一个百余户人家的村子，村子里的百姓多半姓牛，因此村子又称牛家村。由熟门熟路的土匪带路，鬼子很快就找到入村的道路，不料刚前进没几步，就踩响了地雷，炸得联合纵队一个措手不及，人仰马翻。

原来，独立营安排了两个班的兵力作为游击队埋伏在牛家村，算作蓼城驻军的第一防线。游击队之前已经在村头埋下了地雷，鬼子和土匪踩响地雷，被炸死炸伤多人，这还是连日来"维持会"联合纵队第一次遇到这种模式的打击，恼羞成怒的鬼子和土匪对村内开火，游击队予以还击，双方展开激烈交战，后因弹药不足，游击队边打边撤，退进村子，掩护村民离村躲避，一部分跟着游击队由村后小路退回蓼城，还有一些村民就近跑到山上隐藏。

"维持会"的人就像闻到血腥味的苍蝇，紧跟其后追击游击队，冲进牛家村就放火烧毁民房。土匪还在几处草房里抓住了来不及逃走的七名小脚老太太，鬼子逼问老太太们游击队员的下落，老太太们紧闭双目，拒不回答，几个带头的土匪丧尽天良，帮着问话的鬼子用刺刀活活捅死了七个老太太。

当晚，七名老太太的家人和少数隐藏在后山上的村民冒险返回村子,想替老人家收尸,不料被土匪发现,用枪驱赶到村口一个小塘埂上。这些村民共计二十四名,被鬼子用机枪射死,全部惨死于塘里,鲜血把水塘都染红了。

之前偶有消息传天堂寨的土匪和鬼子的联队纠结在一起组成"维持会"残害百姓,镇子上的人听不大真切,也不觉得有什么恐怖,直到牛家村屠村的消息传来,镇子上的人都吓坏了。消息传到独立营,战士们一个个恨得眼睛喷火,王振东更是气得砸碎一只茶杯,他向指挥部汇报后,决定对"维持会"迎头痛击。

枪决"大长脸"

鬼子加土匪猖狂作恶，周边百姓苦不堪言，抗日联军指挥部电告蓼城及周边所有队伍，准备集结兵力对鬼子的联合纵队和"维持会"予以反击。指挥部得到准确消息说鬼子的联合纵队在天堂寨和牛家村遭受游击队打击之后，决定不再遮遮掩掩试探打击，而是集结所有兵力攻打蓼城，因为拿下蓼城重镇叶集，就等于掌握蓼城至富金山，再到豫东县的生命线。既然蓼城叶集镇首当其冲成了鬼子东进部队的攻击目标，此战鬼子势在必得，叶集保卫战打起来会相当被动和艰苦。

驻扎叶集镇的独立营只有不到五百名兵力，加上迅速集结过来的几支游击队，叶集镇的警察局、剿匪队，统共也不超过八百人，而鬼子的联合纵队是集结了一个师团的兵力，粮草充足、武器精良，还有对地形熟悉的土匪辅助，占了"天时地利人和"的先机，所以单从实力上来说，独立营无法抵挡得住日军一个联合纵队的进攻。

果不其然，鬼子的联合纵队在飞机、迫击炮的掩护下轮番对叶集镇发起了猛烈攻击，独立营联合抗日部队予以还击，战斗异常惨烈，双方死伤惨重。战斗打响之后，周边鬼子的兵力逐渐合拢，鬼子的第2集团军从庐州一路向东，打下皋城，继续往东与鬼子联合纵队及"维持会"合拢。敌军力量猛增，独立营有些招架不住了，立煌县指挥部派出一支三百人队伍北下试图增援独立营，却在距离叶集镇十公里外的大龚岭处山坳遭到鬼子的猛烈炮击，损伤近百人，余部被迫退回立煌县城。

孤立无援，面对鬼子来势汹汹，王振东计算兵力，再这么硬拼下去，独立营将全军覆没，可是不拼，叶集镇的百姓怎么办？

"要不，咱们撤吧？绕道去豫东，和豫东守军会合再打阻击战？那样，咱们也不算临阵脱逃！"属下对王振东建议道，"现在援军上不来，我们的兄弟死伤严重，再这么耗下去，恐怕就要……"

王振东的脸上有他这个年纪没有的坚毅神色，他对独立营的兄弟们说："兄弟们，我们既然当兵打鬼子就必定不怕死，怕死也不会当兵。再说了，我们自打驻扎蓼城，这个叶集镇子上的老百姓对我们是全力的支持，我们有吃有喝，连脏衣服都是老乡给我们洗好晾干送来，如果我们不和小鬼子拼到底，怎么对得起父老乡亲？如果我们撤了，他们也就没指望了！"

王振东和一群精兵强将连续几天分析战况，派去和富金山联络的人也顺利地回来了，汇报了富金山周围战事及豫东县城的近况。中原局也传来电报，此次围攻叶集镇的鬼子联合纵队，就是鬼子的第13师团，是在南京大屠杀中所犯罪行最为严重的师团，武器精良，兵强马壮，个个都是杀人不眨眼的恶魔。联合纵队攻打叶集镇的目的并非占领镇子，而是要扫清抗日阻力，一旦打赢战斗，就会迅速开拔直插富金山，最后与围攻豫东县城的鬼子会合，为江城打下外围战场。

考虑到叶集镇至富金山防线情况危急，江北中原局紧急通电国民党军统筹协调，将原本在豫东外围的71军、51军、77军三支部队与富金山抗日游击队整编，在叶集镇至富金山一带增设兵力沿线设防，目的是阻击鬼子的联合纵队，粉碎鬼子增援围攻豫东兵力的阴谋。

就在叶集至富金山保卫战沿线设防进行得如火如荼之际，关押在镇子上的女匪首"大长脸"开始作妖了。

女匪首"大长脸"被羁押在叶集镇有些日子了，警察局之前留她性命，是想着从她嘴里再深挖一些线索，为了能尽快剿灭天堂寨匪患。不料此女匪首自羁押之日起就装疯卖傻，无论怎么审问，就是紧咬牙关死活不开口。不承想近来鬼子攻打叶集，枪炮声不断，关押在牢房里的"大长脸"一改往日的疯癫之态，她不但无故殴打同牢房的女犯，用筷子生生插瞎一名同监室女犯人的眼睛，在被转到重刑犯单人牢房后，还破口大骂抗日联军和剿匪队，常常一脸鬼气地对看管她的狱警说："听到外面的枪声没有？那是岳大当家的派人来救我了，你们赶紧投降吧，要不然你们一个个的都得死！啊哈哈哈哈⋯⋯"这个女土匪凭借一己之力，搅和得监狱里人心惶惶。

"大长脸"的所作所为一一传到秦局长耳朵里，他不由得勃然大怒："一个身负命案的女土匪，已经是阶下囚还敢口出狂言，实则可恼！待我奏明上峰，公开处决，以儆效尤，以平民愤！"之前百姓来警察局又是送匾额，又是放鞭炮，庆祝抓到女匪首，秦局长当时也夸下海口要攻打天堂寨，救出被绑架的乡民，后来因为鬼子攻城被迫搁置，让他自己觉得不好意思面对百姓，如今既然女匪首自己作死，那么索性公开枪决她，一来平息民怨，二来也好挽回点自己当初夸下海口却没实现的颜面。

得知要处决"大长脸"，尤老大和刘老九等人犯了难，原本想着有朝一日可以拿"大长脸"作为人质与天堂寨的土匪谈条件，不承想"大长脸"一个劲地作死，如今上峰也核准了警察局枪决女匪首的申请，不日就将公开处决。尤老大心心念念拿"大长脸"换回大宝的心愿眼看就要泡汤了，连日来愁眉不展，闷闷不乐。白玉海和尤老大说，他已经转告王司令大宝在天堂寨土匪窝的消息，只是眼下鬼子围攻豫东，王司令分身乏术，无法带兵来救大宝。众人知道大宝还困在土匪窝，也都很是揪心。刘老九开解众人："那个凤九不是说了吗，土匪头子'岳葫芦'把大宝当亲儿子一般对待，所以大宝不会有生命危险的。"

尤老大皱着眉头说："我就是听到凤九说'岳葫芦'拿大宝当亲儿子一般我才更着急！之前我在山上看到'岳葫芦'对大宝那样，我就担心有一天大宝真的被他教坏了！"

刘老九拍拍他肩膀，宽慰道："现在都忙着打鬼子，也没有人能去天堂寨打土匪，咱们还是等豫东那边大宝亲爹打赢了鬼子，再找他一起想办法救大宝吧。你也别太担心，王司令和大宝才是亲生父子，有血脉亲情在，不怕儿子不认爹！至于那个女土匪，她是死还是活，和咱们没关系，这样的害人精死光了才好！"

刘老九话不多，却字字在理，事已至此，也只能听天由命。尤老大在心里只盼着豫东的战事早点结束，王司令能早日带兵剿灭土匪，救出大宝，一家团圆。

女匪首"大长脸"要被公开处决的消息被贴在了布告上，消息传到天堂寨，隐藏多年的鬼脸和尚"岳葫芦"再也坐不住了，虽然他和"大长脸"只是名义上的夫妻，但是毕竟道上的兄弟都知道他们俩的这层关系，自己不施救也说不过去，还会被道上人笑话。得知"大长脸"将在农历八月初一被执行枪决，"岳葫芦"找来已经是"维持会"会长的宋二当家的商量救人之策。

"大哥，这还需要商量？"宋二当家的扯着嗓子，声音又细又尖，"救大嫂那是天经地义，之前大嫂被关押，咱们没摸清楚对方的套路，不能贸然去救，就算你不发话，我们也要去救！再说了，弟兄们在山上早就待腻了，那些没人赎的'死票'已经清理了，反正已经成了山下那些人嘴里说的'二鬼子'，那咱们索性就下山杀个痛快！"

宋二当家的说的"二鬼子"是山下乡民对"维持会"土匪的别称，因为他们帮着鬼子祸害乡里，无恶不作，所以被冠以这个称呼。

自从宋二当家的投靠了鬼子，摇身一变成了"维持会"会长，说起话来底气也足了不少，跟着鬼子下山的土匪陆续换防回山报告"扫荡"的情况，添油加醋地描述在鬼子身边是如何吃香的喝辣的，烧杀抢掠是如何顺利，又是如何一雪前耻，打得抗日联军和剿匪队如何招架不住的，引得宋二当家的和山上留守的土匪们连呼过瘾，羡慕不已。如果说之前他们只是如狼似虎的土匪，那么现在他们已经成了禽兽不如的汉奸。

之前单凭一个山头的土匪，是无法和山下的抗日联军及剿匪队抗衡的，所以山下的眼线回不来，连凤九都失去了消息，山上的土匪只能干瞪眼着急却没有办法，如今既已投靠了鬼子，又跟着鬼子四处作恶祸害乡民尝到了甜头，这伙子土匪是铁了心要祸害百姓到底的。如今得知大当家的压寨夫人在山下要被处决，土匪们一个一个吹胡子瞪眼吆五喝六地吵着要下山救人。

鬼子方面并不关心镇子上要处决什么女土匪，也不在意土匪们要救谁，他们只想速战速决拿下叶集镇，继而东进。所以，对于土匪们如何谋划下山劫法场的事情，鬼子并不上心，表示这是他们的私事，不在进攻计划之内，还责怪他们临时添乱。联合纵队的师团长是一个叫谷寿夫的，他告诉宋二当家的，他们只同意"维持会"下山一次去救人，无论是否成功，都必须迅速归队，全力投入攻打富金山防线上去，绝不允许"维持会"有第二次擅自行动，否则就死啦死啦的。

土匪们搬不到援兵，又挨了谷寿夫一顿教训，宋二当家的气得直骂娘："他妈的，我们为小鬼子卖命，找他们借几门炮都不给！还要我们老老实实听话，真是一群黑心狼！"

鬼脸和尚"岳葫芦"心知肚明，小鬼子不会把子弹浪费在救一个土匪上面，自己和山上的这些人都只是鬼子"以华制华"的炮灰，一群炮灰垫背的家伙又有什么资格找主人要东西、谈条件？他心里顿生无限悲凉，可是自己当了半辈子土匪，已经无法回头，只能硬着头皮走下去。

既然鬼子说得很清楚了，只同意他们下山一次，那么无论如何这一次机会也要利用好，能不能救回"大长脸"就看天意了。

土匪进赵府

天堂寨的土匪们如今自称"维持会",打着维持一方治安的旗号替鬼子卖命,欺压百姓。

得知女匪首"大长脸"要被处决,土匪窝都快炸了,"岳葫芦"下定决心要去救人,土匪们商量好,打算化装成山民,悄悄潜进城伺机偷袭警察局,把"大长脸"救回天堂寨。

"岳葫芦"因为只有半边脸,担心一露头就会被人发现,所以他没办法带队进城,就留在山上坐镇。宋二当家的亲自下山,他裹上头巾,换上山民的衣服,带着一伙人悄悄下山,天还没亮就摸到了离叶集镇只有二里地的老虎滩。

老虎滩前面是一片竹林,竹林是赵财主家的祖产,赵财主家祖上之前也只有这一片竹林和几亩薄地,日子过得只能算温饱,无法和日后相比,更谈不上称作财主。

后来有一年,天堂寨突发山火,有一只老虎从天堂寨跑下山藏身竹林,赵家的耕牛在竹林边的池塘饮水,老虎饿极了出来吃牛,耕牛和老虎好一番搏杀。赵财主的爷爷那时候会射箭,发现老虎,取来弓箭,连发数箭,皆射中老虎眼睛、耳后根等要害部位,老虎受伤后向东沿着河埂逃窜,赵家老爷子带着人紧追不舍,边跑边补箭射老虎屁股,只把老虎屁股当成了箭靶子。老虎自下山之后多日来就没吃过东西,加上与耕牛搏杀耗尽了力气,又加上中箭流血,勉强跑到一片河滩上就再也撑不住,倒地毙命了。

赵家老爷子和家人扒了虎皮带回家，剩下的虎骨虎肉虎鞭也卖了不少钱，赵家拿着这钱做了缫丝的买卖，就此发迹，后来成为蓼城一方富户，后来老虎死的这地就被人称作老虎滩了。

由于不知道镇子里的详细情形，宋二当家的决定派两个人先去摸摸路子。这两个人是谁呢？一个是之前和土匪凤九一起下山去给赵家送"票书"的吴老四，和凤九一起在尤家菜馆喝过酒；一个是冒充剿匪队要绑架尤老大的"大眼珠子"。

山上如今能扛事的土匪不多了，"岳葫芦"这次派下山跟着宋二当家的土匪里就有这两位。两个土匪从二当家的这里得了令，带好家伙一前一后向竹林摸去，他俩打扮成卖山货的，每人背后各背着一个竹篓。走出竹林后，迎面就是一座宅院，吴老四之前和凤九下山送"票书"时摸过点，记得这是赵家后院。他和"大眼珠子"都是心狠手辣之辈，想着今日好不容易下山了，两个人手里都有枪，听说赵家已经破败了，大儿子被火烧死了，赵老爷也死了，赵太太瘫在床上，丫鬟奴仆都遣散了，估计这么大的宅院里面也没人把守，不如趁此机会进去搜刮一番。

吴老四对"大眼珠子"说："俗话说得好，瘦死的骆驼比马大，就算他赵家再怎么败落，总归还有这么大的宅院，这么多田地，一定能搜到不少银钱，哪怕抢点花瓶古董啥的卖掉，也够咱们兄弟享用的了！""大眼珠子"听到这话忙点头称道："就是，哥哥说得在理，咱们一人一把手枪，进去要啥没有？东西要是少，咱哥儿俩自己分了，要是多，咱们就献点出来，还能在大当家的面前立个头功！哥哥你说呢？"

"就这么办！"

303

事不宜迟，眼瞅着天快亮了，吴老四和"大眼珠子"一琢磨，二人决定直接翻墙进赵府。

两人前后搭手不费气力就翻上了院墙，缩在院墙上仔细观察了一会儿，没有巡夜的家丁，院子里的各处房间没有灯光，漆黑一片，甚至连声狗叫都没有听到。吴老四小声嘟囔一句赵家真的是破败到这般田地，连只看门狗都养不起了。

两人前后翻下去，跳到院子里，蹑手蹑脚地往廊下走，寻找内宅主人屋。

两人摸到廊下正待继续前行，就听到身后一扇门响，像是有人从屋内走了出来，吴老四和"大眼珠子"闪身躲在廊柱下。从屋里走出来的是赵家看门的老门房，他上了年纪，起得早。"大眼珠子"不愧长了一双大眼珠子，借着蒙蒙亮光，看清楚来人是个老头，顿时有了底气，掏出手枪就从后面顶住老门房的腰眼，小声呵斥道："老东西，别动，不然一枪打死你！"

老门房是起来倒夜壶的，睡眼惺忪还没回过神，冷不丁被人从后面用手枪顶住腰眼，吓得手上一松，夜壶摔在地上，溅了自己一裤子的尿，"大眼珠子"的鞋子上也被尿溅湿了，一股子尿臊气在空气中蔓延开来。"大眼珠子"气得一拉枪栓就想开枪打死老门房，嘴里骂道："你个老臊狗，老子叫你撒尿，老子现在就把你崩了！"

"好汉慢动手，好汉饶命！"老门房也算是见过世面的，生命攸关之际还能开口说话，他顾不上多想，只能本能地求饶，嘴上喊着，"好汉要是要什么东西，我愿意带路！"

见"大眼珠子"控制住了老头，吴老四也从廊柱子后面闪现出来。老门房乍一看到面前又多出一个人，都吓得快晕过去了,他连声哀求道:"好汉们,我就是个看门的孤老头子,求求你们别杀我!"

吴老四鼻子里哼哼:"你一个孤老头子守着这么大的宅院,就不怕吗?你刚才说你能给我们带路?"

正所谓"说话听门道,锣鼓听声响",吴老四这话一说出来,老门房就明白他的意思,他用手指了指廊前过道,小声说:"府里没几个人了,好汉们若是想要什么东西,只管自己翻就是了,只求好汉别开枪!"

"我且问你,赵府如今还有什么人?还有多少值钱的物件?你且拣要紧的回答我,要是敢说一句假话,我立刻崩了你的老狗头!"说着话,"大眼珠子"用枪管使劲顶了顶老门房的腰眼。

被人用枪顶着后腰眼,老门房不敢不说实话。

原来赵家自从赵老爷一命呜呼、赵家傻少爷被火烧死、赵太太中风瘫在床上以后,就由赵家原来的周管家主事了。赵家的缫丝厂之前被鬼子的炮弹炸了,仓库也烧了,周管家本来还想把生意撑下去,可是世道混乱,硝烟四起,生意实在难做,他又不懂如何经营,实在是无力回天,只好对外宣告破产,又从府里库房拿出一大笔钱,用来赔货款。

眼看着家里的日常开销都成了问题,周管家就遣散了府里丫鬟奴仆,只留下府里看门的老门房和一个在赵家几十年的老妈子并一个小丫鬟。老门房负责打扫庭院和看门,老妈子只管生火做饭外加伺候活死人一般的赵太太,那个小丫鬟生得漂亮又机灵,周管家起了私心,把她留在房里贴身伺候自己。

周管家为了补贴家用,把前院大空场子开辟出来租给镇子上跑货运的了,用来堆放货物和牛马等牲口,借此换点租金维

305

持生计。人进进出出他怕货物和牲口不安全，就把前院大门从里面闩上，让老门房搬到后院住，每天早起再去前院看着，货运站的人来了，验明身份再开门。

按说这样一来，赵家这几个人的生活费是有着落了，可是周管家之前还跟着赵老爷学会了抽大烟，如今虽然靠出租院子赚点租金，可是入不敷出，于是他就开始动了歪主意，偷着变卖赵府的古玩字画去买烟土，自己躲在卧室里吞云吐雾，好不自在。老妈子偷着把周管家变卖家里东西的事情告诉了瘫在床上的赵太太，赵太太恼得双眼喷血，手指甲把床单都抓破了，可愣是说不出一个字，差点活活憋死。

小丫鬟把这事告诉周管家，周管家不以为意，他告诉小丫鬟："我给赵府卖了一辈子的苦力，如今还帮忙养着她那个活死人，已经是仁至义尽了，我没撒手不管就已经是对得起赵家了，如今外面兵荒马乱的，这一大家子吃喝拉撒都要钱吧？不卖东西换钱，难道卖人？咱们就守在这大宅院里过一天算一天吧！你就踏踏实实跟着我，伺候我，我不会亏待你，你就跟着吃香的喝辣的就行了！"这锁起门来的赵府俨然成了周管家的安乐居了，几个人在宅院里倒也乐得与世无争。

小丫鬟本就是被卖到赵家的，无依无靠，只好听从周管家的吩咐，负责和货运家开支租金，隔三岔五出门买点柴米油盐日用品什么的回来。

听完老门房的话，吴老四心想这个管家不是管家，应该叫败家才对，他问老门房周管家和小丫鬟睡哪屋，老妈子和赵太太又在哪屋，老门房都一五一十回答他了。吴老四点点头，吩咐"大眼珠子"找根绳子把老门房捆住，又找了个破布堵住了老门房的嘴，把他塞进屋里。

绑好了老门房,吴老四和"大眼珠子"一前一后穿过走廊,他们准备先料理了老妈子和那个活死人赵太太,再去找周管家。

匪临城下

  老妈子是赵太太的奶妈，是贴身伺候赵太太大半辈子的人了。赵老爷和傻少爷相继死后，赵太太中风生活不能自理，老妈子就和赵太太歇在一处，赵太太睡在里屋，老妈子睡在外间，方便照顾不能自理的赵太太。

  因为常年做惯了伺候主子的活计，如今又要时刻警醒着照顾赵太太，所以老妈子睡觉很轻，一点点响动她都能醒过来。

  两个土匪在前面走廊上走动并且绑了老门房的时候，老妈子已经被惊醒了，黑灯瞎火的，从窗户往外看不真切，借着麻麻亮的光线，赫然看到两个人影往自己住处这边走来。老妈子吓得魂飞魄散，抖着身子挪到里间，摇醒了昏睡的赵太太，无奈赵太太口眼歪斜，话都没办法说，只能呜呜发声。老妈子跪在床沿，手里握着赵太太的手，哆哆嗦嗦说不出话来，眼睁睁看着两个人撬开房门，摸了进来。

  周管家和小丫鬟早已经明铺暗盖睡在一张床上，小丫鬟心里还盘算着什么时候让周管家娶了自己。周管家告诉她赵太太还没死，等哪天赵太太咽了气，他名正言顺掌管了赵家，再把赵家的家产改成姓周，到时候再娶她做正室夫人。

  小丫鬟问为什么还要好吃好喝养着活死人。周管家笑着告诉她养着赵太太是做给外人看的，免得自己落个虐待逼死主母，侵吞家产的罪名，而且只要赵太太还有一口气在，他就有理由变卖赵家的田产和古玩换钱，打着养活赵太太的名义花钱，就是天王老子来也说不出他周管家一个不字。

小丫鬟迷迷糊糊听到对面有响动，推了推过足烟瘾正在呼呼大睡的周管家。周管家迷迷瞪瞪睁开眼："怎么了？这天没大亮呢！"

"老爷你听，外面有人，该不会是进贼了吧？"

周管家凝神听了一会儿，没听到外面有什么声音，正想着翻身再搂着小丫鬟睡个回笼觉时，雕花木门被从外面大力撞开来，没等他反应过来，两个杀气腾腾的黑衣人已经冲到床前。被枪管抵住额头时，周管家这才回过神，家里真的进了贼。

此时天色已亮，在屋内已能看清人脸，见两个黑衣人就像凶神恶煞一般，不是好惹的，周管家顾不得身边瑟瑟发抖的丫鬟，强忍恐惧，壮着胆子和面前两个男子搭话："好汉们，有话好说，有话好说，别动刀动枪的！"

"我且问你，你家值钱的东西都在哪里？赶紧拿过来，要不然叫你吃颗花生米去西天！"吴老四掂着枪管，嘴上恐吓着周管家，眼睛却不由自主瞄上一旁的小丫鬟，心想这个女子长得可真是水灵。小丫鬟抖着身子，一股子脂粉加体香飘进吴老四鼻孔，勾得吴老四心里直痒痒。

周管家点头如捣蒜，嘴上说着好汉稍等，下床弯腰从床底下拉出一个小箱子，打开箱子，从一层衣服下摸出一个大钱袋捧在手上。一旁的"大眼珠子"伸手一把抓过钱袋，掂了掂，发出银圆碰撞的声响，估摸着有个百十枚。"大眼珠子"故作不满，厉声道："他娘的，就这么点东西，你们赵家是远近闻名的大财主，就拿这点钱糊弄老子？找死吧？"边说话，边挥舞着手里的枪。

周管家被吓得连连摆手，赶紧申辩："家里就这点现钱了,还是前几天拿太太陪嫁的古董花瓶换的,好汉爷若是不信,尽管搜就是了,若是喜欢什么,看上什么,尽管拿走便是!"

"大眼珠子"见榨不出什么油水,这才满意地点点头,冲吴老四使个眼色:"四哥,不少了!"

吴老四似乎并不满意,他用枪管挑开被子,抵住小丫鬟的胸口,小丫鬟撇着嘴,想哭又不敢哭出声。周管家见状,又气又急又怕,脸色都绿了。

吴老四见小丫鬟和周管家都不敢反抗,越发得意,他平素最好女色,在山上憋久了,今天乍一看到活色生香,怎么能不色心大起?恨不得立刻扑上去。

好在"大眼珠子"头脑还算清醒,他见吴老四用枪管调戏小丫鬟,忍不住咳了一声说道:"老四,咱们出来有些时间了,怕是二当家的等急了,钱也到手了,该撤了!"

听到这话,吴老四这才收回枪管,咽了口唾沫,转身看着周管家,周管家点头哈腰,不知道该怎么讨好两人。吴老四坐在床沿上,开口说道:"不怕你知道爷爷是谁,好叫你知道爷爷就是天堂寨的好汉。你们赵家也不是什么好东西,别以为我不知道,你们之前也是靠压榨老百姓才发迹的,为富不仁、欺男霸女的事情你们赵家也没少干,你们赵家连小儿子被绑了都不来赎,居然还想着找剿匪队来对付我们,也不掂量掂量你们有几条命,活该遭报应!赵老爷病死,你们大少爷被火烧死,这就是和我们天堂寨作对的下场!你说是不是?"

"是是是,好汉爷说得是!"周管家哪敢顶嘴,只有应声道,"我只是个管家,找剿匪队的事情都是老爷在世时做的,与我无关哪!再说了,如今老爷和大少爷都死了,太太也……"

"那个活死人吗？"听周管家提到赵太太，吴老四把眼皮一翻，嘴里轻飘飘抛出一句，"那老婆子不能说话不能动，留在世上也是活受罪，我刚才送了她一程，这会儿应该已经见到你们老爷和大少爷了，一家子团聚了！哈哈哈哈！"

听到原以为是过路蟊贼的人自称是天堂寨土匪之时，周管家已经是胆战心惊，再一听到赵太太已经被害，周管家简直是吓得肝胆欲裂，腿一软瘫坐在地上，小丫鬟更是直接被吓晕过去。

吴老四在天堂寨只是个不入流的土匪，充其量年纪大些，资历老些，又何曾有他露脸的机会？今日在赵府，好不容易逮到抖威风的机会，肯定是可劲地摆谱，所以他势必要把势子做足了。他一只脚踩在床边，瓮声瓮气地冲瘫坐在地上的周管家说："爷爷我今儿不杀你，实话告诉你，如今我们天堂寨都跟了'皇军'，我们是'维持会'的。如今'皇军'正在攻打富金山，叶集也是囊中之物，你是赵家的管家，镇子上人头地面都熟悉，你且告诉我，如今镇子上的情形如何？谁在为抗日联军效力，和我们'维持会'作对？你最好一五一十地说来，爷爷不光不杀你，还会优待你！"

周管家听了这话，心里明白自己这条命算是保住了，当即撑起身子，眼珠子一转，说出一番话来，这番话差点给尤家菜馆带来灭顶之灾……

吴老四和"大眼珠子"原路撤回老虎滩，早就等得心急火燎的二当家的见到两人，忍不住扯着嗓子骂道："他娘的你们两个浑球，还知道回来？怎么去了这么长时间！"

见宋二当家的发火了，吴老四赶紧上前呈上钱袋，又把在赵府的所作所为及从周管家那儿听到的消息一五一十禀报了一遍，二当家的这才转怒为喜，夸赞道："他娘的，你俩这是立了大功了，等占了叶集镇，好好奖赏你俩！"

原来，周管家不光把关押"大长脸"的警察局的详细位置描述给了吴老四，还在吴老四的诱导下，说出了民强小学收留伤兵，魏校长和尤家山东菜馆帮助抗日联军的事。吴老四把听到的消息原原本本转述给宋二当家的，宋二当家的气得直骂娘："好你个尤老大，居然是个'跳子'，还他娘的诳老子，老子打了一辈子大雁，居然让大雁啄了眼睛！"

"二当家的，我怀疑凤九也是和尤老大一伙的，那小子自从上次下山就再也没回来，之前我们几次帮着'皇军''扫荡'李庄和众兴都没成功，肯定也是他们捣的鬼！"吴老四之前就和凤九不和，如今逮到机会，赶紧放坏水。

"是了，大当家的夫人好好地在镇子上潜伏，怎么就一夜之间被抓了？凤九那厮一贯不满自己没被提拔，上次下山就没了踪迹，想必已经和尤老大混在一处，正好一起收拾了他们！"

"好嘞，咱们就按当家的说的办，先救大夫人，再收拾尤老大！"

暗杀

周管家还记着当年上门骗宝不成,被尤家媳妇举着菜刀追着砍,腿上还挨了刘老九一棍的仇,此番为了活命,心甘情愿做了土匪的眼线,在土匪面前把刘老九和尤老大帮着抗日联军置办军粮的事情抖搂出来,还添油加醋了一番。

得知刘老九就是单身闯尼姑庵,揭露"大长脸"土匪真实面目,协助警察抓获"大长脸"的人,宋二当家的当即决定,先营救"大长脸",再把刘老九和尤老大一起做掉。

周管家把关押"大长脸"的警察局的位置详细告诉了土匪,又把刘老九和尤老大家的住处告诉土匪。

宋二当家的思量警察局把守森严,贸然过去很难成功救出"大长脸",索性先把刘老九和尤老大做掉。一来如果救不出"大长脸",自己可以拿着刘老九的人头给大当家的"岳葫芦"复命,毕竟刘老九是直接害"大长脸"下大狱的人,杀了他,在"岳葫芦"面前可以算交差了。因为"大长脸"充其量只是"岳葫芦"名义上的压寨夫人,有名无分,"岳葫芦"此番自己都不下山,也就是做做样子,好堵住道上兄弟们的嘴,他宋二当家的也不是傻子,犯不着为了一个女人白白牺牲那么多兄弟。二来那个尤老大也必须除掉,他谎称自己是胡子,混进天堂寨,打探了那么多消息,还骗走了通关腰牌,这样的人是不能留活口了。

鬼子给"维持会"下山的日期只有三天,时间有限,要抓紧行动。宋二当家的带着人手当天躲进了赵府埋伏下来，考虑到镇子上如果陡然出现太多陌生面孔的话容易引发怀疑，吴老四和"大眼珠子"见过尤老大，对镇子上较为熟悉，所以宋二当家的还是派了他们两人去暗杀刘老九和尤老大。

当天下午，镇子上搬运站的工人来赵家取牲口，吴老四和"大眼珠子"穿上家丁的衣服，化装成赵家的家丁，帮着搬运站的人把牲口从赵府前门大院赶到大街上，趁机混进镇子上，两个人戴着草帽在一家大车店门口墙根下猫了起来。

好不容易等到当天晚上，吴老四和"大眼珠子"沿着十字街窜到山东菜馆门前小巷子猫起来伺机偷袭。只见山东菜馆内尤老大和刘老九还在紧张地带着一群人做干粮，忙得不亦乐乎。"大眼珠子"领教过刘老九的厉害，远远看到仇人分外眼红，同时心里又有些慌乱，因为整个刘家前后院子都是人，沿街的山东菜馆里面也是灯火通明，里面都是人，尤老大在厨房，是射击死角，没办法开枪，刘老九不停地在厨房和大厅间来回跑，实在不好下手，要是枪声一响却没打死人，引得警察来，那就不好了。就在他俩犯愁之际，去学校送饭回来的根生和白秀进入两人的视线。

根生和白秀推着独轮车来到菜馆门口，两人从车上往下搬碗筷和竹筐等盛饭菜的用具。刘老九看到他们回来了，就从大厅里走出来帮忙。看到机会来了，"大眼珠子"和吴老四小声说："他娘的，再等下去天就亮了，打死一个算一个！"说罢，他举起手枪瞄准刘老九就开枪。也该刘老九命不该绝，就在"大眼珠子"举起手枪瞄准之时，白秀看到刘老九脸上都是面粉，就掏出手绢示意刘老九低头，给他擦擦脸。见白秀对自己这么好，刘老九心中欢喜，笑着弯腰低头把脸凑了过去……电光石火之间，只听一声枪响，子弹擦着刘老九的头顶射在了菜馆门框上。没等第二声枪响，刘老九已经就势两只手一手搂住白秀，一手抱着根生，三人借势趴在独轮车旁躲避。见自己开枪没打中刘老九，"大眼珠子"气急败坏，又冲着菜馆门口连开数枪。片刻之间，吴老四听到远处警笛声响起，想必是巡夜的警察听到枪声过来了，他便赶紧拉着"大眼珠子"沿着巷子往赵家大院跑……

"天啊！怎么会有人开枪呢？"枪声把菜馆里的人都吓傻了，等尤老大举着菜刀从厨房冲出来时，开枪的人已经跑了。

众人咋呼着，冲到门口，只见刘老九护着根生和白秀从独轮车后面慢慢站起身子。

听到枪声跑过来的两个巡警看现场没人受伤，和众人交代几句后就沿着巷子追了过去。众人把刘老九和根生、白秀搀扶进屋内，白玉海上前仔细查看三人是否受伤。根生和白秀脸色惨白，万幸没有受伤，只是被吓到了；刘老九因为趴在地上时，两只胳膊各搂着一个人，胳膊肘被地上的石子擦破了，流了点血。白玉海从随身药箱里取来药给刘老九敷上，众人这才放心。

"谁干的？"闻讯赶来的刘必富看到弟弟受伤，急忙问他是否知道是谁下手的。刘老九摇摇头："我应该没得罪过谁，我们刘家也没和谁家结过冤仇！"就在这时，尤老大似乎想起来什么似的插嘴道："咱们和赵家结过仇怨，要是有人下黑手，也只能是赵家的人了！"闻听此言，大家点头称是。张巧云接话说："可是赵家人死的死，瘫的瘫，已经没什么人了啊，难不成还是从外头请来的？老九也没把他们家人怎么着，怎么他们就开枪杀人了呢？"

"这事不是没有可能,你们别忘了赵家还有一个管家,那家伙可不是什么好东西,之前就想要从我手里骗走小神锋匕首,后来被老九打了一棍子,说不准就是怀恨在心,借着如今乱糟糟的机会下黑手!"说这话的是玉芬。大家听了细细一想,觉得有些道理。

刘必富沉吟了一会儿说道:"宁可信其有,不可信其无。不管仇家是不是赵家的人,从现在开始,大家都要格外小心了,孩子们都先不要出门了,送饭的事情也不要去做了,大家都待在院子里不要出去,赶明儿我去局子里找秦局长再说。"

这边厢,吴老四和"大眼珠子"对地形不熟,再加上两个巡夜的脚力非凡,还真就差点被追上了。巡夜的开了两枪,没打中,看着两个人影从赵家院墙翻了进去没了声音。由于不知道里面的情形,两个巡夜的警察商量了一下,一个守在门口,一个回去找人手。

此时天已放亮,回去的那个警察和刘必富在局子门口撞上了,两个人一交谈,觉得似乎有了眉目,进去把情况向秦华局长报告。秦局长一拍桌子:"如今日寇入侵,叶集镇岌岌可危,全镇上下都在齐心抗日,居然还有人暗地里开枪谋杀给守军供应军粮的功臣,实在可恼!"当即点兵安排人手去赵府再探究竟。就在这时,从赵府方向传来几声枪响,众人大惊失色,秦局长惊呼:"不好!"

叶集镇沦陷

秦局长带着众人赶到赵财主家门口时，天已经大亮。赵财主家大门外围了一圈人，看到警察局来人了，人群自动闪开，秦局长定睛一瞧，留守的那名巡警已经倒在血泊之中，身上的弹孔还在汩汩流血。秦局长上前摇了摇，巡警没有反应，已然气绝身亡。既然种种线索都指向赵家，如今巡夜的兄弟又死在赵家门口，赵家是非搜不可了。顾不上哀伤，秦局长命令两个人把尸首带回局里，剩下的人跟着他往赵府里冲。

刘必富是跟着警察一起到赵家门前的，秦局长进去之前嘱咐他不要跟进来。见警察陆续进入赵家，刘必富心中焦急，又不能进去，只和其他围观的群众一起守在门口等着。围观的人有的说："这叫什么事？外面小鬼子在打，这里面还有人敢杀警察，我看咱们都逃吧，保命要紧！听说山上土匪都跟着鬼子杀人放火，咱们还有好日子过吗？"

有人接话说："瞧你这没出息的样子，这里是咱们的家，家都不要了，你往哪跑？再说了，王营长他们就在城外和鬼子开战，他们都还在拼死拼活地保护着咱们，你倒想着先跑了！真是丢咱叶集人的脸！"说话间，刘老九和尤老大也前后脚赶来了，老九见哥哥站在大门口，上前好一番询问。

不大一会儿，警察们陆续从前门出来了，抬出了赵太太和老妈子的尸体，仵作当场验尸，证实两人是被勒死的，围观群众一片哗然，都在猜测是谁下的毒手。又过了一袋烟的工夫，有两个警察又抬出一具尸体，大家一看正是周管家，他额头上中了一枪，早已经气绝。最后，秦局长搀扶着走路腿打飘且奄奄一息的老门房走出来。

得知豫东二十里铺神医白玉海住在山东菜馆，秦局长让尤老大把白玉海请到警察局给老门房诊治。白玉海给老门房施了针，又煎服了提气聚神的汤药，这才把老门房从鬼门关救了回来。

老门房把土匪如何从后院竹林摸进来，杀了赵太太和老妈子的事情说了一遍，因为后来他被关在屋子里，之后的事情不得而知了，只在今天早晨听到几声枪响。

赵府的当家主母和老妈子被勒死了，周管家中枪而死，周管家的贴身小丫鬟却跟着土匪一起不见了，这事情着实蹊跷。秦局长推断是土匪来救"大长脸"，并且知道"大长脸"是被刘老九揭发的，于是先打算暗杀刘老九，结果不成，随即恼羞成怒，杀了赵府的人，洗劫了财物，并掳走了小丫鬟。这个推断基本上可以被证实，众人也都接受了。

纵然是有白玉海的救治，老门房也终究没有扛住，当天晚上就咽了气。这样一来，赵家的人算是死绝了，赵家的钱财被洗劫一空。由于是凶宅，连之前自称是赵家亲戚的那些人都不敢接手，赵太太的后事也无人负责。但尤老大和刘老九没有坐视不管，他俩找来件作验完尸体，把赵太太、老妈子、周管家并老门房一起葬在了赵家坟地里。

事情正如尤老大推断的那样，吴老四和"大眼珠子"当晚枪杀刘老九不成功，惊动了警察，两人好不容易摸回赵府，发现巡警守在门口，急忙向宋二当家的报告。宋二当家的气得大骂两人无能，两把枪杀个手无寸铁的平民都失败，还把警察引到大门口。这样一来,"大长脸"是彻底救不成了,宋二当家的才不愿意拿自己的命和警察硬拼,他当即命令所有人连夜从后门撤出去。这时候天已经蒙蒙亮了,土匪们抓紧时间搜刮赵府所有能带走的值钱货。周管家见土匪翻脸不认人,壮着胆子央求给他留点活命的钱,说着话周管家还不要命地上前和土匪争抢古玩,被早就嫌他碍眼的吴老四抵住额头一枪毙命。

小丫鬟本就是轻贱的性子,如今见周管家已死,自己无处可去,又架不住吴老四威逼利诱,只得跟着他们一起从后院门出去,投奔天堂寨。

料理完赵家的事,众人皆颇为感慨,"眼看他起高楼,眼看宴宾客,眼看他楼塌了",古语诚不欺人,想那赵家霸占蓼城缫丝产业几十年,可谓富甲一方,是何等威风,谁能想最后却落得家破人亡的结局?

得知土匪进城一事,独立营从富金山防线撤回来一班人手增援镇子上的防守,立煌指挥部也知会警察局,尽快枪毙"大长脸",留着这个祸害终究是个定时炸弹,不枪毙她,就会引得土匪作祟。

此女双手沾满了无辜百姓的鲜血,不杀不足以平民愤。于是,枪毙"大长脸"的日期提前,在一个飘着细雨的上午,经过宣判,核实身份,"大长脸"被枪决。收尸的是以前的小尼姑,她把"大长脸"葬在了柏神庙后面的荒坡上,毕竟主仆一场,也算是尽到了人事。

"大长脸"伏法,消息传到天堂寨,"岳葫芦"掉了两滴泪,算是把戏唱完了。

鬼子那边,知会"丘葫芦"等人,为了配合东进计划,准备强攻叶集镇,拿下富金山。

三日后，十余架鬼子的飞机飞临叶集上空，沿着史河两岸狂轰富金山沿线阵地。在轰炸机的掩护下，鬼子的联合师团强渡史河，进攻富金山。王振东指挥部队顽强阻击，对准过河的鬼子猛烈扫射，战斗十分激烈。经过两天的激战，日军未能攻破富金山防线，上百名鬼子士兵葬身史河。鬼子一怒之下又调来两个大队，会同"维持会"试图从左翼突破富金山阵地，史河两岸炮声隆隆，连天累夜。王振东对守军说得最多的一句话是："狠狠地打！"驻扎在富金山的抗日联军也加入战斗，鬼子获悉抗日联军指挥部具体位置后，又多次派出轰炸机对妙高禅寺进行轰炸，妙高禅寺的禅院因此几乎被夷为平地，仅剩下山门一座。

与此同时，鬼子的飞机连续数天轰炸叶集镇，又利用战车突破城墙等障碍，最后攻占了叶集镇。警察局和剿匪队都上阵了，全部牺牲，秦华局长也英勇牺牲。

鬼子进城后，烧杀抢掠，无恶不作。仅小南海附近，鬼子集中屠杀无辜群众千余人，小南海的湖水都被血染红了。

鬼子破城后，刘老九带着哥嫂一家、尤老大一家、白玉海一家躲进了柏神庙，那里面有一处地窖，暂时躲过了杀身之祸。

鏖战富金山

叶集镇沦陷，富金山告急，一旦富金山防线被鬼子攻破，豫东县城就岌岌可危。如果豫东县城失守，那么中原战场将彻底被鬼子占领，江城的外围将全部暴露在鬼子炮火之下，中国将付出惨痛的代价。战报一个接一个传到重庆，当局最高层紧急研究对策……

鬼子掉转炮火密集轰炸富金山防线之时，豫东县暂时得以喘息。很多天没有合过眼的赵独龙和王念仁抓紧机会调整，两个人灰头土脸地回到指挥部，没来得及洗脸，倒在床上就打起了呼噜。

白玉梅带着团队抢救伤病员也已经加班加点、废寝忘食到不知白天黑夜了，趁着战火暂停，她来到指挥部探望王念仁。进了指挥部，她看到赵独龙睡在床上，王念仁卧在沙发上，两个汉子都在昏睡。白玉梅看王念仁脸上全是黑灰，就打来水，给王念仁擦脸，没等她把王念仁的脸擦完，指挥部的电话响了，王念仁惊醒了，一骨碌从沙发上翻起来，一把抓起电话。电话那边声音听不清，只见王念仁神情严肃，嘴里应声答着："是，明白！"

白玉梅见王念仁神色严肃，心也跟着悬了起来，刚想上前问话，王念仁示意她稍等。顾不上和白玉梅说话，王念仁放下电话就去屏风后面把赵独龙晃醒："老赵，醒醒！"

"你大爷的，我刚睡着，做梦梦见挥刀砍小鬼子呢，你就把我晃醒!"赵独龙一脸不情愿地坐起身子,睁开布满血丝的眼睛说道,"怎么了?是狗日的鬼子又开炮了?"

白玉梅拧了把毛巾,叫王念仁递给赵独龙,赵独龙接过来胡乱擦了把脸,清醒了一些。

"不是鬼子又攻上来了,是委员长夫人要来前线了!"

听到这个消息,大家都愣住了,委员长夫人要来?

"是的,刚才接的是上峰来电,说是收到陪都密电,委员长夫人要亲临豫东。"

"千里迢迢的,她来这干什么?"赵独龙满脸狐疑,白玉梅也是深感不解。

"应该是代表委员长巡视,毕竟豫东守卫战的意义重大,我们身后就是中原腹地,再后面就是江城,一旦我们战败……"王念仁话说到这里说不下去了。

"尽人事,听天命!只要我们拼尽全力,对得起百姓,我们问心无愧!"白玉梅插嘴道,安慰心上人。

"高层那边还派来了宋将军!"王念仁对赵独龙和白玉梅说。

"是那个有着'鹰犬将军'之称的宋将军吗?"戎马半生的赵独龙自然对宋将军非常了解。

"正是他。高层派他来指挥抗日联军驻守富金山防线,增援豫东,足见高层对富金山战役之重视,同时可见我们坚守的豫东有多重要!"王念仁用手揉着太阳穴,"我们要和他配合好,能保豫东一天就是一天!"

赵独龙一拍大腿:"他娘的,管他真来还是假来,只要能给我们补给就行,再不补充弹药,我们真的守不住了!老子不怕死,可如果枪管子里没子弹,炮筒子里没炮弹,老子死了都闭不上眼!"

鬼子炮轰富金山的第九天,委员长夫人和联合指挥官宋将军一身戎装来到豫东。在一众要员、随从的陪护下,委员长夫人坐上军用吉普车,从豫东县南边山路绕道来到富金山前线,顶着日军的炮火和轰炸,沿着战壕一路慰问、鼓励一线将士,她的到来极大地振奋了军心。

跟随委员长夫人及宋将军一起到达豫东的还有前线急需的武器弹药和军用物资,极大程度上缓解了物资短缺的燃眉之急。

视察完,委员长夫人和陪同来的高层听取了豫东指挥部的军事汇报,王念仁向他们报告了豫东保卫战自爆发以来的战况和下一步的计划等。委员长夫人对国共合作有效阻击鬼子表示肯定,同时也提醒王念仁,如果豫东门户被打开,那么将后患无穷。王念仁当即表态,誓与豫东共存亡。委员长夫人表示,陪都当局也会在必要之时采取非常手段阻击鬼子,无论付出什么代价,都在所不惜。

委员长夫人离开豫东后,鬼子那边加大了对富金山的攻势。鬼子侦察得知富金山阵地有三条菱形线,可延伸到山下平地,而抗日联军就在这几条菱形线的山腰布防,沿菱形线一直可以通到山顶,而宋将军的抗日联军指挥部就设在山顶。

为夺取富金山,中村一郎命令正向豫东县城推进的三支连队增援作战,准备故技重演,以一个连队的兵力南下攻击富金山以西,另外两支绕道富金山正面,再合力夹击攻打富金山阵地,进攻的主要方向是抗日联军指挥部所在的阵地。

此举会严重威胁富金山阵地安全,鬼子调兵的动作没有逃过王念仁的眼睛,得到前方传来的情报,他仔细推断鬼子下一步计划。在和赵独龙等人商讨后,他下令调配一支精兵紧急布防至鬼子南下必经之路设伏,对前来偷袭的鬼子予以迎头重创,歼灭鬼子五百余人,迫使本来打算绕道的两支鬼子撤回。见自己的计谋被识破,鬼子不再遮遮掩掩,而是集中火力,猛攻抗日联军指挥部防地,战况极为惨烈,日军的炮弹一度打到山顶指挥部。

借助炮火攻势,鬼子沿着山脉的菱形线向上仰攻。而抗日联军呈梯形配置,见鬼子自下而上发起冲锋,抗日联军指挥部最高指挥官宋将军下令所有人誓死抵抗。双方激战整整十个昼夜,鬼子始终无法突破防线,止步半山腰,无数鬼子横尸山野。抗日联军也同样付出惨重的代价,死伤百余名士兵,宋将军自己也挂了彩。

中村一郎见久攻不下,继续派出飞机轮番轰炸,又用大炮集中轰炸。然而,又过去整整十天,鬼子还是始终未能攻上山腰一带的主阵地。连日本本土的报纸也不得不承认:"富金山一役由于受到抗日联军的顽强抵抗,伤亡甚大,战况毫无进展。"

看到原本负责吸引火力的部队遭到豫东守军伏击,损失惨重,冲锋军又被抗日联军阻击,始终攻不上山腰,中村一郎暴跳如雷,连骂王念仁太狡猾。东久迩宫这个老狐狸却安慰他不要急,说后续部队已经攻下叶集镇,不日就将扫清叶集镇至富金山正面的障碍,只要攻破这道防线,富金山正面就会完全暴露,没有后顾之忧,全部兵力就可以猛攻富金山。

秘密战斗

叶集镇沦陷后，鬼子接连屠城三天，镇子上的人死伤无数，很多人携儿带女举家往西"跑反"。可是鬼子的飞机狂轰滥炸，这些逃难的人大都被炸死了，有的全家人死在一起，尸体堆满了通往史河大桥的路，惨不忍睹。

鬼子侵占叶集后，因叶集史河以西富金山一带有抗日军队布防，未敢贸然西进，就驻扎在叶集镇。随后，富金山战斗打响，鬼子死伤惨重，大部分伤员在叶集疗伤。鬼子每日从营地派出士兵，到镇子周边乡村"扫荡"，一是为了侦察是否有抗日力量，二是为了掠夺粮食及猪、羊、鸡、鸭等食物，三是为了抓壮丁和强掳妇女。

这些鬼子在叶集镇周边地区烧杀抢掠，无恶不作，他们见到强壮男人就开枪打死，见到妇女不分老幼都要强行侮辱，以往那个山清水秀的百年古镇转眼间成了人间炼狱。

叶集城破之时，刘老九带着哥嫂一家、尤老大一家、白玉海一家躲进了柏神庙，那里面有一处地窖，他们把从山东菜馆带去的粮食酒水也藏了进去，大家每日就躲在地窖里，等到天黑以后才出地窖透口气。

柏神庙的庙祝是刘老九的旧相识，当初收留"大长脸"的丫鬟也是看在着刘老九的面子上。

数日来，鬼子和"维持会"的人放火烧掉了镇子上几乎所有房屋，却唯独没有对柏神庙下手。"维持会"的人和鬼子说这里是神庙，不能烧，鬼子也有信神的，柏神庙这才逃过一劫。

鬼子在镇子上驻扎之后，推行"以华制华"，利用"维持会"迅速笼络招揽一批汉奸和地痞流氓充当走狗。"岳葫芦"也从天堂寨下来了，领着这伙人帮着鬼子到处"扫荡"，抢劫财物，强迫被俘虏的百姓修碉堡、挖战壕。他们对民强小学里的那三十多名来不及转移的抗日联军伤病员施以惨无人道的暴行，一个一个全都被折磨死了，尸体就吊在城楼上示众。"维持会"所到之处，烽火连天，烟雾遮地，烧、杀、奸、掳恶贯满盈，血气熏天。

这些事都是庙祝每晚告诉地窖里的人，大伙这才知道的。"岳葫芦"也带着手下闯进柏神庙一次，见到了庙祝和小尼姑，逼问小尼姑知不知道刘老九的下落。小尼姑感念刘老九搭救她出了匪窝，又安排她在柏神庙容身，在面对"岳葫芦"逼问的时候，才没有说出刘老九等人的藏身之地，推说自己不知道。

因为小尼姑曾是"大长脸"的贴身丫鬟，又在"大长脸"伏法后替她收尸安葬，所以"岳葫芦"没有为难小尼姑，也就顺带着放过了庙祝和柏神庙里的其他尼姑。有小尼姑这层关系在，"维持会"的人也没有怎么为难柏神庙，每次"扫荡"都不进来，鬼子那边也就没有进来过，柏神庙成了临时避难所。

庙祝把这个情况和地窖里的人都一一说了，大伙商量是不是可以借此机会救下更多的人。就这样，接下来的日子里，柏神庙里又收留了不少无家可归或是走投无路的人，地窖里也快住不下了……

"岳葫芦"见过尤老大，却没有见过刘老九，他一心想抓到刘老九替"大长脸"报仇。他在小尼姑的带领下来到"大长脸"坟前，发誓要抓住刘老九，还要在"大长脸"坟前剜了刘老九的心肝祭祀她。刘家人和尤家人一夜之间无影无踪，就像是长了翅膀飞出叶集镇似的，遍寻不到仇家的"岳葫芦"气得暴跳，他带着人把刘家的宅院霸占了，杀死了看家的老管家，刘家成了"维持会"的指挥部，刘必富的当铺和张巧云家的杂货铺也被洗劫一空，山东菜馆里的锅碗瓢盆也都被砸烂了。

"岳葫芦"从山东菜馆搜出一块金属牌，上面刻着"許す城"的字样。这块牌子就是当年尤老大拍死的那个军官手里的，一直忘了扔掉，被根生顺手丢在厨房悬挂的篮子里了。这个牌子没有人认识，最后到了谷寿夫的手里，他一眼就认出这是日军的通关令牌，应该是当年开拔进驻东北三省的日军的，只是不知道为什么会出现在山东菜馆。本着不放过任何一点蛛丝马迹的原则，谷寿夫把这个牌子的消息发回总部，请总部核查……

鬼子侵占叶集前，警察局下属有一个保安联防队，队员有三十多人，领头的两个人名叫王捷山、孟文轩。鬼子破城之时，警察局全员牺牲，保安联防队在王、孟二人的带领下逃进了镇子以东二十里地的平岗山坳里。

民强小学的魏校长在城破之前，也带着一批伤员紧急转移到了这里。这批伤员里有一个名叫李根业的人，他的哥哥是鲁迅的学生，受他哥哥影响，他也加入了抗日联军。李根业和王捷山又是亲戚，这一次碰到了，两个人也都唏嘘不已。魏校长看保安联防队有人有枪，就和大伙商量要继续坚持做些抗日的工作。

　　经过多方秘密奔走,一支以保安联防队为基础,以抗日联军伤病员为主力的抗日支队成立了,李根业任队长,王捷山、孟文轩任副队长,魏校长任政委。

　　这一天,鬼子又到叶集近郊"扫荡",在离平岗一步之遥的村子里,撞见了没来得及跑走的一对祖孙,孙女才十三岁。鬼子起了邪念,上前凌辱孙女,老奶奶为了救孙女,举起菜刀和鬼子拼命,被鬼子用刺刀捅死,小孙女也被鬼子凌辱致死。等到抗日支队赶到之时,小孙女的血还没干,两只眼睛还没闭上,真正是死不瞑目。

　　"我们的同胞受尽鬼子的凌辱,我们能坐视不管吗?"见此惨景,魏校长肝胆欲裂,声泪俱下。联想到城破以后,鬼子犯下的种种令人发指的暴行,抗日支队的队员们个个咬牙切齿,义愤填膺,大家异口同声要为同胞报仇。

　　魏校长派人先潜入镇子里探路。王捷山和孟文轩两人乔装,趁天黑摸进了镇子。他俩摸清楚鬼子指挥部和"维持会"的位置后,准备连夜返回时,遇到了鬼子的巡逻队,孟文轩不幸被鬼子开枪击中了腿,眼看逃跑无望,他催促王捷山一个人快跑,不要管他。王捷山哪里肯丢下他一人送死?背上孟文轩就跑,一口气就跑到了柏神庙门前。而这时,听到外面枪响和追击的脚步声,从地窖里出来透气的尤老大和刘老九冒险爬上柏神庙院墙向外张望,见门口有两个人在说话,仔细一听是当地方言,一个催着另一个赶紧逃,一个说好兄弟要死一起死。尤老大和刘老九断定这是抗日分子,赶紧跳下院墙打开庙门,将王捷山和孟文轩带进庙内。刘老九见孟文轩腿上有枪伤,担心一路上有血迹会被鬼子发现,拿起庙里的香灰冲出去撒在地上掩盖血迹，又把白秀给自己纳的布鞋倒着穿上再沿着小路跑到河边，再光着脚绕回柏神庙后门。

等到鬼子的夜巡队沿着脚印追到河边，遍寻不到人影，只得作罢。

鬼子的夜巡队走后，王捷山介绍自己和孟文轩此番进城的目的，大家庆幸二人脱险。白玉海见孟文轩腿上中弹，赶紧检查他的伤势，幸而孟文轩的枪伤不重，因为他小腿肌肉发达，子弹是打在地上又弹射打进他的小腿肌肉的，没伤到骨头。白玉海检查后说要取出子弹，但是地窖里没有麻药。尤老大听了，问用白酒行不行。白玉海正纳闷白酒怎么用，尤老大说给孟文轩灌上一坛子自己酿的酒，保管醉到感觉不到疼。大家听了这话，都忍不住笑了。

柏神庙里条件有限，看来也只能如此了。孟文轩喝下一坛子尤老大亲自酿的酒，不一会儿酒劲就上来了，白玉海趁机取子弹，即便如此，孟文轩还是疼得晕了过去，子弹也顺利被取出了。

宝刀嗜血

王捷山和孟文轩一夜未归，担心部队会着急，第二天一早，王捷山就打算摸出镇子去报信。孟文轩腿伤未愈，暂时留在柏神庙养伤，白玉海推断再养上十天半个月的时间，孟文轩就能行动自如。

王捷山一人出城，大伙都不放心，刘老九自告奋勇陪着他一起出去。两人扮成砍柴的庄户人，混在出城的人群中，接受"维持会"的盘问，有惊无险地，最终顺利出了城。

刘老九跟着王捷山一路直奔抗日支队队部。见到魏校长的那一刻，刘老九惊讶得说不出话来，魏校长也是又高兴又意外，上前一把抱住他，两个人都很激动。王捷山告诉战友们自己和孟文轩在城中遇到鬼子夜巡队，孟文轩腿部中枪，幸好被刘老九和尤老大救下，要不然必死无疑。

魏校长也向大伙介绍刘老九，说他是之前帮着给伤病员送饭的人，还说尤老大家的山东菜馆就是给伤病员提供餐食的饭店，大伙都惊呼这真是缘分。

魏校长私下又向刘老九细细打听尤老大一家人的情况，刘老九也一一说了，并把鬼子在镇子里烧杀抢掠的恶行描述给抗日支队的战士们听。大伙都气得眼睛喷火，恨不得立刻冲进镇子和鬼子决一死战。

魏校长安抚大伙，既然决定要和鬼子战斗下去，那么就不能冲动，更不能白白送死，要想尽一切办法智取。

刘老九拍着胸脯说他也要加入抗日支队，战士们均举双手赞成。魏校长作为政委，也答应了刘老九的请求，并且指示他里应外合，配合他们的战斗。

就这样，在刘老九的引路下，在魏政委的巧妙指挥下，抗日支队多次破坏叶集镇周边的公路，剪断多条鬼子架设的电话线，阻挠和破坏鬼子辎重的运输和通信联络，给鬼子增援富金山战役造成极大的困扰，严重影响了鬼子的作战进度。谷寿夫被上面骂得狗血喷头，直言如果再出现延误战机的情况，就要他切腹谢罪。

孟文轩在白玉海的精心照料下，腿伤恢复得很快，在刘老九的掩护下，他顺利回到平岗抗日支队营部。尤老大因为要留在柏神庙照料几大家子人，无法参加抗日支队的战斗，就把贴身的小神锋匕首交给刘老九，叮嘱他有机会用这把宝刀多杀几个鬼子。增添了人手的抗日支队如虎添翼，又加上宝刀小神锋的威名，大家士气高涨、越战越勇。还没等谷寿夫摸清楚头绪，抗日支队又出手了，这次不是破坏路面和剪断电话线，是直接和下乡"扫荡"的鬼子开战了。

这天，鬼子的一个班共七名士兵到镇子东边的鱼台村"扫荡"。这里地处叶集和立煌交界处，人烟稀少，鬼子之前很少来这里，眼下周边的村寨能"扫荡"的已经不多了，在汉奸的带领下，鬼子来到鱼台村碰碰运气。也活该这些鬼子倒霉，当天抗日支队的一组人马刚破坏完叶集镇通往立煌的公路，返回鱼台村休整，村口放哨的伙计远远看到鬼子的身影，连忙回村报告。抗日支队当天带队的正是队长李根业，他估算了一下双方的兵力和火力，当即决定来个"快打慢"，给鬼子一个迎头痛击。鬼子排成一列进村后没走多远，抗日支队就投了两个手榴弹,当场炸死四名鬼子和那个"维持会"的汉奸。其余三名鬼子做梦都没想到这个偏僻的村子居然会有埋伏,他们三个一顿鬼叫,举着枪往回跑,又遭到包抄过来的抗日支队战士的伏击,被切断后路的鬼子吓得哇哇乱叫。李根业枪法很好,一边痛骂鬼子该死,一边开枪射击,当场击毙两个。剩下的最后一个鬼子见大势已去,打光了子弹就弃枪逃窜,跑到半坡上遇到李根业,鬼子红着眼睛,嘴里哇哇叫着举起刺刀就扑上前。李根业没有开枪,而是抄起一根扁担,挥舞着和鬼子斗在一处,扁担被李根业舞得虎虎生威,小鬼子的刺刀也不好使了。李根业瞅准机会,一扁担重重拍在小鬼子的面门上,当即打断小鬼子的鼻梁骨,鲜血横流,把小鬼子疼得鬼叫。李根业手下毫不留情,对准小鬼子的头就是一顿猛敲,直把小鬼子敲得头破血流,脑浆四溅,当场毙命。

　　后来战友们打扫战场,有人问李根业怎么不开枪,明明一颗子弹就可以结束战斗,还非要用扁担和小鬼子比画半天,岂不累得慌?李根业冲着小鬼子的尸体啐了一口说:"小鬼子弃了枪,我就不拿枪打他,他冲我动刀子,我就拿扁担对付他,既节省了子弹,又锻炼了武艺。老子的扁担专门教训他这样的畜生,就算是活动筋骨了!"众人听了哈哈大笑,都深受队长鼓舞。

　　鬼子的一个班的兵力被灭,谷寿夫恼羞成怒,他想不到在已经被占领的叶集镇还有一支神出鬼没的抗日支队,更想不到的是他们还会把自己的队伍打得措手不及。他找来"岳葫芦"等人,要求"维持会"的人在最短的时间内找到抗日支队的根据地,不惜一切代价杀光抗日分子。"岳葫芦"等人领了命令,也是压力倍增,想尽一切办法安插眼线,留意镇子上居民的一举一动。

与此同时，抗日支队越战越勇，连续作战打击了鬼子的嚣张气焰，城中百姓无不传颂抗日支队的神威，都盼着他们早日打跑鬼子，还镇子安宁。抗日支队的战斗事迹传到富金山沿线，驻扎在富金山阵地的守军也深受鼓舞。王振东告诉属下，他们不是孤军奋战，镇子里还有人在坚持抗日，只要国人齐心，鬼子就一定会被赶出中国。

就在"维持会"暗中调查抗日分子之时，抗日联军打算偷袭鬼子的营部。鬼子镇守叶集镇的营部设在赵财主家，刘老九打听清楚路线后把消息传递到了抗日支队。

这天深夜，天空飘着蒙蒙细雨，李根业、王捷山、魏政委、刘老九四人，带领抗日支队队员共四十人奔袭日军营部。李根业和王捷山各带一组人马直奔营房，魏政委和刘老九带一组人马在外接应。

此时已经是初秋时分，秋风夹着细雨，透着丝丝凉意，鬼子大都已进入梦乡，两个岗哨还没有回过神就被刘老九和一个战士用匕首抹了脖子。刘老九用的正是尤老大给他的那把小神锋匕首，看着地上已经被他割断气管的鬼子干瞪着眼说不出话，刘老九举着匕首比画两下说："你能死在小神锋匕首之下，真是抬举你了，要不是我大哥的意思，我才舍不得用这宝刀杀你，你们鬼子的血都是黑的，真怕脏了我们的宝刀！"说完，上前用鬼子的衣服把匕首上的血迹擦干净，这才罢休。

抗日队员们冲进赵财主家，踢开大门，对着熟睡的鬼子们就是一阵猛烈扫射。鬼子顿时乱作一团，哇哇乱叫，黑暗中摸衣找枪，等他们缓过劲来准备抵抗，抗日队员们已在黑夜里消失得无影无踪。

这次偷袭鬼子的营部，共击毙击伤鬼子三十余人，缴获鬼子的"三八大盖"十支、手榴弹二十枚，战果颇丰。

消息传开，镇子上简直炸锅了，百姓心中欢喜，无奈不敢大肆庆祝，只能私底下口口相传，都在替抗日支队叫好。驻守在史河岸边营房的谷寿夫已经气疯，他冲"岳葫芦"吼叫着，如果一周之内再不能找到抗日分子，就把他们"维持会"的人先杀掉泄愤！

魏政委被俘

　　除了带领战士们打埋伏，杀鬼子，平日里只要有闲暇时间，魏政委就会在驻地开设补习班，为战士们上课，宣传抗日精神。刘老九等抗日支队里的很多人原本大字不识几个，但如今不同的是，这些从小提到看书写字就头疼的人，在听魏政委宣传救国救民的抗日精神时却格外认真和投入。

　　转天恰逢魏政委的生日，赶上前段时间刚打了几个漂亮的伏击战，战果颇丰，大伙都吵着要庆贺庆贺。魏政委和兄弟们说自己很久没和家人团聚了，今天媳妇和孩子也会来队里，他准备去山坳口迎一迎，等媳妇来了再给大伙烧点好菜，一起热闹热闹。

　　因为驻地离山坳口不远，所以魏政委打算自己一个人出去迎接媳妇和女儿，安排其他人忙着洒扫庭院，烧水煮饭。刘老九记挂着上次魏政委讲的甲午海战北洋水师和日寇开战的事情，缠着魏政委接着讲，两个人就边说边走，一起来到山坳口。这里有两名队员把守，见到魏政委和刘老九过来，听魏政委说晚上要吃个团圆饭，也都很高兴。魏政委给两个兄弟每人点了根卷烟，和刘老九四个人在背风处正抽着烟聊天，只听到山坳口远处传来脚步声，大家抬头一看，远远走来一队人，全是黑衣装束，是"维持会"的人，有百把人的样子，个个手里都有枪。队伍前面是一个中年女子和一个十岁上下的女童，两人被绳索捆住手腕拴在一起，被后面一个黑衣人用刺刀抵着催促着往前走。

魏政委心脏怦怦猛跳,他看清了这两人一个是自己媳妇,另一个则是自己的女儿。

刘老九见魏政委神色突变,顿时明白了,他小声问:"是嫂子和侄女吗?"魏政委点点头,眼珠子死死盯着来人的方向,手里不自觉地摸向怀里的枪。

两个士兵听到这话也慌了,忙问怎么办。魏政委把牙齿咬得咯咯响,斩钉截铁地说:"你们三个,现在立刻回去疏散人群,带着所有人赶紧撤离!跑得越远越好!"

"那你呢?"刘老九急得声音都变调了,"我们怎么能留你一个人在这送死?"

"对啊,政委,咱们还能怕他们吗?咱们跟他们打吧!"一个士兵哀求道。

"你们没看到土匪们带着多少杆枪吗?咱们人手不够,武器也没他们多,硬拼绝对讨不到便宜,况且他们绑的是我媳妇和孩子,我不能让弟兄们为我送死!很明显,土匪是冲我来的,我留下来和他们交涉,拖延时间,你们赶紧让同志们撤出营部,一定要保住抗日力量,留得青山在,不怕没柴烧!"

刘老九还要说什么,魏政委突然把枪对准自己的太阳穴,眼里喷着火,压低嗓音吼道:"刘必贵同志,我现在命令你带队撤离,你现在必须执行命令,快走!"

打从魏政委投身革命那天开始,他就把生死置之度外,但他没想到今天要面对的是媳妇和女儿可能惨遭毒手的结果,看着母女俩被刺刀顶着往自己这边走来的身影,他的心头在滴血。叶集镇沦陷后,魏政委把媳妇和女儿安顿在镇郊父母家,几次打鬼子从家门口路过,他都没敢进去探望。上次夜袭鬼子营部结束归队时，他实在想念家人，就冒险在窗户外喊话，叮嘱妻子想法子在他生日这天带着女儿以探亲为由出城，往平岗方向走，他自会现身迎接。他心心念念盼着团圆，想不到竟然盼来眼前这样的场景，自己在窗外喊话给妻子听，自觉无人知晓，哪知隔墙有耳，可见是走漏了消息，才引得眼前这杀身之祸。

世上没有后悔药，当下的情形已经由不得他多想了，眼瞅着来人就要走到山坳口了，魏政委猛地从藏身处站起来，义无反顾地走到了山坳口坡道上。

猛然间看见山坡上出现一个人，"维持会"的土匪们都愣了，等反应过来发现站在面前的只有魏政委一个人时，土匪们齐刷刷举起了枪，对准魏政委。

这次"维持会"出来巡山找人，带队的正是土匪吴老四，他因为上次带队袭击赵家有功，已经被"岳葫芦"封了个小队长的头衔。他注意到只有魏政委孤身一人站在对面，且手里并没有举着武器，毫无惧色，不由得暗暗称奇，还以为是遇到道上的哪位兄弟了，随即挥手示意土匪们放下枪。

"你是何人？为什么要挡住我们的去路？！"吴老四开口问道。

见吴老四开口，魏政委冷笑道："你们绑了我的妻子和孩子，不就是为了找我吗？这会儿子还要问我是谁，岂不可笑！"

"什么？你就是魏俊杰？"吴老四简直不敢相信自己的运气，还以为寻找这个抗日支队的头头儿难于上青天，没想到得来却不费功夫，刚出镇了没多远就遇到死对头自己跳出来了。

"正是在下，我坐不改姓，行不更名，不用你们费劲找了，我自己出来了！"魏政委朗声答道。

吴老四还是不敢相信，他上前两步，看了看队伍前面拴着的母女俩，见女人脸上满是泪水，一直看着魏政委，嘴巴却说不出话来。吴老四把小女孩的脸用手扶正对着魏政委，大声问道："丫头，你睁大眼睛看看对面那个人是谁？"小女孩满脸惊恐，脸色惨白，瞪大眼珠子看着对面的魏政委，半晌哇的一声哭出来："爹！"

证实了答案，吴老四心里得意极了，没费一颗子弹，没伤一兵一卒，就逼得魏政委自己现身，看来自己这条妙计是用对了。

看到妻子被吓得说不出话，听到女儿哭喊，魏政委心里如刀割般难受，同时又担心队里的战友不听话赶来硬拼，一旦沉不住气，非但救不了自己和老婆孩子，还会全部暴露，苦心经营的抗日支队就会毁于一旦。

魏政委猜得一点没错，刘老九把消息带回队里，大家赶紧整装准备去山坳口和"维持会"的土匪开战。刘老九把魏政委的命令传达，要大家赶紧撤退，却没有一个人应承。李根业举着手里的枪说道："政委一家危在旦夕，我们怎么能坐视不管自己跑了？弟兄们，跟着我冲出去，杀土匪，救政委一家！"

见魏政委大义凛然站在坡头，吴老四点点头："你倒是不怕死的一条好汉，我们大当家的想请你去喝茶，你……"

"好，我也正想会会你们大当家的！"魏政委似乎已经听到身后山谷里传来脚步声，断定那一定是兄弟们冲来了，他知道如果自己由着兄弟们和"维持会"的人开火，非但救不下妻子和女儿，还会暴露实力，引火烧身。想到这里，他大踏步走下坡道，同时把怀里的手枪扔在地上。

见魏政委这么好对付，一副任人摆布的样子，吴老四笑得露出一口大黄牙，他让人捡了魏政委的枪，一伙人押着魏政委一家转身往回走。有人提醒吴老四是不是再往山坳里搜一搜，兴许还有别的收获，吴老四把脸一沉："你他娘的不累老子还累呢，要抓的不费力气就抓到了，还不回去，等着挨人家枪子啊？"

等到李根业等人冲到山坳口之时，"维持会"的人已经走远了。看着远去的队伍，李根业恼怒地大叫一声，一拳重重打在山崖石头上，手上立刻渗出血珠，滴在地上，沁入泥土中。

志士殉国

吴老四把魏政委一家带至"维持会"营部,"岳葫芦"知道吴老四之所以没有再往平岗山坳里搜查,是为了不折损自己家兄弟,大大地夸赞了他一番,说他脑子灵光,没有费一兵一卒就抓到了抗日支队的政委,立下了头功。

等到了谷寿夫那里,"岳葫芦"谎称抗日支队闻风而逃,只抓住了政委魏俊杰。谷寿夫显然对这个结果不满意,鬼子损兵折将几十人,只抓住一个抗日分子,他操着不太流利的汉语对"岳葫芦"说:"你的在偷懒的干活,抗日分子怎么会全部跑掉。你们是故意的吧?"听到这话,"岳葫芦"心想狗日的小鬼子,能给你抓到一个抗日小头目就不错了,老子才没傻到拿自己兄弟给你们当炮灰呢,他眨眨仅剩的一只眼睛对谷寿夫说:"'皇军'威名远播,抗日分子闻风而逃,抓住他们的政委已经实属不易,我等将继续为'皇军'效力,全力追查抗日分子!"

听到这样的回答,谷寿夫勉强点了点头,他当即下令,对魏政委严刑拷打,叫他交代抗日分子的名单,交代与立煌抗日指挥部及富金山防线独立营接头的线索。

鬼子和"维持会"的人轮流上阵,用蘸了盐水的皮鞭拷打,几天下来连番施刑,魏政委被打得皮开肉绽,浑身鲜血淋漓,昏过去又被鬼子用冷水浇醒,饱受非人折磨,却始终咬紧牙关,没吐出一个字。

最后,"岳葫芦"亲自上阵了,他叫人用竹签子钉进魏政委的手指甲缝里,十根手指鲜血淋漓,疼得魏政委几度昏死过去,咬破嘴唇却始终不发一声。"岳葫芦"也不由得称赞魏政委是"铁骨钢牙",他转转一只眼珠子,吩咐人找来魏政委的女儿,刚刚十岁的女儿看到父亲这副惨状,又惊又怕,痛哭不已。看到女儿痛哭,魏政委强打精神,一字一顿告诉女儿:"不要哭,如果你哭就不是我的女儿!"一旁的"岳葫芦"假惺惺地说:"看你女儿哭得多可怜,只要你把抗日分子的名单交出来,就不用受这些苦。"魏政委怒目相向,严词痛斥:"土匪,你们是鬼子的走狗,想要名单,简直是白日做梦,呸!"一口血痰不偏不倚唾在"岳葫芦"的面门上。

"岳葫芦"怒极反笑,擦了擦脸,吩咐手下:"就算是金刚不坏之身,也给他熔化喽!"说完拖走了魏政委的女儿。

魏政委被关押期间,抗日支队几番设法施救,李根业和刘老九冒死乔装进城打探消息,无奈鬼子把守森严,街面上随时都有鬼子和"维持会"二狗子们的巡逻队,一发现形迹可疑的人员,立刻当街盘问,被盘问的人稍有不顺从就会被他们任意殴打。

此情此景,李根业和刘老九心急如焚,却无计可施。李根业打算和独立营会合后,想法子再救魏政委,他留下刘老九在镇子上做内应,自己带队绕路和独立营会师在富金山防线。

受尽了严刑拷打的魏政委只剩下半条命,眼看实在从他嘴里捞不到消息,"岳葫芦"又来劝说他签一份脱离抗日支队的悔过书,只要他保证以后不参与抗日,就放他回家。

魏政委嘴角渗血,艰难地吐出一句话:"你们这些匪徒,甘心做鬼子的走狗,对人民犯下滔天罪行,要写悔过书,也应由你们写！""岳葫芦"奸笑着说："'皇军'说了，只要你以后不抗日了，就释放你；想做生意，我们是老乡，要多少本钱，都可以给你。"魏政委声音不大，却那么铿锵有力："只要鬼子一天不滚，我活着还有一口气，就不会停止打鬼子，要我和你们狼狈为奸，那办不到！我的老乡都是善良的蓼城百姓，不是你们这种汉奸走狗，谁要你的臭钱！要杀就杀，少说废话！"

谷寿夫皱着眉头："八格，如此冥顽不灵，那就只能杀一儆百，死啦死啦的！"

处决魏政委这天，似乎连老天都伤心不已，叶集镇上空阴云密布，雷声隆隆，魏政委被带到叶集北头张家油坊下面小河滩上。临刑时，"岳葫芦"还假意劝说："魏俊杰，我再给你五分钟考虑，只要说一声不再抗日了，我现在立刻把你释放。"魏校长闻言怒不可遏，他环顾一圈，斩钉截铁地说："抗日志士是斩不尽、杀不绝的。今天你们杀了我，将来自然会有人替我报仇！不要再废话了！动手吧！"

说完话，魏校长深情地看了一眼家的方向，仰天高呼："革命成功万岁！抗日联军万岁！"

霎时间，阴风怒起，卷起黄沙，几声枪响之后，魏政委倒在血泊中，英勇就义。得到魏政委殉国的消息，抗日联军和独立营哀恸不已，李根业恨得直捶自己脑袋，嘴里喊着："就差几天！"王振东洒酒祭奠魏俊杰，他说："魏大哥是因为抗日而死，死得其所，无愧家乡父老！如果我们有那么一天，也是光荣的！"

魏政委牺牲后，志成学堂的肖校长撑着病躯，联合多名商贾找到"岳葫芦"谈判，要求他释放魏政委的妻子和女儿。

多家商贾联合提出用五十块大洋换人,"岳葫芦"嫌筹码太少,不肯松口。无奈之下,肖校长拿出前清时期光绪皇帝御赐的金碗和金筷子,"岳葫芦"眼珠子都快掉地上了,他一个土匪出身的"活阎王",几时见过这等皇家宝物,当即拍板答应放人。也不知道他在谷寿夫那边是用了什么方法,总之最后魏政委的妻子和女儿被肖校长一群人顺利救出,肖校长还替魏政委入殓下葬。操持完这一切事宜之后,年过九旬的肖校长与世长辞,临死前留下一句话:"誓死不做亡国奴。"

杀害了抗日联军的政委之后,谷寿夫得到上峰通令嘉奖,他一鼓作气,率部下强攻在叶集至富金山的独立营驻地桥头堡。营长王振东指挥机枪连在桥头堡打了三天三夜,日寇弃尸百具,始终不能过桥;鬼子妄图涉水渡河,又被打得寸步难行,葬身激流。战至第四天,谷寿夫集中十多门大炮猛轰桥头堡,并在炮火的掩护下向桥头堡发起攻击。王振东一跃而起,拿起一把大刀向战士们高喊:"弟兄们,为国捐躯的时候到了!冲呀!"他带着机枪连冲出去,与日寇展开了肉搏战。经过近两个小时的拼杀,百余名鬼子的尸体留在了史河岸边,但王振东、李根业等全营官兵及抗日联队的志士们也战死沙场,无一生还。

花园口决堤

叶集镇沦陷……抗日联军全部壮烈殉国……叶集至富金山防线全线失守……噩耗传到豫东指挥部，人人悲恸不已。赵独龙告诉王念仁，自己要到富金山抗日联军前线去增援，如果鬼子打上来，他就抱着必死的心和鬼子同归于尽，如果他真的死在战场上，儿子大虎就交给王念仁和白玉梅照顾了。王念仁要一起去，赵独龙阻拦道："城中不能无人指挥，部队还需要你调配！你给老子把城守住喽，守到最后一刻，能多坚持一天就多撑一天！"

临行前，赵独龙和王念仁干了一碗酒，说道："我恐怕是没办法喝到你和玉梅妹子的喜酒了，如果富金山被鬼子拿下，你们就迅速撤离，留得青山在，不怕没柴烧！"出发前，赵独龙亲了亲儿子赵虎的脸颊，他说："儿子，将来等你长大了，也要当兵替你爹娘报仇，要把侵略者赶出我们的国土，要记住你爹是打鬼子的好汉，不是兵痞孬种！"

此时，谷寿夫带队越过史河，已经和中村一郎的部队在富金山脚下会合。连日来密集的炮火几乎把富金山的主峰山头炸掉一半，抗日联军坚持了九天九夜，到第十天上午，驻守战壕里的抗日联军算上还能作战的轻伤员仅千人了。赵独龙一到阵地上，就传令下去："打鬼子的好汉，要永远站着，绝不能趴下！狠狠地打，弟兄们才能死而无憾！"

官兵们在赵独龙的指挥下，抱必死之心奋勇拼杀，前仆后继，与日军白刃搏杀，战况殊为惨烈。抗日联军此前已经数月血战，虽得到赵独龙从豫东城内带来的一个团的增援，但在此死伤甚重的时候不过是杯水车薪，难以抵挡人数和火力均占优势的鬼子如潮涌进。

第十五天，富金山全线遭敌猛烈炮火轰击，战斗极为惨烈，守军伤亡极大。主阵地相继丢失，各部仍在顽强抵抗，赵独龙率队试图夺回阵地，但已力不从心。至十七日下午，抗日联军除富金山主峰制高点外，其余阵地全告失守。就在这样的紧急时刻，赵独龙还是组织全师残部实施了最后一次强力反击，歼敌百余人。此时赵独龙发现山上所余兵员已不足千人，难以再战，丧心病狂的鬼子，开始施放毒气，掩护步兵向富金山突击，外加炮火助攻，隆隆炮声中，富金山主峰守军阵地成为一片焦土。赵独龙头部中弹，身负重伤，被迫放弃主峰，在属下保护下撤退回豫东城。鬼子紧追不放，攻下主峰樟柏岭后，趁势下到后山，点火烧毁山后百余间民房，还肆意蹂躏来不及撤走的妇女，把来不及撤走的山民用绳索捆住，推至崖边用机枪射杀。谷寿夫说，这些山民都是支援抗日的，因此要斩草除根，连襁褓中的娃娃都用刺刀捅死。赵独龙伤重不治，在抬回豫东城的途中咽了气。鬼子赶到后，将赵独龙的头颅割下，悬挂在旗杆上，在豫东城门前挥舞示威……

王念仁接到消息，心痛不已，肝胆欲裂。此前，赵独龙心知肚明，自己前去富金山无疑是以卵击石，必死无疑，但他毅然选择宁可战死，不愿意苟活，就凭这一点，他就无愧于豫东百姓。站在城门之上，看到赵独龙的头颅被悬挂在鬼子的旗杆上，白玉梅的眼泪也夺眶而出。王念仁告诉她，两日前已经接到命令，上峰要求他们保存实力，不要再与鬼子硬拼，择机放弃豫东。

九月十八日，是鬼子给豫东守军的最后通牒之日，中村一郎给王念仁的文书中写道："只要守军退去，不再阻拦日军前行，他们进城之后，必定信守约定，不骚扰残害无辜百姓！"第二天，就是农历八月十五了，很多居民不舍得离开家乡，任凭官兵如何劝说，许多世代居住在这里的百姓就是不愿意走，无奈之下，王念仁只能带着愿意跟随部队撤退的百姓离开了豫东。

鬼子占领豫东县城之后，撕毁了停战协定，违背了承诺，中村一郎竟然下令全军上下可以不计后果，三日内在城内施行"三光"政策。鬼子对反抗老百姓施以刀杀、活埋、剜心、挖眼、汽油烧、火烫等惨无人道的暴行，所到之处，烽火连天，烟雾遮地，烧、杀、奸、掳恶贯满盈，血腥熏天，畜、禽、池水鱼皆尽，鬼子走到哪，就放火烧到哪，老弱病残来不及逃出来，就会被活活烧死，情景甚惨。

三日之后，豫东县城已经几乎成了人间地狱，鬼子利用汉奸、流氓充当走狗，建立了"维持会"。"维持会"协同鬼子四面八方出击，抢劫财物，强迫老百姓修碉堡、筑工事、搞"治安强化"运动。

王念仁率队带领跟随他们一起出来的豫东百姓一直撤到黄河边才停住脚，此处离郑州城不足十里，驻守此地的新八师部收纳了他们。还没等王念仁安顿好百姓，部队里就传来了上面要求把花园口炸开的命令，负责挖堤的官兵告诉王念仁，这是上峰的决定。王念仁冲回师部，得到的答案几乎相同："这是委员长的决策……豫东失守后，鬼子一路攻势只增不减，为了阻挡鬼子，上峰决定'以水代兵。'"得知上峰命令已下，再无挽回的可能，王念仁失魂落魄地回到住处。白玉梅正在哄赵虎睡觉，看见他这副模样，慌得赶紧询问，不料王念仁未开口已经泪流满面，他转身对怀里抱着赵虎的白玉梅说："没有守住豫东，上峰决定炸了花园口，用水淹之法阻拦鬼子，可是一旦黄河决堤，下游千千万万同胞就会葬身鱼腹。"

"天哪，他们怎么能这么做？"白玉梅听到这个消息，也吓得脸色发白。

"我原以为我没有跟错人，现在看来，我是错了！他们怎么能这么做？他们怎么敢这么做？！"王念仁痛苦地扯着头发说道。

任凭王念仁如何劝说，守军挖掘堤坝的进度丝毫没有减缓。上峰也不接王念仁的电话，任凭他如何暴跳如雷，花园口堤坝在两天之后还是被挖开了！

花园口决堤当天，乌云密布，电闪雷鸣，天降暴雨，黄河水量猛增，花园口决堤处被冲大，河水迅速下泄，冲断了铁路，奔泻而下的黄河水，卷起滔天巨浪，一路向下游铺天盖地而去，站在岸边的王念仁喷出一口鲜血，昏倒在白玉梅的怀里……

歼敌

豫东城被攻破之后,原来的司令部被鬼子侵占作为指挥部,东久迩宫回到金陵,豫东驻军的指挥权交由谷寿夫和中村一郎。

这天早晨,谷寿夫和中村一郎正在营部吃早餐,突然从营部外传来喧闹惊呼之声,还没等两人反应过来,就见一名卫兵神色慌张冲进来报告:"洪水来了!"说话间,洪水就已经涌进城内,几分钟的工夫水就涨到齐腰深,大水呼啸着冲过来,几米高的浪头一个接一个重重地砸向一切物体,鬼子兵丢盔弃甲,哇哇乱叫紧急转移,很多人没来得及跑两步就被湍急的浊流冲走了,城内活着的人和死了的人都被黄河水冲走了。谷寿夫和中村一郎带着几个亲随拼死往高处跑,谷寿夫体形肥胖,落在最后,被一个浪头卷走不见了。惊魂未定的中村一郎爬上一辆汽车,下令司机夺路狂奔,汽车一路飞驰,越过皖豫交界,洪水在车后紧追不舍。中村一郎看到前面叶集镇也是块洼地,再往前开必死无疑,他命令司机把车一直往立煌县方向开,随从提醒他立煌地界是华中抗日军部所在之处,去那里凶多吉少,中村一郎回答此时顾不得许多,凡事都要有轻重缓急,先躲避洪水要紧。汽车一路向南,地势越来越高,车子翻过丘陵地带,进入山区,最后陷入了一处河滩,车子抛锚不能动弹,司机把油门踩到底,车子轮胎仍在打滑却不前进,眼看着汽油快用完了,司机只好把车熄火。

中村一郎看到身后洪峰裹挟着史河水一路咆哮着向叶集镇扑去,吓得他一身冷汗,说不出话来。许久之后,缓过神来的中村一郎发现从洪水中逃出来的除了自己,只有一名司机外加一名勤务兵了,现在车子陷在河滩泥巴地里,通信设备也丢了,和部队失去了联系,又冷又饿的他们只能下车步行,在山里乱转一通,最后竟然摸进了一个村子。这个村子建在山坡上,大约十户人家,偌大的村里竟然没有一点生气,三个鬼子找了一圈,发现这个村子已经没有人了,是个荒废已久的村子,狼狈不堪的三个鬼子在村里找到一些枯木点燃了火堆,勤务兵从随身包里摸出了几块饼干分给中村一郎和司机,勉强充饥……

抗日联军及独立营殉国后,叶集镇的抗日组织遭到毁灭性破坏,与立煌指挥部失去了联系,唯一幸存下来的刘老九想尽一切办法试图与立煌指挥部取得联系。他和尤老大及原来从民强学校撤到地道里的伤员等人躲在柏神庙商量对策,大家决定成立游击队,坚守在叶集镇抗日打游击,身为堂堂七尺男儿,不能眼瞅着鬼子在自己家园作孽。

尤老大对众人说:"魏校长那么好的人,却被土匪害了,王振东那么英勇的战士,也壮烈牺牲了,他们不怕死,我们也不能怕死!鬼子和土匪不给我们活路了,再不和他们拼,更待何时?"

刘老九也说:"我那么多抗日联军的战友都牺牲了,只剩下我一个人,我一定要替他们报仇!"游击队员个个摩拳擦掌,恨不得第二天就出发。

由于谷寿夫当时率队去增援攻打豫东的中村一郎,留在叶集镇的鬼子兵人数有限。这些魔鬼整日里就是喝酒吃肉,把治理叶集镇的事情交给"维持会"的土匪们去做。晚上，鬼子们躲进营部偷懒，巡街的事情都交给了土匪汉奸，游击队决定从土匪们身上先下手。

之前躲在柏神庙里的伤员里有几个身手较好的，在白玉海的照料下，他们的伤势也恢复得差不多了。就这样，白天大家蛰伏起来，养精蓄锐，到了晚上，刘老九和尤老大就带着身手好的游击队员们出门暗杀鬼子。有的时候，被消灭的多半是晚上出来办事落单的鬼子兵，这些人只要被游击队盯上就跑不掉了。常常是瞅准了人，尤老大抖出绳索，使出厨子拿手的套猪套羊的手法，绳索稳稳从天而降，牢牢套住鬼子兵的脖颈，一拉一拽就把鬼子困住了，鬼子只顾翻着白眼，却喘不上气说不出话。这时候，刘老九就会冲上去掏出小神锋匕首割喉放血，再将鬼子的尸体就地掩埋。不光是杀鬼子，对为虎作伥的"维持会"的土匪们，游击队也毫不手软，这些帮着鬼子鱼肉乡里的土匪汉奸以为抗日联军和独立营全部战死，他们再也没有什么好怕的了，殊不知游击队对他们也制订了锄奸计划。这些土匪看鬼子们不出来，乐得逍遥自在，巡街也就做做样子，土匪本就是草莽出身，酒色财气四样俱全之徒，常常借着巡夜之名三五人聚在一起赌钱喝酒。游击队员们暗自侦察好线路，但凡遇到耍完钱或是喝得酩酊大醉的单身土匪，游击队就会瞅准机会，等到土匪一走进包围圈，七八个人棍棒飞舞着，照着土匪就是劈头盖脸一顿猛打猛敲，活活把土匪打死才作罢。凭借熟悉地势的优势，游击队打一枪换一个地方，消灭了不少鬼子和"维持会"的土匪，鬼子和"维持会"的人又惊又怕：惊的是没想到抗日联军和独立营已经全部战死了，还会有人敢跳出来作对；怕的是这些人神出鬼没，来去无踪，防不胜防。

只要有鬼子和土匪落了单,那么十有八九不会再活着回来,真正是活不见人、死不见尸。

鬼子和土匪胆战心惊,镇子上居民却都暗自欢喜,大家都说杀死鬼子和土匪的一定是上次战死沙场的抗日联军和独立营将士们的亡魂,他们英灵不灭,一到晚上就会出来找鬼子和土匪报仇,所以才会来无影去无踪,杀人不见血,鬼子和土匪死了都找不到尸体……

这些传言在镇子上四散传播开来,鬼子们自然是听不懂的,土匪们虽然杀人如麻,却大都迷信,所以这类传言吓得他们再也不敢像一开始那般耀武扬威、横行霸道,不管轮到谁晚上巡逻,都不敢走太远,装模作样在"维持会"营部门口晃一圈就慌不迭地躲进屋子里不出来了。趁此机会,游击队每天晚上开始挨家挨户宣传抗日,每到一家,游击队就会动员大伙拿起武器,和鬼子、土匪做斗争,很多年轻劳力纷纷加入游击队,或是成为游击队的情报员,一支新生的抗日力量又在鬼子的眼皮底下悄悄组建起来了。

活捉凤九

尤老大和刘老九等人组建游击队，和驻守叶集镇的鬼子及土匪展开拉锯战，搅得鬼子和土匪又惊又恨。

这一日，尤老大等人终于打听到，当日害魏政委泄露行踪之人竟然是土匪凤九。原来当年女匪首"大长脸"被处决后，一时还没顾得上处理凤九，倒叫他在牢里苟延残喘了一些时日，后来鬼子攻陷叶集镇，"维持会"的土匪们从牢里救出了凤九。此时大当家的"岳葫芦"和宋二当家的已经对在牢里蹲了多时的凤九心存芥蒂，任凭凤九百般解释，仍然得不到原来兄弟们的信任，无奈之下，凤九只好跑到镇子北边小河沟，那里之前有一处暗门子，凤九之前每次下山都会去这家，和那个女人勾搭成了相好。这个做暗门子生意的女人倒还算有情有义，没有嫌弃他无家可归，两人没羞没臊地搭伙过日子，女人还是操持皮肉生意，凤九就当上了皮条客，两个人专门做南来北往客运栈那些老客的生意，倒还能糊口。

谁能想到，魏政委的家也就在小河沟，隔着一道墙就是暗门子女人家。上次魏政委回家之时，碰巧是晚上，凤九出门准备拉客，月亮下面撞见人影还以为有人上门了，没想到眼瞅着此人转进了隔壁院子里，凤九好奇，就跟上门贴在墙根偷听到了魏政委和家人在窗口的对话。凤九恨透了抗日联军，打心眼里认定是抗日联军害得他被土匪不容，落到如今这步田地。没等天亮他就去"维持会"告密，这才引出后面"维持会"土匪绑了魏政委的妻子和女儿,害死魏政委的事。

但是让凤九想不到的是,即便是他告密才让"维持会"有机会兵不血刃杀害了魏政委,但"功劳"却让吴老四等人抢走了,他自己连块银圆都没捞到。

更让他愤愤不平的是"维持会"依然没有重新接纳他,他气急败坏却无济于事,以至于在酒馆里屡屡喝闷酒,喝醉了又跑到烟馆抽大烟,酒足饭饱过足了烟瘾就开始吹牛,说"剿灭"抗日联军,枪毙魏政委,他凤九才是头功。这话被有心人听在耳里,当面问他其中有什么缘由,他嘴上也没个把门的,架不住别人追问,他便把怎么偷听魏政委回家传话,怎么去"维持会"告密的事抖搂得一清二楚,这些话最终传到了游击队队员耳朵里。尤老大知道是凤九告的密后,当时就恨不得立刻宰了这个死不悔改的土匪,他和刘老九等人商量,一定要拿凤九的人头祭奠魏政委。

这一日,尤老大和刘老九带着麻袋出门,准备生擒凤九。临出门时,白玉海告诉尤老大,地窖里空气不流通,人长时间闷在里面对身体不好,所以他打算带着大家从地窖里出来,躲在院子角落里透透气。尤老大不放心,说:"如今游击队和鬼子及土匪斗争已经进入白热化,镇子上已经被鬼子和土匪搜遍了,只剩下柏神庙还没被搜过,大家躲在地窖里都不是绝对的安全,再跑到院子里,岂不是更危险?"秀和根生在地窖里也憋坏了,根生自告奋勇地说,他会爬树,准备爬到柏树上放哨,一旦看到坏人,就离开发警报,大家就赶紧撤回地窖。秀笑着说:"得了吧,你别吓得尿裤子就行!"众人都哄笑起来,这也是这些日子以来,大家难得的一次开心地说笑,之前魏政委牺牲,加之抗日联军和独立营全员牺牲,大家伙的心里都像扎进根刺一样难受。

白玉海说:"庙里后院子很大,柏神树遮天蔽日,大家躲在树荫下透透气,晒晒太阳,只要不出声音,问题应该不大。"庙祝也宽慰尤老大:"土匪们也相信因果循环报应,不敢惊扰神佛,这些日子以来,大家躲在寺内都无碍,你且放宽心,惩治了坏人,速速回来便是。"刘老九叮嘱道:"大家要提高警惕,万一地窖也不安全了,就一定要想法子赶紧跑,往立煌县方向跑,只要过了鱼台村,就能进入相对安全区。"众人都点点头。刘老九这话也不无道理,鬼子大部队去了豫东,留在叶集镇的鬼子所剩不多,又被游击队打得不敢露头,如今出城看守的都是"维持会"的人,大家装扮成百姓混出城应该不是难事。又是一番嘱咐后,尤老大和刘老九带着两个游击队员从后门直奔小河沟,等在凤九回小河沟的必经之路上。

虽然是大白天,但因为兵荒马乱,路上没几个行人,分辨起人也方便。众人隐藏在路边,不大会儿工夫,就瞅见远远的一个熟悉的身影晃悠悠地走过来,尤老大和刘老九定睛一看,正是他们的老相识土匪凤九。

凤九昨晚是在镇子上的烟馆抽大烟过了一宿,一夜未回的他早晨出了烟馆,去给暗门子的女人买了一盒子香脂水粉外加一把剪刀,这些都是女人交代他买的,他又在羊肉杂烩店吃了早点才晃晃悠悠回小河沟。

前后无人,正是擒拿土匪的好时机,眼瞅着凤九走到眼前,尤老大和刘老九猛地从路边蹿出来,凤九迎头撞上,定睛一看面前这两人正是旧相识、死对头,吓得他"妈呀"叫了一嗓子,转过身子就想往回跑,不料身后也被游击队两个同志给堵上了。

见逃跑无望，凤九双腿一软跪在地上，手里的香脂水粉盒子也掉在地上，散落一地。"两位好汉，两位爷爷，饶了我，饶了我！"凤九嘴上哀求着，眼珠子却在滴溜溜转。见尤老大和刘老九俩人怒气冲天，脸色铁青，他心知此番自己凶多吉少，不免恶向胆边生，一边哀求着，一边从袖笼里倒出早晨买的那把剪子，抓住剪子把，猛地从地上蹿起身子，整个人向尤老大扑过去。尤老大早有防备，身子一侧，闪过凤九刺过来的剪刀。一旁的刘老九怒目圆睁，高举小神锋自上而下猛扎，只听噗的一声，匕首狠狠扎穿凤九的胳膊，说时迟，那时快，还没等凤九来得及喊疼，刘老九一使劲转手腕再猛地狠提小神锋，又是噗的一声，再看小神锋带着风声从凤九胳膊上取下来，血肉四溅，疼得凤九哎哟一声惨叫，手里的剪刀也掉落在地。

狭路相逢

"你自己说吧,你想咋个死法?"众人将土匪凤九拖拽着走到小河沟边,这里是史河流经之处的下游,此时水面波澜不惊,没有船只,岸边仅有两三只空木船停泊。鬼子进城后,航运和摆渡都停了,连往日里打鱼的都没了踪影。刘老九手里晃动着小神锋,语气冰冷,看似漫不经心,实则已经把凤九的三魂七魄吓没了。

生死关头,凤九也不糊涂,他和刘老九打过交道,知道这位小爷不好说话,他转头看向尤老大,见尤老大只是盯着自己没说话,心想不如再求求他。凤九当即跪倒在尤老大面前,拿出当年在牢里那套表演的戏码,顿时声泪俱下张口道:"老尤,兄弟啊!我的并肩子,再怎么说在山上你被宋二当家的为难之时,我也帮过你,你不能杀我,我上有八十岁老母,下有……"

"放你的屁!"没等他把话说完,刘老九飞起一脚猛踹过来。刘老九会武功,脚力非凡,凤九胸口生受这一脚,好似被百斤重锤猛撞一般,日日抽大烟早就把身子掏空的他哪里禁得起这一脚,一口血痰从嘴里喷出,顿时瘫倒在地,翻着白眼说不出话,只顾大口喘着气。

尤老大见凤九如此惨状,想起当日在天堂寨土匪窝里他也曾护着自己,心里不是滋味,但是一想到是他出卖魏政委,害魏政委惨死,间接造成抗日联军几乎全部战死的,尤老大气就不打一处来，恨不得立刻拿过小神锋捅死凤九。

刘老九见凤九装死不说话，示意两个游击队员伸手架起凤九扔到一张木船上。尤老大问他这是准备做什么，刘老九说："魏政委就在北街河滩牺牲的，我们驾着船把这厮运到河滩，就在那解决了他，算是祭奠魏大哥。"

尤老大没再说话。一名游击队员把凤九按在船上，另一名队员手拿桨沿着河道把船向前划，后面跟着的一只船上站着尤老大和刘老九。

一支烟的工夫，船划到小河滩，众人依次下到岸边，河滩上没有树，有一个孤零零的坟包，坟前压着几张纸钱，还有半瓶土烧酒。那是魏政委的坟，因为怕小鬼子和土匪找麻烦，所以坟头没有立碑，纸钱和酒想必是魏政委家人放的。

土匪枪杀魏政委当天，凤九也围在人群里偷看了，所以他自然知道这里是什么地方，他吓得脸色惨白，全身蜷缩着，哆哆嗦嗦如筛糠一般，末了又像是想起什么似的，喘着粗气冲尤老大说道："尤老大，你还记得那个山上的孩子吗？那孩子难道和你没关系？你走之后，我可是时不时地就去照顾他，这都是你吩咐的，你就看在孩子面子上，饶了我吧！"

这句话像是一盆凉水直接浇灌在尤老大的头顶，顿时让他打了个寒战。"孩子？你是说大宝吗？"尤老大上前一把揪住凤九的领口，往自己面前一拽，疾声问道，"那孩子现在在哪？"

"嘿嘿嘿，你果然是和那孩子有关系，我没猜错！"凤九诌笑着，嘴角泛着血沫，他眼珠子一转，喃喃道，"老大，并肩子，你要是保我不死，我就告诉你那孩子的下落！怎么样？"

听凤九这样说，尤老大愣住了，自己一个不冷静，上了这老狐狸的当，大宝养在"岳葫芦"身边，自己是知道的，刚才一时情急，才让凤九钻了空子，当下收敛了神色，不再说话。

见尤老大面色似有犹豫不决，凤九心想自己这一招果然见效，他立刻趁势说道："那孩子能说会跳，果真像你。你就和我说实话吧，是你和赵家哪个小丫鬟偷生的吧？怪不得你冒死也要跟我上山，又找了借口去看那孩子，果真是你尤老大的种啊？"

"放你的狗屁！"尤老大一拳打在凤九脸颊上，凤九哎哟一声，表情痛苦，"我告诉你，那孩子的爹是当年横扫富金山的剿匪大英雄，这孩子命苦，自小养在赵家，却被你们把他当成赵家少爷绑了去，剿匪英雄的儿子养在土匪窝，简直是奇耻大辱！你如今死到临头就别想着拿孩子的下落换自己的命了！不用你说我也知道，那孩子现在在'岳葫芦'身边……"

听到这句话，刘老九也不由得一愣，没想到大宝竟然是剿匪英雄的儿子。凤九也傻了眼，他原以为大宝是尤老大的私生子，没想到居然是仇家的孩子。想到这里，凤九竟然笑了起来，笑得上气不接下气："咳……咳，好，真好，岳大当家的竟然在给仇人养儿子！他要是知道那孩子是死对头的种，不知道心中该做何感想！哈哈哈哈！"

是了，大宝自然是跟在"岳葫芦"身边的，自己这么着急上火，生怕那孩子有什么三长两短，被凤九一阵刺激，自己已经失态了，明白过来的尤老大摇摇头说："你如今知道这个秘密，我自然是留你不得，这怨不得别人，要怨就怨你自己！等我们剿灭了土匪，自然是要救回大宝的！"

"剿灭土匪？救回大宝？"凤九抽搐一下嘴角，"你说得倒轻巧，在山上之时，那孩子是被'岳葫芦'养在身边，孩子还认了他当干爹，可是自打鬼子收编组建'维持会'，那孩子就没有再出现了，据我所知，孩子早就被岳大当家的送到别处养起来了！也就我心里想着那可能是你尤老大的种，这才留心打听着，等着有朝一日好告诉你，没想到你这家伙如今翻脸不认人，还想杀我！真是枉费我一番苦心！"

尤老大已经彻底回过神，他也笑了笑，摇摇头说："凤九，你早听我的话，又何至于此？当土匪是第一桩罪过，助纣为虐鱼肉乡里是第二桩罪过，出卖抗日联军，害死魏政委是第三桩罪过，这三桩罪哪一桩都不冤枉你，哪一桩都可以让你死二回。至于那孩子，他的的确确不是我的孩子，我才是他的干爹，他的父亲把他托付给我照顾，我找他，纯粹是为了完成对他父亲的承诺，所以，你不要妄想再用孩子的下落来换你的命，在我这里，办不到！"

凤九知道尤老大的脾气，他明白这个山东汉子既然说出了这样的话，那就不会再有回旋的余地，他环顾一周，看到杀气腾腾的众人，他明白自己今天在劫难逃，怎么着也是个死，索性冲着天堂寨方向望了望，哑着嗓子对站在一边的尤老大说："老尤，我当了半辈子土匪，好事没干一件，坏事做了千千万，后悔也没用了，只是望你看在过去的情面上，好歹留我一个全尸吧！"过去落草为寇的人，都迷信如果不得好死就不会转世，所以凤九最后的心愿就是留个全尸。

此话一出，刘老九等人愣住了，凤九认命接受伏法，可如何裁决凤九倒成了问题，难不成还真要用小神锋一刀割了他的喉咙慢慢放血？

就在此时,由远及近传来巨响,仿佛万匹野马脱缰狂奔而来,洪水自西向东一路,夹杂着一切可以被冲走的物件,转眼间越过了皖豫交界,冲入自南向北流淌的史河,浊浪翻滚着冲向小河滩,短短几分钟时间内,河滩上的水就没过了腰。

众人来不及反应,眼看着水势涨起来,众人慌忙跳上木船,刚一上船,史河水就漫过河床,倒灌进来,河滩成了一片汪洋,魏政委的坟都淹在水下看不到坟头了。尤老大提溜着凤九,和另一个游击队员小东子三人爬上了一条船,刘老九和另一名叫小山子的游击队员匆忙翻上了后面的另一条船。

两条船在水里被浪卷着,眼看着就要撞上。"不好了,这是闹洪灾了哇!"刘老九强撑着船桨,在浪头里努力掌舵,避免船撞上前面尤老大的船。

"大家都还在庙里呢!这可要了命了啊!"一向沉稳的尤老大此时也忍不住吼了起来,"老九,把船撑住喽!咱们想法子回去救人啊!"

正在此时,前面船上的凤九怪叫一声撞翻了游击队员小东子,小东子跌落掉进水里,还没挣扎几下就不见了,尤老大大吃一惊,赶紧用船桨去打凤九,没想到凤九也跟着翻下船,掉进水里不见了。尤老大和后面船上的两个人都又惊又恼,但也没办法做任何事挽救,只能任凭浪头把船裹挟着往前冲,一直冲到向南二十里才勉强靠岸。死里逃生的人们这才发现,他们到了鱼台村。眼尖的刘老九一眼就看到村口湿地上停放的大卡车,他倒吸一口凉气:"有鬼子!"

生死一线

洪水来袭之时，恰逢鬼子的一组巡逻队来到柏神庙，鬼子是打算搜查柏神庙的，他们自己怕死，就催着"维持会"的土匪当前锋，土匪们不敢惊扰远近闻名的灵验之地，踌躇不前。丧心病狂的鬼子举着机枪在后面凶神恶煞般死命催促，土匪们小心翼翼地往前挪。刚走到柏神庙大门外的坡地，洪水就倾泻而来，土匪们都被大水吓得鬼哭狼嚎："不得了啦，柏神发怒了，天水来了！"鬼子见状，也不敢前行，慌忙往回跑，可哪里还来得及，顷刻间，这组小鬼子和土匪都被浪头冲走了。

柏神庙地处高坡之上，大水冲进院子，水转眼就到了胸口深，万幸此时留守的人们都在后院。秀和根生是充当警卫员放哨的，所以早早就在柏树横生出来的粗壮枝干上面坐定的，洪水来的时候，树上的根生先是听到声音不对，眼尖的白秀已经扯着嗓子喊："洪水来了，大家快上树啊！"小时候经历过洪灾，死里逃生过的白秀紧紧拉着吓得发抖的根生，两人稳稳地趴在树干上。白玉海夫妇和庙祝等人本身也就在院子里透气，听到白秀在树上叫的嗓音都变了，大伙心知不是闹着玩的，慌忙找来梯子，往树干上爬，白玉海护着妻子抱着小儿子先上了树，其余人也都一个接一个向上转移到树上，最后上来的是庙祝，她刚攀住树干，梯子就被大水冲倒了，树上的人都惊呼一声。

水流湍急，但没有再往上涨。大家趴在树上向院子外张望，只见外面天水连接已然一片，叶集全镇上下早已经成了汪洋之地，浊浪之中还有人、畜在拼命挣扎，惨叫呼救哭喊之声不时传来，真正是一个惨字无法形容的景象……

刘老九第一个发现鬼子的军用卡车停在鱼台村外，众人忙躲进草丛里。过了许久，并没有发现车内有什么动静，刘老九从河滩上捡起一块鹅卵石，对准卡车挡风玻璃投掷过去，鹅卵石把玻璃砸出一道裂纹后掉在引擎盖上再弹到地上，车周围依旧是寂静一片。尤老大见状，悄声对刘老九说："一辆车孤零零停在这里，车上又没有鬼子，我先过去探探情况！"

"哥，我去！"刘老九把小神锋匕首咬在嘴里，分开草丛，猫着腰向卡车摸过去。哪想，他刚摸到卡车门边，还没来得及拉开车门，枪声突然响了起来。

"啪！啪！"两声枪响让刘老九倒吸了一口凉气，一个翻身缩在卡车轮胎旁——他娘的，中了鬼子的埋伏了。

枪是从坡下往上打的，敌人在暗处，情况不明，着实不妙。此刻在场的三个人虽说都打过游击，杀过鬼子和土匪，但那基本上是靠偷袭，小山子才十九岁，连枪都没摸过，尤老大只有一把菜刀傍身，刘老九虽有些功夫，但手里也只有一把小神锋，大家都没有真枪实弹打过仗，真要和鬼子正面打起来那是没有胜算的。

听到枪声，尤老大也慌了神，小山子也乱了阵脚，不知道该跑过去帮刘老九还是应该趴在原地不动。尤老大见小山子都快慌成热锅上的蚂蚁了，一拍他肩膀，压低声音道："别动，老老实实趴好！"说完话，尤老大转身朝河滩边树林跑去。

果不其然，枪声顿时又响了起来，子弹带着风声打在尤老大脚边土地上，炸得泥水四溅。在东北黑土地上奔跑半辈子的尤老大脚力非凡，就势滚进一个洼地，接着又爬起来弯腰一路小跑，钻进了树林里，枪声也随即戛然而止。

尤老大冒死吸引鬼子放枪，刘老九又感动又紧张，心都提到了嗓子眼，见尤老大连滚带爬进了树林，枪声骤停，他心里想着："狗日的小鬼子敢对我们放黑枪，看老子不点了你的车!"

他钻进车底，找到油箱的位置，握着小神锋，用力对准油箱猛扎下去，汽油汩汩地淌了出来。见汽油从车下沿着坡道流到枪声传来的方向，刘老九嘿嘿冷笑两声，从怀里掏出火石，三下敲出火星，瞬间点燃汽油，随即来到车后，连跑带跳往树林里钻。身后的大火刺的一声燃起，火舌顺着油箱往上卷，卡车转眼之间成了"火"车，地上的火龙也借着风势往前蹿，眨眼之间就烧到对面草丛，只见三个鬼子哇哇怪叫着从里面跳出来。

为首的鬼子是个军官模样的中年人，举着手枪只挥舞却不开枪，刘老九和尤老大判断得不错，三个鬼子就一把手枪，子弹也已经打光了。

这个鬼子就是中村一郎，他和司机及勤务兵吃光了饼干，在村子里遍寻不到食物和水，就想着回到车里试着把车子发动开出泥巴地，没想到刚走到坡下，就发现有人在砸车子，他们怕是遇到抗日队伍，就隐蔽到对面草丛里。眼看着这几个人就要摸到车子跟前，中村一郎认为是遇到了"土八路"，想都不想就掏出手枪射击，不承想子弹从下往上坡打没个准头，子弹打光了也没伤到人，还把"土八路"激怒了，点着火烧了车，火苗还冲着几个人藏身的草丛烧了过来，吓得三个鬼子赶紧跳

363

出来。

"'土八路'死啦死啦的！"恼羞成怒的中村一郎冲着往树林里跑的刘老九的背影吼道。战场上下来的他心知眼前的"土八路"都没有枪，否则早就在枪响之时开枪还击了。眼前对方是两个人，自己这边是三个人，他对勤务兵和司机嚷着下命令："拿出刺刀，杀死'土八路'！"

背后传来鬼子的叫嚷声，火苗烧得汽车轮胎开始噼里啪啦炸出响声，刘老九已经跑进树林和尤老大会合。两个人对视一眼，发现对方脸都涨得通红，不用说，在这个生死关头，两人都紧张到极点。

"他奶奶的，三对三，和鬼子拼了！"

铁血山河

那个鬼子勤务兵和司机张牙舞爪冲了过来，勤务兵手里没有枪，只有一把短刀，司机手里连刀都没有，只拿着一把工具钳，中村一郎在身后没上来，只是在后面哇哇鬼叫，像是助威，又像是在下命令。两个鬼子显然也是怕得不行，眼神里透着畏惧，打量着面前的"土八路"，选择下手的目标。

刘老九知道尤老大没有杀过鬼子，怕他手软，冲着他嚷了一句："哥，别手软，把这些畜生当成猪狗宰了！你当厨子怎么杀鸡的，就怎么宰这些畜生！"

尤老大点点头，握着菜刀的手微微颤抖着。

手握小神锋的刘老九和高举着菜刀的尤老大，两人俨然是在战场上杀猪宰狗的屠夫。

只会开车的鬼子司机看刘老九个头较小，就抢先照着刘老九扑过来，一身武艺的刘老九躲过了迎面砸来的钳子，一招锁喉控制住鬼子司机，手里的小神锋毫不留情割断了鬼子司机的喉咙，鬼子司机捂着脖子，嘴里喷着血沫子倒了下去。

那个勤务兵还没来得及朝尤老大扑过来，就看到鬼子司机被杀，吓得手一抖，刀掉在地上。尤老大看这个小鬼子不过二十上下的年纪，满脸稚气，像从来没杀过人。中村一郎在勤务兵身后大吼大叫，勤务兵从地上拿起短刀就朝尤老大刺过来，尤老大侧身闪过，手里的菜刀也下意识地剁了下去，锋利的刀口直接砍下勤务兵的两根手指头，短刀再次掉在地上，小鬼子抱着手在地上打滚，哭天抹泪地说着日本话。刘老九放倒鬼子司机，转身就朝勤务兵扑来，尤老大还没来得及阻拦，刘老九已经把小神锋插进勤务兵的胸口，又狠狠地拔了出来。

"对这些狗日的畜生，就不能心软，你想想他们杀害我们同胞的时候是多么残忍！"刘老九把小神锋在小鬼子勤务兵的胸口衣服上擦拭干净，此时小鬼子勤务兵还没彻底咽气，两只眼睛都在流泪，尤老大看不下去，便把小鬼子头上的帽子抹了下来盖住他的脸。

见两个"土八路"没费吹灰之力就解决了自己的手下，中村一郎眼睛喷火，一边暴跳着、叫骂着，一边在身上摸索着寻找武器。尤老大和刘老九并排向他走过去。

"这是个军官，咱们把他活捉了！"刘老九跟着游击队不少日子了，知道这个鬼子穿的是军官服，想着不管是谁，先把他拿住，总是好事。

就在此时，中村一郎从腰上摸到一枚手雷，尤老大和刘老九大吃一惊，原以为鬼子没子弹了，没想到这个狗日的还藏着手雷。

"我命令你们，你们的，不许过来！"中村一郎冲着面前两个"土八路"大吼一声。

"放你娘的屁，你算什么东西，还敢命令你爷爷！"刘老九面露鄙夷之色，冲着鬼子啐了一口唾沫，举着小神锋就要往前冲。

中村一郎见状，把手榴弹的拉环套在手指上，再次威胁道："你们的，让我走，不然死啦死啦的！"

"你们鬼子杀了我们那么多同胞，还敢作孽！老子现在先叫你死！"刘老九正要动手，只见中村一郎猛地抬起手，高举手榴弹,嘴里喊着:"再上前,一起死!"说时迟,那时快,一个身影从后面扑上来,双臂紧紧抱住中村一郎,让这个鬼子动弹不得。

"是小山子!"尤老大惊呼,"小山子,当心手榴弹!"

小山子年纪还是太小,虽然勇敢地扑上去勒住了鬼子,可是他力气太小,还是被中村一郎挣脱了一只手,这个鬼子面如死灰,没有丝毫犹豫,喊着一句听不懂的日语,一拉弦,手榴弹冒出白烟,嗤嗤作响。

也就是在这电光石火之间,刘老九瞪圆了眼珠子,瞅准机会一抬手,吼出一句:"小山子,跑!"

刘老九腕力非凡,使出用飞刀的童子功,小神锋带着风声冲着中村一郎的面门飞来,稳稳扎进鬼子的额头,血沫飞溅开来,中村一郎身子一软,向后瘫下去。小山子跟着倒下去,身形轻巧的他就地滚出老远。轰的一声巨响,手榴弹在中村一郎尸体下爆炸了,这个作恶多端的鬼子死无全尸了。

硝烟散去,尤老大和刘老九冲上去扶起小山子,三个人互相检查了一下,除了一些皮肉擦伤,均无大碍。刘老九抬头冲着天空吼起来:"魏政委、王营长,我们替你们报仇了!九泉之下,你们可以瞑目了!"

尤老大挖了一个大坑,把三个鬼子的尸体扔进去埋了。三个人见水势减缓,知道洪峰浪头已过去,于是撑着船逆流而上,回到了小河湾。凤九那个土匪不见踪影,被水冲走是死是活不得而知。洪峰过后,镇子里低洼处的住户都被大水泡了,镇子上的人死了大半,有的一家子都死绝了,景象惨不忍睹。柏神庙里的众人有神树庇佑,躲在树上逃过一劫。尤老大和刘老九回来后,劫后余生的众人在柏神庙聚齐,无不互相感慨命大福大。

众人清点庙里的人数，发现少了当年女土匪"大长脸"的小丫鬟。原来，洪水来时，小丫鬟来不及往高处跑，溺毙在了水里，尸体被冲到了她生前的主子"大长脸"的坟前。后来庙祝料理了她的后事，把她葬在"大长脸"的坟前。

洪水把鬼子指挥部里的为数不多的几名小鬼子都冲走了，后来水退以后，游击队逐一发现了这些鬼子的尸体，都是被淹死在老虎滩泥地里的，有几个鬼子死时姿势蹊跷，发现时人是跪在泥地里的，双手深深扎进泥巴里，像是在磕头一般。

花园口决堤后，滚滚而下的黄河水阻断了鬼子进攻路线，鬼子迫不得已放弃了从平汉线进攻江城的计划，退守徐州。

王念仁和白玉梅在花园口决堤后去了陪都重庆，在那里，王念仁经白玉梅介绍，加入了中国共产党，一直到抗战结束，才跟着白玉梅回到叶集镇……

白玉海一家辗转回到了二十里铺，刘老九也曾多次去探望。白秀在几年后来到叶集镇，嫁给了刘老九……

鬼子投降以后，华东局派来了工作组，接管蓼城事务，有一组人马来到叶集镇，其中有一位女干部，开大会时介绍她是党支部副书记，此时已经是游击队队长的刘老九坐在台下，听到"吴秀英"这三个字时，他心里一咯噔，下意识抬眼一望，赫然发现这个坐在台上的女子竟然是哥哥的第一位夫人，在上海失踪数年未归的自己的嫂子吴秀英……

尤老大一家继续在叶集镇经营菜馆，安家落户。菜馆也成了一处抗日救亡联络站。抗日战争结束，根生也回到民强小学继续念书。解放战争开始后，根生又去省城念书，在学校加入了中国共产党，走上了革命的道路。

让尤老大耿耿于怀的一件事，是匪首"岳葫芦"及其他几名土匪在洪水来袭时消失不见了，这个作恶多端的土匪头子是死是活，尤老大并不关心，他惦记的是找到王念仁的独生子大宝，这几乎成了在之后数年里尤老大的一桩心事。一直到抗日战争结束后的某年，"岳葫芦"重现江湖，引出尤老大生擒"岳葫芦"，找到大宝。当然，这都是后话了。